她们

任晓雯
著

北 京 出 版 集 团
北京十月文艺出版社

一日长于百年，拥抱无止无终。

——帕斯捷尔纳克

目录

上篇

第一章　乐慧

1

那年，乐慧十二岁。学校门口的花坛，一串红和夹竹桃都开了。空气里有树叶热烘烘的味道。乐慧摘了一串红，吮着花心，丝丝的甜。夹竹桃的花心是什么味道？这样想着，她的鼻腔腻出一股血腥。

乐慧从菜场拐回家。菠菜浸水，鲫鱼开膛，番茄放上砧板，土豆排成一列。灶披间四户合用，仅容五六人。下午三时，阳光正浓，三堵窄墙跟烤红薯似的，暖洋洋、黄灿灿。乐慧做完饭，进屋写作业。老师说，放学后不要外出。

阳光被窗栅栏分成一条条，缓慢挪动。挪着挪着，这些细长的脚淡了。乐慧打开日光灯，吃了一碗饭。搛的时候，尽量不破坏菜的形状。

吃完，把大木盆摆到屋子中央，到灶披间烧热水。一只灰蛾停在墙壁的油迹上。乐慧伸手扑拍，蛾子颤着翅膀，飞到她身后去。乐慧耸了耸肩，头颈里一片痒，背也跟着痒，接着是胳肢窝，躲了一星期的痒全都钻出来。

乐慧慌慌忙忙擦肥皂时，听到钥匙开门声。

“爸，菜在桌上。”

乐鹏程嗯了一声，走到桌旁。

乐慧将丝瓜巾掩在胸前：“很累吧？”

“是呀。”乐鹏程将包放在椅子里。从下往上看时，他的脸廓畸变成梯形。

屋里忽然静极了。

“阿慧，”乐鹏程的声音抖了一下，“我帮你搓背。”

“不用了，爸。”

乐鹏程蹲下，将粘在乐慧颊上的湿发绕到耳后去，顺势轻揉住她的耳垂。他的动作很慢，眼睛亮晶晶的，眉骨和嘴角都在轻颤，像一只支立在浴盆边的大狼狗。

“阿慧！”

乐慧爆出急促的尖叫。乐鹏程浑身一凛，恍惚地站起来，回桌前坐下。乐慧湿漉漉地披好衣服，爬上床，裹紧被子。片刻之后，乐鹏程挨过来，讪讪道：“作业多吗？”

乐慧摇头。

“做完了？”

摇头。

“不想做？”

乐慧不动，也不吱声。

“那就不做……我也不饿，吃不下饭。”

他打开电视，关掉电灯，靠在墙上，看了一会儿，拉乐慧起来。乐慧由他拉着，也靠到墙上。乐鹏程隔着被子，搂住乐慧。湿衣服让乐慧的皮肤发烫。

电视机是一个同事帮忙组装的，买了劣质显像管，图像略略向左倾斜。屋里暗极了，乐慧感觉脑袋里有根钻子。黑夜全压在她身上了。

“阿慧，怎么在发抖，冷吗？”乐鹏程转动的前额，在电视的亮斑中反着光。乐慧似乎觉得，只要奋力一击，就能将它粉碎。

2

乐慧卡着分数线，挤进区重点初中。她不再是三好学生，还交了男朋友。那个卖刀的混混叫六子，不知真实姓名，或许乐慧问过，但忘了。说是卖刀，实则抢钱，挨户敲门，拿刀往门缝里递：刀要吗？刀买吗？哪个敢不要，哪个敢不买。有的甚至扔下钱，连刀都不拿。乐慧就敢不买，头一昂，冲六子大叫：“老——娘——不——买！”这样，他们认识了。

乐鹏程认为，女儿是被她流里流气的同桌带坏的。那个董小武，爸妈离婚了，跟着奶奶过。人聪明，就是不学好，抽烟、赌博、结交社会朋友。乐鹏程找班主任，要求换座位。过了几个月，董小武自己辍学了。

此后不久，乐慧撞见六子和别的女人睡。她抄起六子卖刀的挎包撒出去，负心郎的后背和手臂挨了几家伙，头皮削掉一块。此后他改了行，摆个补胎打气的小摊子，碾好碎玻璃，往拐角一铺，守候过往的冤大头。

乐慧大哭一场。哭完觉得没什么了。给六子写信："六子，你是个屁，一放就放掉了。老娘不和你玩了，老娘好好学习了。"

乐慧的成绩提升很快，但不稳定。中考时，班主任和乐鹏程都建议填本校高中。乐慧道："干吗不搏一下呢，大不了进技校。"她居然发挥超常，进了本区的市重点——爱民中学。这是1993年。

3

爱民的女生搞小团体，东一堆西一撮，互相看不惯，互相说坏话。不属于小团体的，就更被攻击。乐慧的同桌杨丽，普通中学考来的，也独来独往，乐慧听过女生们议论，说杨丽双目间距过短。乐慧仔细观察，发现确有那么一点。杨丽喜欢聊八卦，没八卦时，就对乐慧爱理不理。

谈恋爱的同学很多。乐慧犯过一次桃花：体育委员严朝晖，当着全班同学面，送了她一枝玫瑰。花枯得很快。乐慧将它晒干，夹在书里。蹊跷的是，严朝晖没有进一步表示，甚至似乎躲着她。乐慧心神不定了几天，写了张小纸条，悄悄塞在严朝晖的铅笔盒里。翌日一早，那纸条被钉在黑板报边上。乐慧只留意严朝晖，没有留意同学们的窃窃私笑。她是下午才发现的。她看到她瘦弱而诚恳的纸条，在教室后门的风里，沿着折痕截截颤动，仿佛要飞离钉住它的大头钉。

一个月后，严朝晖和文艺委员孙雯雯好了。孙雯雯喜欢扎双股的麻花辫，额前别个粉红发夹，有点像冯程程。常有高年级的男同学，聚在高一（2）班窗口，哄喊她的名字。严朝晖比孙雯雯高大半个头，当他微笑着俯向她时，乐慧不得不承认，他俩有点般配。

4

高一下学期。

体育课上，两班男生比篮球，女生观战。严朝晖一抢到球，孙雯雯就欢呼连连。乐慧冷眼瞅了会儿，灌几口白开水，独自回走。

教室门锁着，近走廊的拉窗没关。乐慧攀上窗台，蹬住外墙，脚底突然打滑，卡在了半当中。屋里坐着个男生，回过头来，犹豫道："要帮忙吗？"乐慧热着脸，不吱声。他过来拽住她的手腕。乐慧扭挤进窗口。当她喘着气整理衣服时，男生默默回到座位上。

下课铃很快响了，班长开门，发现一男一女独处，嘘了一声。他的背后涌进一股喧哗。邻班赢了，严朝晖一边换球鞋，一边痛斥对方耍赖。乐慧回望帮她爬窗的男生，他正一手支着面庞，一手随意翻动桌角的课本，眼皮耷拉着。

上课铃催赶起来。教室里满是酸热的汗臭，一些脑袋伏在课桌上。

乐慧问杨丽："那个新转来的男生，叫什么名字？"

"沈立军呀，你连他都不认识。"

沈立军皮肤白皙，脸颊上透着浅淡的血管纹路。乐慧发现，很多人都在注意他。几次有小车到校门口接送，乐慧留意同学的议论，原来那是宝马，值一百多万。沈立军还有高级 Walkman 和一种叫 Zippo 的打火机。他看似平淡的衣着，都是最新款的耐克和阿迪达斯。有人拿出时尚杂志，里面的黑人模特穿得和沈立军一样。乐慧偷瞧了一眼。颀长的沈立军，配着名牌运动服，别有一种文雅。

沈立军带来几本昂贵的篮球杂志，放在讲台里供全班取阅。几次体育课后，买来冷饮招待同学。他很快有了几个小跟班，不少女孩写情书、塞纸条。他似乎与前排的钱敏然投缘。钱敏然是孙雯雯的死党。

乐慧经常假装随意地出现在沈立军附近。他去食堂，她也去食堂；他到小卖部，她也到小卖部。沈立军小便，乐慧就在男厕所附近溜达。好几次迎面相遇，乐慧反而不敢直视，瞪着天花板过去。

5

傅波是高一（2）班最调皮的学生。因为调皮，换过几次座位，最后换到乐慧后排。他揪乐慧头发，把脏水灌进乐慧的饭盒，还把死老鼠扔在她课桌里。乐慧和他对骂，傅波骂不过乐慧，就嚷："老三，老三，臭老三。"周围大笑。乐慧不知道"老三"什么意思，问杨丽，也不说。

一次打起来。傅波将乐慧的脑袋按到课桌下，连道：“快讨饶，快讨饶！”乐慧眼泪鼻涕全出来了，仍咬着牙不出声。事后，杨丽道：“打不过人家，还倔，以后要吃苦头的。”

乐慧觉得，这话表示了某种友好。一次，杨丽的例假染到裤子，乐慧脱下外套，给她遮在腰上。傅波在后面怪叫：“杨丽你要她衣服啊，不嫌脏。”杨丽缓缓解下衣服，扔回乐慧膝盖上。

第二天下午，学校有个广播操队列彩排。高一（2）班统一穿白衬衫，黑长裤，等在花坛边。时值早春，乐慧浑身打战。她看见沈立军被几个小跟班围着，严朝晖挤在孙雯雯的女生小团体里。其余皆三三两两。也有落单的，那是杨丽，缩颈抱胸，杵在花坛的另一端。乐慧和杨丽，隔着四五堆人，彼此凝望。杨丽的白衬衫发黄了，还偏小，袖口露着一截粉色的棉毛衫。过了会儿，那截粉色慢吞吞移过来。

乐慧道：“你好。”

杨丽道：“你好。”

“冷吗？”

“冷。你呢？”

“我也冷。”

杨丽跺跺脚，乐慧也跺跺脚。

静了几秒，杨丽问：“知道为什么叫你‘老三’吗？”

“为什么？”

“真要听？”

“嗯。”

“那我真说了。”

“你说。”

“班里有‘四大丑女’，”杨丽靠近一步，“第一名范琪冰，第二名韩菲，第四名胡芹芹。”

乐慧“哦”了一声。

“你不难看，就是不会打扮。孙雯雯那帮人，整天买名牌。我觉得吧，钱敏然还没你好看，但‘三分长相七分妆’。”

杨丽越说越响亮：“你的脾气也怪。其他‘三大丑女’低调，人家不怎么说。你呢，老干傻里傻气的事，唯恐别人不注意呀。上次严朝晖和人打赌，给你送花，你居然以为他真对你有意思，还给他写纸条……他们那么做，是挺伤人。但你也有问题。孙雯雯和严朝晖就是配。做人贵在有自知之明……喂，你别摇来摇去的，摇得我也难受。是不是生气啦，是不是啊？我说这话，也为你好。喂，你别这样，别摇了……”

这时，体育老师冲过来喊：“轮到你班了，快排好队列。”乐慧和杨丽被忙着站队的同学冲散了。这天的彩排，乐慧出了几次错，被宋老师在班上批评：“成绩好坏有智商因素，可做操排队，也那么难吗？关键是态度，态度！”

乐慧埋头在胳膊里。

“怎么，睡着了？我的话听进去没有？”

旁边杨丽推了推她，大声对宋老师道：“她不舒服。”

“不舒服就回去休息。”

乐慧趴了整整一节课。那段时间，如果有谁掰起她的头，就会看到流满双颊的泪水。

6

乐慧明显话少了。杨丽开始主动搭讪。在她说出“老三”的真相后，乐慧暗暗视她为朋友。杨丽说，别看那些人，故作学习轻松状，其实和她们一样，每天都熬夜，还参加周末补课。他们读《每周广播电视报》，然后假装看了很多电视。经杨丽指点，乐慧发现，确实不少同学精神欠佳。有个老爱在课间趴睡的数学尖子，乐慧曾听他炫耀：“我每天九点就上床睡觉了。”乐慧告诉杨丽，杨丽说：“你怎么这样傻，人家说啥信啥。”乐慧觉得，杨丽的直率，是她表现亲近的方式。

有段时间，杨丽一个劲地八卦沈立军。乐慧“嗯嗯哈哈”不接茬儿。杨丽说：“人家父母路道粗，怎么混都好，模样也好，脑子也好，条件好得不得了……不像我们，什么都靠自己，除非……找个老公靠靠。”前排女生突然回头，笑了一下。杨丽说：“笑什么笑。”女生说：“你们想找老公。”杨丽说：“你才想找老公。”乐慧皱着眉头。杨丽低下脑袋，压住声音，继续道：“你说，沈立军不会真和钱敏然怎么了吧，太不般配了……钱敏然算得了什么，长得还没你好看呢。”

很快入梅了。接连下雨，有蚯蚓被冲上水泥地。体育课自由活动时，乐慧踩蚯蚓玩，一踩一摊褐浆。她发现沈立军在不远处，就假装在地上看看找找，慢慢接近。这时，她见他弯下腰，捡起一条蚯蚓，扔回花坛。

这个动作，在瞬间击中乐慧。她想跑上去，抱住这个男孩痛哭。但终于木木然站住，又木木然走开。杨丽在单杠边招手。乐慧过去。杨丽道："怎么啦？你脸色不对。"

这天晚上，乐慧给沈立军写信，写到十七页时，脑子里还有许多话，身体却快虚脱了。于是歇了笔，从头读一遍。她对写的话惊讶，又感觉难为情。她开始撕信。整沓撕不动，就一页一页。作文课上偷的文稿纸，很厚，居然将手指割破了。

撕完，乐慧摊开一张新纸。沈立军会不会也将它公之于众？乐慧点了根烟。

沈立军，他对蚯蚓发善心。而她乐慧，是个活生生的人。

7

一天放学，乐慧隔着四五个人，随沈立军穿过操场。宝马车没来接。沈立军贴着花坛走，边走边用包带的搭扣叩碰铁栏。

乐慧跟了很久，上前"嘿"了一声。

沈立军回过头。

乐慧道："我往这里走。"

沈立军说"哦"，继续低头向前。

乐慧也低头向前。她感觉沈立军无意同行，于是脚步渐慢。可沈立军也跟着慢下来。乐慧又紧走几步，与他并肩。她发现，沈立军没她想象中高。

“对了，你有没有……”乐慧说。

“信收到了。”

沈立军站住。乐慧也站住，脑子里一嗡一嗡的。她发现自己突然扑过去。沈立军一躲，乐慧亲在了他的嘴角外。俩人面对面呆着。沈立军忽地笑了，捧起她的脸，吻了吻她的嘴。

8

沈立军让乐慧别说出去。乐慧不说。杨丽不会信的，她自己都要不相信。

那天以后，宝马不接送时，沈立军就和乐慧一起。他们各自离校，在偏僻的路口会合。沈立军每次都吻她。他的嘴唇像两枚又薄又软的沙发垫，让人想依靠进去。他们偶尔牵手，可时间很短。乐慧更喜欢牵手，这让他们看起来像在谈恋爱。

乐慧问沈立军：“你喜欢我什么？”

沈立军笑笑。

乐慧想，或许他不喜欢她——他肯定不喜欢她，她不值得他喜欢。

但那没关系。

沈立军喜欢喝矿泉水，一口气喝掉大半。瓶子留了一浅底的水，就被扔往垃圾桶里。继续往前走时，乐慧会满怀同情地想一下空塑料瓶，它离开了沈立军凉滑的手。

一天，看完电影《西雅图不眠夜》，到了路口，乐慧拉着沈立军，不肯让他走。

沈立军道："你这样子，倒像是生离死别。"

乐慧道："真的有点像呢。"

沈立军笑笑。

乐慧道："你笑什么？我更喜欢你多说些话。"

"我好像没什么话说。你有什么话吗？"

"我……也没什么话了。"

沈立军看着她。

乐慧道："那好吧，你走吧。"

于是沈立军转过身，走了。他背影单薄，走的时候，肩膀一耸一耸的。乐慧凝视着，忽地产生一个念头。她想，日后要把这念头告诉沈立军。

除了功课，他们谈得最多的，是流行歌曲。乐慧没有收录机，只听过弄堂人家放邓丽君。她偷乐鹏程的钱，买了一架，既能收电台，又能放卡带。被乐鹏程发现后大骂了一通。

乐慧问杨丽借《每周广播电视报》，勾出电台排行榜的时间，再用买收录机附赠的空白磁带，精选曲目，录成一盘。A面和B面，各剩半分钟和一分钟的空白，于是录了两段话，一齐送给沈立军。

沈立军道："我不缺音乐带，家里还有很多演唱会录像呢。薛阿姨经常帮我拷贝节目的。"

乐慧道：“收下吧，哪怕放着不听，也是我的心意。”

沈立军道：“我东西太多，没地方放。时间长了也是扔掉。你还是回去自己听吧……怎么了，你不高兴？”

乐慧摇着头道：“没有啊。”

9

一个多月后，学校组织郊游，正值春暖花开，风儿软绵绵的。乐慧漫不经心地和杨丽说着话，一路留意前方队伍里的沈立军。杨丽冷笑道：“这么鬼鬼祟祟，真让人看不下去。学校只管成绩，又不管你们这些乱七八糟的。”

挨到分散活动，沈立军飞速望了乐慧一眼，往一条静路绕过去。乐慧和杨丽分手，隔着三五十米，跟着。人越走越少，沈立军拐到一个死路口，站住。乐慧瞅着四下无人，欢天喜地奔过去。沈立军把她拽进旁边的小树丛，急巴巴道：“我们那个吧。”

乐慧心儿怦怦跳：“我们哪个？”

沈立军笨手笨脚地解她裤子，还拼命揉捏她的乳头。乐慧疼得哇哇叫。没来得及反应，沈立军突然停住：“咦，你不是处女？”

“我……是的。”

沈立军支起她的下巴，捕捉她的视线。

乐慧涨红了脸：“你不懂。”

“谁不懂，女人第一次会流血的！”沈立军蹲下，扒开乐慧的大腿。

"疼，你弄疼我了！"

"疼怎么没血？"

乐慧大呼小叫，清水鼻涕也出来了。沈立军站起身，掐着乐慧的脖子，顶到一棵树上："说，怎么回事？"

"没……没……什么事。"树皮疙瘩扎得背脊生疼。

"到底怎么回事？"

"没……不知道……"

"说呀……"

"就有过一次……"

"好啊，我只是试探试探，没想到真不是处女！"

"我……"

"还想骗人，你这个妓女！"

乐慧耳朵里闷了一下，顿时什么都感觉不到。

半晌回过神。脸颊上有东西爬，痒痒的，一摸，是血。沈立军已不知去向，小树丛被风一吹，四面八方地颤响叶子。一个男生在五米开外的树下撒尿，撒完抖了两抖。乐慧一惊，双手摸下身，还好，裤子不知何时系上了。男生回过身时，乐慧觉得脸熟，是隔壁班级的。邻班男生假装没看到她，哼着小曲儿快步离开。乐慧慢吞吞地往外走，边走边整理衣服。不断有灌木枝横出来，即使隔着裤腿，也剐了一道道红印子。

10

乐慧只知道，沈立军住在一个叫“锦华新苑”的小区，她跟踪过他。乐慧在“锦华新苑”附近瞎转，奢望一次偶遇。又在公用电话亭给杨丽打电话，问有没有沈立军的拷机号。“钱敏然应该有吧。怎么，你没有吗？不会吧，他们都传你和沈大款有一腿。你们怎么了，是不是有一腿？”乐慧胡乱挂断电话。她感觉有虚汗，从趾间凉凉渗出来。嘴里也发苦。

乐慧混进“锦华新苑”。门口的保安注意到她，瞄了一眼她的校徽，什么都没说。小区里有十来座楼，分散在绿地、树木和各式小轿车之间。连垃圾桶都一个个整洁、安静。正中一方花园，有山，有水，有中式六角亭和欧式雕花围栏，还有小型儿童乐园。一个穿公主裙的女孩在尖叫，她的裙子被滑梯擦得翻起来，伙伴们在梯子尽头接应。

乐慧绕过干洗店和水果店，进入一家小超市。一个白衣白帽的年轻人，站在大玻璃后，雕石像似的雕着一只蛋糕。乐慧闻到制作糕点的热香。在她居住的七马路上，烟杂店永远散发着酱油的腌臜味。它们属于两个不同的世界。

周一上午，乐慧花了大力气，挣扎着爬起床。到校时，已是第二节课。沈立军居然也没来。地理老师冷冷道：“有些老油条，我都懒得批评了。”

中午，沈立军的位子仍空着。杨丽趴到乐慧旁边，拉开她的一只手，惊呼："脸这么肿！早上我都没注意。"

"蜇的。"

"什么东西蜇的？不像啊，倒像打出来的。发生什么了？春游那天归队，找不到你和沈立军，宋老师差点报警了。"

乐慧甩开她的手。

杨丽推推她："你们到底怎样了？你是不是失恋了？"

乐慧突然坐直，冲杨丽大声嚷道："他妈的别问了，行不行啊！"周围惊望过来。乐慧的眼睛、鼻头，甚至耳郭，都是红的。但她脸上没有眼泪。

放学后有大扫除。孙雯雯负责扫第一、二排。她将垃圾往乐慧负责的三、四排扫。乐慧趁孙雯雯转身，把垃圾扫回去。孙雯雯又扫回来。乐慧道："娇小姐，不会用簸箕呀？"

"找不到。"

"就在讲台边。"

"你帮我簸了也一样。"

"我凭啥给你簸？"

"凶什么凶，被人甩了，也不用到处出气吧。"

乐慧噎了噎，道："操，关你屁事。"

孙雯雯噘起嘴："你怎么说脏话呀？"

乐慧扫帚一扔："老娘就说脏话，怎么了？小骚货，装纯情。"

孙雯雯"啊"地倒吸一口气，额角浮起一弯弯血管："你才小……

狐狸精呢，主动亲人家，勾引人家，最后被甩啦，活该。”

乐慧捏起拳头冲过去。孙雯雯尖叫。刚打了一下，就被赶来的严朝晖推倒。乐慧的后脑勺撞在桌角，即刻蜷到地上。孙雯雯在哭。

空白了三四秒，才渐渐感觉疼。没人过来扶她。

11

一个星期里，班主任宋老师找乐慧谈了两次话。他把乐慧的考卷甩在她面前，喋喋不休着。乐慧瞧他的嘴，那嘴不停变换形状，挺有意思。瞧了会儿，又没意思了。乐慧低下头，抠弄办公桌沿上的一个小凹塘。

宋老师一拍桌子：“看着我。”

乐慧依旧低着头。

宋老师道：“我让你看着我。”

乐慧仍然不语。

宋老师怒道：“给我边上站着，好好反省一下。”

乐慧在墙角站定。她听到一遍铃，又听到一遍铃。上课了。没课的老师开组织会议。宋老师瞥了一眼乐慧，对教数学的王老师道：“你们先去，我就来。”

他没有离开的意思，慢悠悠翻着报纸，还将小指头送进耳孔捣腾，弹掉指缝里的耳垢后，舒心地哼了一声。乐慧心头的火苗，蓦地蹿成一个疯狂念头。

她悄悄挪向办公桌，抓起一只玻璃杯。茶水仍有些烫手。乐慧疾冲过去。宋老师大喊："干吗？"双臂一格，杯子滚到一边。乐慧往外逃，被宋老师抓住肩膀，从门边拖回，当头一巴掌。乐慧身子动不了，脑袋东躲西藏。宋老师索性揪起她的头发，在她脸上连扇六七下。乐慧被扇的部位先是发冷，然后转热，最后"嗡"的一声，双颊滚滚地剧痛起来。

乐鹏程找校长求情，校长说："宋老师的手掌，烫伤好大一块。"乐鹏程继续求情。校长拿出乐慧本学期的成绩单："宋老师给我看时，我也很吃惊。我们爱民的学生，是尖子里的尖子，高考升学率，从来都是数一数二的。"乐鹏程拿过成绩单，翻了一页，合上了，不再吱声。

乐慧是被劝退的。乐鹏程办完手续，拖着沉甸甸的腿回家，晚饭不吃，脚也不洗，唉声叹气上了床。乐慧则蜷在灶披间，拖着接线板，将收录机搁在膝上。进来洗烧的大妈大婶悚得慌，一个问："慧慧，新买的机器呀？"乐慧不答，也不动。于是没人再理她。

乐慧在听音乐。音量开到最小，什么都听不见，但她能一首首地背出那些歌。在A面剩余的半分钟里，她可以听到自己的声音："沈立军，刚才看了《西雅图不眠夜》，我在想一个问题，我愿不愿意替你去死呢。"然后是B面的一分钟："我很认真地想了，我的答案是：愿意。天哪，我快被自己感动死了。不过，你大概觉得我幼稚吧。我也觉得挺傻，可这是我的……好了，没什么了，带子快结束……"

12

1998年，毛头和乐慧第一次见面，是在饭局上。毛头是董小武的老大，乐慧是董小武的初中同桌，辍学后又在路上碰见，就玩在一起。此时，董小武已叫“阿乌”。

乐慧凹眼睛，凸颧骨，一头短发拉过烫过，染成黄色，像只洗坏的绒毛玩具。

毛头瞄了一眼，没多注意。阿乌他们常带女孩子玩。乐慧中不溜秋，不丑也不美。

喝过几杯，阿乌拿出烟纸卷大麻。乐慧在旁问：“真香，什么烟？”

“大麻。”

“哇。”

“尝过吗？”

“没呀。”

“喏，试试。”

阿乌递过烟卷，乐慧点燃了，狠吸一口。

“什么感觉？”

“没太大感觉，”乐慧眨巴眼睛，努力回味，“似乎有一点点晕。”

阿乌接过烟卷，也吸一口，问：“知道一口多少钱吗？”

乐慧答：“不知道。”

“闻闻，香吧。上好的纯大麻叶。这么一大口下去，五百块钱就吸掉了。”

乐慧咧了咧嘴。

“没钱的吸不起，只能混着烟丝，或者弄些稀稀拉拉的根啊茎的，”阿乌似笑非笑道，“那五百块钱，你怎么还我？”

“我……没钱。”

“可以让你拖一拖。两星期，怎么样？”

乐慧犹豫道：“能一个月吗？”

众人大笑。乐慧一脸惶惑。

阿乌正色道：“这样吧，你陪我一晚，算还了二百五十块，两晚就清了。”

乐慧意识到，阿乌或许在作弄她，但不能确定，于是愣在那里。

毛头道：“好了，阿乌，别逗人家小姑娘了。”

阿乌问乐慧还吸吗，乐慧急忙摆手。于是他们给乐慧灌酒。席间只有一个女人，小兄弟们帮着一起灌。乐慧爽快，人家让喝她就喝，咕嘟嘟满杯下肚，笑得更憨，十根指头都醉红了，坐在椅子上摇晃，由着男人们东摸西抱吃她豆腐。

“亲爱的小慧慧，”阿乌搂住她道，“你挺有意思的。”

“真、真的吗？”

“头晕了是不是？”

乐慧点点头，噗了一口气。

“你现在看到什么？”

“什么？”乐慧瞥起一只眼睛，瞧他一下，又闭上。

“吸过大麻再喝酒，会出现幻觉。”

“噢。”

“男的看见光屁股女人，女的看见光屁股男人。”

乐慧蓦地圆睁双目：“哪里，哪里有光屁股男人？”

大家前仰后合。

“看见吗？”阿乌煞有介事地指着天花板，一手在她背上抚摸。

乐慧摇头。

“仔细看，那儿。”

乐慧拍掌大笑：“是啊，看见了。”脑袋直直倒向桌面，不动了。

阿乌推她，她往桌底下滑，赶紧拉住。

毛头道：“玩笑有点过了。”

阿乌把乐慧扶靠在椅背上，一个小兄弟用湿纸巾敷她额头。男人们喝酒吃菜，谈了点正事，忽听乐慧大叫：“我知道，你们都欺负我，瞧不起我。”

“没啊，没有的事！哪儿有！”

“我知道的……”喉咙里呜噜两记，又没声了。

饭毕，乐慧还在椅子里醉着。阿乌和一个叫“二锅头”的，都想带乐慧回去，正协商着，毛头突然插嘴：“我送她回去。”

阿乌立刻满脸堆笑：“毛老大要的女人，我们不好抢的。”

13

第一次正式约会。

毛头问乐慧爱吃什么，乐慧琢磨道："自助餐好，想吃什么吃什么。"

毛头带她去全市最豪华的自助餐厅。在皮沙发上坐定，小姐给了号牌，说稍等五分钟。乐慧盯着大厅正中的水晶球发呆。缓慢转动的球体，被金灿灿的底座托举着，被十多盏豪华吊灯照耀着，像只拒人千里的冷太阳，顶部一眼喷口，滋出股股清水，沿球壁流下，十来条圆滚滚的兰寿鱼，在橄榄形水池中欢游。

"看什么呢？"毛头把乐慧环到胸前。

"我想回家，我穿得太土了。"

"不土，吃完咱买好看衣服。"

五分钟后，乐慧举着锃亮的大勺左顾右盼。毛头在桌旁等了半小时，才见她托着满满的盘子跑来。

"慧慧，这个是用来装饰的。"毛头挑掉她盘里的胡萝卜饰花。

她脸红了，环顾四周，将胡萝卜花掖到盘底下。

乐慧每尝一样，都禁不住赞叹。那么多美妙的味觉，同时奔向舌头，她连酸甜苦辣都辨不清了。毛头不停道："吃慢点，吃慢点。"乐慧慢下来，身体后仰，脖颈拉长，试图让食道更加畅通。

毛头道:“咱不吃了，去买漂亮衣服。”

“再拿两块蛋……”乐慧爆出一串油腻的嗝，说不下去了，乖乖由毛头拉走。

在两条街外的精品商厦，乐慧看中一条桑蚕丝吊带裙。毛头招呼营业员，胖女人正对着镜子补唇膏，假装没听见，毛头大喝一声，她才乜斜着眼，不紧不慢地旋好口红盖，从聚酯模特儿头上兜出裙子，甩到柜台上，大声报价道:“一千七百二十六，不打折。”

模特儿身上的紧身裙，成了乐慧身上的大睡袍，胸前空阔，下摆宽敞，仿佛塞进二三十斤脂肪，才能把裙子撑起来。

“不太好看嘛。”乐慧在试衣镜前转圈。锁骨尖尖的，深蓝质料将面孔衬得又灰又暗。

“好看，就这么穿回去，”毛头从后面抱住她，“就是脸色差了点，回头咱好好补一下。”

换下的绿条纹T恤和窄腿牛仔裤，毛头往柜台边一扔，乐慧让胖女人剪掉吊带上的标牌。离开时，忽听胖女人对另一营业员道:“两个乡下人，看不出蛮有钱的。”

毛头说上楼买高跟鞋，乐慧倔在自动电梯旁。毛头拉她，她胳膊往扶手上一扣，“不，不”地叫嚷。

出了商厦，乐慧瞅着自己脏兮兮的跑鞋道:“我不配穿这么贵的衣服。”

“谁说的!”

乐慧嘟着嘴，歪着头。毛头抬她下巴，她拼命摇晃。

“哟，哭啦！”抱紧她。

两人站在路中央，没完没了地接吻，眼泪混进口水里，咸咸的。

“你喜欢我什么呀？”

“喜欢你的很多东西。”

乐慧想了想，道：“骗人。我不配别人喜欢。”

“快别这么说。”

“真的，我没一处好的。”

“慧慧，别作践自己。只要是个人，总有好的，不好的。”

“我不是人。”

“你说什么？”

乐慧自己忍不住笑了：“我是说，我没什么好的。”

“当然有啊。比如吧，你眼睛漂亮，身材也好。还比如，你很单纯。”

“单纯就是傻呗。”

“非得说傻，那我就喜欢你的傻。只要有人喜欢，不好的也变成好的了。”

“骗人，我……”

毛头用舌尖封住她的嘴。

“哎呀，受不了了！”乐慧猛推毛头，大口呼吸。

两人狂笑，直不起腰。

“慧慧，我把你在手心里揉啊揉，揉成小小的，放进口袋，走到哪儿，带到哪儿。”

“不，不放口袋，我想钻进你暖乎乎的肚子里。”

14

乐慧一再追问，毛头初次见面，送她回家，是不是想和她上床。

毛头想了想，说不晓得，也许是不愿意阿乌带她走。

乐慧咯咯笑道："那么说，第一次见面，你就喜欢我啦？"

那晚在路上，毛头一直担心，乐慧会从摩托车上掉下来。谁知她双手紧紧环住毛头的腰，整个胸脯贴在他背上，脑袋不断调整角度，尖下巴硌得他疼。乐慧指错两三次方向，毛头不得不停车问路。深夜的路人，对这对不三不四的青年保持警觉，往往随便一指，含糊几句，快步走开。有个拎手提包的大妈，毛头的摩托一停，还没开口，她立刻掉头往反方向疾奔。

终于到家。乐鹏程已经睡下。乐慧叫道："你有什么资格睡床？给我滚！"乐鹏程乖乖起身，到柜子里找铺盖。

"我是说，滚出去！"

乐鹏程看了看毛头，犹豫一下，真的拿上长裤、外套，走了出去。

乐慧表情一松，哇地吐在毛头身上。

在后来的约会中，毛头忍不住问，乐鹏程是她什么人。

"我老头呗。"

"怎么对你爸爸这样凶？"

"喊，我就凶他，欺负他。你以为他是好人？他是吃窝边草的兔子，欺负我这个女儿，还和他死去的老婆的妹妹搞不清。对啦，就是我孃孃，一个怪里怪气的老处女，有天突然跑来哭闹，要吊死在我家门口。你说，这‘兔子’闹的什么事呀？”

“慧慧，你爸是不对，但男人有点花花肚肠，也是可以谅解的。人生在世，父母……”

“别给我讲大道理，乐鹏程就是坏蛋。”

“慧慧……”

“我不要听！”乐慧扯自己的头发，“他不配做爸爸！”

毛头皱起眉头：“没孝心的人，猪狗不如。”

“你以为我喜欢这样吗，”乐慧转过脸，冷冷道，“好吧，那我就告诉你，他们是怎么对待我的。你替不替我报仇？”

15

毛头替乐慧报仇。第一个摆平的是沈立军。

此时的沈立军，长得更高了，配了无框眼镜，单肩包换作公文包，往腋下一夹，有点小知识分子气派。一天放学回家，宝马车的轮子忽地瘪了气。司机一检查，说是扎到玻璃。沈立军见离家不远，就走回去。

过街角，穿弄堂。背阴的一壁墙头，爬满紫盈盈的牵牛花。沈立军摘下一朵，闻了闻，忽地感觉眼前漆黑。一只麻袋蒙住了脑袋，一块臭布堵住了嘴。袋口扎紧。沈立军左耳挨了一下，顺着墙壁滑倒，又被人拽起，一记右勾拳。噼里啪啦几下，意识就浑了，他猜可能是两个人，但不确定。麻袋太厚，来人只管闷揍。

拳头终于停下。沈立军瘫在墙角哼哼，嘴里有咸有甜还有苦。这时，一注细细的液体溅过来。霎时双眼剧痛，浑身抽搐。他的面颊被什么凉凉的东西抵住。

沈立军卧床三个月。能走动时，高考也来了。离第一志愿财经大学的分数线，差了足足十一分。沈立军的爸爸沈永强，以前是副市长，退下来后在一家国企担任总经理，凭着他的上下走动，沈立军勉强挤进梦寐以求的学府。

沈立军的叔叔沈永伟，在本区当公安局局长。沈永强隔三岔五地打去电话，要求严惩凶手。沈永伟不温不火地查了几个月，抓了三个调戏妇女的小流氓，潦草交了差。

沈立军腿骨痊愈，走路无碍，面孔却不再白净，鼻梁旁多了个"人"字红疤，歪歪扭扭凸得老高。

毛头将这些告诉乐慧。乐慧愁着脸。

毛头冷冷道："你心疼了？我出手重了？"

乐慧赶忙摇摇头，挤出一个笑。

16

第二个遭报应的，是爱民中学高三（2）班的班主任宋老师。一场夜半"天火"，将他这辈子的积蓄化为乌有。第二天，毛头领乐慧参观。离了四五百米，一团浓烟罩在天边，半空是清晨的雾气，死沉沉地凝住，再底下，卖早点的摊贩们燃起的炊烟，一缕缕有气无力地朝上顶。宋老师住的是街面房子，木窗子烧没了，墙面一个黑乎乎的洞，还在往外冒白烟，铁焊的晾衣架光秃秃的，半条焦抹布随风飘荡。楼下一爿烟杂店，屋顶坍塌，残存的木门板横七竖八地堆着，一个白发老太坐在地上哭，缺牙的嘴巴含糊不清。相比，二楼安静极了，仿佛本就是一间空房子。

17

乐慧想不明白：一个有钱人，为啥住得这么简陋。

毛头道："做人低调些，会省很多麻烦。"

"你老是让人送东西到我家，大包小包的，可一点都不低调。"

"那不一样。你是我的女人，我要让你长面子。"

从乐慧家到毛头的住处，骑摩托车将近一个小时。小区绿化还好，装模作样地开了一湾人工湖，放养了几条鱼。过小石桥时，脚底下扑通直响。

乐慧没戴胸罩，吊带裙刚好遮住乳头。一路上，毛头勾着她，手插在她胸前；电梯里，他还探进她的短裤。乐慧浑身湿热，一个劲儿傻笑，对着摄像头猛撩裙子。

到了房间里，来不及关门，互相撕扯着，乐慧转眼就裸坐到草席上。毛头解扣子，解得不耐烦了，用力一扯，衬衫前襟开了，塑料纽扣噼里啪啦，弹落在地。乐慧吃惊地瞧着他那丛旺盛的胸毛。毛头黑皮肤，小眼睛，扁平面孔，一身石头样的肌肉。

乐慧的热情忽然淡了。

毛头察觉到了，从她身上滚下来问：“怎么了？”

“身上黏糊糊的，不舒服。”

毛头提出共浴，乐慧坚持让他先洗。隔壁的水声，在乐慧的脑袋里轰轰作鸣。不知道为什么，毛头的裸体让她感觉不真实。

他们湿漉漉地重新黏在一起。乐慧不自禁地左躲右闪。毛头再次失败。他坐起身，不说话。乐慧挨过一条腿，大脚趾蹭蹭毛头的光屁股。

“我从不勉强别人，尤其是女人。”毛头将面孔别向窗外，语气平静。

“不是……我想我……”乐慧咬着嘴唇，“我……饿了。”她真觉得饿了。

毛头穿上平脚裤，给乐慧下面。乐慧套好裙子，伏在草席上，懊恼地搔脑袋。落下一些卷曲的细发，有的全黄，有的半黑半黄。毛头的面有点糊，放了鸡蛋，撒了黑胡椒。乐慧三口两口吃完，主动进厨房洗碗。

“我喜欢这样的小厨房，让人很有安全感。”

毛头没有应声，乐慧感觉他正靠着门框，注视自己的背影。乐慧洗得很慢，碗壁上的面粉疙瘩，用指甲一块块刮掉。

毛头擦了擦草席，铺到床上。关灯，仍有月光照进来。俩人不看对方，各自脱去衣服，并排躺下。毛头自然而然地抱住乐慧，乐慧勾他的腰，脑袋就势一钻，腿架在他身上，没几分钟，就轻声起鼾了。她皮肤滚烫，略微发黏，小小的脚丫，一手就能捏住。毛头稍微调整姿势，乐慧扑腾了几下，抽抽鼻子，重新蜷作一团。

第二天，乐慧睁眼，发现床上空荡荡的，急忙跳起来。毛头在阳台上做广播操，听到声音，回头向乐慧挥手。纯净的晨曦，将他的一身肌肉照得光亮。乐慧心上酥酥的。这时，毛头过来了。乐慧裹起一角毯子，冲他招招手。

毛头进入后，突然变成野兽，咬她，撕她，把她碾得透不过气。当血从席子流到地上时，他捻起血迹，舔舔，愣住，像在努力从梦魇中挣扎出来。乐慧往外跑，边哭边喊："神经病，神经病！"毛头截住乐慧，扔回床上，死死摁住。

"对不起，我也不知怎么了。"

乐慧大口喘息，说不出话。毛头抚摸着她，等她慢慢平静。

"乖宝宝，是我不好。咱们去吃好吃的。"

乐慧呆呆注视毛头俯视的脸，它因为重力而有些变形，像是成了另一个人。

18

乐慧家住"影子弄"，弄堂尽头，有堵整石砌成的墙，以前有个年轻寡妇不肯改嫁，撞墙而死，得名"贞女墙"。传说月明之夜，将鸡血浇在上面，会见鬼影，因而又称“鬼墙”。10岁那年，小乐慧把邻居留在灶披间的一碗鸡血洒在贞女墙上。

“你猜——”

“怎么？”毛头问。

“我看到一只猫，在石头里，慌慌张张地跑。”

第二天，洗衣阿婆在石墙脚下发现黑乎乎的血印，大人们认为是楼下田大妈的儿子干的，那是个捣蛋鬼。男孩被父亲痛殴，乐慧站在晒台上看。她有种轻盈的感觉，想象自己越过砖瓦相连的屋顶，奔跑起来。

没人怀疑乐慧。小学生乐慧成绩优秀，性格乖巧，是学校里的三好生。

隔壁弄堂有个疯婆子，整天骂骂咧咧，还举着一根“不求人”，对着莫须有的仇敌愤怒挥舞。发完疯，立刻恢复老态，连踞坐都很迟缓:看准位置，转过身体，挪动双脚，慢慢挨近，弯腰抬臀。这时，乐慧迅速抽掉小板凳。老太婆一屁股跌在地上，乐慧小鹿似的跳开。直跑进家，关上门，她还咯咯不停。疯婆子的尾骨裂得粉粉碎。她被送进医院，再也没出来。

明里越温顺，暗里越使坏。乐慧认为，这两种态度都是真诚的，就像她恨乐鹏程，同时也爱他。

“我听见有个声音在身体里叫喊，这儿……”乐慧将毛头的手放在自己胸腹之间，肋骨的尽头，薄薄的皮肤凹陷下去，“有时，感觉我被掏空了，有时——”手继续往下引，在肚脐处停住，“它就从这里出来了。”

辍学后，打过几次半途而废的工，乐慧赋闲家里。乐家有一大柜子书，爷爷留下的。乐慧没事翻翻，有时就读进去了。乐慧告诉毛头，她最爱《聊斋志异白话本》，看完后，认定鬼墙里看见的猫，就是自己的前世，黑毛，绿眼睛，圆耳朵，跛了一只脚。她说得煞有介事，鼻翼激烈开合，嘴巴叽呱叽呱动得飞快。

19

乐慧没在毛头那儿提过六子。隐约听闻，六子现在是毛头的手下。

沈立军之后，乐慧在棋牌室认识了甲。这个乌烟瘴气的小屋子，乐慧只去过几次，她不喜欢麻将，打得也不好。那段时间缺银子，听邻里的婆娘闲聊，说麻将赢钱容易，于是去碰碰运气。没几个回合，面前的筹码去了大半，乐慧捏牌的手指勾紧了，舌头不停地舔嘴唇。这时，在旁观牌的甲解围道：“小姑娘，让我试试吧，赢了归你，输了算我。”

结果甲也输了，其他三个老女人，明显是一伙的。他爽快地付了钱，还递给乐慧两张一百块。老女人们盯着乐慧看，乐慧接过票子，在灯下照照，收到口袋里。

出了棋牌室，甲带乐慧去吃饭。乐慧把出租车的窗子摇下来，迎着风大声说：“我喜欢打的！”可惜只一个起步费距离，饭店就到了。是个江南风格的饭店，壁上挂了仿古的丝竹，桌上摆着精致的蓝花瓷餐具，乐慧不断表示新奇。进食过程中，男人一个劲儿自我吹捧。乐慧漫不经心地敷衍着。她点了响油鳝糊、油爆河虾、油酱毛蟹、锅烧河鳗、红烧圈子、佛手肚膛、黄焖栗子鸡。买单时，甲掏出鼓鼓的皮包，一张张百元钞票紧密而整齐地排列在夹层里。

饭罢沿马路散步，男人说他卖一种什么灯，对儿童视力有帮助。乐慧边听边打嗝，终于在他描述台灯构造时打断他，说又饿了。于是上大排档消夜。乐慧要了好几份小龙虾，喝了一瓶啤酒。甲终于不再吱声，笑盈盈地看着她。

好上之后，甲每月给乐慧一千块零花，还送她很多香港带来的漂亮衣服。乐慧不讨厌他：圆脸，戴眼镜，一米八几的个儿，有了将军肚。

三个月后，乐慧发现自己怀孕了。甲发誓，他会马上离婚，向她求婚。乐慧将信将疑：这个典型的“妻管严”，除了夸耀事业，说得最多的，就是婚姻生活的不如意。果然没几天，矮胖的泼妇找上门，当头扇了乐慧两耳光，还狠命踢她肚子。乐慧尖叫着，用指甲抓她眼睛。第二天，甲来了，乐慧把香港衣服从门里扔出去，当天下午登记了手术。

“疼吗？”毛头问。

“不疼，全麻的，睡一觉就出来了。”

毛头问乐慧，“甲”的真名是什么，乐慧不说。

“我不会找他麻烦。”

乐慧也不说。她觉得甲，包括后来的乙、丙、丁……他们的名字像灰尘，手指头一擦，就擦走了。她甚至懒得动一动指头，让他们在记忆里微不足道地躺着好了。

甲之后的男人们。有个和她同龄的孩子，她一脱裙子，他就哭了；还有一个娘娘腔，居然提议再加个男伴玩“三人行”，乐慧当场扇他一耳光。

“那段时间，像有火在烤我，”乐慧回忆，“每天睁开眼，就想男人。”

“以前的事我不管，”毛头道，“慧慧，记住，你是我的女人了，不能再让别的男人碰。”

“如果碰了呢？”

毛头顿了顿，很认真地说：“我就杀了你。”

20

乐慧讲得最多的，是辍学后的事。

“我在餐馆端过盘子。一个猪头老男人，硬说汤里有头发，我告诉他，这根棕色长鬈发，一看就是他旁边那位小姐的。猪头就开始骂娘。老板出来道歉，要我赔钱，我脱下制服走人，没拿工钱，白干了二十多天。”

“我还推销过啤酒。一个食客说我排骨精，怎能出来做啤酒小姐。我给他开酒瓶时，他捏了捏我的屁股。我砸他脑袋，脑袋没碎，酒瓶也没碎，砸完一甩，木窗框倒被瓶子震裂一条缝。”

毛头笑道：“看不出，你小小的人，这么大能量。”

“他们欺负我。谁让他们欺负我。”

“在社会上混，被欺负是正常的。”

“你被人欺负过吗？”

“嗯。”

“你也被人欺负过！”乐慧瞪大眼睛。

毛头笑了笑，说：“小孩子。”

“那你低头了吗？”

“你认为我低头了吗？”

乐慧将食指戳在脑袋边，做认真思考的表情。毛头将她的手指捏弯，将她的手握住。乐慧也笑了。她让毛头讲讲自己，毛头说了几件发生在小兄弟身上的琐事。乐慧对“毛老大”的经历好奇，他轻描淡写道：“生意上的事情，你不感兴趣的。”

乐慧拿一本撕过页的练习簿，记下零打碎敲的细节。毛头和乐慧，都听邓丽君，能把《甜蜜蜜》唱全；都对花粉过敏，讨厌毛毛虫；都爱闻橡胶水味道，害怕塑料泡沫摩擦的声音。毛头口味偏辣，乐慧嗜好甜食，但乐慧很快发现，自己具备吃辣的潜质，他们在这点上也统一了。

两人亲热时，毛头叫乐慧“小东西”“乖宝宝”，乐慧称毛头“老头子”“毛毛头”，他比她大八岁。一次说着话，毛头突然笑道：“你怎么学我样，皱起鼻子来了？”乐慧也笑了：“人家说，夫妻做长了，会有夫妻相，因为不知不觉模仿对方的表情。”

除此之外，他们都喜欢收藏旧物。毛头给乐慧看童年的蜡笔画，按画幅大小，整齐地夹在大硬纸夹中。一幅有个大红太阳，一名长发女子站在花丛中，眉眼耷拉着，手举一株紫色草；还有一幅，大纸页正中，一条孤零零的小金鱼，吐出一串扁圆的气泡，它的鳍看起来像只婴儿的手；最让乐慧惊讶的，是题为“我长大了”的画，六岁的毛头想象二十六岁的毛头：白面孔，唐僧耳，眉毛上一点褐色胎记（也许是粉彩污渍），戴很大很圆的黑眼镜，头发根根直立，绿色西装歪了一侧肩膀，胳膊下挎着一块方正的红颜料，是钢笔上的色，因为用力，看得出一条条金属笔尖的涂痕。

“这画的是公文包？”

“是，”毛头答，“小时候，觉得自己会成为工程师。”

“我小时候想当老师，”乐慧摸了摸“公文包”，“这幅画里的你，倒和我学生时代的梦中情人有几分像。我喜欢知识分子模样的人。”

“那我让你失望了。”毛头淡淡道。

“我不是这意思，”乐慧吐了吐舌头，“你看，我们的共同点，光记下来的就有二十四条，还会越来越多。我们是天生一对。”

毛头微笑了一下。乐慧转移话题：“我从画里猜出你的前世了。”

“也是一只圆耳朵猫吗？”

“不对，你的前世是女人。”

毛头又笑。乐慧指着长发女人像道：“她在哭，睫毛这么长，眼泪滴到紫颜色的草上。只有女孩才会这么画。”

乐慧也给毛头看自己的藏品。一盒旧照片，五个月的乐慧一脸婴儿肥，吐着舌头，淌着口水，脑门上稀疏的淡色毛发；一周岁的乐慧，在一只倒放的方凳里东倒西歪，五官长开了，衣服层层叠叠，围了块饭兜，眼神凶巴巴，像和摄影师结了仇；四周岁的乐慧由妈妈抱着，身子外倾，一只小手不服气地伸出。这是娘俩唯一的合影。

“我老想着我娘，经常做梦，但看了照片，却觉得陌生。”

“那是因为她过世得早，”毛头道，“看你妈的长相，是个实在善良的人。”

还有外婆的照片，微侧着身，大黑辫甩在胸前，鬓边簪着花，一对桃花眼，其中的一只被抠了洞。

“你瞧她的眼神，像不像狐狸精，”乐慧道，“听说以前总是虐待我妈。”

父母的结婚照被乐慧撕坏，乐鹏程只剩一点眼角、半枚耳朵，几簇不服帖的头发，从脸侧斜刺出来。

爷爷奶奶的遗像，孃孃舅舅的幼年黑白照，几张三四十年前的老皇历……毛头表现出兴趣，有一搭没一搭地提了些问题。

乐慧还给他看以前的成绩单、教师评语和三好学生奖状，甚至保存了教材和作业本。铅笔字很端正，像积木搭出来的，书页的缝隙里，记着密密麻麻的笔记。

“慧慧，你是块读书的料，你应该去读书。”

乐慧一怔。

“何况你的理想是当老师，读完书，就可以当老师了。”

“算了吧，误人子弟，”乐慧笑了，“小时候的傻念头能作数吗？”

“当然，我现在还想当工程师呢。”

“当老板可比当工程师好多了。”

毛头继续道：“你可以上夜校、上电大，你底子好，读大学没问题。”

第二天，毛头说，他让手下打听了情况，乐慧应该参加明年五月份的成人高考。

“我现在读不进书，只想混日子。”

“你还年轻，后面的路长着呢，更何况……”

“别和我说大道理，我最烦大道理，”乐慧拔高嗓门，“反正我这辈子算完了，只想找人嫁掉！”

乐慧突然愣住。毛头也愣了愣，勉强拾起被打断的话头：“……你的路长着呢，更何况，你爸还要你养老。”

21

毛头习惯早起，做操、俯卧撑、下楼跑步。他希望乐慧也增强体质，结果她睡眼蒙眬地摔了一跤，在水泥路上磕掉半颗门牙，短暂的晨练生涯终结了。乐慧通常十点多醒一次，然后迷糊到中午。这个过程中，她做一些明亮的梦，它们以令人满意的方式发展着。起床时，乐慧的心情总是很愉快。毛头带她吃午饭，每天不一样的饭店，吃喝很快不再是乐慧最大的幸福。她惊讶于餐饮业如此发达，每家馆子都坐满大腹便便、无忧无虑的人。

饭毕，骑摩托车兜风。乐慧不爱戴头盔，趴在毛头背上，哼着小曲，或者嘀嘀咕咕。银色雅马哈在林荫道上保持中速。沿途购买水果、饮料、盗版碟片，直到车把再也挂不住。

看碟是最大的娱乐，拥坐在床，喝汽水，嗑瓜子。乐慧问毛头，喜欢南瓜子还是香瓜子，毛头说南瓜子，乐慧又在小本子上记一笔：我们都喜欢南瓜子。

乐慧不爱看碟，要盯着屏幕一个多小时，有些费神。但除此之外，也没别的消磨时间。当片末滚起字幕时，毛头发现，乐慧已然在他怀中打起了鼾。

乐慧通常是假寐，她害怕毛头求欢，这会把愉快的一天搞得一团糟。

毛头有时简直发了疯，把她扔到床上，就像把肉扔到砧板上。用刀背拍碎，用刀锋切割。甚至卡她脖子，直到口吐白沫才松手。乐慧骂毛头心理变态，毛头撩起一巴掌，把她从床上拍到地上。这是毛头第一次打乐慧。

后来乐慧假装例假，毛头趁她洗澡，检查了内裤，气冲冲跑来对质，乐慧用莲蓬头浇他，毛头揪起她，按在瓷砖壁上，两人同时滑倒，各自流了血。水柱把发热的头脑冲刷冷静，他们又爬向对方，拥抱在一起。

一次看碟，色情镜头让毛头有了反应，乐慧不肯，拉扯一番后，毛头只能忍耐。谁知没多久，发现毛毯在轻微晃动，掀起一看，乐慧的手正放在睡裙底下。毛头拿毛毯罩住她的头，狂呼："闷死你，闷死你！"并用膝盖和手肘顶她。

另一次，乐慧梦见和甲做爱，来了两次高潮，嗓子喊得发甜。

翌日清晨，毛头叫醒她问："你提到的那个'甲'，是不是叫赵乾军？"

毛头站在阳台上抽烟，直到外面看不清人影了，才晃进屋来。他的小眼睛里有血丝，黑脸泛着黄。乐慧在床上躺了一整天，胃都饿痛了。毛头道："我不喜欢打架，我们应该好好谈谈。"

乐慧大哭，确切地说，是在哀号，因为喘不过气，声音断成一截一截。二十分钟后，毛头不得不打断她："我没想说分手。"

哭声突然止住，乐慧腾地坐起来，直直看着毛头。她隐隐预感，好像要失去这个人了。

22

乐慧在抽屉里发现一盒新买的安全套。上次做爱是三个月前，毛头不否认找过小姐，甚至主动坦白一星期两三次的频率。

"你不觉得，这段时间，我们的感情反而稳定了吗？"

"这不公平，"乐慧把套子甩在他脸上，"为什么你在外面找乐子，我却在家忍着？"

毛头拍了她一记头挞："女人怎能和男人比？"

"你放屁！"乐慧推开他的手，"女人为啥不能和男人比？"

毛头不再理她，兀自上床："我睡了，你爱睡不睡。"

不久毛头呼吸均匀了，乐慧在桌边坐着，越想越气，从地上捡起盒子，拆出一只，撑开把玩。一根手指，两根手指，最后整个拳头滑了进去。乐慧发现，这些油腻腻的橡胶薄膜，弹性真是好极了。

毛头被叫醒，乐慧机械的声音一字一顿道:“你——的——家——伙——有——这——么——大——吗?”

毛头开灯，吓了一跳，乐慧把脑袋罩在气球似的避孕套里，五官被挤得七歪八扭。

毛头撩起一拳，把乐慧打到桌底去。又踢几下，见不哼哼了，急又将她拖出来，撕掉套子一瞧，乐慧紫黑着脸皮，边流口水边哧哧喘气。

毛头揽着她，拍几记面颊，终于转出肉色。

“活该，憋死你。”

两人对视，同时笑起来。

“我恨你。”乐慧道。

“好，你尽管恨，”毛头道，“你的脑袋全是柠檬味儿，妈的，再不买水果味套子了。”

23

乐慧说服自己，存在超越肉体的爱情。大冬天，他们整日整夜地搂在被窝中,旁边放着零食和电热壶。看碟、聊天,聊着聊着睡过去。毛头熟睡后，有时将一根手指放在嘴里。乐慧几次夜半惊醒，就伏在毛头身上，静静凝视他的脸。

“怎么了，睡不着?”毛头像有了感应，突然伸出汗津津的手，将她的凉脑袋按进被窝。

“刚才做梦，我真的变成圆耳朵猫，生了窝小老鼠，再一个一个把它们吃掉……”

“别瞎说。”毛头声音含糊，眼还闭着。

“……生的时候，跟拉屎似的，扑通就下来了。肉乎乎一堆，扑通扑通。肚子很饿……”

毛头的手在乐慧脸上摸索，终于找到她的嘴，一巴掌堵住。“整天瞎琢磨，日有所思，夜有所梦。”毛头替乐慧掖好被角。乐慧嚅了嚅嘴，轻轻靠到毛头肩上。

24

毛头住203，一室一厅，墙上垩了石灰，地面刷了绛色油漆，家具都是式样简单的二手货。进门一条狭窄通道，一只硬纸板箱，“晶晶亮，透心凉”，塞着抹布、打气筒、折叠伞、自动鞋刷，以及皱成团的马甲袋。护墙板比地面颜色略浅，上方一些脚印和剐痕。

通道右侧的白墙面上，乐慧打死过一只蚊子，血迹擦不干净。研究一番，认定受害人是乐慧：她的血较稀薄。毛头在那摊红上扎根钉子，选他童年的蜡笔画，镶进镜框，挂在墙上。是乐慧最喜欢的一张：长发女子立于花丛，手举一株紫色草。“你看她的眼睛，有点像我呢。”毛头淡淡扫了一眼：“是吗，你有这么好看？”

通道尽头是客厅，一方小餐桌，三把旧木椅：一张乐慧坐，一张毛头坐，另一张有些松动了，毛头用来搁脚。乐慧在对面贴了一张邓丽君，时间长了边角残损，用透明胶粘了一圈，没粘服帖，邓丽君的半张俏脸拱起，眼神就斜出去，几分刻毒样子。

客厅左手卫生间，右手厨房间，都是淡绿木板门，半月形金属拉手。卫生间的墙壁是白色马赛克，时间长了有点脏。抽水马桶的座圈松脱，放上放下发出乒乓巨响。门后一个小浴缸，乐慧躺入时，脚抵着浴缸壁，头颈正好枕在另一侧。如果两人共浴，毛头就蜷起身子，将乐慧胸对胸抱着。乐慧喜欢这姿势，可以不费力地互相搓背，当毛头抓挠她脊椎的凹沟，乐慧就会呻吟："哦哟哟，舒服——"

最喜欢的是厨房，一个灶头，一方水斗，一只餐具柜，一张小圆桌。乐慧是食物王国的女主人，油盐酱醋、刀叉盏勺、锅碗瓢盆，统统听命于她。她在毛头专用的木碗上刻："毛头爱乐慧"。

202住个瘸腿老头。一次乐慧和毛头在屋里嬉闹，忽听敲门声，门缝里塞进一张纸条，小楷的繁体，"安静"二字，落款"贰零贰"。乐慧说："糟老头多管闲事，去教训教训他。"毛头说："人家孤苦伶仃的，也没几年活头了，你和他计较什么。"

204是对中年夫妇，有个上初中的女儿。晚饭后，只要不下雨，一家子就排成一溜，保持半米距离，在小区的鹅卵石路上默默走着，走到尽头，再齐齐后转。如果天气不冷，就脱成光脚，三双鞋子齐放于路边。某晚，小猎狗叼走女儿的一只鞋，乐慧高兴坏了，叫出毛头："快来瞧这些四眼！"俩人站在阳台上，观赏围捕小狗的好戏。

25

乐慧偶尔回家取衣服和生活用品，影子弄倒成了客栈。乐鹏程骂："一对游手好闲的宝货。"乐慧嘻嘻一笑："老娘心情好，不来和你啰唆。"

这俩人真是游手好闲，乐慧也觉得奇怪。毛头解释说，生意做大后，指挥手下就行了。

"我到现在都不知道，你做的啥生意呀？"

"男人的事，女人不要管，"毛头沉着脸，又道，"玉石生意。"

毛头接电话时，总要回避乐慧。时间长了，乐慧听到铃声响，就自觉走开。每个月出差一两次，走时通常留个短信，或者到机场后，才电话告知乐慧。乐慧觉得他行踪神秘，时间长了也就习惯了。

26

毛头常带乐慧去高档商业区。满世界的华服珍饰，让乐慧透不过气。毛头直愣愣地冲进去，只管问："这儿哪件最贵？"营业员们或诧异，或不屑，最后无不热情非凡，几个柜台的同时拥过来，争相推销自己的商品。

毛头给乐慧买了好几件晚礼服，夸张的蕾丝和裙摆，有一条还配了长及肘部的网眼手套。

乐慧道："好看是好看，就是没机会穿。"

毛头道："高档衣服，是要在高档场合穿的。"

乐慧第一次吃西餐，第一次听音乐会。毛头用刀叉的手势，和她一样笨拙。乐慧在音乐厅里迷糊了一会儿。周围人都穿得挺随意，前排有个女人，回头看了他们两次——西装笔挺的毛头和裹得像银鱼的闪闪发光的乐慧。

乐慧宁愿溜进大学舞厅跳舞，或者去工人文化宫唱歌。一次她提出，想到毛头业下的"慧慧娱乐总汇"玩，当即被否决："那不是正经女人去的。"

"生活简单点无所谓，"毛头训导道，"品位不能掉下去。"

乐慧将高跟鞋挂在脚趾上晃啊晃："干吗一定要有品位？"

"有品位了，才不会被看轻。"

"我们有钱，谁会看轻我们。"

"有了钱，就更该有品位。"

"那又是为什么？"

"慧慧，别和我抬杠。"毛头眯起眼睛，这表明他有点不快。

乐慧重新穿好鞋子，搔了搔脑袋，想了一想："我觉得，其实我们是一样的。"

"什么意思？"

"说不清，好像我们在骨子里，很像，又很不像。"

27

那天，毛头在浴室待了许久。乐慧反复催问：“好了没？在干吗？我憋不住了。”

毛头出来了，脸色发青，举着沾满鲜血的手道：“去医院。”

排队很慢，检查很快，乐慧冲进门，凑到托盘前看。医生已经摘掉一次性手套，在水斗里冲洗，扎马尾辫的女护士整理完洞巾、弯盘、活检钳，退到屏风外。

“快起来，后面还有人呢。”医生道。

毛头慢吞吞地换上来医院时的牛仔裤。

“现在的人，就爱搞乱七八糟的事。”医生甩了甩湿手，马尾辫在外面轻笑。

“出去后到厕所排气，两小时内不吃东西，”医生在病历卡上龙飞凤舞，“感染很严重，给你开黄柏胶囊和痔疮膏，以后不要用手抠。另外，”医生面无表情道，“可以去北京的大医院，让他们给你装个人造括约肌。”

毛头自顾自地走，下楼梯动作迟钝。他的嘴唇咬出血了。

她紧跟道：“医生让你去排气。”

毛头不理。

“我们还没买药呢。”

铁板的脸越来越黯。乐慧拉他手，勾他胳膊，都没反应。他一进门就倒在床上，用被子蒙住头。

乐慧下了一锅面，自己吃一小碗，剩下的放在床头，冷了，糊了。乐慧又去买药，胶囊按每顿剂量剪开，膏药拆掉外壳，放进抽屉里。毛头一动不动。

到了晚上，乐慧把面重新加水煮开，吃完，剩下的盛在大碗里。

“饭后半小时吃药。”她道。

毛头突然从床上弹起，咆哮着猛砸墙壁。石灰哗啦啦下来，豁出一个拳头大的凹坑。

28

毛头老家石皮门，是个临海小镇，祖辈打鱼为生。1970 年出生，父母给他取名薛文锋。

母亲苏阿妹断了一腕，鱼片干加工厂出的工伤。有人谣传，说其实是薛大伟剁掉的。薛家一门脾气火暴，苏阿妹缝个布围，把婴儿兜在胸前，好手扶着奶子，断手一捋桌面，盆碗勺筷，齐齐飞向薛大伟。

等儿子下了地，苏阿妹失去护身符，只剩被丈夫揪打的份儿。好在还有一张嘴，薛家祖宗全被骂了个遍。打完骂完，收拾战场，薛大伟给苏阿妹敷云南白药，苏阿妹“大伟，大伟”地撒娇。邻居暗笑：“一对宝货，生出的娃儿也好不了。”

薛文锋开口晚，两岁说第一句话："揍你娘。"还拿塑料玩具球猛击妈妈的脑门。

苏阿妹正蹲着给小囡洗澡，丝瓜巾一甩，丈夫裤腿上开了一朵水花："小畜生骂人的腔调，跟你一个模子刻出来的！"

"我的儿子，不像我像谁！"薛大伟茶杯一倾，苏阿妹湿了大半襟衣服。

小文锋喜欢看大人打架，嘴里"呼呼"助威，脚丫兴高采烈扑腾，塑料球在手中压得扁扁的。

只有傻丫头薛文瑛脾气好，整天淌着口水痴笑。薛文锋又拍又揉，妹妹的脸变化出古怪表情。他爱把她两颊的婴儿肥往鼻梁挤，五官凑一块儿了，噘起的小嘴口齿不清着："哥哥，哥哥。"文锋12岁时，突然知道疼妹妹了，往文瑛身前一挡，小眼乌珠一瞪，捣蛋的孩童们鸟兽状散。

十五岁的一个星期天，薛文锋玩累了，站在门口看妈妈拆线头。她左手断处箍个环，右手将碎布钩进环内，捏一枚汽水瓶盖，顺着织物纹理，刮出蓬松弯曲的棉线。腕部被勒得红肿溃烂，只胡乱贴些膏药。布片吃不住力，几次三番脱出来，苏阿妹痛得哼哼。薛文锋上前，把线团盒子一掀，大声道："妈，我来养活你，从今以后你不会受苦的。"

城郊连开三家工厂，污水管道直通大海，再加牌照满天飞，渔夫比鱼虾还多。休渔从两个月增到四个月，渔业税却全年照收。薛文锋辍了学，随父打鱼，家境反不如前，苏阿妹依然每天坐在门口，一股一股拆线头。

一个半夜，全家人被砸床板的声音弄醒。二老交口大骂，文瑛呜呜直哭。

薛文锋鬼魅一样站在床前：“爸爸、妈妈、妹妹，我一定让你们过好日子！”

“省省吧，”薛大伟猛戳他脑袋，“有口饭吃不错了，你要娶娘子，文瑛要嫁人。实际一点行不？关灯，睡觉！”

石皮门有个海上执法队，还有海上执法服务中心，都是浅蓝制服，唯一区别的是巡逻船：执法队白船黑字“海巡220”，服务中心黑船白字，舷侧一串呼叫号码。黑白的摩托艇，每日快活地兜海风。偶尔还有女眷，夹在蓝制服之间，随着溅入船帮的浪头，发出阵阵尖叫。

渔民们逐年增长的行政管理费，大多用来喂了“蓝鲨”，他们个个肥头大耳。苏阿妹的爸爸苏老爹，因为天气突变，被浪头打入海中，岸上有人给服务中心拨电话，半天没人接，终于接了，又不耐烦：“来了来了，急个屁啊！”

黑摩托艇笃悠悠开来时，苏老爹早没了影儿。胖“蓝鲨”一边指挥渔民捞人，一边在砖头样的大哥大里打情骂俏。

这是薛文锋十四岁时的事。十七岁时，一名“蓝鲨”指着一篓鱼，命令薛文锋送给他，薛文锋二话不说，将对方扑入水里，一顿好揍。

一年后，薛文锋回家，薛大伟的肝脏出了问题。有说喝坏的，有说气坏的。文锋知道，由于经济原因，爸爸早已戒了四五年酒。

苏阿妹的手腕终于恶化，文锋往袖管上一捏，发现整条前臂没了。文瑛蹿了个儿，还是傻笑：“你回来啦？”眼泪掉下来。她和哥哥越长越像。

四年后，薛大伟转成肝癌。薛文锋开始想法子弄钱。

石皮门有不少台湾渔轮往来，大多买卖海产品，也有暗地做其他生意的。薛文锋由小顺带入行。小顺是光屁股长大的死党，薛文锋看着他一夜发家。他东拼西凑了钱，和小顺乘飞机到云南畹町。在那里，小顺从贩子手中买下五六千块钱的海洛因。俩人将一斤左右的白粉团成七颗丸粒，小顺屁眼里塞两颗，薛文锋塞五颗。他们怕飞机场X光安检时露馅，坐了四天五夜火车，几乎不吃不喝，通过层层关卡，把货带回石皮门，一星期后，以十倍价钱转给台湾人。七千块本钱，生成两三万进账，薛文锋初尝甜头。

很快，传闻从一堵堵清水红砖墙，流转到一座座停靠敞篷船的小埠头。有说薛文锋的屁眼能塞进二倍于常人的东西，有说三倍、五倍的，还有绘声绘色的描述，说薛文锋将小瓶洋酒夹带出百货店。走在路上，小孩们朝薛文锋扔石头，然后欢叫着跑散：“大屁眼！大屁眼！”

父亲不治身亡后，薛文锋进城买了房，把妈妈、妹妹一并接去。他每天拎着手提包，光鲜神气地出门，然后进对街的公共厕所换一身破旧衣服。他送过外卖、蹬过黄鱼车，甚至捡过垃圾。家人开始疑心时，他的账户只剩十八块钱。薛文锋要来妈妈的黄金首饰，说是打造新式样，又打电话回家，谎称出差一个月。

三十天后,毛头回来了。两个女人见他从大包里一样一样往外掏,吓得浑身发抖。两副玉镯,两套黄金首饰,两根珍珠项链,一黑一白,还有五六件名牌衣服。毛头说:“妈妈,文瑛,你们很快会有一栋别墅。”

毛头从地下钱庄走钱,要转好几个弯。有朋友酒店破产,毛头盘过来,用于洗钱。和乐慧恋爱后,更名“慧慧娱乐总汇”。

董小武跟了毛头,改名阿乌。阿乌的老娘生癌了,晚期。毛头二话不说,给了五十万。阿乌人前人后地夸:“毛老大就是做老大的料,该狠的狠,该义气的义气,最重要的是,头脑不发热,行事不张扬。”

毛头就是毛头,薛文锋早化成一摊口水,消失在石皮门的下水道里。乐慧是第二个知情人。毛头告诉她,因为殴打执法人员,他被判妨碍公务罪,进去蹲了一年。同监的三个老变态,拿各种东西往他的身体里捅。

29

苏阿妹对儿子说,乐慧打扮得像“鸡”。“嘴唇忒红,满脸雀斑疙瘩,睫毛干成了油漆刷。”

毛头劝过乐慧:“家常便饭,穿得大方就好。”

乐慧道:“不行,第一印象很重要。”

裘皮大衣、水貂围巾、针织贝雷帽、亮皮紧身裙、尖头窄身鞋,七八厘米的高跟,走路跌跌撞撞。

出租车上,乐慧问:“你妈会喜欢我吗?”

"会。"

下车又问："你妹呢？"

"也会。"

按了电铃，半晌没反应，瞥一眼铁门顶部的监视探头，乐慧轻声道："心快跳出来了。"

冷风在豪华别墅里穿梭，中央空调的热气打不进餐厅。苏阿妹裹着臃肿的棉睡袍，乐慧脱去外套，直流鼻涕，碗边堆起一团团餐巾纸。

苏阿妹盯着乐慧的羊羔绒上衣道："我们文锋大方，再贵的东西，别人一开口，他就掏腰包，对自己却那么小气，住个破房子，想想就让做妈的心疼。"

"是，是，他是大方。"乐慧在皮制椅面上挪了挪屁股。

"钱容易赚吗？想当初，累死累活出海一个月，买件衣服就没了。"

乐慧不吱声。

片刻，苏阿妹抽抽鼻子："什么味道，熏死人了。"

"我喷了香水。"

"哎哟，我老啦，容易过敏。"

四人闷头吃菜。薛文瑛不时偷瞧乐慧，小姑娘也是黑脸蛋、窄眼睛，乐慧觉得亲切。

过了会儿，苏阿妹又道："文锋，那个美凤呢，还联系吗？我对她印象挺好的。"

毛头和乐慧同时放下筷子，你瞪我，我瞪你。薛文瑛呵呵两声，不知乐什么。

回家路上,乐慧问“美凤”是谁。毛头说是前女友,名叫张美凤。

“为什么分手了?”

“性格不合。”

“你也给她买衣服?”

“嗯。”

“你也带她下馆子?”

“嗯。”

乐慧不说话了。

毛头道:“你和她不一样。”

30

薛大伟死后，苏阿妹开始迷信土方，甩手、摇头、打鸡血，甚至参加喝尿协会。

苏阿妹说，协会的吴老太喝了一年尿，鼻咽病、妇女病、风湿病，全好了，还能跳绳和爬杆。黄先生是医生，写了多篇喝尿论文，得过荣誉证书，影响甚大。

苏阿妹又说，协会里很多人，除了小孩，全家喝尿。毛头私下问妹妹，文瑛道:“又苦又咸，像苦麦菜汤。”妈妈见她呕吐，让她兑了开水慢慢喝，她喝完直想大便。

苏阿妹坚信，喝尿治好了她长年的坐骨神经痛，饭量大了，头发黑了，精神也好了。她还总结经验：去头去尾，中间最好。早上口味重，晚上口味淡。尿前嚼话梅，尿有酸甜味；尿前食素菜，尿有清香味。苏阿妹喜欢饮牛奶、吃苹果，排出的尿最好喝。

那时，苏阿妹想劝服毛头，被一口拒绝。张美凤则积极响应，到苏家别墅小住时，喝了三天尿。

“其实她喝的是茶，前一晚洗澡时，泡了藏在浴室里。”毛头告诉乐慧，张美凤眉头不皱，一杯见底，连称好喝。苏阿妹欢喜道：“薛家有这样的媳妇，是前辈子的福分。”

乐慧想了想，道：“要是为了你，我也愿意喝尿。”

31

薛大伟临死时，是副插满导管的骨头架子，嘴角漏着一挂牙龈血，喊痛的力气也使不起。苏阿妹瞧见，水液从丈夫肿胀的大腿上渗出。后来告诉毛头，那刻她意识到：死亡，就是皮囊坏了，盛不住东西了。

苏阿妹保护躯壳，像保护一架精密仪器。指甲黑了，舌苔白了，睡不好觉，拉不出屎，都要兴师动众。薛文瑛则相反，用毛头的话讲：她的魂早就脱了身子的壳，不知跑哪儿去了。

文瑛六岁时，张开双臂，跳下砖墙，摔断了一条腿。她边哭边笑：“哥哥，我飞起来了。”

石膏没来得及拆，文瑛再次跳墙，还在胳膊上绑了硬板纸，剪成翅膀的样子。这一跃，脚彻底跛了，父母将她捆在床上。她折纸鹤玩，五十只一串，让文锋帮忙，挂上天花板。纸鹤迎风转，文瑛拍手笑。

住进别墅，毛头给妹妹买了电脑。文瑛将两大箱连环画搬到地下室，《辛巴达航海》《阿拉丁神灯》，它们陪伴了她二十年。文瑛无师自通，一头扎入网络世界。

苏阿妹埋怨："什么破机器，让迷糊人更迷糊。饭不吃，觉不睡，对着屏幕又笑又闹。"

文瑛突然失踪了一星期，回来时衣衫破烂，浑身恶臭，倒头就睡，三天三夜唤不醒。苏阿妹盘问，一听什么网友见面，火冒三丈，将电脑砸个稀巴烂。

两个月后，苏阿妹发现不对劲，送女儿一查，发现怀孕了，气得一顿毒打。文瑛颠三倒四，说不出所以然。手术后，文瑛躺在床上，拉着苏阿妹的空袖管道："妈妈，我疼。"苏阿妹强忍眼泪："文瑛，从今以后，妈不许你离开。"

文瑛在空荡荡的别墅里陪母亲，吃饭、睡觉，偶尔参加喝尿协会的活动，甚至接受记者采访。

"你喜欢喝尿吗？"记者问。

文瑛别转身，瞥一眼身后，苏阿妹正满脸焦急地打手势。文瑛答道："不喜欢。我只爱看连环画。"

这以后，喝尿协会的活动也没得参加。文瑛在家跑楼梯，三楼跑到一楼，一楼跑回三楼，跑完喘着气，定定地注视窗外。她又将连环画搬出来，躺在被窝里翻看。小册子们掉了封面，缺了页角，文瑛饶有耐心地一本本修补。

某日，文瑛忽然下楼，道：“妈，我知道了，没有飞毯。”

“当然没有。”

“为什么没有？”

“没有就是没有。”苏阿妹正在看电视，有点不耐烦。

第二天清晨，苏阿妹下楼练拳，在楼底发现女儿，裹着白被单，栽在月季丛中。她身上一点外伤都没有。在小卧室的床头，粉红的梳妆镜面上，彩色水笔写着“没有飞毯”，赤、黄、蓝、绿，四个字，四种颜色。

这事发生在五年之后，文瑛坠地的瞬间，乐慧突然被梦魇住，脑袋发疼，手脚沉重，持续了二十分钟。醒来心悸不已。

在文瑛二十六岁的生命里，只见过乐慧一次，她曾悄悄告诉毛头，她喜欢这位乐姐姐。

32

春天是个内分泌失调的季节。草儿半绿不黄，鸟儿叫一声停一声，小飞虫没头没脑地撞在窗玻璃上。空气里的花粉让乐慧烦躁，她几乎夜夜做梦，面孔模糊的男人们，以相同的姿势伏到她身上。有次看清了，是沈立军，在小树丛里，他站在身后，抱住她，进入她体内。

醒后满头汗水，浑身虚脱。毛头也被吱嘎作响的床板弄醒。有时，他假装仍在沉睡，就会听见乐慧自慰后呜呜的啜泣。

毛头更频繁地外出作乐。抽屉里的避孕套不断翻新：巧克力味的，带颗粒的，延缓型的，超薄型的……

乐慧和他吵："你不考虑我的感受。"

"男人想那事很正常，女人嚷什么'感受'，纯粹犯贱。"

乐慧说不过，也打不过，拔着自己的头发，直往墙上撞。

毛头一把举起她，狠命摇晃："你有啥不满足的！"

"你待我不好。"

毛头把她放下来："在我眼里，她们就是副器官。没意思了就在套子上换口味。你吃那些套子的醋，可笑不可笑。"

"她们是女人，我也是女人。我情愿做一副器官！"

毛头松开手，任由乐慧扭来拧去。乐慧见毛头不响，就渐渐停下吵闹。

"慧慧，"毛头低声道，"那天医院回来，我就知道，不能和你再做了。"

"什么意思？"乐慧有些恍惚。

"你知道那件事后，我心里有障碍……"

"知道了，你想甩我。"

"不是这意思。"

僵持了一会儿，毛头跑去阳台抽烟。窗外，天色半黑，剪出一个很有男人味的侧影。乐慧远远望着。另一半天色也慢慢黑下来，阻隔在他们之间。

33

翌日清晨，毛头留了张字条：“出差，四五天，勿念。”乐慧漱洗罢，翻了几页时装杂志，嗑了半袋南瓜子，突然将瓜子壳往窗外一抖，决定出去走走。

乐慧穿流氓兔T恤，黑色牛仔裤，头发长了，在脑后扎成一束，她在镜前照了又照，对自己的青春模样颇为满意。

乐慧在街口左转，穿过马路，笔直向前。走了五分钟，周围嘈杂起来，车辆横冲直撞，于是拐进小径。梧桐叶抖下一片清凉，乐慧记起附近有家电影院，就从弄堂斜穿出去。

乐慧坐在铁护栏上候场，双脚踢着路边停放的自行车。一个男人在旁观察片刻，过来搭话：“小姑娘，看电影吗？”

长腿，瘦个儿，板寸头，模样还不赖。乐慧点点头。

“一个人啊？”长腿也坐上来。

五分钟后，乐慧退了电影票，跟长腿回家。长腿自称“阿三”，路上打手机，喊来另一个矮胖子，说叫“阿四”。

阿四笑盈盈道：“小姐芳名？”

乐慧照实回答。

阿三阿四把乐慧夹在当中，走着走着，挤作一堆。阿三搂着乐慧，给她递烟，乐慧把烟圈吐在他脸上，阿四一个劲儿恭维她的眼睛。

进屋，关门，上锁。乐慧在床边稍坐，两个男人进隔壁房间，压着嗓子谈论什么。过了一会儿，阿三先出来，问:“你累吗?”

乐慧答:“还行。”

阿三过来解她衣服。

两小时后，乐慧要走。

“不要，不让你走。”阿三在门口拦她。

乐慧留了一晚。三人一张床，折腾个没完。乐慧只想冲把澡，好好睡一觉。第二天，再次想走。阿三阿四不答应。又在床上躺一天。乐慧浑身发黏，下体疼痛，感觉没意思透了。

到了晚上，乐慧尖叫着，大半个人倾出窗外。阿三掐灭烟头:“滚吧，小婊子，老子玩腻了。”

乐慧从楼梯上折回去。阿三将乳罩从门里扔出:“稀罕啥呀，你有胸吗?”

走了一段，发现不对劲，探手一摸，乳罩里被吐了两口痰。想找他们算账，又在兵营式的新公房间迷了路。只好打的回去，却发现牛仔裤口袋里的七百块钱没了。

乐慧走到家，两腿发颤，站立不稳。开灯时吓一跳。

“你回来啦?”

“嗯。”毛头瓮声道。

“啥时候回来的?”

“刚到。”

“噢。”乐慧松了口气。

脱掉鞋，把钥匙放在柜子上，猛灌一大杯水，又问："怎么就睡了？才八点。"

"不舒服，可能感冒了。"

乐慧打开浴室龙头，又跑出来："我刚才嫌闷，出去转转，看了个电影。"

毛头蒙着头，不应声。等水满了，乐慧坐进浴缸。洗了许久，还是感觉脏腻。擦干出来，躺到床上，毛头仍然面朝墙壁。乐慧让他匀点被子，他把被子全推过来。

"电影好看吗？"毛头问。

"一般般。爱情片，哭个没完，结局大团圆。"

乐慧睡不着，毛头呼吸平缓，乐慧知道他也没睡着。

"我很想你。"乐慧道。

又补充道："真的。"

过了一会儿，乐慧趴到毛头身上："老头子，干吗不理我？"

"发烫，喉咙难受。"

"给你拿药。"

"不必。"

乐慧掖上被子，琢磨这个"不必"。似乎冷淡，又像真的病了。

第二天乐慧醒得早，发现床上空着，阳台也没人。她像被砸了一下，脑子闷闷的。潦草地抹把脸，开冰箱觅食，发现毛头买了很多好吃的：泡芙、巧克力、圈圈饼干……拿起一盒酸奶，湿乎乎的瓶底粘了一张收银条，日期打的是前天。

当毛头把收银条塞进马甲袋时，她正吐着烟圈，听人夸眼睛好看呢。乐慧浑身一凛，冲到门口。门被反锁了。她呆了一会儿，进厨房拿菜刀。第二下时，菜刀被弹歪了。乐慧觉得腿上一热，一摸一手鲜血。她找了件棉布衬衫，胡乱扎了腿，跑到窗口，朝下看了两眼，坐到窗子上，两腿对准底楼的雨棚，屁股往外一挪。

乐慧感觉被撑挡了一下，左肩和后背一记闷疼，人就在地上了。她一瘸一拐到路边，好不容易喊住一辆出租车，搭着玻璃窗道："我付双倍的钱。"司机略一迟疑，乐慧打开车门。

白椅罩被染红了，还在凹槽里聚出一个小血塘。司机骂骂咧咧。乐慧掏出一把钞票，扔在副驾驶座上，司机才住嘴。

乐慧花了七八分钟，从弄口走到家门口。又花了七八分钟敲门。"乐鹏程，死出来，快死出来！"隔壁开了条门缝，甩出一句话："你老头住院了。"又嘭地关上。

34

乐慧止了血，吃了消炎药，休息一晚。起床后找隔壁邻居。邻居道："那天有个你爸的同事，找不到你，在我这儿留了医院和病房号。"

乐慧失了血，觉得脑筋不好使，转了半天，才找到那间病房。站在门口时，恰听护士吆喝："手别抖，你抖，我怎么戳得准？"往里一探头，瞧见正在换输液瓶的乐鹏程。

邻床的老头道："老乐，老乐，是不是你女儿？"

乐鹏程被护士挡住视线，闷闷地“嗯”了一声。他脸色蜡黄，下巴瘦得尖出来，眼睛的形状也变了。护士瞅着乐慧道：“家属？”不待回答，就转身走了。邻床老头道：“你爸没人照顾，吃苦头了。我儿子请了看护，烧菜烧饭的，我就分点给老乐。”

乐慧问乐鹏程：“什么病呀？”

“胃出血。”

“上次见你还好好的。”

“连着几天大便发黑，突然就路上昏倒了。”

“好像挺严重。”

“那是，”乐鹏程闭起眼睛，“死了也没人管。”

乐慧掖了掖他的被角：“我不是来了嘛。要吃东西吗？”

乐鹏程点点头：“不要太油腻。”

“那就烧点粥。”

“医院有小灶的。”

乐慧问附近哪有超市，就去了。乐鹏程的眉眼舒展开来。他对邻床老头道：“我女儿手很巧的，什么都会做。以后出院了，请你来吃饭。”

老头道：“好，好，一定。”

乐慧煮好粥，撒了肉松。乐鹏程执意要老头品尝，老头分了小半碗，喝一口，赞道：“香喷喷，韧笃笃。”乐鹏程呵呵一笑。老头道：“女儿来了，你终于高兴了。”

35

乐慧整天待在医院，煮粥、端便盆、给乐鹏程读报。她让自己忙一点，就顾不上七想八想了。乐鹏程几次说：“阿慧，以前不知你这么好。”热泪盈眶，还试图握住乐慧的手。乐慧觉得他可怜兮兮，像条狗。五十天后，乐鹏程出院了。乐慧让出大床，自己睡沙发。她烧菜、清洗、喂药、整理房间、接待乐鹏程的同事。乐鹏程能起床了。乐慧渐渐有了空闲，那个她努力不想的问题，又摆到面前。

乐慧相信，她和毛头没完，但怎么个“没完”法，却不晓得。夜晚漫长得犹如疾病，来时骤然降临，去时却似抽丝，一寸一寸，没个尽头。

一次半夜，乐慧起床小便，外间铃声骤响，乐鹏程接了，“喂”一声，又“咦”一声：“怎么不说话就挂了？”

乐慧猜是毛头打的，翻来覆去到凌晨，忍不住打毛头手机。那头不接。一晚无眠，清晨感觉头疼，胃难受，浑身发冷。乐鹏程烧完饭，热好隔夜菜，问她吃不吃。乐慧不答。乐鹏程自己吃了，给她留一碗。乐慧迷糊了一会儿，听见电话铃响。乐鹏程说：“大概是阿二师傅。”接起，听了，转头道：“你的。”乐慧蹦到电话旁，“喂”了一声。对方也“喂”了一声。各自沉默。

片刻，毛头道：“上午没带手机。”

乐慧问："昨晚你打的电话吧？"

"没打过。"

又不说话。片刻，毛头轻轻掐断电话。

乐鹏程问："阿慧，你和那个民工怎么了？"

乐慧抱着话筒出神，然后又拨过去："那天干吗把门反锁？"

"哪天？什么反锁？"

"你误会我了。"

不响。

"乐鹏程病了，我回来照顾他。"

"哦。"

"真的。"

"哦。"

"乐鹏程，你是不是病了？是不是？"乐慧大声问，又回到话筒旁道，"你不相信就算了。"她挂断电话。乐鹏程递过一张纸巾，让她擦眼泪。乐慧不接，一骨碌翻进沙发，躺了几秒，又一骨碌坐起："走，吃饭店去。"

"我吃过了。"

"吃过了也可以吃。你瞧那几根蔫菜，算吃过了吗？"

从饭馆回来，还没开门，就听屋里电话响个不停。乐慧冲进去，气喘吁吁地"喂"了两声。

毛头说："你好。"

乐慧说："你好。"

“干吗去了？”

“吃饭。”

“算午饭还是晚饭？”

“午饭。”

“哦，这么晚呀。”

“还好。”

“你老头什么病？”

“胃出血，住了几十天院。”

“现在好点吧？”

“好多了。”

“胃靠养的。”

“嗯。”

“注意饮食。”

“嗯。”

等了十几秒，毛头又道：“多吃软烂，粥之类的，养胃。”

“嗯。”

毛头又沉默了。

乐慧径直问：“你怎么看我们的关系？”

毛头顿了顿：“晚上吃个饭，细细说吧。”

乐慧翻出真丝吊带裙。一年没穿，压得皱皱的，颜色也褪得半深不浅。她还化了妆，蓝色眼影，紫色口红。

见了面，毛头盯着乐慧的裙子看。

乐慧道："不记得啦，你去年买给我的。"

毛头道："当然记得，"又道，"你的口气，像十年八年没见了。"

他们去毛头家附近的餐厅。毛头给乐慧点了土豆色拉，和甜味的印度飞饼。

乐慧道："我可以吃辣。"

毛头道："不必迁就。"

乐慧问毛头近况，毛头道："就这样。你呢？"

乐慧道："我也就这样。"

然后闷闷地舀色拉，喝汤，吃菜。

出了店门，乐慧摸摸肚子："今天菜挺棒的。"

"这里一向不错。"

"很久不吃了。"

"好像也不久。"

乐慧把重心换到另一脚，叉着双手，拇指急速打圈。

毛头问："那么，送你回家？"

"好……老头子。"

乐慧称呼得有些别扭，毛头轻咳了一下。

坐上雅马哈，乐慧开始后悔。她原本不急着回去。

——东西落在你这儿了，我去拿一下。

——口渴了，想上去喝茶。

或者，干脆直接：

——怎么不叫我去坐坐呀？

乐慧琢磨着选用哪个借口，发现已路程过半，只得作罢。抱住毛头的腰，见他没反应，脸颊也贴上去。乐慧想，如果他们是两个哑巴，该多好。

日常节目渐渐恢复，兜风、下馆子、逛商店。不知这算不算复合，或者压根没分过手。乐慧挽着毛头，毛头勾着乐慧，走着走着，两人分开，隔了半尺多，或者一个上街沿，一个下街沿。偶尔又一起过夜，睡前搂着，醒时却发现，两人各贴一条床沿，离得远远的。

36

一日，毛头进超市买香烟，乐慧倚在摩托上，等得无聊，就四下张望。突然发现，毛头已出了店门，正狠狠瞪着她。

“怎么啦？烟买好了？”

毛头冲过来，一把推开她，骑上雅马哈，径自走了，乐慧目瞪口呆站在原地。

这一晚，她反复拨毛头电话，一直关机，直到翌日晚上十二点半，才接通。

“干什么！”话筒吱吱地嘈杂着，毛头的声音时远时近。

“你这是干什么呀？”乐慧质问。

“什么‘干什么’，我忙着呢。”

“也得给我个理由吧。”

“还用得着我说吗？问问你自己。”

“我问心无愧。”

“老盯着路上的男人看，还说问心无愧。”

“什么男人？”

“别装蒜。”

“真不记得什么男人。”

“一个长头发的。”

“我真没……噢，想起来了，他戴耳环。”

“戴耳环很稀奇吗？”

“一个耳朵戴两枚，我怀疑是同性恋，所以多看两眼。”

“啧啧，想男人想疯了，同性恋都要勾搭。”

“你在说什么！”

“我可以再给你机会，但没有下一次。”

停了几秒，毛头道：“有时候，我真想杀了你。”

37

六子见张美凤第一眼，心口噎了噎。

作为微不足道的小喽啰，本无资格上台面，那天随阿乌办事，就跟来了。张美凤抽着烟睨视来人，粉红指甲轻弹着桌子，面前的半杯啤酒早没了泡沫。毛头让服务员加碗盏，阿乌一坐下，迫不及待说开了话。六子给他斟酒，给自己倒茶，把头压低到张美凤的视线之下，瞄着满桌残羹冷炙。

他忽听张美凤责怪阿乌："你怎么这么笨呀。"

毛头道："男人说话，女人别插嘴。"

张美凤"哼"了一声，转脸对六子道："小兄弟，怎么不吃啊？"

阿乌笑道："脸红什么，不上台面。"

张美凤拔高嗓门道："小姐，加菜。"她的声线很甜润，嘴唇开合的形态也漂亮。小姐递来菜单。张美凤看了，加了三个菜，然后起身离座。她的裙子很紧包，左右两爿之间，一条小纵沟显山露水。

这是六子见过的最美丽的屁股。

38

六子扎车胎的时间不长。每个路口都有补车摊，大家互不买账，甚至大打出手。六子被大盖帽勒索过几回，更有一个爆了胎的大胖子，过来当头一拳，打得他七荤八素。

六子做回老本行。扎车胎要选上下班时段，卖刀则宜在白天：这时居民楼里，往往只剩老弱病残。这些门道是"二锅头"教的。"二锅头"不喜欢二锅头，喜欢啤酒，早年是六子的哥们儿，修理棕绷出身。"六子六子，咱哥们儿多年，你这只赤佬人不错，就是没魄力，成不了大事。"

"二锅头"有魄力。失踪几年后重现江湖，颈里拇指粗的项链，头发剃成板寸，腮帮子往下耷拉，平添几分凶相。

"六子，卖什么刀呀，跟我一起混吧！"

“二锅头”把六子介绍给毛头，毛头派他到阿乌手下，阿乌谈生意、运东西时，六子负责望风，得点小钱。没任务时，就继续卖刀。

39

一日，六子闲逛，迎面过来一美女，六子死盯着瞧。美女甩了个白眼。六子心里一亮，追上去道：“啊呀，是你呀！”

张美凤又甩了个白眼：“你谁呀！”扭着腰身，快步走开。

这次见面，六子忘不掉了。他谈过十几个朋友，还有一夜情和多夜情。女人是抱着睡觉的动物，和猫猫狗狗差不多。但大屁股的张美凤不一样。不一样在哪里，又说不上。

六子请“二锅头”吃饭。

“二锅头”道：“你这只赤佬中彩票啦？”

“哪有，老朋友，叙叙旧。不会不给面子吧。”

“白吃白喝，谁会不乐意。”

他们上大排档，喝了二十几瓶啤酒。“二锅头”有些歪斜了，一拍六子肩膀：“我最晓得你，小气鬼一个。说，到底有啥事？”

六子道：“叙叙旧呗。非得有事才请客啊，把我想成什么了。”

“二锅头”乜斜着眼：“这么多年了，还是黏黏糊糊。”

六子“嘿嘿”一声，说：“我本来就没什么出息……对了，上次那个张美凤，是混血儿吧。”

“二锅头”打了一串臭嗝，咯咯笑起来：“纯种中国人。纯种中国人也有奶子大的。”

六子讪讪道：“随便问问。”

“你是不是听到风声了？她刚给毛老大甩了。不过没几个人知道呢。她可是跟过毛老大的人……嘿嘿！”

“你有她号码吗？”

“二锅头”上下打量道：“想干吗？你这只赤佬，胆子挺大。”

“我哪有什么胆，随便问问……”六子声音小下去，“没就算了。”

“她的手机，我当然有。告诉你，我和她是老相好。你别不信，她和毛老大，还是我介绍的呢。”

“我可没想怎么样。”

“二锅头”扯着六子的领口，喷着酒气说：“别装。”

六子挣脱出来，抖了两抖，轻声道：“真热，喝多了。”

“二锅头”摇摇晃晃掏出手机，按了几下键，递到六子面前：“瞧，记清楚了。”

40

六子喝得有点晕，回家后，不停喝水，上厕所，折腾完了，天也亮了。想给张美凤打电话，觉得太早不妥当，捏着手机，心神不定到下午一点，鼓足劲拨过去，居然是关机。直到下午三点多，总算通了，响了七八下，张美凤接起，“喂”了一声，懒洋洋，软绵绵的。六子心头酥软，舌头也结巴了。

张美凤记不得六子是谁，却爽快答应了晚餐。六子问她爱不爱吃辣。

张美凤道："吃辣多没品位，要吃就吃海鲜。"

"那就吃海鲜。"

"'远洋'的海鲜最好了。"

"那就'远洋'，五点半吧？"

"这么早吃饭？乡下人才这么早。"

"六点？……六点半？……你说几点？"

"七点。"

搁下电话，六子赶去银行，取出仅有的四千多元积蓄，到市中心买了件名牌衬衫，大红色的，还在高档发屋修了个发型。他指手画脚，生怕给修坏了。旁边的洗头女笑嘻嘻道："帅哥，你放心吧，Mike老师是我们这里顶级的美发师，很有经验的。"叫Mike的美发师和六子年龄相仿，一边拨弄六子不长的头发，一边广东腔地说："是不是约会啦？放心啦，包你满意啦。"

发型渐渐有眉目了，六子从白围布下伸出一只手，给"二锅头"发短信："远洋在哪里？"

"什么远洋？"

"吃海鲜的，很有名。"

过了五六分钟，"二锅头"回道："越洋吧！宰人，贵，难吃。你小子去蹭饭？"

六子打了个哈哈，拨114，问了"越洋"酒店地址，居然离发屋不远。

理完发，赶过去，早了一个多小时。隔着马路，远远看到楼顶的“越洋”二字。走近了，发现门面低调狭窄，挤在两幢商务楼之间，一张红木迎宾桌，站着个黑白套裙的迎宾小姐，另一侧是地下车库的入口，六子晃悠了十多分钟，看到三辆奥迪和一辆宝马进去。黑白套裙的迎宾小姐，妆容精致，额头光爽，黑发一溜地在脑后扎个髻，模样像个高级白领。白领模样的迎宾小姐，冷眼瞅着六子。六子被瞅得不好意思了，转身走开。

拐了个弯，顿时热闹了，不宽的马路两侧，店面挤挤挨挨，五颜六色的女孩们，在店面之间穿梭。六子飞了一会儿眼神，心情轻松了，吹一声口哨，在一家店门口的穿衣镜前停下，左右照照，用小手指挑掉脸颊上沾的发楂。一个十八九岁的姑娘推门出来，说:“帅哥，进来看看吧。”

六子走进去，两个年轻女营业员围住他，一个说:“看看有什么送给女朋友。”六子心想，差点忘了见面礼。营业员你一句我一句，拿出好几款饰品，争相递到六子面前。六子看中一挂项链，孔雀石坠子，镶在黑玛瑙的底面上。见他盯着看，营业员马上将项链塞在六子手里，说:“孔雀石可以辟邪。瞧这纹路，多别致，保证百分百天然的。”六子一问价，五百多，赶忙放还营业员手里。另一个营业员拿起计算器:“诚心要的话，给你打个八八折。我们一般不打折，为着做回头生意，”噼里啪啦按出一个数字，举给六子看，“孔雀石卖得很好，很多男孩子送女朋友的。”六子想象这块鲜艳的蓝绿色，缀在张美凤雪白的脖颈里。那个营业员又将项链递还六子手里，说:

“你看这种质地，不是劣货可以比的。你女朋友一定很漂亮吧，戴这个皮肤很显白的。”另两个营业员也围上来。在一片鼓动声中，六子犹豫地掏出钱包。

张美凤晚了半小时，头发扎得松松的，堆在脖颈边，脸上似乎没搽粉，看着有些憔悴，鼻子边显出一块淡黑的色斑。六子有些失望，但当她站定，嫣然一笑时，那种发疯似的喜爱之情又上来了。

“你好，我是……”

张美凤一摆手：“定位了没？”

六子一愣。

张美凤大步往里走。

服务员迎着问：“小姐，几位？”

张美凤伸出两根指头。

服务员道：“小姐，这边请。”

六子急急跟着。

张美凤风驰电掣地坐定，拿起菜单，大叫“点菜”。一口气点了十多个，将菜单还给服务员，拿出一包烟，兀自点了起来。六子将烟缸递到她手边，又将湿纸巾撕开包装，放在托碟上。张美凤终于正视了他一眼：“想起来了，你就是上次那个……和‘二锅头’一起的那个。”六子堆笑道：“是，是，你记性真好。”

张美凤掐灭剩下的半根，瞅着冉冉升起的青烟。六子不敢说话。菜陆续上来了，量很少，盘碟很精致。张美凤夹了些菜在骨盘里，六子也替她夹了些。她用筷子将菜来回拨拉，却不怎么吃。六子也不多吃。他按了按兜里的钱包。

菜上齐后没多久，张美凤就催饭后水果。六子问：“吃完了？”张美凤道：“最近减肥，不能多吃。”六子对服务生道：“那么，先买单吧。”

服务生递来电脑打印的清单，连酒水两千元出头。六子从钱包里将百元钞票一张张数出来。数到最后几张,暗吐了一口气。钱够了，还剩一百多。

张美凤的目光越过一盘盘几乎没动的海鲜，落在六子的钱包上，那是一只黑色人造革钱包，折口处有些断裂了。六子手忙脚乱地塞好钱包，将放礼物的小纸袋从脚边拿起：“这是送你的。”

张美凤道：“我不要。”

“你还不知道是什么呢。很漂亮的。”

“我真的不要，”她扬了扬自己的挎包，“包太小，放不下。”

“你可以拎着。”

“我不拎这种袋子的。”

六子不明白，“这种”指哪种。他脸发烫了，怏怏地将礼物放回脚边。本想让服务生将剩菜打包，也止了念。

俩人静静坐了几分钟。张美凤道：“再上哪儿？”

六子又捂了捂钱包，轻声道：“你想上哪儿？”

“去我那儿吧。”

“嗯？”

张美凤眼神一勾：“别装，男男女女，就他妈的那点破事。”

凌晨两点，六子被赶出来。张美凤的身体，和他想象的一样好，甚至还要好，连脚跟都是腻滑的。六子步行一个多小时，回到自己的住处，才从梦游的感觉里出来。他的屋子，显得如此冷清窄小。六子心头空落落的，想找个地方喝一杯，按按兜里的钱包，忍住了。倒在床上，反复回忆刚才情形，渐渐迷糊了，忽又被吵醒。是“二锅头”，在电话里纵声大笑：“没想到，你去那贼贵的地方泡妞了。”他告诉六子，张美凤刚打来电话，让他转告毛头，她和六子有一腿了。

六子唰地坐起：“毛老大会不会找我算账？”

“二锅头”乱笑道：“算什么账。用过的女人，就是丢掉的衣服。再说了，她又不是我妈，想让我做啥，我就做啥了？”

“那你怎么向她交代？”

“糊弄几句呗。这女人自以为聪明，其实笨蛋一个，一会儿逼毛老大结婚，一会儿又偷他的钱。要是我，早甩早好。不过你别担心，她不会缠你，她只缠有钱人。”

41

六子打张美凤电话，始终不接。几天之后，接了。六子问她在干吗。张美凤道：“睡觉。”

“能过来看你吗？”

“来吧，路记得吧？”

完事后，六子道：“你是不是想我走？我可以马上走。”

张美凤笑道：“你小子挺乖巧，准你待着，”她将腿搁到六子肚皮上，过了一会儿，说：“你走吧。”六子穿好衣裤，刚走到门口，张美凤又叫住他：“算了，还是过来陪陪我。”

隔了几天，张美凤半夜叫六子过去，六子兴冲冲赶到，张美凤却不开门，也不接电话。六子在门外等了两个多小时，鼻子塞住了，走去附近一家麻将室，打牌到天明，赢了八百块。正数着钱，就接到张美凤电话：“人呢？怎么半天没见人？”

六子正要解释，那边就把电话挂了。六子急急赶去，敲了半天门，张美凤开了门，怒气冲冲道：“不许解释！”

六子不敢吱声了。张美凤瞪了他一会儿，说：“气死我了，罚你陪我买衣服！”

六子轻声道：“你不生气啦？”

“当然生！”张美凤语气里带着娇嗔。

六子喜洋洋地抬起头。张美凤白了他一眼，将门关上。过了半个多小时，门又开了。张美凤抹了口红，穿了花裙子，头发整整齐齐地盘在脑后。阳光照在她脸上，空气里有股植物甜烂的味道。张美凤叉着腰，扭了一下，问：“怎么样？”六子使劲点头。

“那你喜不喜欢我？”

“喜欢。”

“想不想待我好？”

“想，当然想。”

张美凤笑起来：“你怎么待我好呢？”

一个月后，六子搬进张美凤那里，承担起她的房租和水电煤。张美凤常对六子说："都怪毛头那没良心的，让你穷小子白捡了便宜。你以为，便宜是一直有的吗？"六子勤奋地卖刀，偶尔去棋牌室赌一把。他运气奇好，每晚必赢，可钱还是不够花。六子又请"二锅头"喝酒，请教怎么才能赚钱。

"赚钱？赚钱是需要能力的。你能偷吗？"

六子想了想，说："能。"

"你能抢吗？"

"能。"

"你能杀人吗？"

六子不说话了。

"二锅头"拍拍他肩膀，道："让我说你什么好。不是你的东西，就不是你的。算了，这顿我请吧。"

六子锁着眉，啜着啤酒。他知道，张美凤还有别的男人，她懒得向他掩饰。这个，六子并不在乎。

又挨了一阵子。一日，六子陪张美凤逛马路，张美凤一边数落六子小气，一边穿过红灯，一辆摩托车横穿而过，灰尘耀武扬威地卷起来。张美凤扇扇鼻子前的灰尘。六子眼尖，指着说，那就是乐慧。

"毛头找了个丑八怪呀。"

乐慧要胸没胸，要臀没臀，一身排骨搂着睡，整晚会做噩梦；至于衣着品位，比起她张美凤，更差十万八千里。瞧瞧，瞧瞧，皮肤那么黑，根本不适合蓝色，还一闪一闪的，好衣服穿成地摊货。

“你怎么认识她的？”

“以前是……同学。”

张美凤瞥着他道：“算你读过几天书，有什么狗屁同学。”

俩人默默走了一会儿，张美凤咬牙切齿地问：“六子，你想一直待我好吗？”

“想。”六子咬牙切齿地回答。

“你拿什么待我好呀？”

“我每天烧菜做饭，整理房间，帮你按摩脚，还帮你洗内裤。”

“那算什么，”张美凤扑扇了几下睫毛，仿佛什么东西硌得她难受，“人家毛头，花起钱来成千上万的。瞧我这条真丝裙子，去年买的，世界名牌，三千多块呢。哼，没点经济实力，还敢说爱我。”

六子低头看地面，又抬头瞧她的嘴，最后盯着旁边的一棵树。

“六子，好六子，”张美凤抓住他的胳膊，“我知道你真心，真心要有真心的表现。你答应我，把那丫头搞了吧。”

“嗯？”

“把她弄上床。”

“这……”

“毛老大最不能容忍的，就是戴绿帽子。别看我开放，跟着他时，也是规规矩矩的。”

“我……”

“我要看到毛头甩她，那是她应得的，”张美凤松开六子胳膊，顺势推了一把，“哼，这点忙都不帮，还说对我好，咱们玩完了。”

“别！”六子拉住她，“办法总有的，再好好琢磨。”

42

城市的西南角，细细的道路挤挨着，歪斜着，交错着。随便挑一条，往下走，开始出现红白蓝的转花筒灯，窄小肮脏的玻璃门里，坐四五个小妞，或修指甲，或拔眉毛，或将手探进紧身衣，调整胸罩带子。再向前，有鬼鬼祟祟的女人，贴着墙走，沿着街站，高跟鞋，紧身衣，眼眶乌黑，面孔煞白。

跟随她们一段，街面逐渐开阔。“大仙窟”的诸多支流，最终汇入主干道——爱国路。先前叫作“香粉路”，专出交际花和高级妓女。解放后，路边几家欧式咖啡馆被保留，钉上“市保护建筑”的牌子。也许是旧时的脂粉味未散，改革开放后，各种娱乐场所蜂拥起来，KTV、酒吧、浴场、歌舞厅……霓虹争艳，招牌斗亮，或疾或缓的音乐，争相侵扰着临近居民的耳膜。

大仙窟上接高档的锦华苑，下连破旧的七马路。几步之遥，隔着两个世界。七马路百来米长，并排三条弄堂，像密匝匝的抬头纹，谁都舒展不开。影子弄居东，往西依次祥安里和祥康里。砖瓦平房排着松散的队，七曲八弯下去，到弄底水泥墙前打住。

面临拆迁的影子弄，地面损出了坑洼，墙壁爬满了霉渍，木门斑驳了油漆。打开生锈的大铁锁，走进一道门，上下四五户人家。喜怒无常的小市民，要好时掏心掏肺，边洗菜晾衣，边家长里短。

说翻脸就翻脸了，晾衣竿的半尺长度，煤球炉的两寸位置，随时激起一场鏖战。因为彼此知根知底，言语的歹毒加了倍，句句刺中心窝。

被骂“婊子”的乐慧就住这儿。她不和人啰唆，进出仰着个脸，从弄口“嘀嗒”进来，叽里喳啦的婶子大妈突然噤了声，眼睛上上下下，把乐慧刷了个遍。直到她掏出钥匙，开门进屋，才重新沸扬起来。

“瞧她衣服穿得！”

“直接进‘大仙窟’去卖得了。”

“爱娣死得早，没娘管教就这样。”

“娘也不是好东西，不然怎生那种病？”

“就是，就是，什么藤结什么瓜。”

……

钱爱娣活着时，乐鹏程挺疼媳妇的，死后听人编派，心下难受，只能找老张头喝闷酒。老张头在对街开个小酒馆。他耳背眼花，脑筋不清，心肠却出奇的好。“老乐人挺厚道，嚼舌头的当心舌头长疮。”

老张头当过兵，馆子取名“老兵综合餐饮部”，门槛低于路面，走下三四级台阶，才能进入店门。坐在油腻腻的桌边，只瞧见窗外行人的半截身子。

老张头生意稀淡。乐鹏程没事去坐坐，对啜二锅头。老张头话多，爱讲以前当兵的事。乐鹏程走神，留意屋外过往的女人。她们腰以上被门楣遮住，大腿的形状愈发鲜明：有的腿被牛仔裤裹得粗圆；有的腿虽然纤细，却顶着平塌塌的屁股；还有“小姐”的腿，套在网眼黑丝袜里，因为长年穿高跟鞋，足踝上青筋暴显。乐鹏程叹一口气，又想起逝去的婆娘：钱爱娣脸不好看，腰和手臂太肉，却有双他最喜欢的腿，结实光滑，弹性十足，像母豹子漂亮简短的后肢。

43

六子在影子弄对面晃了一天。傍晚，踱出来一个老男人，脑后只剩一弯黄发。等那弯月牙儿穿过马路，六子才想起是乐慧她爸。乐鹏程下了两级台阶，朝着老张头店里，喊几声，推推门，见没动静，快快地往别处踱去。他不知道，老张头正在医院。一小时前，他儿子小张被冲下桥面的公交车轧断双腿。

六子看看表，一咬牙，径直往弄堂里冲。来回找了几遍，在一户门前站定。隔壁蹲着杀鱼的少妇冷眼盯他。

乐慧家大门周围的墙壁被涂成金色，时间久了有点发黑，二楼小窗镶了古铜的雕花边。只有那块松木门板，是六子熟悉的，油漆掉光后，被雨水和蛀虫侵蚀，黄一条黑一条，铰链锈得能一钳子夹断。

影子弄原先住的也是体面人家，解放后穷人们挤进来，大房间隔成小房间，屋梢头搭起矮阁楼，窗前撑出塑料雨棚，晒台用水泥封实。一排排衣服滴清水，一只只煤炉熏浓烟，小孩子满巷鼠窜，随地撒尿。

毛头劝过乐慧搬家，乐慧不肯。毛头说："也好，拖个几年，等到拆迁，我帮你们搞一笔大钱。"他打通关系，让附近楼盘的地下管道绕进影子弄，还给同楼的各户人家塞"动迁费"。有赖着不搬的，就派小兄弟去威吓。

现在，整幢楼都是乐慧的了。毛头帮忙里外翻新，装上煤气和抽水马桶，一楼客厅，二楼卧室和厨房。本想换大铁门，乐慧舍不得。母亲钱爱娣生前搬煤饼时，习惯用煤饼格子顶开房门，再将身子蹭进去，时间长了，松木门上留了个三角凹塘。乐慧进出都要看一眼，小时候仰着望，大了低头瞧。

此刻，六子也瞧见凹塘，左思右想，认定就是乐家。他晃到鬼墙后，假装撒尿，竖直了耳朵。外头挺热闹，女人烧饭，男人下班，小孩子们吃完饭，嘻嘻哈哈闹一通，被关进屋子做作业。六子的肚皮在叫，手机也叫了。是张美凤："打听到什么了？"

"还在打听。"

"蠢驴、白痴，没见这么笨的男人。我看你就别回来了！"

44

一周后，六子才被允许见张美凤。他汇报说：目前毛头和乐慧分居，但天天见面。趁毛头出差时下手，应该比较保险。

"这算什么，"张美凤吼道，"废话，废话！浪费时间！只好老娘亲自出马了。"

六子一烦恼，就激烈磕牙。他觉得门牙快碎了，口水苦咸苦咸。

"美凤，我会拼命赚钱的，以后开个夫妻老婆店，不愁吃不愁穿，好不好？"

“夫妻老婆店？”张美凤哈哈大笑，笑得眼泪出来了。

六子低声嘀咕：“我会待你好。”

张美凤按住火气道：“待我好，就帮我这次忙。你说，我求过你别的没？”

她捂住眼睛。本想唬唬六子，却真觉委屈了，泪水哗哗出来。六子愣住，想安慰，却怕说错话。张美凤一抹眼睛：“过来，抱我。”六子急忙上前。张美凤的胸脯很软，胳膊很凉。六子静静体味着。他想把这软、这凉，这所有，刻在脑子里。

45

张美凤没和六子打招呼，突然盘下老张头的店面。

店门开在爱民路，转弯就到七马路。隔壁的“爱爱”理发店，常有小姐在门口嗑瓜子，为了瓜子壳的事，老张头和姑娘们吵过几回。影子弄在七马路头上，乐家一楼东窗正对爱民路，隔着玻璃能看见红油漆的大字：老兵综合餐饮部。

老张头的儿子小张，四年前讨了娘子，娘子不愿与老子同住，小张就按揭买房搬了出去。老张头开店，主要是打发寂寞。儿子出事后，儿媳拿了车祸赔偿金，仍说不够花，打电话来要钱。老张头一咬牙，关了店门，挂起“出售”牌。儿媳把话挑明了：他卖了房，也不能和他们住。“宝宝快三岁了，得有独立空间。独立空间对孩子成长很重要。”老张头不懂啥叫“独立空间”，他决定回乡下老家，那儿有他的乡里乡亲。

张美凤不耐烦六子，亲自到乐慧家附近打探，很快发现了老张头的“出售”牌。她摸摸油腻的玻璃门，敲敲黝黑的栅栏窗，一个计划在心头成形。

张美凤倾囊而出，把小酒馆装修成一室户。她对六子说：自己先住着，事成之后，风声过去，六子再搬进来。“你不是想开夫妻老婆店吗？到时候就把沿街的墙面变回店铺。”

“这太冒险了。”

“事情办成了，我会考虑嫁给你。如果你不愿意办，现在就玩完。”

“别，别……”

“其实没什么风险，”张美凤再次细述她的计划，六子愁眉苦脸地听着，“你放心，一、我只拍那小婊子的脸；二、我太了解毛头了，他凡事只看结果。到时候，会立马甩了小婊子，不让她有机会解释。再说了，解释也白搭，毛头最看重女人的那个了。”

“如果他们追查……”

“追查个屁，毛头多要面子。到时候，不问青红皂白，杀了她都不一定。”

“那……”

“别‘这’呀‘那’的，你不想娶我啦？”

“想啊！”

“那你干不干？”

“……”

“干不干吗？”

“干！”

46

张美凤的小算盘，是这么打的：长期以来，她没个固定居所，有时赖在男人家，有时到姐姐处蹭住。姐姐张秀红在大仙窟做妈妈，向来看不惯好吃懒做。张美凤也不愿多瞧脸色，迟早自己搭个窝。

爱民路只是临时住住，计划成功后，马上和姐姐换房。张美凤一室一厅，黄金地段，离姐姐的单位也近；张秀红两室一厅，面积大，房型好，却在市区边缘，交通不便。真要换房，还不知谁占便宜呢。

张美凤一提换房，张秀红果然愿意。她是个口风紧、心眼细的人。六子猜不到俩人关系，到时候白白踏破铁鞋撞破头。

玩失踪，张美凤也不是第一次了。

47

张美凤向以前的小兄弟讨了点迷药。找“二锅头”了解毛头行踪。“二锅头”说：“识相点的就算了，你和毛老大，不可能了。”经不住张美凤纠缠，他还是在床上透露，下个月十八号，毛头要飞广州。

张美凤买来望远镜、照相机和深色窗帘。店门旁的小铁窗是最佳位置，角度准，光线佳。相机往窗栅栏上一架，窗帘掩一掩，神不知鬼不觉。

乐家也安了细密的窗栅栏，一根根金光灿亮。栏下一方空调外挂机，花花绿绿的晾晒物东飘西荡，相互碰撞。张美凤在其中看到一只小巧的深蓝色奶罩。

乐慧出现在二楼，睡袍前襟上一只嫩黄的猫咪。她在篦子上细心地挑头发，挑出一根，甩出窗外。厚嘴唇，大眼睛，黑皮肤，一头凌乱的鬈发。姿色倒是有几分，就是身板小，又佝着背，显得不精神。

乐慧从二楼下到一楼，换上蓝色吊带裙。张美凤看到了沙发里的乐鹏程。老张头回乡后，他只有看电视打发时间。一楼客厅挂着等离子电视，宽阔的玻璃茶几被一圈黑色真皮沙发围住。乐慧在门和镜子间不停走动，乐鹏程受了干扰，嘀咕几句，父女俩吵起来。乐慧关掉电视机，乐鹏程将遥控器往沙发里一甩，起身走向窗前。张美凤调大望远镜倍率。这是个长相单调的中年男人。

过了几日，毛头出现了，他在镀金窗栅栏后头和乐慧说话，还拍她的肩。片刻之后，俩人往外走，乐慧经过镜子时，照了照自己。张美凤一甩帘子，闷闷地躺到床上。窗外有摩托车经过，也许是那辆她熟悉的银色雅马哈。

48

一日吃过饭，张美凤一袭白底红花睡裙，四仰八叉躺着，看天花板上蜘蛛逮苍蝇的好戏，蜘蛛网不够结实，苍蝇个头又大，略作挣扎，逃出命去。张美凤的目光跟着绿头苍蝇飞，一飞飞到窗沿上，发现帘子缝外有双眼睛。

一骨碌起身，过去“唰”地掀开帘子，看见一张胖脸，占满整个玻璃窗，那脸做出吃惊的表情。张美凤觉得眼熟，想了一想，挤出一个笑，打开门，说声：“你好。”

乐鹏程尴尬道：“我和以前的房主人很熟。今天想起来，过来看看。”

张美凤道：“我好像看见过你，进来坐一会儿吧。”

乐鹏程跟进去。张美凤的真丝睡裙被撑得满满的，小细节显山露水。乐鹏程发现，她没穿内裤，霎时脑子里一“嗡”。张美凤说“坐”，他在床边坐下。张美凤问“喝茶吗”，他嗫嚅道：“不麻烦。”

张美凤泡了茶，放在桌上，也坐到床边。乐鹏程一动不敢动，紧盯住面前的茶杯。劣质茶叶没泡开，一根根浮躺在水面上。

张美凤“嗯”了一声。

乐鹏程道：“我住对面，喏——那间。”目光从茶杯移到窗口，又移回茶杯上。

张美凤笑道："哦。"

"请教小姐芳名？"

"你叫什么？"

"我叫乐鹏程。"

"哦，乐大哥。乐大哥说话文绉绉的。"

"你叫……"

"我叫张美……爱玲。我叫张爱玲。"

"哎呀，有个女作家也叫张爱玲。"

"好像有印象。"张美凤暗想，怪不得这名字顺溜。

俩人又无语片刻。

乐鹏程问："你喜欢看书吗？"

"书？我可是没文化的人。"

"你看起来很有气质。"

"那是因为我叫'张爱玲'。"

乐鹏程"呵呵"一笑："你真幽默。"

"我说话很好玩，是吗？"

"不是好玩，是幽默。"

张美凤觉得这两个词没区别。她瞄了乐鹏程一眼，他的侧面显得更胖。张美凤厌烦得颈椎发酸。她道："喝茶。"乐鹏程端起茶杯，啜了一口，猛被烫着了，只能含在舌尖上，不敢表露异样。张美凤起身从门后取了拎包，拿出手机，装模作样按两下："好像刚才有人找我，约我出去吃饭。"

“那我不打扰了。”乐鹏程恋恋不舍地站起来。

“乐大哥太客气。改天再聊，”张美凤送他到门口，推了一把，“天暗了，上台阶小心。”重重关上了门。

49

十八号。张美凤在日历上勾出日期。她开始深居简出，甚至不和隔壁“爱爱”理发店的人打照面。睡觉，看电视，吃速冻食品，翻《知音》《女友》，给老情人一一打电话，或者举着望远镜，挨家逐户偷窥。

屋里暗而湿，一股霉酸气，蝇虫在天花板的角落里，伏成黑压压一片。唯一一扇小窗，外有栅栏内有布帘，偶尔透进几缕有气无力的阳光。抽屉里的花头饰，几天就齿口生锈。冰箱漏水，吊扇吱嘎，电马桶内壁上，全是干粪迹和茶叶渣子的褐色斑印。

乐鹏程有时会来坐坐。他更让张美凤感觉六子的好。一个电话：“快死过来。”六子就来了，整理房间，逗笑解闷，烧煮食物，或者滚在床上，黏个大半天。

六子道：“这样真好，安安静静，没人打扰。美凤，你像是整个属于我的。”

张美凤白了他一眼：“肉麻死了！”真奇怪，只过了四五天，却好像过掉了大半辈子。

50

这天终于来了。毛头和乐慧拉起窗帘，在房里待了整个下午。五六点光景，乐鹏程下班了，他拉开窗帘。毛头已经离开了。乐慧在看电视，倒在沙发里，两腿高高跷起，在空中交叉出各种姿态。

贱女人，等着瞧吧。望远镜的镜片蒙上一层湿气。

六子理了发，穿上新买的红色夹克衫和蓝色牛仔裤。

“帅极了。”张美凤蹲下，替他将裤脚捋平，然后仔细检查：夹克衫的左侧兜里装迷药，用撕过缝的小纸袋包着，可以趁乐慧不注意，快速取出倾倒。其他口袋空着，怕届时遗落东西，留下证据。

张美凤道：“事成之后，这套衣裤马上处理掉。你放心，没人会知道。”

在窗口架好相机，一看只有六点半。据消息，是十点的飞机，毛头八点半去机场。张美凤想到，该送些礼物，以显诚意。催促六子去买。六子买了一瓶七八百块的药酒。张美凤训斥道：“贵得要死。你以为人民币是橘子皮啊。”骂完，又抱他亲他哄他。

八点四十，张美凤出门。乐鹏程早已穿戴整齐，候在爱国路路口。

“乐大哥，什么时候来的？”

“刚来，”乐鹏程笑嘻嘻道，“咱们去哪儿玩？”

“去有意思的地方玩。”张美凤转过身，急急往前走。乐鹏程跟着，跟到“百合歌舞厅”。

张美凤道:“我阿姐是老板娘。今天她给我留了一桌。这儿音乐很好，我们可以跳舞。你会跳舞吗?”不待乐鹏程回答，又转身往楼上冲。

张美凤瓜子脸、厚嘴唇、杏仁眼，她的姐姐鹅蛋脸、薄嘴唇、细长眼。

“阿姐，这是乐大哥。乐大哥，这是阿姐，大名鼎鼎的张秀红。”

“什么大名鼎鼎,瞎说。”张秀红笑着,白了妹妹一眼,对一女孩道:“叫芳芳过来。”

张美凤将张秀红拉到一边:“帮我留住他，至少三四个小时。”

“你别做得太过分。”

“当然啦，我说过的，出完这口气，保证好好做人。”

张秀红“哼”了一声，转身招呼另一客人。

张美凤坐到乐鹏程身边:“这里美女挺多吧?”

“……我不太来这种地方。”

“不习惯?”张美凤点了根烟，“多来就习惯了。”

乐鹏程突然表情一僵。张美凤扭过头，见一美女过来。张美凤冷笑道:“当心，下巴掉了。”白烟像两道惊叹号，从她的鼻孔喷出。

芳芳瞄着乐鹏程身上的廉价西服，撇了撇嘴，往沙发另侧一靠，歪着脑袋，拈起一缕鬈发，缠在手指上。

张秀红端来三杯饮料:“芳芳,这是乐先生,”又凑近耳边轻语,“别怠慢了。”

芳芳一笑，朝乐鹏程身边挪了挪。乐鹏程的脸红了。张美凤从包里拿出指甲钳："不好意思，刚才指甲把衣服剐着了。"

乐鹏程忙道："没关系，没关系。"

张美凤开始修指甲。芳芳见状，也从贴身拎包里取出粉饼，打开盒盖，上下左右照了一圈，拈起粉扑补妆。乐鹏程低头对付自己的饮料。他想问，什么时候能跳舞，终于没有问出口。

张美凤道："我不渴，你把我的也喝了吧。"

"这怎么可以。"

"别客气，一杯饮料而已。"张美凤小心锉着一只指甲的边角。

乐鹏程取过张美凤的饮料，倒入自己的杯子。芳芳在粉饼盒边冷眼看着。张秀红又过来了，朝芳芳皱了皱眉。芳芳"啪"地关掉盒子，问："先生贵姓？"

"姓乐，'快乐'的'乐'……"

"哎呀，"张美凤突然大声接手机，"什么？好好，我马上就来。"

乐鹏程瞅着她，声音轻下去："……'鹏程万里'的'鹏程'……"

张美凤道："乐大哥，你慢慢玩，我有急事，得走了。"

乐鹏程倾了倾身子。

张秀红笑道："让她走好喽，乐大哥，我们说话。"

张美凤匆匆走出去，又回来，在张秀红耳边道："记住，我叫张爱玲。"

张秀红瞪了她一眼。

芳芳瞧着天花板，手指轻叩自己的鳄鱼皮拎包。

张秀红道："芳芳，刚才王老板来了，你去陪陪吧。"

芳芳立刻站起来，蝴蝶般地飞走了。乐鹏程灌下剩余的饮料，打出一个冷冰冰的嗝。

张秀红让人上咖啡。

乐鹏程摸摸肚子，连说"饱了"。

"饮料怎能喝得饱？"

乐鹏程软着身子，在大腿间搓手，偶尔抽出来，端起咖啡杯，啜饮一小口。咖啡凉了，咖啡伴侣浮成一粒粒白点。乐鹏程舌苔上苦答答的。

张秀红问："味道怎么样？"

"不错。"

"那就多喝点。咱们边喝边聊。"

51

乐慧开门，见是六子，一怔，沉下脸道："你来干吗？"

"我来看你。"

"我还没死，有什么可看的。"

六子噎了噎，道："阿慧，我没别的意思。不交往了，也可以互相走动嘛。"

"我看是黄鼠狼给鸡拜年。"

"你爸最近身体好吗？我来送点东西，要是你不喜欢，我马上就走。”六子将昂贵的药酒提到乐慧面前，晃了两晃。

乐慧盯着六子。六子心口怦怦跳。乐慧终于开口道：“他最近胃不好。”

“巧了，这酒治胃的。”

“不稀罕。”乐慧嘴硬，口气却软下来。

“一点心意而已，”六子堆笑，“不会把它扔出去吧。”

“你今天哪根筋搭错了，突然想到关心人。”

“其实我一直关心你的消息，”六子不敢正视乐慧，“有时在你家附近晃悠，没怎么碰到你，倒是碰到你爸几回，头发掉了不少。”

乐慧的表情松下来。六子跨入半只脚。乐慧迎他进屋，招呼他坐，六子挑正对窗口的位置坐下。乐慧站到凳子上，将药酒塞进立柜顶层。六子呆呆瞪着满柜子的补品。

乐慧问六子喝什么，六子问有没有可乐。乐慧开了两罐可乐。六子抿一口，偷眼瞧乐慧，乐慧一仰脖子，整罐可乐咕嘟下肚。六子又抿一口，乐慧再拿一罐，又一口气干掉。索性取出四五罐，排成一排，径自狂灌。六子傻瞪着她。

乐慧把东倒西歪的空罐头一胳膊捋到地上：“爽啊！”往沙发里一倒，大叫，“老娘要尿尿。”猛地跳起来，冲向厕所。

六子继续抿可乐。冰冻罐头外凝着水汽，慢慢结成水珠子，顺着指头往下淌。在夹克衫上擦擦手，隔着衣服摸摸迷药，六子听见响亮的小便声。

乐慧出来，六子问她还喝吗。

“不喝了，撑死我了。”乐慧摸着肚子，可乐里的咖啡因让她有点兴奋。

“那么，不陪我再喝点？”

“陪？你有手有脚，不会自己喝吗？你一个人喝好了。”乐慧咯咯大笑。

六子觉得她笑声古怪，又暗自不安。

乐慧突然道：“你来看我，我好高兴。”

52

适才开门时，乐慧心里咯噔了一下。七八年前的六子，喉结都没发育好。此时个子高了，肩膀宽了，皮肤白净了，眉眼端端正正地长开，头发梳成三七分，打上锃亮的摩丝。

六子坐下时，牛仔裤在他的大腿间绷起一块。乐慧有意无意地瞄了一眼。她想起他们的第一次。乐慧宁愿相信，自己的童贞是给了六子，而非乐鹏程的手指。

这几天，乐慧发疯似的想男人，不知是例假逼近，还是天气燥热，昨天后半夜睡不着。下午毛头来了，乐慧问：“我们为啥不再试试，难道一直这样下去吗？”

“今天太仓促，等我出差回来吧。”

“不行，就现在，就这里。”乐慧拉上窗帘。

毛头站着不动。乐慧把自己脱光，跳到床上，倔着脑袋，瞧着毛头。

火熄了，毛头还夹着烟屁股。乐慧道：“过来呀。”

毛头扔了烟蒂，走去在床边坐下，轻轻抚摸乐慧。乐慧闭起眼，感觉他的手从肩膀滑到背脊，再从背脊往下走，然后轻轻拉起毯子，盖在她身上。

“慧慧，穿起来吧。”

乐慧睁开眼睛，瞪视他道：“我要去和别的男人搞，你信不信？”

毛头淡淡道：“穿起来吧。”

乐慧缓慢地穿衣服。毛头坐到沙发上,打开电视。乐慧套上衣裤，坐在床边，俩人一远一近，默默对着电视屏幕。

53

乐慧想着下午的事，又想起六子给她的高潮。高潮的感觉，像小便憋不住了要喷出来。

灌完六罐可乐，坐在马桶上，有什么东西在身体里拼命喊叫，乐慧觉得快渴死了。

从厕所出来，她对六子道：“你来看我，我好高兴。”六子应了一声，断续而专注地啜可乐，眼看一罐也见了底。

“还要吗？”

“不要了，胀气。”六子把空罐子在茶几上端端正正放好。

俩人又不说话。乐慧低下头。

张美凤急得骂：六子六子，你个孬种、窝囊废！

六子像有了心灵感应，突然抬头瞄对窗，张美凤从栅栏间伸出一只手，狠狠一挥。天色已暗，六子只见有东西模糊一动。他又转过头去。张美凤气疯了。

“你妈还好吗？”乐慧问。

“她……挺好。”

“噢。”

六子两眼亮晶晶、直愣愣，乐慧在他面前晃了晃手，他回过神来。

“你还在扎车轮胎？”

“不了，早不了。现在还卖刀。”

“噢，卖刀好，小本买卖，有保障。”

六子握紧双手，并拢两根食指，去推可乐罐。

乐慧问：“你怎么不问我好不好？”

六子问：“你好不好？”

乐慧笑。六子低下头，将推出去的可乐罐夹回来。乐慧猛地站起来，绕过茶几，一把抱住六子。张美凤大惊，手忙脚乱地摆弄相机。六子被她一扑，仰入沙发，脖子别了一下。乐慧瘦小的四肢，章鱼似的吸住他。

六子头颈吃痛，用手推她，乐慧抱得更紧。

“六子，亲我，亲亲我。”乐慧喃喃着，嘴唇擦他的耳郭。

张美凤手抖得厉害。取景框暗了暗，乐慧一手撑住沙发靠背，一手摸索六子的裤子拉链，六子在她身下扭来扭去。

“好，好极了！”张美凤按到快门。

乐慧终于解开拉链，把六子的家伙从平脚裤中掏出。六子半在沙发里，半在沙发外，全身重量吃在腰上。从下往上看，乐慧头发像枯草，皮肤上很多小疙瘩，甚至能数清鼻头的粗毛孔，和上嘴唇一圈稀淡的胡子。

六子问自己：怎会和这女人有关系？他突然有种不真实的感觉，仿佛能这样站起来，穿过乐慧的身体，从背后的大门径直跑出去。

乐慧已在“哼哼啊啊”地喘气，并撩开自己的上衣。

对面，张美凤按了一次快门，但拍下的瞬间，乐慧一晃脑袋，大半张脸跑到镜头外去了。赶忙按第二张，手抖得更厉害。她突然发现，按不下去：快门卡住了。

六子始终耷拉着。乐慧用力一扯，六子惨叫。乐慧顿了几秒钟，突然哭起来。

张美凤急得骂娘，满屋找照相机说明书和保修卡。抽屉里的东西统统被扔到地上，票据、钥匙、亮晶晶的小发夹、六子不知何时留着的黄色小说。心爱的水晶蝴蝶簪夹在一沓纸里，在桌下咣当碎成两截。张美凤愣愣地瞪着残骸，被一股空洞的悲哀倏然击中。

正在此时，她听到一声大响，跑至窗前一看，乐慧正扭过头去，六子整个人滑在地上。沙发背后，松木大门直挺挺地倒进来，门外站着面皮紫胀的毛头。

54

五点多，乐鹏程回家，毛头别了乐慧，心不在焉地驾着摩托，满脑子乐慧泪汪汪的模样。快到家时，耳道里的血管突然狂跳。他掉转车头，往回飞驰。路过便利店，停下买了盒避孕套。毛头将摩托车锁在弄口，抽了半支烟，慢慢踱进弄堂。

在抬手敲门的瞬间，他听见陌生男人的说话声。毛头呆在原地，直至六子喊叫，乐慧哭泣，凝住的血液才重新翻腾。他大喝一声，一仰、一顶，破旧的木门被生生撞开。

张美凤捂住胸口，轻呼道："天哪！"

六子打了个冷战，推开乐慧，弹身而起，裤子也不拉，冲向门口。毛头抓了一把，被他逃脱了。

乐慧慢慢转过身，衣服还撩在胸上，两只瘦小的奶子轻晃着。毛头眼窝眦裂，拳头上骨节暴显。静峙了几秒，他向乐慧走过去。他的双臂像猩猩一样下垂着。

毛头在乐慧面前站定，抓起她的上衣前襟，另一手托住她的腿。乐慧身子一轻，感觉飞了出去。脑袋划破空气，制造出骇人的轰响，她甚至搞不清，自己是否在尖叫。随后，空气的声音也听不见，一记巨大的停顿。

"啵——"

在未来得及反应之前，世界就变红了。

第二章 钱爱娣

1

钱爱娣的母亲钱赵氏，乡下大户的偏房之出，1946年出嫁，一年半后夫婿暴亡。算命先生一掐指，说她命中有子，但八字太硬。

十一个月后，赵氏再醮，时年二十三岁。新老公钱桂林，为人老实，出身不赖，更重要的是，她偷偷排过八字，这男人命硬着呢。

钱桂林是建筑公司的检修工，每月工钱六十多块。公司在远郊，工作日住单身宿舍，只有星期天，才得回家一次。

每周六下午，钱赵氏早早烧好一桌菜，搬个高脚圆凳，坐等在门口。她一身鲜艳的大红旗袍，一双细巧的鸳鸯花布鞋。褐两抹胭脂，点一口朱唇，米醋新洗的长发，在脑后绾出黑亮的髻。

钱桂林总是闷声“回来了”，一头扎在餐桌旁。妻子的打扮，让他想起脂粉路的浪女。

这门亲事，钱桂林受了媒人的骗。大嘴婆娘给他看赵氏的相片：油光滴滑的大麻花辫，鬓边簪朵栀子花，颔首微笑着，说不出的年轻水灵。介绍是黄花闺女，真人比相片更俊。钱桂林一看欢喜，很快下了聘。在当时的青年中，他条件算上好的，平白无故娶了二手货，还比自己大几岁。

晚饭时，钱桂林除了添饭、加蘸头，从不主动搭腔。钱赵氏在旁默默侍候，不停给丈夫夹菜、舀汤，或将温热的黄酒注满杯子。

沉闷的饭后，钱赵氏洗碗，钱桂林坐在窗口剔牙。这是最惬意的时刻，富有弹性的细竹签在牙缝里左右腾挪，每有小块牙垢出来，在舌尖上稍作辗转，门牙一抵，"噗"地吐出窗外。三十二颗牙齿剔完，热龙井漱口。绿茶泡淡了，唇齿清爽了，天也就黑了。

钱赵氏早已收拾停当，缩在屋角瞅着男人。他们机会不多，弄个儿子出来不容易。

黄昏的暗光一笼，窗外景物就褪色了，有股令人惆怅的味道。啜着清茶，守着女人，钱桂林觉得，这像个家了。他不开灯，就着黑摸索。女人软软的、香香的，两只金莲往床边蹭。他跟过去，一手解开脖颈边的襻扣，一手从腿边的小衩口往上摸。

2

过了两年，钱赵氏肚子大起来。算命先生的话，早已街坊尽知。是该生儿子，你瞧，女人的肚子尖着呢。也有人酸溜溜地摇头：未必，难说。

钱桂林常常溜班，回家照顾老婆，还请了个小保姆，烧鸡、炖汤、打理家务。近一年的兴奋忙碌，钱爱娣出世了。钱桂林接过满面皱纹的娃儿，撩起布单，朝腿间一瞄，顿时黑了脸，将孩子扔回护士。

钱爱娣一岁半时，钱一男又来了。钱桂林站得远远的，一问仍是女孩，转身不知去向。

月子坐得孤苦。钱赵氏恨肚子不争气，骂瞎子乱算命。脚边的二女儿睡得倒笃定，小眼一眯，口水一拖，一脸的没心没肺。钱赵氏恶向胆边生，解开蜡烛包，提起一双小腿，往床边的马桶里塞。孩子突然“哇”了一声。钱赵氏一阵揪心疼，抖了抖手，又将孩儿拎出来。小东西被屎尿呛着，哭不成调，气若游丝。调理了三四周，才捡回小命。

钱一男降临后，钱桂林爱上了喝酒，醉醺醺地摸黑回来，倒头就睡。钱赵氏头发油油的，身子腻腻的，粗胖的腰腿再也裹不进大红旗袍。她脱去发白的布衣衫，松开汗津津的裹脚布，小心翼翼地躺到丈夫身边。钱桂林屁股对着她，半夜偶尔翻身，又会马上翻回去。

3

钱爱娣有滚圆鲜红的脸，矮壮有力的身材，跑起步来，脚跟踢向屁股，两腿迅捷地前后轮换。钱一男细细长长，皮肤苍白，青筋微显，一双眼睛有点外凸，使她看东西时显得专注。

爱娣十岁时，钱赵氏无意中提及，一男小时候差点溺死在便桶里。放学路上，爱娣透露给妹妹，一男疾奔回家，打出井水，把脸洗了又洗，搓了又搓，直至面颊生疼，指肚泡出皱褶子。

邻人告知："你家一男怎么了，在井边哇哇哭，衣服全湿透了。"

钱赵氏赶来，当头一记耳光，将女儿揪到饭桌边。晚餐吃土豆炒豇豆。一根根的豇豆，一块块的土豆，全都覆着暗褐黏稠的酱汁。钱赵氏把酱汁倒在米饭里，用筷子戳来拌去。一男愣愣的，胃里觉得难受。钱赵氏兜头一巴掌："瞧你的死样，不想吃别吃。"一男放下碗筷去看书。爱娣道："要不吃个馒头吧，晚上会饿的。"一男不动。钱赵氏喝道："让你吃个馒头！"一男去打开碗柜。爸爸从单位拿来的淡馒头，冷了，变硬了，有点发黄，三四只叠着，一坨坨的，盛在大盆子里。一男胃里又翻腾了。钱赵氏再次喝骂。一男道："我去洗手。"

钱赵氏道："洗了一下午了，还要洗。"

一男拿起一只馒头，默默地坐到桌边。钱赵氏瞪着她。她咬了一口，喉咙里上来一串冷嗝。忙将馒头放到姐姐碗里："妈，我——呃——打嗝，没——呃——法吃了。"一男觉得，自己能这么一直打下去，直到身体里的污秽排除干净。

4

一男染上洁癖后，不愿干活了。爱娣道："妈，别再打妹妹，家务我一个人就能做。"钱赵氏也就不管了，每天太阳晒屁股了才起床。早点已在桌上摆好，通常老一套：泡饭、咸菜、酱瓜、萝卜干。只有春节和发工资日，才会换花样。钱赵氏嘴馋，买来撒了桂花的方糕，藏在碗柜顶，等女儿们去学校了，拿出来独自享用。

白天闲来无事，拉着街坊孩子猜拳，玩游戏棒，或者“老鹰捉小鸡”，七八只“小鸡”叽叽喳喳，钱赵氏弯着腰，张着臂，挪动小脚，跟随“老鹰”东奔西跑。孩子们暗里称她“老疯婆”。

“老疯婆”尤爱男孩，逮着就絮叨：“饭吃过啦？头发谁剪的？啧啧，男孩身板挺，穿什么都俊！”

父母们外出办事，或将儿子托给钱赵氏。钱赵氏领着出去，买糖、买糕、买棒冰、买玩具，将小口袋塞得满满的。如有路人注意，她就会挺起胸脯，拉紧男孩的手。

时间长了有碎言，说钱赵氏亏待自家女儿。现在新社会，男女一个样，只有这种乡下人，才改不掉封建落后。俩丫头里，一男还算精怪，可怜的是爱娣，身子没长全呢，活儿比大人干得多，还整天挨打受骂。这样的娘，简直是个“十三点”。

钱赵氏渐渐当不成“孩子王”，就找婶子大妈们打扑克。她只会“争上游”，牌技不好，常输小钱，愈将怒气撒在女儿身上。

一日踅入东道家门，忽听牌友们提她名字，低语几句，然后哧哧地笑。肯定是在嘲弄她生不出儿子！十多年过去，她们始终看她钱赵氏的笑话，摆明了嫉妒她早年的美貌和好姻缘。

钱赵氏瞅着镜中的自己，真是显老了，脂粉粒嵌在细纹褶子里，杏仁眼松弛成三角眼，多了几分促狭相。她暗中哭过几回，更加心灰意懒，脸不洗了，头发也不梳，整天躺在床上，旁边放个瓜壳盆，直嗑得指缝里的黑褪不去，门牙崩出个小凹塘。

5

每天天不亮，爱娣就围着煤球炉忙乎，引火、加柴、扇风、热早饭，再把马桶刷洗了。放学后扫地、擦灰、烧晚饭、洗衣服、去老虎灶泡开水。忙到晚上七八点，才到桌前做功课，这时一男已上床。钱赵氏埋怨电灯耗电，还埋怨爱娣的学习成绩。爱娣语文好，自然常识不错，其他中不溜秋。妹妹一男，除了体育，门门名列前茅。她不愿和姐姐多说话，觉得她的口气不好闻。

最让爱娣发怵的，是每周两次买菜。一是星期日，做一桌子菜，迎接爸爸回家；另是星期一，准备全周食物。为了避开五点的高峰，爱娣凌晨两三点去菜场。

一男睡眠浅，容不得小响动。爱娣不敢用闹钟，隔三岔五地警醒一回，从枕下取出钟，就着月色看时间。一整夜下来，脑袋发涨、面孔浮肿，有时拎着菜篮走在路上，眼睛还是闭着的。

到了菜场，被气味一熏，才慢慢清醒。各色蔬菜在摊位上摆放齐整，红的绿的，长的圆的，透着湿漉漉的新鲜劲儿；红白的猪肉用钩子钩了，悬在头顶，底下的刀子磨亮了，砧板用开水烫好；除非节假日，其他荤类只一二摊头售卖，躲在菜场最里头，整条的鱼和光鸡光鸭，冻在方正的冰里，一块块排列好，旁边搁着敲冰榔头。爱娣边走边看，盘算蛋票、肉票和豆制品票的花费。

夏季亮得早，三点多时，满树鸟儿齐声放唱，天色霎时被唱得微亮。冬夜比较长，五六点还暗着，容易睡沉过去。为此爱娣没少挨打。只能更警醒，感觉快睡死了，就硬撑开眼。她浅浅地做了些梦，梦见爸爸回来了，抓起床边的瓜子壳，往妈妈身上扔，妈妈被扔得鲜血淋漓；又梦见变成男孩儿，下身一根“茶壶嘴嘴”，妈妈唱着歌，给她理了个寿桃头；最后是妹妹，关在方形玻璃屋里，爱娣想破壁而入，一男却道：姐姐你脏，别进来。说完又哭。

爱娣醒来，发现钱赵氏真在哭，坐在窗前，脚边点根蜡烛，头发蓬散着。她回过头，爱娣吓了一跳：妈妈满脸斑驳烛影，眼泪汇到下巴边，滴在前襟，湿了一大摊。

钱赵氏怔了怔，爱娣也怔了怔。

钱赵氏抽着鼻子问：“爱娣，恨妈妈吗？”

爱娣摇头。

“妈妈死了，你会来送终吗？”

“妈，你不会死的。”

一男在睡梦中呻吟，翻个身，脸对墙壁。钱赵氏熄了脚边蜡烛，她整个人就在月光里变蓝了。

“爱娣，听娘的话：做女人，一要嫁老实男人，二要生大胖儿子。另外，得提防那些狐狸精，眼神一勾勾的，把你的好日子都勾走了。”

钱赵氏让爱娣赶快睡，自己也洗脸上床。平日她睡床头，丫头俩睡床脚，这次却和爱娣一男挤在一头，双人床顿时拥挤。钱赵氏抱紧女儿，爱娣觉得母亲凉冰冰、湿答答的，但很快温暖起来。很久以前，妈妈也这么抱着。爱娣回忆了一会儿，心下踏实，很快睡着了。

6

钱爱娣十六岁时，钱保佑诞生。这是个大嘴巴、小眼睛的男孩。爱娣从护士手里接过弟弟时，奇怪钱家的三个孩子，怎么一人一个样。转念一分析，自己像爸爸，妹妹像妈妈，弟弟像爷爷。

钱桂林的酒后临幸，实出偶然。钱赵氏隐隐觉得，老天爷来补偿她了。三个月时，去庙里求签，得了上上的，回家后被钱桂林一通数落："儿子？做梦吧！"

他照例在外喝酒，周末回家，要求好菜好饭，稍不如意就打骂妻女。钱赵氏提营养补贴，他两眼一翻，唬得钱赵氏不敢再说。爱娣私下对爸爸道："妈妈身体很虚弱。"

钱桂林道："你算什么东西，轮得到跟我说话。"

钱赵氏整日昏睡，醒来就吃，吃了就吐，常常不及俯到床边，喉咙口就喷出来。三两天换一次被单，洗得爱娣双手皲裂。

满屋子呕吐物的味道。一男在校完成作业，直到就寝时分，才磨蹭回家。她吃不下，睡不好，几次半夜起来，拿冰冷的井水擦身子。

肚子更大时，钱赵氏不吐了，开始腰背疼，弯不得身，走不了路。还长起痔疮，无法坐直。于是终日躺着。

想吃梨了，爱娣买梨，想吃酸辣土豆丝，爱娣做上一锅，想尝童子鸡，爱娣烧了三两只，用完了一年配给的禽票，只能买鸡蛋。

见了半篮鸡蛋，钱赵氏破口大骂："死丫头，学他们算计我！"抄起枕边台钟，朝爱娣猛砸。爱娣额角漉血。钱赵氏又后悔得大哭。

临近产期，钱赵氏变安静了。小子在踢母亲肚皮，腿脚儿多有力。小子还在呜啊闹，怪母亲营养少，丫头可没这么活泼。钱赵氏温柔地摸着肚子，爱娣在旁瞧着，心下酸酸的。

"爱娣，你看娘会生弟弟，还是生妹妹？"

"弟弟，肯定是弟弟。"

"如果又是女的怎么办？"

"不会的。"爱娣一脸深信不疑。

钱赵氏点点头，宽心了。过了一会儿，瞧见爱娣，又问，爱娣又答："一定是弟弟。"一天七八次。钱赵氏决定给儿子取名"保佑"。每天念叨，菩萨一定听到。

保佑，保佑，保佑我钱赵氏，保佑我儿钱保佑，保佑钱保佑的大姐二姐，她们都是好孩子。

7

直到破了羊水，送进产房，钱赵氏还拉着护士问："您看看，该是男孩吧？"

产房共四张床，邻床换了一拨又一拨。宫缩的剧痛汹涌时，钱赵氏又哭又喊，疼痛过去时，就有气无力地哼哼。床褥湿透了，一个助产士做清洁，另一个站在她腿间嚷："用力，开八指了！"

爱娣放学就往医院跑，产房里鬼哭狼嚎，夹杂着助产士的尖声呵斥。爱娣盯着出来的人问："二号床怎样啦？"

"宫口全张开了，孩子就是不出来，"医生埋怨，"孕妇四十二岁了，怎么不来产前检查？现在好，连剖腹产都难。"

爱娣被拦住不让进，在门口团团转，想给爸爸打电话，又不知道号码。钱赵氏膀胱快爆了，浑身骨骼咔啦啦裂出缝来。医生让助产士拿剪刀，说要侧切。接着，钱赵氏听到剪子的"咔嚓"声。有个实习生，拿着表格，问了很多问题，见钱赵氏只顾喊叫，来气了："问你话呢，听见没有？"本来胎儿似乎有点出来，这么一训，又缩回去。还有两个小助产士，屁事不管，坐着聊一个男医生。

第四十六个小时上，换了有经验的中年助产士。"张开，用力……"钱赵氏一使劲，助产士隐隐见到小孩的头，卡在半当中，就拿产钳夹出来。

"男孩，恭喜！"

钱赵氏浑身一松，瘫着不动了。爱娣正靠睡在长椅上，听到里头叫"钱赵氏家属"，噌地跳起来，冲进病房。她一眼撞见钱赵氏叉得开开的腿，之间一个血红的洞。一个助产士在剪脐带，另一个把一包东西递给她。爱娣小心接过。软绵绵的包布里，婴儿只露了皱巴巴、红通通的脸，金鱼似的眼睛紧闭着，尖脑袋上覆着一层乌发。

助产士说，头形有点奇怪，是在妈妈体内受到挤压，刚才又夹了一夹，以后会长好的。爱娣拉开布片，见两腿间一个小鸡，顿时眼睛湿了，把孩子还给助产士，边哭边笑地蹦出去。

助产士去做清洗。医生等着胎盘娩出来，手里准备缝针。侧切的大口子缝合四层，每层二三针，钱赵氏被一股子高兴劲支撑着，居然忍住没叫。

缝好后，医生让她躺着，忙乎别的产妇去。钱赵氏流着汗，淌着泪，心里空荡荡的，仿佛离开身体的，不仅仅是个婴儿。

这时，一名产妇道："同志，我想大便。"

助产士道："那不是大便，是要生了。生的感觉像大便一样。"

产妇又道："同志，我真的要大便。"

"是你要生了。"

"我能去厕所吗？"

助产士不耐烦道："你拉在床上吧。"

"我……"

"你拉呀，你拉呀！"

突然一股恶臭，真的拉了一床。两个助产士骂骂咧咧。那女人一声大叫，居然就生了。屋内站着的人，全都围拢过去。钱赵氏想捂鼻子，却抬不起胳膊，这才意识到在流血，生孩子的地方早已麻木，只感觉大腿湿湿的。

"同志，同志。"她叫了两声，就晕过去。

俄顷，邻床的女人发现异样。"救命啊，流血啦！"

医生和助产士又哗啦啦从那床围到这床。按摩子宫，注射宫缩素，进行输血准备。几个实习生瞅着满床满地的血，呆着不会动了。钱赵氏休克的身体慢慢变凉，医生测了测脉，对旁边人说："太突然了，真可惜。"

8

钱爱娣插队落户八年，1976年回城时，已经二十五岁。脸黑了，头发里爬满虱子。右肩明显比左肩高，八年扁担挑出来的。关节炎也严重，一遇湿冷，就浑身钻痛。还得了妇女病，是例假时挖河泥的后果。

钱保佑九岁了，被产钳夹过的脑袋，后方凸出一块，最终没像助产士说的那样变圆回去。钱桂林给儿子订了每天一瓶牛奶，将他养得身板敦实。钱保佑不喜欢同弄堂里的孩子玩，也不爱和人说话，缺乏日晒的面孔白白的，小眼睛里淡漠一片，看不出喜怒。

这神气和二姐钱一男有点像。爱娣插队落户的同年，一男进厂做学徒，三年满师后，工资从十八块涨到三十六块，养活着她和弟弟两个。

钱赵氏死后不久，钱桂林续弦，"周阿姨"是单位同事，尖下巴，吊梢眼，说话时，眼神随着音调流转。第一次见面，爱娣想起妈妈说的，要提防"狐狸精"，于是不肯叫"周阿姨"，挨了一顿打，周阿姨反倒劝解："没关系，小孩家不懂事。"过了一二年，一男才知道，"周阿姨"早和爸爸姘上了，只有她们姐妹蒙在鼓里。

钱桂林再婚，单位又分一套房，和新媳妇住在近郊，第二年有了大胖儿子，渐渐地两三个月，才想到回一次家。开始还定时寄生活费，后来断了，一男也不稀罕。

一男保留弟弟的一份牛奶，除此之外，早餐泡饭，午餐剩菜，晚上一菜一汤。九岁的钱保佑，没尝过冰棍和话梅，某日偷了几分钱买“油凳子”，被打得屁股渗血。

钱赵氏怀孕时，家里像个大猪圈，刚出生的弟弟，在一男眼中，就是头小猪猡，不停屙屎、屙尿、流口水。只能请个老太来照看，还得偷偷请，怕被说成“资产阶级雇佣关系”。

弟弟长到五岁时，一男辞了保姆。这时候的小孩，手脚没个停，拿板凳翻转了当火车坐，拖鞋浸入澡盆当轮船玩，喷嚏打得鼻涕四溅，或者玩得一身烂泥回来。一男骂他饿他，罚他立壁角，或者拆下扫帚柄，用肥皂洗净了，劈头盖脑地打。

钱保佑八岁时，离家出走过。趁着姐姐洗扫帚柄，走了三个街口，停在路中央，“姐姐，姐姐”地叫。被邻居田大妈发现，领了回来。一男不在家，田大妈带保佑回家吃晚饭。保佑拉着喊：“姐姐打我，姐姐杀我，大妈救我。”田大妈给了两块大白兔奶糖。保佑拆开糖纸，各舔了一口，在袋子里藏好。

直到天黑透了，一男才找来。她走得两腿发麻：“急死我了，知道不知道。”说完眼泪就下来。田大妈本想责怪她，叹了口气道：“别再打小孩了。你俩都不容易。”一男领保佑回家，关门一记耳光：“让你告状！”保佑手插在兜里，捏紧奶糖，瞪着姐姐。一男也瞪他，但很快目光软了，过来摸弟弟的脸道：“脏死了，快去洗澡。”

第二天，钱保佑跑去田大妈家。田大妈在烧饭，让他在地上玩一会儿。钱保佑不玩，默默跟着。田大妈被瞅得心慌，问："怎么回事？姐又打你了？"钱保佑上前拉住她："妈，妈妈。"田大妈吓了一跳，又拿大白兔奶糖哄他。钱保佑收了糖，走了。

自那以后，钱保佑知道了：要有糖吃，得靠自己。他挨完打骂，不再哭鼻子，只搬了姐姐指定的小板凳，坐在门口。门外的世界，像裹了一层糖水，花草鲜艳，空气爽洁，房屋的檐角亮汪汪的。

这一切，美好得跟他一点关系都没有。

9

1981年，发生了三件事。

十四岁的钱保佑跑去派出所，把名字改成钱惜人。爱娣劝说：母亲生前起的名，不能胡乱改。"娘为了生你，把命都搭上了。"

"你说那个懒女人？连亲生女儿都要狠心溺死，凭啥让菩萨保佑？"

爱娣瞪圆了眼睛。钱保佑觉得她这副模样很蠢。

为什么改名"惜人"？一次，钱保佑半梦半醒，听耳边在叫："惜人，惜人。"第二晚又如是。想了又想，忽然意识到，这是在叫自己。上天的意思，惜——爱惜，人——当然是自己。惜人，就是爱惜自己。

这年的第二件事，钱一男重新上了学。她进厂前是高中生，姐姐回来后，高考恢复了。厂里的几个同事，摇身变成大学生。一男也去试。复习一年多后，考取重点大学的土木工程系。邻里道贺，同事羡慕，久无音讯的钱桂林，送了二百元的大红包，甚至钱赵氏的娘家，不知哪儿听说出了“女秀才”，也从乡下送来两篮子鸡蛋，和三只喂得油光光的童子鸡。

一男很快感到，读大学太苦。一则没了工资，靠姐姐接济，生活拮据。二则一男不擅理工，课程一深，就觉吃力。一学期下来，瘦成骨头架子，还得了近视。鼻梁太窄，眼镜老是下滑，就不停用手去扶。她以指代梳，半长不短的头发随意抓几抓，系根牛皮筋，粗硬的辫梢正好扎在领子里。年近三十的一男，说话爱刺人，还得了疑心病，见人谈笑，就认定是在议论她。大家都说她越来越像死去的钱赵氏。

第三件事，钱爱娣结婚了。她是病退的知青，回家三周后，进了里弄生产组，制作手表带，一天工资三毛二分钱。

钱爱娣经居委会干部介绍，认识了乐鹏程，交往一阵后结婚。钱家住西头的祥康里，乐家住东边的影子弄，中间隔着祥安里。祥安里是大弄堂，宽敞、平整，七马路的孩子都到这里玩。钱爱娣和乐鹏程，也许一起玩过老鹰捉小鸡，但年龄太小，记不确切，长大了更不走动，只了隔一条弄，却是十几年未谋面。

爱娣隐约记得，小鹏程秀气白净，一双大眼睛，女娃似的童花头，怯生生躲在同伴背后。乐鹏程对爱娣却印象深刻，当年乐家姆妈曾说起：这女娃吃苦耐劳脾气好，谁娶谁有福。

结婚彩照上的乐鹏程，满脸有福的样子，一张瘦面孔，唇红齿白地微笑，一只肩膀侧到妻子背后，脑袋斜斜靠过去。爱娣则嘴巴微张，像是吃了一惊，不齐整的刘海儿压住眉毛，让她的圆脸显得比实际的更阔。

照片背后，墨蓝钢笔写着结婚的日子，是爱娣的字迹。二十年后，乐慧在一堆旧照片里翻到它。

10

乐鹏程工资不高，钱爱娣的更少了。家具尚未添齐，办酒倒欠了笔钱，日后有了孩子，开销还会上涨。爱娣除了生产组的工作，还到外面揽活儿，洗衣服、看孩子、拆纱头，一天下来腰酸背痛，倒头就睡。

刚开始迷糊，就被乐鹏程从背后抱住。“爱娣，睡觉戴胸罩不好。”他的手伸进她睡衣里，呼吸喷在她耳朵上，痒痒的。爱娣扭摆躲闪，“啪——”，感觉胸口一松。“干什么呀，大半夜的，不好好睡觉。”她咕哝着往床边蹭，试图回到梦里去。乐鹏程得寸进尺，抚弄起她的乳房。

“别，别。”爱娣用力扒他的手。

乐鹏程不说话，只管动作。

爱娣低骂一声：“流氓。”

“你说什么？”

“下流。”

“怎么这样说话，你是我老婆。”

“老婆也不能这样。”

爱娣将自己整个蜷起，乐鹏程隔在外面，试了几次，没法钻入，只能连人带被子一起抱住。

“爱娣，爱娣，你不想要孩子啦？”

“想啊，这和你要流氓有啥关系。”

“孩子不都这样弄出来的吗？”乐鹏程重重别过身，棕绷床一阵咯吱。

“你骗人。”

乐鹏程愣了愣，爱娣不像开玩笑。

“你妈没教你吗？”乐鹏程话一出口，立即后悔。

“我妈教我，做女人要正经。”

爱娣想起农场的几个“狐狸精”，工余不琢磨学习上进，只知画眉毛，画面孔，还剥了电线烫头发。最让人瞧不起的，是违反农场规定，和男青年谈恋爱。她们躲在帐子里读情书，有说有笑地讨论，甚至由女伴作陪，半夜跑去野地约会。嫁给乐鹏程，主要看中人老实，谁知婚后也变成大流氓。

“一天到晚瞎折腾。你难道不知道，我已经够累了吗？”

“爱娣，你就说一声，到底想不想要孩子？”

“想啊，我们是夫妻，当然会有孩子。”

“做了夫妻后，得‘那个’，才能有孩子。”

“我们躺在一张床上，不就是‘那个’了吗？”

“当然不是。碰都不让我碰，孩子怎么钻进你肚子去？”

“怎么钻进去？”声音轻下去。

“好爱娣，我们得互相接触，孩子才能钻进去。”

爱娣琢磨了一会儿，道：“还是不懂。”她的身子像泡了醋，又酸又软。脑袋里仿佛钻了个小人，拿鞭子不停抽赶汹涌而至的睡意。

“你妈走得早，很多该教的东西，都没来得及教。”

爱娣不响。过了片刻，乐鹏程发现她在哭，急忙转过身，隔着被子轻拍她。

爱娣回忆母亲分娩后高高叉起的双腿。那个血淋淋的大洞，能把一切吸进去：托盘、消毒棉、橡皮手套……

然后，他们出来了。她自己，妹妹和弟弟。钱赵氏骗爱娣说，小孩是从垃圾桶里捡来的。小爱娣深信不疑，直至钱惜人——浑身覆满黏液的尖脑袋怪物，从那里钻出来。

“爱娣，要接触，才会有小孩。”乐鹏程终于找到被子的缝隙，探进一只手。

爱娣仍在抽抽搭搭，但不拒绝了。

“所有人——我是指，比如隔壁吴大姐两口子，晚上也那个吗？”她吸了一下鼻子。

“是啊，不信你问她。”

“呸，这种事儿，让我怎么问！”爱娣“扑哧”了一声。

“瞧你，又哭又笑，跟孩子似的。”气氛有点松弛了，乐鹏程顺势解开裹住爱娣的棉被。

11

初二的体育课上，乐鹏程练习滑杆。滑至底部时，他闭着眼睛，抱着滑杆，一动不动。同学扶至医务室，医护老师白忙活半天，还是陪去的同学瞧出端倪：铁杆的摩擦，让乐鹏程腿间支起一顶“小帐篷”！

自此，但凡乐鹏程练习滑杆，男生们就在旁边叫：“小帐篷！小帐篷！”女生听不明白，他们就故作神秘：“男人家的事，女人不懂的。”

乐鹏程成了班中两大笑柄之一。另一笑柄，是个留级的早熟女生，叫吴娟。母亲死后，没人关心，发育了不知道买乳罩，白衬衫下晃着两点黑，跑步时满胸蹦跶。裤子上第一次见红时，吴娟躲进厕所哇哇大哭，邻班的女班主任跑进去教她叠卫生纸。此后，吴娟定期走出体育课队伍，独自在操场边瞧着同学打球跳高。个子高，身板壮，还一脸羞答答，时间长了，就得绰号：“小害羞”。

“小帐篷”和“小害羞”，叫久了没新意，就给两人配对。吴娟被唤作“乐吴氏”，气得大哭。但逐渐地，只是扭捏笑笑，呸好事者一口，甚至故意卖破绽，让人家往这方面逗她。马上又传出话：俩人的事儿，说着说着，保不准成了。

吴娟人不坏，五官也还好，只是性格多愁善感，身材五大三粗，实在不相称。比如乐鹏程，内向少言，就该配副白净面孔；吴小妮活泼大方，人家就长出了个大方样儿。

如果“乐吴氏”是吴小妮，该有多好。

吴小妮最漂亮的是眼睛，睫毛像窗栅栏似的浓密。她扎麻花辫，走路时鲜红的蝴蝶结在肩膀上跳跃。女生大多穿短袖上装和深色长裤。吴小妮有条体育课专用的蓝色运动裤，外侧裤缝镶两条白边，勾勒出腿部运动的轨迹。在夏天，乐鹏程还能直接欣赏吴小妮的腿。她是班里少数穿裙子的女生之一，并且总是最早的。上学斜穿操场时，教室里一阵骚动：“吴小妮穿裙子了。”女生们拥到窗前，嘁嘁喳喳指着议论。渐渐出现一两个跟风，于是裙装不再成为话题。即便如此，吴小妮还是突出，她的的确良衬衫带着花色，在一堆白布方领衫中特别扎眼，裙子也好看，裙摆有褶子，不像别的女孩，只是将布缝成一圈，腰里箍上橡皮筋。乐鹏程注意她裙下光溜溜的腿，时而交叉，时而弯曲，时而弹性饱满地一蹦一甩，变化出诱人的形态。

一晚梦见那双腿，像在跨栏，又似跳舞，裙摆的褶皱倏然开放，犹如一把花伞。乐鹏程一声大喊，把自己喊醒了。脊梁和大腿汗津津的，一摸，毛巾毯湿了一大块。日光灯亮了，父母齐齐探起身，四只眼睛丝毫不差地落在他脸上。乐鹏程心中发怵，不敢大动，微微挪一下屁股，将湿东西捂住。

母亲张翠娥半眯着眼，瞧了片刻，猛地倒回床上，头朝里，背朝外，仿佛和人赌气。父亲乐明干咳了两下，抬手关灯。床架子一阵摇晃，三人各自调整姿势，重新分配毯子的面积。

12

乐明和张翠娥是同事，自由恋爱后结合。

乐明是党委书记，经常发火，抓起陶瓷杯一拍，溅出大摊茶水。骂人文绉绉的，“你游手好闲，缺点罄竹难书”，或者，“再这样刚愎自用，我要和你割袍断义”。以前工人们听了四字的“别扭话”，总会肃然起敬，现在流行“读书无用论”，就渐渐不把他当回事。

张翠娥是车间主任，步速快、说话脆，像只动力十足的小马达，神情却板结一块，轻轻扯动半个嘴角，算是微笑，稍稍耷拉一下眉毛，表示不满。

乐明有一柜子书，用牛皮纸包好，书脊写上书名，扉页盖章“乐明藏书”，末页页角标好号，归为“马列经典”“古代文学”“经”“史”“现代文学”“外国文学”“杂类”，拿塑料牌烫了字，钉在书柜横档上，外面蒙两层布帘子。谈恋爱时，乐明指着满架书道：“书中自有黄金屋，书中自有颜如玉。”张翠娥真成了他的“颜如玉”。

结婚半年，开始频繁吵架。张翠娥没想到，一个饱学之人，会是这样的牛脾气。儿子出世后，张翠娥恨不得将双腿扛到肩上。母亲从乡下来，添过一些手，张翠娥嫌她行动缓慢，脑子糊涂，又支回去。有时翠娥不平衡：在厂里，自己也是响当当的“三八红旗手”，凭什么回家就成粗使婆子。乐明骂张翠娥“庸俗不堪”“不学无术”，张翠娥气得数次离家出走，没多久又乖乖回来。算了，嫁这男人，不就图他一肚子学问嘛。

乐鹏程的名字是乐明起的，龙生龙，凤生凤，乐氏子弟，鹏程万里。孕妇张翠娥养得特别好，家里订了一份奶，又从工友那里争取一份，早一瓶、晚一瓶。还有时令的西瓜，一天一只。乐明天天中午跑去水果店排队，有时吃饭都顾不上。他开始做家务，脾气改好不少。一天忙完，在街边架个竹床，让翠娥乘凉，自己在旁扇风。蒲扇一摇一晃，晚风一丝一缕，话题三句不离孩子。

乐鹏程出生时，是七斤半的小胖墩，谁知越长越纤瘦，性格也随之往软弱里长。丢沙袋时，是捡沙袋的；打乒乓时，是捡球的；跳鞍马时，是俯身做“鞍马”的；“老鹰抓小鸡”时当老鹰，抓来抓去抓不到，给一群男孩揪住，刮鼻子、打头挞。后来长大了，成绩中等，表现平平，没什么朋友，不上课就孵在家里，有时看连环画，有时发呆。

张翠娥料理儿子起居，乐明负责教育。此后张翠娥流过两次产，查了几家医院，确诊得了慢性肾炎，医生在诊断书上判了四个潦草的字：不宜生育。

夫妻俩誓将唯一的儿子培养成才。打骂更勤了。乐明拦腰一胳膊，将儿子折成两截，对准拱出的屁股，哗哗甩巴掌，有时不过瘾，抄起量衣尺、扫帚柄，甚至桌上的细竹筷，朝背脊猛戳。张翠娥也不拦，把门一关，嚷道：“该打，该打！”她自己偶尔动手，拧起面颊的一丁点儿皮肉，转上几转。乐鹏程倒更欢迎父亲的板子，热辣辣地疼，还算来得爽快。

13

乐鹏程惊梦的第二天，张翠娥在被子上发现一块干硬的污渍。她开始检查乐鹏程的内裤，乐明借口儿子成绩下降，有事没事一顿打。

乐鹏程发现，手指带来的乐趣比滑杆大得多。他喜欢早早上床，把手往腿间一放，开始胡思乱想。吴小妮为何笑得这么好看？衣服好看，头发好看。前面有点凸了，但不明显，过两年也许会戴胸罩。那时候，她是不是也像吴娟一样，在体育课上害羞地走出队伍？每个女人都这样吗？她们到底怎么回事？

乐鹏程屡屡梦见自己，在路边叼着香烟，抱着手臂，叉着瘦伶伶的腿，朝过往女孩吹口哨。有一次，爸妈冲过来向他吐唾沫，他醒了；还有一次，吴小妮正巧路过，他猛力一抱，扑了个空，又醒了。

乐鹏程端详自己的手：十根指头修长，指甲剪得干净，手背皮肤白嫩，跟女人家似的，唯一起褶的是关节处，排列整齐的指关节，像一枚枚长皱纹的眼睛。手指伸直，“眼睛”眯起来，手指弯曲，“眼睛”就瞪得老大。它们是有生命的，不完全听从大脑的控制，就像下面那东西。乐鹏程心想：人根本不是身体的主人，而是它的奴隶。

两个月后的一天，学校组织义务劳动，乐鹏程忘了带扫帚，匆匆赶回家，撞见张翠娥在哭。她显然提早下班，黑色的工作包往床头一扔，拉链半开，一条毛巾帕胡乱覆着。铁石心肠的母亲，此时居然哭得脸面浮肿，耳郭上青筋暴显。见儿子突然进来，她抖了抖身子。

“过来。”

乐鹏程不动。

“过来！”

乐鹏程向前磨蹭两步。

“活宝，只配挨打！”

张翠娥一扬手，乐鹏程举臂一挡。谁知她只是拈起一张考卷，扔到地上。

“站着干吗，算盘珠子啊，拨一拨，动一动！”

乐鹏程俯身去捡，背脊冷飕飕的，手指夹到纸张后，身子迅速往后缩。

数学期中考 26 分。一翻，背后是数学老师兼班主任的留言，笔锋遒劲，直透纸背，很像他平日训人的气势：

“家长同志：该生近来不专心听讲，成绩退步严重。希望家长配合老师，找到思想根源，认真教育，使该生端正学习态度，成为国家的合格栋梁。”

14

张翠娥的肾炎半因操劳，半因体寒。乐明的弟弟乐亮认识一位老中医，从苏州过来的，据说他给乐亮搭脉，搭出心脏问题。乐亮跑到医院一查，果然是早期风湿性心脏病。自此五体投地，一家子的身体全部托付老中医。

从乐明家到老中医的住处，要斜穿整个市区。每月的第一个星期天，乐明骑着自行车，带张翠娥去看病。老中医根据复诊情况，调整中药配方单。开始听乐亮介绍，乐明将信将疑，回去按方子熬了膏，吃上一阵，果有好转。但没多久，又急转而下，甚至出现高血压和水肿。

乐明痛打儿子："都是你这白眼狼，害得你妈病重！"

张翠娥附和道："我这病，都是你给气的！你想让爹妈早死，就痛快一点！"

这天他们出门前，又教训乐鹏程一番。乐明对检讨书不满意，张翠娥让儿子立壁角。乐明给自行车打气时，她又折回去侦察，臭小子还算老实，顶着一纸检讨，乖乖站在门后。

他们上了路，谈论起乐鹏程的教育问题。乐明认为，索性让儿子辍学，到厂里谋职。他说了几点理由，张翠娥正想回话，突然起风，乐明眼睛进了沙子，赶忙闭上，手背狠狠揉几下。张翠娥觉得重心似乎被风吹歪了，在书包架上叫声"小心"，动了动屁股，发酸的腰部往前倾。

这时横穿出一位老人，乐明急转龙头，自行车向外倒去，翠娥整个人飞出，甩在一辆并行的卡车头上，一滑，碾到轮底下去了。司机是新手，发现有状况，下意识地一拐，又把倒地的乐明轧进去。

乐鹏程听人说，卡车轮子把妈妈的腰都轧平了，爸爸的脑浆混着鲜血流了一地。乱穿马路的老头当即中了风，抬进医院就咽气了。

父母亡故后，乐鹏程发起高烧，足足病了一个月。

两家各派出人，打理后事。张翠娥的大哥张相根代表女方，要求将妹妹、妹夫葬回乡下祖坟。虽然女人家不兴入祖坟，但张翠娥是暴毙，唯有用土镇着，才不会变成孤魂野鬼。

乐家不同意。这个书香门第，父亲乐扬，长子乐明，次子乐亮，都是知识分子，母亲乐董氏虽是小脚，也识得几个字，做姑娘时念过几本经，解放后研习了不少马列著作。唯物主义的信仰之家坚持火葬。

争执了半天，两家互相妥协：乐家出面操办追悼会，尸体火化。张家将骨灰埋到乡下祖坟，为两人立一块碑，刻上黑字：

父 乐明　母 张翠娥　儿 乐鹏程　叩立

父母的追悼会，乐鹏程没去，火化仪式、土葬仪式，也都没去。几次听到敲门，却四肢沉重，下不了床。一天，门被破开，叔叔乐亮冲进来，抱起侄子，一摸额头，惊道：“鹏鹏脑子要烧坏了。”送至医院，吊了两天盐水，体温才逐渐走低。

待乐鹏程下得床，父母已成两幅镶黑框的照片。他瞧着他们，他们也从墙上瞧着他，目光严厉，像是在说：不学好，伤透我们的心了。乐鹏程想，是不是该哭一场。酝酿了一会儿，哭不出，就作罢。

15

乐鹏程顶替父亲进厂，外婆严素贞上来照顾他。她不识字，又耳背，一只眼睛白内障。除此之外，味觉也退化，做的菜又咸又油，吃得嘴角腻黄了，还在嘀咕：“太淡，太淡。”

她逼着乐鹏程多吃：“瞧娃儿瘦的，都是饿出来的。”

乐鹏程已经成年，还开始赚钱。乡下大舅张相根觉得，老娘该留在乡下给他带孩子、做家务。张相根的老婆张爱芬是同村的，做姑娘时奶大屁股大，娶来后果然能生，现在已是第五个娃了。严素贞却道：“我给你们带过四个，做娘也算做到家。老亲家闲着没事，也可以添添手。”

老太坐着骡车，颠着小脚，来到城里。乐鹏程在大床边搭个小竹床，铺了层毛毯让外婆睡，还给她一把卷了须的旧牙刷，一块又洗脸又洗脚的毛巾。

路上车多不敢出去，弄堂里转转又怕迷路，严素贞整天坐在床边，等着做饭洗衣的时间。她有点老糊涂了，早饭的豆浆缸子没洗，就开始下面条，下了一半想起来，外孙在厂里用中饭，于是赶紧洗衣服，把糊了的面条留在灶上。她扫地也力不从心，灰尘懒洋洋的不听扫帚指挥。只能蹲在地上用手抠捡，完后到水斗边，黑乎乎的指甲直接拧干衣物。一次被乐鹏程撞见，自此剥夺她洗衣服的资格。

于是更加无所事事。严素贞倚着竹床，摇着破蒲扇，咕咕哝哝：“乐明啊，你是文化人，心肠也好，翠娥跟我讲，你体贴着呢。翠娥说她腰疼，肯定是不听我的话，坐月子时碰了冷水……”

有时嗑累了，突然醒转：“鹏鹏，晚饭吃啥，我给你做。”

“我吃过了。”

“噢，”缓缓神，又自言自语，“鹏鹏一个人，留在城里不放心，我虽年纪一把，身板还算硬，总可添些手吧……”

平时乐鹏程只当窗外车多人杂，耳朵里吵了点。但好几次半夜惊醒，外婆的声音鬼魅地飘荡，抬头是父母遗像，齐齐板着荧蓝的脸，妈妈还扬了扬眉毛，原是想挤出微笑，看着却像在威吓人。她的脸还是完整的，胸以下全都变成血肉糜了。乐鹏程害怕起来。

“别说了！”

严素贞耳背，听到外孙床上有声响，“嗯”了一下，翻个身，继续念叨。乐鹏程一连几晚睡不好，心里烦躁，只能找块黑布，把父母遗像蒙起来。

乐鹏程发现，老太婆赶不走了。这两年乡下收成不好，张相根交了粮，还得给公社倒贴钱。妹子刚死时，舍不得母亲进城，时间一长，觉得省一份口粮，就是少一副担子，媳妇又在耳边撺掇，就不乐意老娘回来了。

“老头子，我成了累赘喽，”严素贞嘀咕，“待在哪儿都不济事，乡下没饭吃，城里没事干，你说我咋还不来见你呢？”

两个月后的一天，乐鹏程下班回家，看看灶披间，没人，瞅瞅晒台，也没人，进屋一瞧，外婆躺在地上，脑袋旁一摊血，一只小脚勾在大木床沿，手中紧拽一块黑布。乐明、翠娥的遗像掉在旁边，镜框完好，人像的脸面上斑驳着几滴血迹。

派出所认同了乐鹏程的猜测：严素贞想去揭遗像上蒙的黑布时，相片挂绳从钉子上脱落，老人家手头一打战，小脚一溜滑，仰面摔下床来。

16

半年后的一个黄昏，乐鹏程站在窗前，忽地看见张翠娥，那妇女一转头，却又不是，身材几分相似而已，发现乐鹏程瞅着她，就笑笑。乐鹏程骤然窒息，站立不稳。他第一次意识到，自己是个孤儿了。

在厂里，师傅阿二头旧时偷工厂原料，被乐明处分，现在乘机报复，让乐明的儿子干最脏最累的活，还时常责骂。

回到家，乐鹏程故意乱放东西，让屋里显得热闹些。也只是冷清清的热闹。他胡乱烧了饭，吃了，躺在床上看书，有时不小心睡着，一觉醒来已是后半夜，牙齿涩腻，脚趾发痒，书本早已掉在地上。

看书成了打发无聊的唯一手段。乐鹏程在父亲的书架前翻找。不喜欢《艳阳天》和《金光大道》，对马列经典没兴趣，偏好唐诗宋词和外国小说，尤其是情诗艳词，恋爱故事。

乐鹏程最欣赏《红楼梦》，“太虚幻境”“风月宝鉴”等段落，读了一遍又一遍。他觉得与贾宝玉有几分相投，一样白白净净，斯文阴柔，风流多情。只可惜，身边没有林妹妹。

乐鹏程还在书架角落里发现一本薄薄的《生理卫生手册》，如获至宝，没多久就翻得纸页散架。这些云里雾里的知识，让饥渴越来越强烈。而现实中的女人，却越来越乏味。

17

“文革”开始时，女人们突然变成男人，短发、红袖章，腰身和胸脯藏在宽大灰暗的衣服里。乐鹏程在路上偶遇吴娟，“小害羞”已成“小泼辣”，当了小头目，指挥着一群男生，朝一个老头吐唾沫。老头胸前一块大牌牌：“黑帮分子杨前锋”，旁边还蜷着一人，“土皇帝华之强”，乐鹏程的中学语文老师，头发白了，腰也弯了，几乎认不出。

祖父乐扬、叔叔乐亮，全都挨了斗。乐鹏程拆了书架，书本塞进樟木箱，垫在棕绷床下，用床单盖住。厂里的造反派来抄家，翻出一只银镯子、两双绣花鞋和一些钞票。一番思想教育后，队长说：“看在没爹没娘的分儿上，你就写份检讨来。”

自此，乐鹏程见造反派就躲，谁知吴娟当街拦住他，掏出红宝书，读完语录道：“乐鹏程同志，我要对你进行思想教育。”

一听“同志”二字，乐鹏程松了口气：“欢迎吴娟同志教育！”

吴娟高出他半个头，肩膀较先前更阔。进了门，大咧咧往床边一坐：“乐鹏程同志，让我们一起学习老三篇。”

吴娟工人家庭出身，乐鹏程父辈是臭老九。吴娟坐床，乐鹏程蹲小板凳，吴娟喝茶，乐鹏程渴了就用舌头舔嘴唇。吴娟说："乐鹏程同志，以后要靠近组织。我会经常来教育你的。"

"是，是。"乐鹏程点头哈腰。

从此，吴娟有事没事路过，见窗内有人，就扯开喉咙喊："乐鹏程同志，乐鹏程同志！"她开始束腰带，还把半长的头发用发夹别住，脱下军帽后，趁乐鹏程倒茶，对着窗玻璃整理刘海儿。一次，乐鹏程觉得她眉毛别扭，观察老半天，断定是炭笔描过了，太浓太粗，还在眉锋处凸起一块。

"怎么啦？"吴娟脸一红。

"我在看你眉毛。"

吴娟忽然恼怒："你是这样对待同志的吗？"

"不，不……其实……挺好看的。"

"是吗？"又脸红，低下头，手掌磨呀磨，发白的绿军裤磨出很多皱，"你以前不注意我罢了。"

乐鹏程有些心惊肉跳。吴娟伸手拉他，他只能挨着坐在床边。

"我知道，你喜欢吴小妮！"

"没有的事！"

吴娟扭过头，乐鹏程发现，她的眼睛一大一小，较大的一眼离得近，睁得圆圆的，仿佛集中了所有愤怒，连眼角皴开的褶子都根根竖起。

"你再说一遍！"

乐鹏程嚅了嚅嘴，发不出声。

“喜欢就喜欢了。那个死丫头，背后骂你‘痴子’，心里得意着呢。现在好了，父母挨斗，自己也上吊了，拖着舌头臭了大半个月。”

“上吊……”

“她不是喜欢穿花裙子吗？就要撕烂她的伪装，把她拖到街上，让人民看清赤裸裸的真面目！”吴娟像在大笑，又似愤怒，两股表情将面部肌肉扭扯变形，“而且，告诉你，她被很多革命小将搞过啦，哈哈，装什么清高！”

乐鹏程往外挪挪屁股，吴娟一把抓住他的手：“干什么？难受啊？你不要心存幻想了。”

“我没……”

“她瞧不起你，因为你们是两个世界的人。你，是和我一起的，”吴娟握得更紧，“鹏，你摸摸我。”

乐鹏程脑子一片空白。吴娟解胸前的纽扣。解了一会儿，抬头道：“扣眼太小了。”表情像要哭出来。

乐鹏程被牵引着，摸到一团温热，随着呼吸微微起伏；还有心跳，以更快的频率撞击手掌。吴娟军外套上的像章，毛主席正侧着脸，目光炯炯，乐鹏程的腕部有微灼感。

他感觉像做梦，断断续续听到吴娟下命令：“腿抬起来”“侧过去一点”“抱住我的腰”……他浑身冰凉，四肢乏力，肋骨快被压断了。

吴娟像在骑马，口中“吁吁”着，汗珠顺着背脊，滴在乐鹏程腿间，一股类似馊饭的味道。吴小妮的衬衫领子有好闻的花露水气息，她的辫子一根搭在胸前，一根甩在背后，转动脑袋时同时飞舞，把芳香散发出去。

乐鹏程下意识地猛推吴娟，吴娟一骨碌滚倒在床，愣了愣，拉过被子蒙住头。乐鹏程战战兢兢，等着她发威，片刻之后，居然听见歌声："彩灯把蓝色的大海照亮，幸福的喜讯传遍了万里海疆……"

歌声绵长纤细，迂回缭绕，将乐鹏程的心脏蓦地扎紧。乐鹏程转过身，抱住她道："对不起。"

"对不起什么？"

吴娟体形太大，乐鹏程环不过来。他松开手臂，叹了一口气。

吴娟穿衣服时，让乐鹏程别过身。

"我是你的第一个。"

她想留下纪念，琢磨半天，要来红油漆，在墙上涂了一行标语："打倒阎王，解放小鬼。"

乐鹏程半夜醒来，月光照在鲜淋淋的字上。隐隐看到一具灰蒙蒙的影子悬在半空。乐鹏程感觉有根软骨针在脏腑间绞动，绞出一团空虚。

自此以后，吴娟常来，进门就把乐鹏程往床上推。她要求得很多。乐鹏程害怕表现不佳的话，会被扣"仇视劳动人民"的帽子，于是一没状态，就拼命默想吴小妮。

吴娟在墙上添了很多标语："横扫牛鬼蛇神""敌人不投降就叫他灭亡""生做毛主席的红小兵，死做毛主席的红小鬼"……一天数了数，骄傲道："十七次了。"

白墙被形状丑陋的红字占满了，一些标语挤在另一些的缝隙里，用极细的笔画勾出来。外婆死后，房内本就阴气沉沉，现在整墙的鲜血，像要随时倾倒进乐鹏程的梦境。

某日，吴娟神神秘秘，进了屋，反锁门，拉上床帘，招呼乐鹏程坐在她身边，打开“为人民服务”的军包，拿出一本破旧的本子。

“曼娜回忆录，”乐鹏程读道，“什么文件？我怎么没学习过？”

“笨蛋！”吴娟给了他一个爆栗，“这都不知道。”

一个月前，吴娟加入爱民中学“劳改队”，在和另一伙造反派火拼时，队长出了意外。吴娟乘人不备，将他的军包顺手牵羊，结果有了意外收获。她脸蛋通红，哗哗翻着膝盖上的书。

“愣着干吗？过来看呀。”

乐鹏程乖乖凑过脑袋。

书面是牛皮纸的，暗黄上蒙了层黑，晕染着斑点霉渍。“曼娜回忆录”，五个墨蓝的钢笔字勾肩搭背。纸页用糨糊黏合，沾染了斑斑污渍，有些边角发脆了，一碰往下掉屑末。打开手抄本，里面的钢笔墨迹时深时淡，时工整时潦草，还有不少错别字。

屋里安静下来，只有翻页声和粗重的呼吸声。吴娟忽然尖声狂笑，把乐鹏程吓了一跳。

吴娟朗读道：“最引人注意的是……咳咳，高傲而怡然自得地矗立着，足有半尺多高，粗得就像小孩儿的胳臂……”

见乐鹏程坐立不安，她停住道：“怎么，不好玩吗？半尺多高呢。”大小眼同时瞪起。乐鹏程觉得，她的表情在向大眼那侧倾斜，整张面孔火烧火燎。

这天，乐鹏程怎么都不行，吴娟发疯似的拍他胸脯，扇他耳光，抓住他的肩头拼命摇晃。乐鹏程歪着脑袋。床头柜上，一只裸露的台灯泡，外壁沾着几个黑点，是小飞虫扑光时烧焦的尸体，内壁一层钨丝熔出的浅浅的灰。半亮不暗的光线，把吴娟壮硕的身体照得黄一块、黑一块。

“你不想要我了，是吧？”吴娟把他的脸掰过来，迫使他正视。

“不是……”

“不是个屁，当老娘傻子啊！我就知道，你放不下那个小娘儿们。”

“什么呀，她根本不拿正眼……”乐鹏程意识到说错话，赶紧刹车。

吴娟哼了一声。乐鹏程仰视她，她的下巴无比宽阔，将他的目光完全笼罩进去。

“说话呀，怎么没话啦？”那只阔下巴忽然噼噼啪啪落下泪滴。

吴娟抓起床边的衣服，迅速穿上，拎起军包，冲出门去。

她再没来过。此后一个多月，乐鹏程忐忑不安，看看没动静，逐渐放了心。他重新粉刷墙壁，将吴娟遗下的《曼娜回忆录》用报纸包好，塞在垫被底下。偶尔睡不着觉，翻出来看，眼前浮现吴娟的那对肉包子。他不再激动，只是觉得有点饿了。

18

无论哪方面，爱娣都是称职媳妇：能干、勤劳、善良、体贴……

乐鹏程可以一直数下去，直到十根指头都用完。

除此之外，爱娣的身体也让他喜欢。乳房不大，但长年劳动，变得结实，能以愉悦的弹性回应他的手指。还有她的腿，充满紧凑果断的美感，仿佛一双上足的发条。

爱娣四处揽活挣钱，乐鹏程帮忙家务，烧菜、擦灰、挑选日用品，甚至给爱娣买衣服。很快，他脸变圆了，有了小肚子。见者都说："气色不错嘛，有老婆照顾，到底不一样。"

唯一不足的是，爱娣始终讨厌夫妻之事，每次都像完成任务，事后马上用高锰酸钾清洁。乐鹏程觉得那像一盆紫红的鲜血。爱娣道："我妈说的，这个洗了干净，不会生病。"

乐鹏程被引得做起了梦。梦见一双腿，穿吴小妮的花裙子，却是钱爱娣粗短的形状，像在跨栏，又似跳舞，有褶的裙摆，花伞一般倏然开放。乐鹏程刚想惊叫，这双腿突然流血了。

乐鹏程转身抱住爱娣。

"怎么了？"爱娣迷迷糊糊，摸到眼泪，就完全醒了。

"没怎么。"

"那干吗哭？"

"我想，我们七十岁时，会不会有一堆孙子孙女，叫着'爷爷奶奶'，围着我们跑啊跳的。"

"会，会。"

"你喜欢男孩，还是女孩？"

"深更半夜的，问这干吗？"爱娣打开灯，看清丈夫红肿的眼睛，笑了，“傻瓜。”

一日，爱娣叫人修理棕绷，翻出压在底下的《曼娜回忆录》。她第一次向乐鹏程发火。“你这个流氓，骗子！”她号啕大哭。

手抄本被撕破，扔在地板上。乐鹏程不敢去捡，爱娣也不捡。过了三四天，这堆被踩得黑烂、踢来踢去的纸，悄悄消失了。晚上，乐鹏程试着钻进爱娣的被窝。

“干什么呀？”爱娣扭着身体，掖紧被子。

“你几天没理我了。”

“累了，睡觉。”

“咱们谈一下，行吗？”

“别碰我，以后再不迁就你。”

“咱们总得要个孩子吧。”

“孩子？哼，借口，以后再也不上你当。”

19

三十四岁生日那天，爱娣提出想领养孩子，“三四年都没能生，怕是生不出了。”

“要不咱们看看医生去。”

“不行，那多难为情。”

“你也不积极一点。”

“什么叫‘积极一点’！”爱娣瞪着乐鹏程。

乐鹏程想回嘴，发现妻子眼睛湿亮了，于是心软，同意先去儿童福利院看看。

公交车懒洋洋地前行，阳光把车玻璃上的灰尘照得闪闪发光。一路，爱娣只说了一句话：“领养的小孩，长相身板都能挑。自己生的，可没得挑。”乐鹏程默默坐在另一侧，目光越过几个站立的乘客，投在女人身上。爱娣嘴唇紧抿，面无表情地看着窗外。她有些显老，脸颊耷拉，还浅浅地出来几块斑。乐鹏程气消了，他想起婚后几年的甜蜜。

这个时候，钱爱娣却在反复回忆钱赵氏躺在产床上，血流成河的模样。

他们在育婴堂路站下。儿童福利院解放前是天主教育婴堂，角门已用粗木条堵住，大门两侧各一圆柱，朝里一座拱门，刻了十字标志。隔着铁栅栏，只看得到红砖房和棕榈树。

在这幢古旧的欧式建筑东侧，矗立着一座方正的新楼，门口挤着三块大牌子：儿童福利院，社会福利院，残疾儿童康复中心。

福利院不大，中央一块小花园，一条浅浅的人造小河，河上一架桥式的滑梯。到处是大大小小的孩子。一些在楼里读书，一些在花园玩耍，有个胖乎乎的中年妇女，领着一队大孩子种树。其中几个注意到乐鹏程和钱爱娣，停下手里的活儿，安静而警觉地盯着他们。

钱爱娣向他们挥挥手，扭头对乐鹏程道：“瞧瞧，他们多乖巧。求你了，行不？这些年，我求过你什么没有？”

20

乐鹏程和钱爱娣，在福利院办完手续，又到户籍所在地的民政局婚姻科登记信息。两个月后，接到福利院的试养通知，让他们去看孩子。

工作人员领他们到婴儿楼。一片嘤嘤呀呀。第一床是个兔唇，闭着眼，大拇指含在三瓣嘴里。第二个睡着了，工作人员介绍，是路边捡来的，查出有先天性心脏病。

夫妻俩对视了一下，继续往里走。整屋子的小孩，多是非残即痴。爱娣觉得有个男婴不错，乐鹏程左瞧右瞧："要不，再看看吧。"

"这个是健全的。你不喜欢？"

"也不是……没法想象他是我儿子。"

"领回去养一阵，就习惯了。"

"但……"

工作人员道："要不去看看大孩子？不过一般都收养婴儿。"

乐鹏程道："大些的孩子，开始认人了吧？"

工作人员道："那也不一定，有些记事晚。"

说话间，三人走出房间。听见脚步声，乐鹏程一扭头，见一位工作人员，抱着个孩子经过。乐鹏程被那孩子的大眼睛闪到了。大眼睛也看着他，睫毛拖出两排阴影。这是吴小妮的眼睛，长在一个三四岁女童的脸上，占据了大半张面孔。乐鹏程脱口喊道："喂，等等。"

21

起初，爱娣不喜欢乐慧。搞不懂丈夫为啥坚持要女孩，还是个已经记事的女孩。没几天，疙瘩就解了。乐慧肉团团，粉蒸蒸的，大妈婶子们，见了就想胳膊上掐一下，屁股上咬两口。爱娣最爱看乐慧入睡，长睫毛停靠在鼻梁旁，像两爿蝴蝶，随着鼻翼张翕，一上一下。一天，乐慧睡着，忽地睁开眼睛，冲爱娣喊："妈妈。"爱娣乐坏了，自此坚持和女儿睡。乐鹏程只得打地铺。

六岁时，乐慧叫出第一声"爸爸"。她瘦了，黑了，不爱说话，却总是悄悄捣乱，把拖鞋扔到床底够不着的地方；将妈妈的胸罩夹一块肥肉，藏在五斗橱缝里，用来养蚂蚁；或者抓一只金龟子，碾出肠浆，滴在碗柜里的冷饭上。

乐鹏程的三十五岁生日，正巧是个星期天。吃过午饭，爱娣提出逛公园，仨人打扮整齐，出门了。乐慧穿红白格子的新连衣裙，系红色洋纱蝴蝶结，一路奔跑在前头。乐鹏程对妻子道："真快啊，孩子这么大了。爱娣，难道咱们一直这样吗？"

"你说哪样啊？"

"总不能我一直睡地铺吧。"

"那我来睡地铺。"

“我不是这意思。”

“你什么意思，让阿慧睡地铺？孩子正长身板呢。”

“爱娣，我们还是老公和老婆吗？”

“废话，不然我们是什么。”

乐鹏程闷闷的。钱爱娣瞧着他，也生起闷气来：“为啥你满脑子想着搞流氓，好好过日子不行吗？”

乐鹏程转身就走。钱爱娣喊了一声，没有追他。乐鹏程冲进家门，往地铺上一摔，半晌才平静下来。他在外面有过“花头”，那女人吵着要他离婚，差点闹到家里来。他掰了好几遍手指：连带爱娣和吴娟，总共有过五个女人。五个——连第二只手都用不上。

过了一会儿，钱爱娣带着乐慧回来了。“太热了，玩不起来。”乐鹏程不吱声。爱娣给乐慧拿了一本涂色本和一盒水粉颜料，让她画画玩。自己下面去了。下完面，放了大排和鸡蛋。乐鹏程闻到香气，问：“几点了，就吃晚饭了？”

“早点吃好，早点上床。对了，今天你也睡床。”

乐鹏程“噌”地跳起来，吼道：“阿慧——吃面——”

吃完，爱娣洗碗，乐鹏程跑到她身边磨蹭。“干什么呀，水溅到地板上了。”“没干什么，闻闻你，好香。”爱娣昨晚用海鸥洗发膏洗过头，后颈因为发痘子，洒了花露水。乐鹏程猛吸几口，身体温热起来。他催乐慧上床，乐慧画画上瘾，不肯睡。乐鹏程在她背上拍了一下。乐慧哭起来。爱娣进来，指责乐鹏程。乐鹏程怕她生气反悔，就不响了。乐慧画到七点半，被爱娣催上床。又睡不着，让妈妈讲故事。爱娣讲了七仙女，又讲了嫦娥奔月，乐慧越听越有精神。直讲到白雪公主，“后来，来了个王子……”乐慧才终于睡着。爱娣去刷牙洗脸洗脚，乐鹏程等得喉咙发干，灯一暗，就往床上爬。爱娣压低声音道：“轻些，轻些。”乐鹏程放慢动作。棕绷床发出压抑的“吱嘎”声。爱娣觉得热，越来越热，浑身淌汗，汗珠顺着腿根一串串下来。

“疼，疼死了！”打开灯，发现不是汗，是血，淡淡的，滴在床单上。

“哎呀，我要死了。”爱娣哭起来。

“别害怕，不会有事的。”

“我妈也是这样死的，”爱娣打了乐鹏程一下，“都是你不好！”

乐鹏程给爱娣绞好毛巾，一屁股坐在床边。他发现乐慧早已睁开眼睛，看看他，又看看妈妈。睫毛忽闪间，光斑在脸颊上明灭。

乐鹏程的家伙又起来了。

流氓！他暗骂自己。

22

查出宫颈癌后，钱爱娣话多了，脾气也躁了。里弄生产组让她回家休息。她就整天在床上哼哼唧唧。钱一男来探望，见姐姐耷拉着脑袋，从被子里垂出一只手，居然和钱赵氏几分相似。

钱爱娣去过几次医院，她问医生，怎么会得这种病。医生冷笑道：“怎么得的，问你自己啊。”自此，她再也不肯去。“左右是个死，干吗瞧人冷眼。”乐鹏程劝她，她闭着眼装睡；拉她，她软着身子装死。

乐慧在外面玩野掉了，一回家，不是挨妈妈骂，就是被拉着看外婆的遗物。

当初，爱娣将钱赵氏的什物打成一包，放在天井遮雨棚下。出嫁后买了个樟木箱，靠在墙角，给乐慧当写字台。钱爱娣让乐鹏程将箱子移到床边，打开观赏：两盒照片，一串佛珠，拖着长带子的绒线帽，冬天焐手用的塑料盐水瓶……还有一幅送子观音像，画面发黄，边角生了霉斑。爱娣拭去灰尘，拿图钉钉在墙上，指着对乐慧说："你外婆叫我要生个男娃，我没听。你一定得听，否则长大了吃亏。"过了几天，送子观音的一只眼睛和半边嘴，被老鼠咬掉了。爱娣赶忙摆出钱赵氏的牌位，烧了两炷香。再买一幅画，重新挂上。新的送子观音面孔稍长，眼睛更大，有几分凶相。

乐鹏程的同事，舅母是妇产科专家，"文革"中挨过斗，现退休在家。乐鹏程提着礼物上门，一口一声"舅母"，又是眼泪又是鼻涕，终于说动舅母。

舅母来了，钱爱娣却不配合，捂紧被子念叨："不要看，不要看。"

舅母粗略地瞅瞅脸相，问问症状，把乐鹏程拉到一边说："已经转移到淋巴结了。"乐鹏程不知道什么叫"淋巴结"，他问舅母，还有没有治。舅母不说。

一星期后，钱爱娣过世了。她死在晚上。乐慧忽然感觉妈妈从背后抱紧她，还咕哝："娘，娘。"乐鹏程蹦起来，拉爱娣，爱娣已经不动。乐慧缓缓掀开被子，一摊干涸的血迹，像一只红蝙蝠，顽固地吸附在棉布上。

第三章 张秀红

1

乐慧醒时，听到乐鹏程翻报纸。有人在噎气，一紧一紧，像被掐住了脖子。还有不明的“嗒嗒”声，仿佛一只耐心叩击的手。护士来了一回，沙哑着问：“谁开的窗，病人抵抗力差，着凉怎么办？”护士走后，乐慧渐渐觉得热，屋里有股烂鸡蛋的味道。

在眼皮和纱布之外，光线暗了。日光灯“哗”地绽亮。乐慧左眼扎痛，痛感一浪一浪翻涌到脑颅里。

乐鹏程按铃。护士又来了：“不是刚打过镇痛针吗？多打不好。”邻床的呼吸急促起来，但终被乐慧的呻吟压下去。护士对邻床的看护说：“输液快完了，怎么不吱声，万一空气进去，是要死人的。”

乐鹏程紧了紧乐慧的被角，轻问：“渴吗？”又道，“渴了和我说。”乐慧折腾得一身热汗，恍惚睡去。半夜，她被吵醒，乐鹏程已不在，临床病人连噎几大口气，突然像是绷断了弦，没动静了。三五个人，裹着一团哗乱，往门外去，移动钢床的滑轮，在柜角蹭出一串“当唧”，门被重重关上。乐慧等待着。屋里只剩忽疾忽缓的“嗒嗒”声，风在窗外的树枝间潮水般哗响。乐慧想：那人大概死了。可是奇怪，为什么没有哭声。

乐慧觉得冷，还觉得无力。熬到天色转亮，乐鹏程来了。他拉椅子的声音很清晰。乐慧从被子边伸出手。乐鹏程坐定，发现了，将那手塞回被中。乐慧又伸出来。乐鹏程迟疑了一下，握住她的手。

“爸。”

俩人静了静。

乐鹏程犹豫道：“是叫我吗？”又道，“今天好点了吧——看起来好点了，医生说你可以进流食，你想不想吃？有粥。”

乐慧道：“他……死了？”

乐鹏程凑近道：“刚才在门口碰到医生。那个老太婆，早就是晚期了，家里有钱，多拖了几个月。”

“我……也死了。”

“胡说八道！”乐鹏程提高声音，“完全两码事……你整天疼啊疼地叫，普通病房提意见，才搬过来的。这儿每天要多花一百多块钱，可我也没法让你不叫。”他一直捏着乐慧的手，此刻更加用力。乐慧疼，手疼，眼疼，喉咙疼。疼痛像血液一样，浑身地流。

“我要死了。”

“瞎说，你不会死。”

“我要死了。”

“你不会死！”

“我——”乐慧咕哝，“不会死。”

“再忍忍，手术没几天，是疼的。”

乐慧缓慢转念：手术——眼睛——毛头。乐鹏程从床头柜连撕了几张餐巾纸，来堵乐慧的眼泪：“别哭，要发炎了。”

乐慧眼窝里热辣辣地涌，涌到面颊就凉了。乐鹏程按铃，护士来了，另外一个，声音很甜美。甜美声音的护士，将某种冰镇物塞到纱布底下。乐慧泪止住了，嗓子里还在抽搭。

片刻之后，安静了。乐鹏程翻完最后一页报纸，默默坐着。他说：“真烦，”又道，“我是说窗外那根树枝，老被吹到玻璃上，”顿了顿，又道，“树枝光秃秃的，还挂了只马甲袋，楼上真没公德。”

2

乐鹏程天天钉着问，几时能出院。预付款用得差不多了，医院连劝带吓，乐鹏程都不肯再预付。主治医生大笔一挥：“出院吧。”

出院后第四天，乐慧一再请求，乐鹏程拿出了病例卡。“左眼角膜严重破裂，大量房水、玻璃体、晶体皮质外溢。”字迹大而潦草，乐慧刚眯起右眼，乐鹏程就匆匆合上：“人生在世，总要受到挫折，这很正常。别七想八想了，你保证过的。”

乐慧默然，道：“小学课本里教我们，独眼龙看出去的世界，是没立体感的。”

“喏，又来了。你保证过的。”

“我不要人陪，你别请假了。我不欠你人情。”

“你早就欠了，欠了不知多少。再说，谁给你换药。对了，该换药了。”

乐鹏程拿了药，取了纱布，裁叠成正方形，拆下沾满眼垢和汗渍的旧布，贴上新的，用橡皮膏围绕乐慧的眼眶贴出个“井”字。趁乐鹏程走开，乐慧伸出食指，探到纱布下面。她摸到一层薄皮，掩着一个大凹塘。适才，她认出“晶体”二字。她想她的“晶体”没了。

乐慧爬回床上。乐鹏程打开录音机，收拾好东西，下楼将电视调成静音。正播放《人间四月天》，周迅扮演的林徽因在哭泣。乐鹏程觉得她的下巴很美，可惜身材扁平了，现在流行扁平身材。他想到乐慧，扔了遥控器，冲上楼。还好，乐慧正乖乖靠在床头。

“听，张国荣，”她说，“《风继续吹》，迷死人了。”

乐鹏程“哦”了一声。

“张国荣死了。”

“你别多想。”

“我想什么啦。我只是说，张国荣死了。他死了，对吗？”

乐鹏程关掉录音机。

“干吗关掉，我喜欢张国荣。”

“你听得太多了，该睡一会儿。”

“睡不着。你在楼下干吗？看电视？”

“我什么都没干。”

“我也要看电视。”

“你不能，医生说的。”

“为什么？我瞎了吗？”

“你没瞎。”

“那么我要看电视。”

乐鹏程拍了一下录音机：“随便你。”

乐慧慢腾腾地跟下来。他们坐在沙发里，看《人间四月天》。徐志摩出场了。乐慧道：“以前——就是眼睛没瞎那会儿，我最喜欢这种，白白净净的，很文气。”

乐鹏程转过脸，正视她道：“阿慧，你听我说。”

乐慧依旧眯着右眼，盯住屏幕。

乐鹏程又道：“你听我说。”

乐慧慢慢转过来。她的眼白有血丝，眼眶有泪，下眼睑结着半圈眼垢。

“我是十几岁没的爹，没的妈，”乐鹏程耷拉下眉唇，“外婆也没了，所有人都没了，只剩我自己。这些年，我不也好好的吗？你至少有我。”

“你？”乐慧猛然睁大右眼。乐鹏程身子一抖，她的左眼似乎也在纱布底下睁大了。

“你，”乐慧问，“为什么？”

“什么为什么？”乐鹏程疑惑着，忽有所悟。他低头按遥控器：“无聊，没什么好看的。休息一会儿吧。”

屋里静下来。窗外有警车呼啸，开过后，更安静了。乐慧又问：“为什么？”

这时，有“窣窣”声。乐鹏程站起来，乐慧也站起来。门底出现一个小白角，渐渐全进来了，是一张纸头，上面似乎有字。乐鹏程走一步，乐慧也走一步。小心地包抄到纸片两侧。门外没有动静。乐鹏程俯身捡起，乐慧凑过来，还没看清，就听乐鹏程倒吸凉气。

“五十万，支票。”

乐鹏程盯着支票，乐慧盯着乐鹏程的手。

过了三五分钟，乐慧开口了：“他是真的做了断了。五十万一只眼睛。”

乐鹏程道：“我们这儿快拆迁了，老天总算善待我一次。”

“五十万，很大一捆吧，能把个活人埋得见不着头发。”

“环线边上的两室一厅，八十几平方，三十多万，再加装修什么的。”

“干脆挖个坑藏起来。”

“什么？”

“真的，这年头银行也不牢靠，最好换成金条，抱着睡觉。”

乐鹏程望着乐慧，乐慧也停下嘴。

片刻，乐慧又道：“现在就取钱。”

“干吗？”

“花啊，花光拉倒。”

“神经病！”

“我爱怎样就怎样，”乐慧从乐鹏程手中“唰”地抽过支票，“它是我的！”

“阿慧，我们要为将来着想……”

“将来？我们？”

“你想想，”乐鹏程声音松软下来，人往前倾，“你没社保，这次住院是大手术，咱家老本都花光了。没钱请看护，吃喝拉撒都是我照顾，你瞧瞧我的眼睛，”乐鹏程指指眼睛，“都凹下去了。这辈子，我还从没这么辛苦过。”

乐慧不语。

乐鹏程轻声道：“将来房子拆了，你说，我们住哪儿？”

在他话音落下后，有人小心翼翼地敲门。乐鹏程看看猫眼，开门道：“秀姨来了。”

外头站着个女人，满头红发，风一吹，夕阳光绕着她的发卷，斑斑点点地打转。那是很红很红的头发，红得像血一样。

乐鹏程道：“秀姨你瞧瞧，小姑娘不懂事，一有钱就想花个精光。”

秀姨看看乐鹏程，又看看乐慧。

乐慧道：“这是我的钱。”

“你的钱，不是家里的钱吗？”

“不是。”

秀姨拍拍乐慧：“你爸是为你好。”

乐慧朝乐鹏程吼叫：“你害我这么惨，凭什么还要管我花钱？”

秀姨将门在背后一关，将俩人往屋里推。

乐鹏程也拔高嗓门：“我怎么害你了，秀姨怀疑你脑子受刺激了，我看也差不多。”

秀姨顿时双颊绯红：“我什么时候说过这话！”

“你这只‘兔子’，恼羞成怒了吧。”乐慧转过脸，秀姨觉得她左眼缩成了点，右眼越睁越大，仿佛一架被怒气压得严重倾斜的天平。

乐鹏程突然伸手抢夺支票。乐慧反应更快，又唰地一反手，乐鹏程只捏住一角碎片。

“撕就撕了，谁也拿不到。”乐慧做撕的动作。

“别乱来！”乐鹏程屏住呼吸，双手向前。

乐慧在正中轻撕了一道口。

“别——”乐鹏程身子前倾，几乎半跪在地。

乐慧冲他冷笑，手中缓缓扩大那个口子。支票“嚓”地惨叫着，终于一分为二。乐慧索性再撕几下，扔了残片，乐鹏程扑过去捡。乐慧没力气了，往秀姨肩上一靠：“秀姨——”

3

秀姨本名张秀红。她第一次见金亮伟，是在“有缘人”西餐厅。同一桌的，还有胡芊芊和胡梁木。张秀红问胡梁木，为什么起名“梁木”，胡梁木说，因为他生出来时，家里缺根梁木。张秀红礼貌地笑笑，低下头，狠吸一口，一粒糯米珍珠卡在吸管中间。胡芊芊指指瘪了的吸管，胡梁木道：“小心用力过猛，吸进鼻子。”胡芊芊拍着桌面，疯笑起来。

过了一会儿，胡芊芊说，胡梁木是她亲哥哥，片刻又说，其实是堂哥。张秀红看见，胡芊芊把手放在胡梁木腿上，胡梁木抓住她的手，拼命揉捏。最后，胡芊芊说，其实胡梁木是她老公，他们以后的孩子，打算取名“胡胡”。

“他叫‘胡扯’，我叫‘胡搞’。”胡芊芊爆出一串“咯咯咯”，仿佛这是天底下最有趣的笑话。

张秀红有点烦躁，后来她对金亮伟说：“当时你比较沉默，让我印象很好。”

那天金亮伟唯一超过两句话的，是解释胡梁木的名字：他父母都信教，“梁木”典出《路加福音》，耶稣说：得去掉自己眼中的梁木，才能帮助兄弟去掉他眼中的刺。

金亮伟和胡梁木是一个大学的同事，金亮伟新闻系，胡梁木电子工程系，他们都爱运动，自然玩到一起。张秀红见金亮伟第一眼时，注意到他的皮带，担心它从窄瘦的腰里滑下来。

胡芊芊和张秀红在美容院认识。第一次偶遇，正好挨着坐，张秀红想，这女人话忒多，声音忒响，忍不住多看几眼。一个月后，又碰到，又是邻座。胡芊芊叫起来：“上次见过你的，很有缘啊，认识一下吧。”

张秀红向她的热情投降，好在除了话多，胡芊芊还算可爱。一天，她道：“我这儿有两个帅哥，出来一起玩玩吧。”

在张秀红看来，胡梁木笑得太殷勤，嘴巴上下一豁，露出满口肉红的牙龈。金亮伟还能算帅，白净面孔，双眼微眯，像是有点睡不醒。

事后胡芊芊问起，张秀红说："还行，那个叫金什么的，看着挺斯文。"

第二天接到电话："你好，张秀红吗？我是金亮伟，胡芊芊让我打电话给你。"

"你好，金亮伟。"

"你好，张秀红。"

"饭吃过了吗？"

"没。你吃过了吗？"

"我也没。"

张秀红觉得背脊发热，用面颊和肩膀夹住电话，伸手扳开玻璃窗扣，话筒里一串嘈杂的电流声。

"什么声音？"

"我开窗。"

"噢，"金亮伟顿了顿，"要不……一起吃个饭吧。"

"好。"

张秀红描口红，觉得太浓，擦淡点，再擦淡点，几乎看不出。穿绿色羊毛裙，配黑色长筒靴，在镜子前转两圈，觉得过于隆重，换回牛仔裤，脖颈里加一条满天星项链，坠子搭在领口外。

金亮伟坐在"有缘人"的落地窗内，低头读一本书，桌上两杯清水。张秀红在玻璃里照照自己，挺了挺胸膛，走进去。金亮伟向她招手。

坐定，金亮伟问："怎么过来的？"

"换了两部车。"

“下次该找个离你家近的。”

“这里不算远，情调挺好。”

金亮伟认真看张秀红：“你化过妆，更漂亮。”

“没怎么化妆，出门比较仓促，随便挑了件衣服。”

“那是你今天气色好。”

服务员拿菜单，金亮伟熟练地翻过几页。

“吃法国餐吧。”

“法国餐很贵。”

“还行。”

“也好，我来付钱。”

金亮伟有些局促，合上菜单，又打开：“你放心，我在广告公司兼任顾问，不算穷教书的，这顿饭请得起。”

“你别误会，我不是这意思。”

金亮伟笑笑，两颗虎牙微凸出来。菜一道道端上，张秀红依次询问菜名，赞“好吃，不错”。

“胡芊芊说，你有个妹妹。”

“是。”

“她还说，你在一家影视公司上班。”

“是。”

金亮伟边吃边问，很快干掉盘子里的东西，抹抹嘴巴，看着张秀红。

张秀红道：“我吃得太慢。”

“不慢，是我太快。”

“你说说话吧，不然光看着，我不好意思吃。”

“好，”金亮伟把餐巾纸揉成团，往小汤碗里一扔，“我爸爸在电力局工作，妈妈在深井机械厂，前年下岗了。有个妹妹，武汉大学中文系本科二年级。我目前是讲师，在职博士，毕业论文已经开题，正在搜集材料。以前谈过两个女朋友，一个是大学同学，一个在广告公司兼职时认识，第一个嫌我没钱，第二个跟香港人跑掉了。”

张秀红咀嚼的嘴巴停下来。邻桌一对胖胖的男女同时回过头，看他们一眼。

“张秀红，做我女朋友吧，我会待你好的。”金亮伟突然响亮地说。

张秀红的腮帮子恢复嚅动，嚼完，咽下，端起水杯，“咕嘟嘟”灌几口，用指肚拈掉唇角的水滴，正视金亮伟道：“可以试试。”

4

半年后的婚礼，在校办的酒店大堂。男方到场五桌亲戚，两桌同事，张秀红只请来妈妈。“蒋芳”二字，排在主桌名牌的末位，“蒋”字写了一半时，墨水笔干了，换作钢笔，笔画一细，显得比其他名字小，蒋芳举着塑料名牌，看了半天，放下，将仿鳄鱼皮的小包夹紧在腿间，手臂环绕上去，密切注视周边走动的陌生人。张美凤本来答应参加，临时推托有事。蒋芳费了半天口舌，差点和二女儿吵起来。

还有半小时，张秀红在小间补妆，蒋芳走进去，看看没人，把门一关。

“秀秀，小金有钱吗？”

“你已经问过很多遍了，”张秀红正将脱胶的假睫毛重新粘上，“有点小钱。”

“小钱？”蒋芳沉思，“小钱是多少啊？”

“他以后会有钱的，”张秀红一手捂着睫毛，一手抓起扎花束的缎带，擦拭镜面，“有很多钱，很多很多钱。”

蒋芳走到桌边，把女儿的提包拽在手里：“秀秀，让我看看你的戒指。”

“在伴郎那里。”

“多大？”

“普通钻戒。”

“超过一克拉没？”

“妈，你干吗穿深色衣服，系黑围巾，太不喜庆。”

蒋芳“哦”了一声，把包翻来覆去研究，还打开拉链，摸摸夹里：“这包什么时候买的？小金给你买的？”

张秀红回过头，瞪她一眼，她不响了，乖乖将包还给女儿。

婚礼开始前，胡梁木和胡芊芊不知为何吵起来，胡芊芊揪住胡梁木的领结，胡梁木抡起一只胳膊，张秀红在旁拦住：“小心，头发打坏了。”

宴席过半，伴郎胡梁木大醉，坐在地上哇哇大哭，伴娘胡芊芊抬起高跟鞋，冲他肚子就是一脚，胡梁木弹起身子，晃了两晃，吐出一口啤酒，又咚地倒下，脑袋栽进闷臭袭人的秽物。

“死鬼,起来！”胡芊芊叫道。胡梁木没有动静。大堂里开始乱起来。

一个老太擦身而过，张秀红听到她嘀咕：“这门亲，晦气大了。”张秀红朝她后脑勺白了一眼，掸掸婚纱，朝金亮伟笑。金亮伟正指挥着两个舅舅，把胡梁木平抬起来。司仪台的强光打在他的侧面，镶出半圈金边。她的新郎，真是英俊极了。

5

第二年，金亮伟有了两个身份：大学新闻系副教授，无限文化传媒有限公司总经理。公司注册成功那天,他送了妻子一根白金项链。张秀红摸着钻石坠子问：“多少钱？”

“没多少钱。”

“办公司能赚钱吗？”

“当然能。我争取第一年二三十万，第二年翻个倍，以后做得好，赚的钱不敢想。”

“能有那么好？”

“我在系里，能接触不少广告公司，只要有客户，一切都好办。”

“那……”张秀红想了想，“我们会有车吗？”

“会。”

“会有大房子吗？”

“很大的房子，别墅。”

“把我妈接过来。”

“到时候再说。”

“等多久会有房有车？”

金亮伟想了想，说：“五年。”

6

五年里，金亮伟从一百一十斤飙升到一百四十斤，有了点肚子，将登喜路西服撑得很气派。奥迪车一开到校门口，总有女生眼尖：“金黎明来了！”

金亮伟第一次开全校讲座，张秀红迟到五分钟，教室坐满，窗口也站满，张秀红伸着脖，踮着脚，在人堆里张了张，身边两个女生，兴奋地叽叽喳喳。

“看见金黎明没？”

“前面的大块头挡住了……噢，看见了，他朝这边望呢。果然帅，比黎明帅。”

张秀红挤出来，一身冷汗，在黑漆漆的校园里走两圈，汗就干了。她讨厌这儿，树太多，地上全是阴影，空气里一股铁锈味，还夹杂着纸张霉烂的气息，从鼻腔直灌进脑门。

金亮伟很晚到家：“怎么没见你？”

“早回来了。”

“我讲得怎样？”

"没听。"

"你怎么了？"

张秀红不理睬，金亮伟愣了愣，解了第一粒衬衫纽扣，顾自漱洗去了。

"和女学生混得开心吧。"

"说那么多话，累都累死，"金亮伟满嘴牙膏，口齿不清，"话筒质量也不好。"

"那个王什么的女孩，上次来过我们家的，今天有没有去听？"

"哪个王什么？人太多，不知道。"

"别装了，就那个大饼脸的，两只眼睛贼溜溜，金老师长金老师短，叫得可亲热。"

"王晓菲呀，人家可是学生党员。"

"啊呀，才貌双全，跟你倒般配。"

"我们才是郎才女貌，学生们都这么说。"

"你现在真会甜言蜜语，刚认识时，话都说不成整句。"

一阵冲洗牙杯的声音。

"没办法，做生意逼出来的。"

"抽烟喝酒也是逼出来的？"

"得陪老板们应酬，人家觉得你爽快，才会给你生意。"

"去 KTV 也是爽快？"

"你多心什么，我从不碰小姐的，嫌脏。"

"到了那里，搂搂抱抱总难免。"

“别瞎想，再怎么样，也是回家搂老婆抱老婆。”

金亮伟洗罢换了睡衣，一头扑到床上。张秀红脸朝里，一动不动。金亮伟逗弄她一会儿，见没反应，也别转身，屁股对屁股，须臾起了鼾。张秀红睁开眼，翻过身，注视丈夫的背影。窗外路灯突然灭掉，金亮伟的轮廓暗了大半，细看有点发蓝。张秀红伸出手，抚摩他的耳垂。金亮伟的耳垂又软又小，非常柔韧，它是张秀红最熟悉的部分。

7

张秀红做秘书，抄抄东西，陪陪应酬。影视公司一共三个人，老板顾前卫，秘书张秀红，还有一个做清洁的阿姨，兼任快递员、装订工和搬运工。顾老板脑前半秃，脑后留油腻腻的长发，胸脯又白又松，像女人似的垂着，皮肤经常发痒，双手胡乱抓挠，指甲里嵌了一弯弯黑垢。

“小张，不是说什么，当年我可帅了，比你老公还帅，拍过很多片子，那个《七宝镇枪战》，你看过没？”

张秀红应了一声。

“到底看没看过。”

“有印象……不过记不清了。”

顾老板常请导演和剧作家吃饭，介绍时个个是大腕，张秀红收到的名片一厚沓，却和面孔对不上号，只能见谁都说：“久仰大名，久仰大名！”

顾老板嫌张秀红不够热情："什么叫公关，你懂不懂？"

张秀红可以强颜欢笑，但最怕被逼喝酒。好在时常来些小演员，或者戏剧学院的女学生，眉来眼去，打情骂俏，气氛一下热闹了。张秀红闷头吃菜，顾老板陪着傻笑。

待到买单时，顾老板从服务员手中抽过账单，哗哗抖两抖，大声问："多少钱？"如果回答轻了，还会再问，"多少？"然后夸张地一指："小张，把钱包拿给我。"

在座的红男绿女被这股气势吸引得停下，齐齐盯着张秀红。张秀红把钱包从桌边缓缓递到顾老板手上，这时她想保持微笑，是需要花大力气的。

一日，张秀红道："顾老板，能提醒那个范先生吗，让他别再摸我的腿。"

顾老板绷着满脸松肉道："我最了解老范了。不是我说什么，漂亮妞们哭着喊着，排队上他床呢。你也不自个儿照照镜子，送给人家都不要！"

张秀红不吱声。俄顷，顾老板抓了张报纸，进厕所大便，张秀红盯着桌面看，一沓 A4 纸，是新拿到的剧本，其中几张歪歪斜斜摊开着，用金牛镇纸压住，铅笔的圈圈杠杠，是顾老板的修改意见。还有两张合同散在旁边，已经盖过大红图章，正准备放进文件格。张秀红走过去，拈起一张合同，撕碎，再拈一张，再撕，扔进废纸篓，又取一大杯水，洒在桌面上。她做得很细心，确保每张纸页都浸湿。

8

张秀红要再找工作，金亮伟不同意。

“每月不过三千块，我给你。”

“整天待在家也没事干。”

“事情多着呢，做面孔，买衣服，练身体，养花草。”

全职太太张秀红，订了五份休闲期刊，搬回一个二十五英寸直角平面电视。每月三千块零用钱，拿大信封存着。她不喜欢银行卡，看得见摸得着的花花纸头才让人踏实。妹妹张美凤知道后，冷笑道：“搞了半天，怎么没捏住财政大权呀？”

“日常开销我负责，买大件俩人商量，钱放谁那儿，还不都一样。”

“哼哼，你倒是好糊弄。”

“我开心就行啦。”

“哼哼，幼稚。”

妹妹这是嫉妒。张秀红并不介意。

别墅太大，独自在家时，走路都有回声。张秀红将阳台用铁栅栏密匝匝地围起来，通往小菜园的后厅焊一扇防盗门，开个方形小洞，便于接收外卖。看电视不过瘾，又迷上日韩爱情连续剧，在附近音像店办了租借卡。开始时，跟着剧中人掉眼泪，看多以后，分分合合，就不过如此了。走在琳琅满目的碟片店，张秀红有晕眩感，仿佛日子浓缩在那些小圆盘里，包上花花绿绿的封面，从这排走到那排，一辈子也就过完了。

张秀红时常眼睛疼，一疼疼到脑子里。配了副新眼镜，总算能看清屏幕上的方块字。沙发太软，坐久了腰板痛、脖子酸，于是添置硬坐垫和手臂状的颈托，看碟时往脖子里一搁，像被人从背后抱住。沙发旁一只巨型茶几，放电话和零食，电话总不响，张秀红也不往外打。金亮伟出差前关照："没有急事别打我手机，免得影响谈生意。"

张秀红边看碟，边吃蛋糕、冰激凌、巧克力。看累了，脑袋一靠，脚一架，在沙发里睡着。醒来浑身发冷，拧亮落地灯，盯着电话机发呆，翻开通讯簿，拎起话筒，想了片刻，又放下。

一次半夜惊醒，听到有脚步声，忽而急促，忽而停住。张秀红举起一只细长花瓶，踮着脚下楼。里里外外找两圈，发现是钟点工挂在落地窗外的抹布，被风吹打到窗框上，噼啪噼啪，一下一下。张秀红把窗子都关上，回到床边，盯着外面发呆。不知何处的汽笛声，狗一般地呜呜，天也叫沉了，月亮也叫远了。

又过几日，张秀红感觉懒懒的，却睡不着，浑身没力气，脑袋发晕，呼吸不畅。吃了退热片，捂上一觉，还是不舒服。给金亮伟打电话："我生病了。"

"那就去医院。"有很响的笑声、音乐声。

"你在干吗？"

"谈生意。"

"我很想你。"

“我也想你，宝贝，我忙着呢，待会儿给你打电话。记得去医院。”

张秀红再想问，金亮伟已挂机。躺在床上，等了很久，一看闹钟，凌晨两点。拨母亲的号码，响了十多下才接，“喂——”

张秀红想应声“喂”，眼泪先出来。蒋芳一听哭泣，马上不迷糊了。“秀秀，是秀秀吗，怎么啦？”

张秀红挂断电话，拔掉电话线，关上床头灯，蒙着被子哭了会儿，又睡着。第二天一早被门铃吵醒，蒋芳风风火火地冲进来。

“怎么啦？不开心？啊呀，屋里空气太混浊，味道怪怪的。”

蒋芳将门窗大开，冷风吹进来，张秀红一激灵，顿时舒服许多。

“我看你是缺氧，要多呼吸新鲜空气。”

蒋芳陪张秀红在别墅区散步，又去超市，买回大堆食物。她鼓励女儿多多社交。

“男人挣钱，自然没时间陪你，你要自己寻开心。”

蒋芳逐样观察屋内摆设，啧啧不已。

“这花瓶是新买的？”

“你上次来就有。”

“玻璃做的？”

“是琉璃，意大利琉璃。”

“怪不得好看。琉璃是什么，是不是很贵的玻璃？”

“大概是，我也不清楚。喜欢就拿去吧。”

“你真的不要吗？”蒋芳把花瓶捧下来，抚摸瓶身凹凸的图纹，摸一摸，叹一叹，拔下蔫黄的马蹄莲，又插回去，决定一块儿带走。

张秀红报名古琴学习班，上了两星期课，指头磨起老茧，还开裂，沾水就疼。又改书法班，去了发现全是孩子，有几个才一二年级，张秀红和陪同的家长闲聊，她谎称女儿生病，自己代为上课。家长们夸她保养得体，看不出有八九岁的女儿。两个半小时里，张秀红学了“点”的三种写法，出门把上课证扔进垃圾桶。

最后，张秀红决定练瑜伽，养性加修身，据说还能改善心情。千挑万选，从运动杂志里勾出一家。想想找人做伴比较容易坚持，就给胡芊芊打电话。

胡芊芊道：“学瑜伽很贵的，还是年卡，我们没钱潇洒。”

“哪里的话，我邀请你，当然帮你办卡。”

“那怎么好意思，亲兄弟还明算账呢。”

“我们不是亲兄弟。”

“是啊，所以一忙，就没空接见我们啦。”

两个女人商量半天，张秀红出两千块，胡芊芊出四百。约在健身馆门口碰面。两三年没见，胡芊芊头发剪短了，烫弯了，染黄了，被风一吹，乱糟糟的。尖下巴变成圆下巴，还折出几叠，嘴巴开动时，累累赘赘，颇有几分蠢相。

“你现在越活越光鲜啊。”胡芊芊拉着张秀红的衣服，摸几下料子，又转到背后，看腰身的剪裁。

第一堂课教呼吸，坐在垫子上，没吸几口，有点昏昏欲睡。胡芊芊突然碰碰张秀红，低声道：“对啦，想起一件事。”

“什么事？”

“告诉你似乎不太好，不告诉你，好像也不好。”

“到底什么事？”

“算了，还是不告诉你。”

“说吧。”

“那别说我告诉的。”

“好。”

“是这样的……”

瑜伽老师过来，在胡芊芊肩膀上按了一下：“集中思想，感觉气在腹部。”

胡芊芊哼了一声，回过头，闭起眼，感觉腹气去了。张秀红挨到下课，抓住胡芊芊问：“你要说什么？”

“新闻系有个小姑娘，为小金割脉自杀啦！”

“是不是姓王？”

“姓什么不知道，流了好多血，从寝室流到走廊，顺着楼梯滴下来。幸亏没死成。别发呆了，电梯来了。”

和胡芊芊分手后，张秀红在包里乱掏手机，化妆盒掉地上也不管。总是“您拨打的电话暂时无法接通”，过了一刻钟，好不容易“嘟”一声，又被掐断。张秀红来回踱步，觉得快发疯了。两个散广告单的小青年远处看着，其中一个过来，怯生生问：“小姐，美容卡要吗？”

张秀红大吼一声：“滚！”

在出租车上，总算接通了。

“什么事？”

“你在外头干吗？”

“谈生意啊。”

“什么生意，谈了一个半月。”

“大老板，搞不定，得多联络感情，这笔单子很大……”

“我不管，你马上给我回来。”

“你疯啦！”

“我清醒得很……你旁边那个女人是谁？”

“小姜啊，你认识的，广州的很多生意都是她介绍的。”

“反正你马上回来。”

“怎么回事，你冷静一下！”

张秀红啪地合上电话，脑袋伏到前排椅背上。车子颠了颠，她抬头一看：“这是哪儿啊？”

司机道：“刚才问你怎么开，你不理，我只能笔直往前了。”

“好，那就一直往前。”

9

金亮伟回家后的第二个星期，张秀红发现，老公送的白金项链不翼而飞。前一晚参加宴席，回来卸妆时，顺手放在浴室玻璃架上。

“小邱，看见我的项链了吗，有钻石吊坠的那条？”

“没有。”

小邱是安徽过来的钟点工，三十出头，脸色蜡黄，毛孔粗大，脑后扎成一把的头发里，有浓重的油烟气。

“你整理过浴室吗？”

“整理过。”

小邱伏在地上做清洁，屁股撅得老高，随手势一扭一摆。张秀红坐在沙发上，从背后看小邱，她臀部粗直的线条，一路贯到肉滚滚的肩膀上。

“昨晚到现在，只有你来过。”

“我没拿。”

“没说你拿，也许是不小心碰落在地上了，要不你再到浴室找找？”

小邱扭过头，身子仍趴着，面孔涨成酱红：“等一下，我在擦地板。”

“那你尽快。”

张秀红翻开一本时装杂志，眼睛却从页边上瞅着小邱，小邱慢慢移到她脚边，道：“麻烦把脚抬一下。”

张秀红看清小邱肩膀上的点点头屑。

“动作轻点行吗？把我的裤管弄脏了。”

小邱仍低着脑袋，手中幅度更大了。

张秀红又道：“别忘了到浴室找项链。”

小邱腾地站起来：“我没拿项链，你不可以冤枉我。”

“没说你拿。”

“你就这意思。我劳动赚钱，又没低你一等，凭什么呀！”抹布一甩，“我不干了。”

“别怄气，”张秀红放下杂志，语气平和，“我就事论事，冤枉你什么啦？”

小邱眼眶上的亮点慢慢聚拢，形成滚圆的珠子，突然滑落，顺着面颊一偏，在鼻翼拖下两道湿答答的印子。

“你、你们都不是好东西。你被他睡过，我、我也被他睡过！”

张秀红站起来，站到一半时，小邱已夺门而出，张秀红保持半蹲的姿势，呆呆盯着小邱忘在椅背上的外套，外套是黑色的，上面满满一朵刺眼的红牡丹。

10

张秀红在白纸上写：小王、小姜、小邱。每个名字反复描画，最后字迹模糊了，又换一张纸。

小王是学生。金亮伟做讲师时，小王读本科，金亮伟在她班级当了四年辅导员。金亮伟升副教授时，小王在本系做硕士生，也许是博士生。两人来往密切。金亮伟编的书，其中一本是小王翻译的，金亮伟把自己的名字加在小王前面。家里有这本书，勒口上并排俩人的照片，金亮伟白衬衫、黑西装、暗红色领带，头顶的摩丝有点反光。小王的眉毛拔得太细，小眼睛瞪得大大的，还是小眼睛。小王暗恋金亮伟，金亮伟说不知道，但胡芊芊说他知道，出事前全系都知道，出事后全校都知道。问起他们有无上床，胡芊芊支吾了，张秀红逼得急，胡芊芊就说，他们当然是纯洁的师生关系。但胡芊芊不是金亮伟，也不是小王。小王切开动脉的刀，是普通水果刀，伤口很深，小王力气大，校运会女子铅球第六名。小王流了很多血，非常浓，但凝不住。第一个发现的，是对面寝室的女生，逃课睡觉，一觉醒来，发现有东西从门缝流进来，把她的拖鞋浸湿了。金亮伟说，小王一厢情愿，看那刚烈劲儿，躲都来不及。金亮伟不喜欢刚烈女人。

小姜是广告公司的公关经理。金亮伟做兼职顾问时，和她混得很熟。长什么样，张秀红没印象，当时餐桌上一堆女人，全是职业套装，青乎乎的眼圈，白塌塌的粉底，打情骂俏时，口气也是清脆果断。张秀红坐了一个多小时，没说两句话，一则听不懂生意经，二则没人搭理。金亮伟说，告诉过你，生意应酬很无聊，你偏来。张秀红说，她们都是坏女人，抽烟喝酒，还讲荤段子。金亮伟说，男人圈混得多，自然没了女人味。金亮伟开公司后，送小姜一些干股，小姜给他介绍生意。张秀红对经营运作不甚明白，只知他们三天两头打电话，一说很长时间，有时还关起门，不让旁人听到"商业机密"。金亮伟说，他和小姜显得熟络，仅仅"显得"而已，商场没有朋友，只有利益。何况小姜脾气暴，才三十多岁，就像进入了更年期。金亮伟不喜欢女强人。

小邱是打工妹。在金亮伟家干了一年半。每星期来四天，每天三小时。一、三、五，还有周六或周日。张秀红闲极无聊，和小邱聊天。小邱话不多，问一句，答一句。

"几岁来城里工作？"

"十五岁。"

"家里还有什么人？"

“爷爷、奶奶、爸爸、妈妈、大妹、二妹、三妹、小弟。”

“农村不搞计划生育吗？”

“搞。”

“能生这么多？”

“大家都生，上面管不来。”

“这么多小孩，怎么带？”

“几个妹妹都大了，小弟由奶奶带，她腿有毛病，下不了地。”

“谁赚钱养家啊？”

“爷爷和妈妈种地，爸爸、大妹、二妹和我，出来打工。”

“你们不读书？”

“三妹聪明，在念初中，我希望她读大学。”

“那你呢？”

“我笨，早不念了。”

“有男朋友吗？”

“没。”

张秀红有时多给小邱五块十块，小邱推托一番，收下了。她勤快、老实，就是有点脏。张秀红不让小邱碰碗筷和衣被，小邱也识相，粗活干得又快又好，自带水杯和面包，渴了饿了，到外头花园里吃喝。张秀红一手交代清洁任务，小邱不和金亮伟搭话，有时金亮伟在家，穿着短裤、打着赤膊，小邱总在男雇主面前低着头，张秀红仔细观察，似乎她还有些脸红。小邱向张秀红摊牌以后，自动停了工。金亮伟说，一次张秀红外出时，小邱向他示爱，他怕张秀红有想法，所以没多嘴。

张秀红说，小邱老实人，又是乡下妹子，怎么可能主动示爱。金亮伟说，老实人也好，乡下人也好，是人都有感情。张秀红不信小邱示爱，但也不信金亮伟强奸小邱。金亮伟说，小邱年龄二十岁，皮肤三十岁，身材四十岁，土气的打扮，足有五十岁。家有娇妻，再乱搞也搞不到她头上。金亮伟不喜欢难看女人。

小王、小姜、小邱。三个名字勾上圈，又在圈外画方框。旁边再写：金亮伟，一使劲，笔尖把“亮”字戳破洞。张秀红瞪着这个洞发呆。

11

一天，胡芊芊来电话：“让我们疯一把吧。”

张秀红问：“什么事？”

“晚上九点，留学生院，我老公班里的留学生开生日 Party。”

“九点？好像太晚了。”

“不晚，夜生活这时候刚开始。”

“胡梁木去吗？”

“他呀，”胡芊芊大笑，声音都笑颤了，张秀红不明白她乐什么，“他不去，这阵子做项目，忙都忙死了。何况他去就不好玩了。对了，你认识留学生院吗？”

“认识。”

张秀红几次经过，都没进去，远处望望，各色学生在大门口扎堆说话，或者拥着路边的碟片贩子讨价还价。张秀红到时，天色已暗，碟片贩子早就打道回府，路灯把楼前的空地照成一片额头：宽宽的、黄黄的，带着崎岖的皱纹。手机响，拿出一看，胡芊芊短信：路塞，等我。张秀红回：每次和你约会，总是车流高峰。胡芊芊回：哈哈哈。

张秀红玩手机游戏，每三五分钟，手机就说：你输了，然后一段欢天喜地的《心太软》。输了几次，百无聊赖，放好手机。进出不断有人打量张秀红，还招呼说“hi”，她转过脸去。门内有个中国女生，在向接待室的老头大声嚷嚷，老头向着麦克风喊一个外国名字，喊得颇有陕西风味。另一黄皮肤女生，坐在接待室进门的长沙发上，和白人学生说笑，透过铁门和窗玻璃，能看见一个白人搂着她，另一个伸出手，好像是插在她的裙子里，张秀红正待细看，有人拍她的肩。

“对不起，对不起，来晚了！”

张秀红吓一跳。胡芊芊短皮裙、长靴子、紧身小夹克，一条花花绿绿的绒线围巾。

“冷不冷啊？”

“不冷，不冷，”胡芊芊跺跺脚，“我们赶快进去。”

进留学生院要身份证，胡芊芊带了，张秀红没带。胡芊芊叽里呱啦地和老头交涉，张秀红趁机扫视接待室。接待室比她想象中大，七八张桌子，有外国学生在桌边喝咖啡、看报纸、下围棋，也有中国学生做汉语辅导，咿咿呀呀，指手画脚。张秀红看清了，女学生斜靠着沙发背，一只多毛的手，正隔着裙子摸她大腿。女生注意到了张秀红，张秀红急忙回头，问胡芊芊：“怎么样？”

胡芊芊吁一口气：“总算肯传呼了。”

陕西老头拍拍话筒：“3 号楼 203，伊漏；3 号楼 203，伊漏。”

“不是伊漏，是伊诺。”胡芊芊纠正。

老头不理她：“伊漏，快来，伊漏，有人找。”

胡芊芊附在张秀红耳边说：“3 号楼住富学生，1 号楼住穷学生。沙发上的小妮子，别看傍了美国人，没什么可神气的。在中国留学的白人，大多是瘪三，黑人才有钱，搞不好是酋长儿子。”

正说着，眼前一闪，进来俩黑人，一高一矮。热烈拥抱后，胡芊芊指着高个说：“Ino，伊诺，”又指指矮个，“Iddy，伊地，都来自安哥拉。”依次握手，张秀红注意到安哥拉人的手，手背黑，手心白，泾渭分明。

1 号楼外墙灰扑扑的，内部装修比较精细，每层楼梯转角，都挂着一两幅不知所云的抽象画。胡芊芊东张西望，问这问那，张秀红低着头，留意脚底的梯阶。香水味在楼道间萦绕，或浓或淡，或轻或重，刺鼻地交杂着。

震天响的电子乐，把他们引上四楼。已经聚了二十多人，还在不断增加。站着说话的，不时停下来给人让路。几个黑哥们儿拥上来。张秀红睁大眼睛，她从未见过这么多黑人，满眼的色彩都失真了。伊诺向他们介绍中国女孩。胡芊芊一遍遍地重复：“Hi, I am Qian Qian Hu.Nice to meet you.”张秀红跟在后面，每人点一下头，算是招呼了。完毕后，张秀红转身顾盼，伊诺问：“是不是饿了？”将她领至墙边的自助餐桌，递给她盘子和刀叉，道歉说失陪，要去和人打招呼。张秀红说：“没事，我自己吃东西。”伊诺拍了拍她的肩，走开了。

张秀红不饿，但希望一个人待着。音乐实在太吵了。一个黄种男人过来，用日文飞速地说了句话。张秀红摇头，他改用中文：“中国人？”张秀红点头。日本人笑了，向张秀红鞠躬，张秀红鞠回，日本人走开，张秀红继续吃色拉。

她发现传达室的女孩，此刻也混迹于人群，摸她腿的美国人不离左右。胡芊芊不知从哪儿跳出来，围巾已经解掉，系在腰上，绑了个大结，嘴唇上一圈绒毛，被通红的脸蛋衬得浓浓的。

“我来介绍，”她拉过那女孩，“她也是新闻系的。”

“我叫 Delia，”女孩大方地伸出手，“听说你是金老师的……”她看了胡芊芊一眼。

“Hi，我是 Ben，叶本明。”她的美国男友也伸出手。

胡芊芊和他们挤眉弄眼，一副熟络的样子。新闻系女生一米五出头，单眼皮，面颊瘦削，眼神闪烁不定。张秀红觉得她像只猴子。他们很快分散开，张秀红又被挤进角落。

突然有人摸了一下她的脑袋，张秀红转过头，身后人太多，搜了两眼，又低头吃色拉。谁知又被摸一下，这次张秀红看清了，是个大眼睛的黑人。

“什么事？”张秀红停止咀嚼，嘟起嘴。

黑人耸耸肩：“Sorry，刚才叫你，你没听见。在大门口时，我就和你打过招呼。”

张秀红打量他。黑人递过一张纸片，印着名字 Afanso，阿方索，下面一个电话号码。

12

从留学生楼出来，他们去了酒吧，从酒吧出来，又回留学生楼。张秀红始终觉得无聊，但回家更无聊。胡芊芊舞跳疯了，不停甩头，小夹克一敞，露出两只光膀子，还撕破一个白人帅哥的衬衫，白人帅哥假装报复，胡芊芊扭来扭去躲他的手。新闻系女生缩在角落里，和美国男友窃窃私语，不时瞟张秀红一眼。张秀红想，这个系是不是盛产小眼睛，小王也是小眼睛。

她对阿方索的印象好了一些。阿方索学中国古典文学，汉语不错，香水抹得恰到好处，短发整洁地贴着头皮，卷成一排排的，仿佛刚犁过的田垄。

阿方索问张秀红，晚上不回去行吗。张秀红说，好像不行。音乐太响，两人不得不增大声音。过了一会儿，阿方索又问，有男朋友吗？张秀红说，没有。她不知道为什么说没有，灌了一大口酒后，替自己找到解释：金亮伟不是男朋友，是老公。她喝了很多酒，杯子一空，阿方索就加满。大瓶的伏特加，兑了可乐，微甜，爽口。张秀红不停上厕所，每次回座位，从新闻系女生面前经过，女生都死死盯着她。阿方索把手搭在她腰里，张秀红想躲，躲不开，就由他搭着。

“你太漂亮了！”阿方索凑到她耳边道。

舞池挤得满满的，胡芊芊从人群缝隙中游出来，像一条活蹦乱跳的橡皮鱼。她朝张秀红挥舞手臂：来吧，跳舞吧。她的胸罩带子滑到无袖上衣外。

阿方索拉张秀红的手，两人站起身，即刻被裹进狂欢的人群。一对青年在热吻，互相乱摸，还有一对，在暗处扭作一堆，张秀红辨出一个光的背。

跳了十几分钟，张秀红觉得热，阿方索端了两杯酒，站在门边。一只耳朵里，是嗓音尖锐的女歌手，“你是我 superstar 一生都照住我吧，superstar 魅力无可招架”，乱哄哄的节奏和鼓点；另一只耳朵里，是旷荡的风声，从半空俯冲而下，在地面刮出一记悠长的呼啸。

汗把衣服凝在皮肤上，张秀红突然想尽快回家，洗个舒服的澡。阿方索啜了一口酒，凝视着她。某个角度上，这是张漂亮的黑面孔。

“我猜，你有男朋友，但关系不好。”

“为什么这样猜？”

“你不太开心，笑的时候也皱眉。不过，你怎么都好看，我喜欢你的眼睛，很像唐代那些画上的……”

张秀红冷冷打断：“再说下去就无聊了。”

“对不起，我只想逗逗你。”

“有必要吗？”

阿方索转移话题：“你和你的朋友不太像。”

“谁？噢，她呀，她是人来熟。”

“她的性格很好，很会享受生活。”

“那是，”张秀红扬扬手，“我打个电话。”

她往前走，直到听不见喧哗了，拨通金亮伟的手机。

“深更半夜的，出什么事了？”

“没出事，我在外面玩，和胡芊芊一起。”

“噢，那玩吧。”

“你在干吗？”

“睡觉。”

“睡觉？在哪里睡觉？”

“当然是宾馆。”

“什么时候回来？”

“不知道。”

“快些回来。”

“事情多，快不了。”

“我老是想起从前，我一觉睡醒，看见你在床边备课。有时半夜起来给你做点心……”

“我太累了，别说没意思的话了。”

“你会后悔的。”

“后悔什么？我要睡了。再见。”

13

第二天醒来，张秀红后脑勺阵痛，像有根筋吊住了。窗帘是大红的，正午的阳光一照，满屋鲜艳艳、暖烘烘。张秀红眯了一会儿眼，缓缓睁开，发现格局狭仄，书桌和柜子把房间挤得满满的。阿方索推门进来，手拿两只滴水的熟鸡蛋。

“醒了？”

他在地上铺了块蜡染布，开始摆弄早餐。张秀红发现，自己躺着的床垫，直接搁在地上，两只并排的枕头，被子被堆进墙角。她摸摸头发，低头一瞧，休闲服的拉链滑落一半，露出粉色的保暖内衣。急忙拉上。阿方索递过一把梳子，张秀红一梳，掉下五六根头发。

“你的发型挺好看。”

张秀红有点不好意思：“我妹妹推荐烫的。时间长了，都变直了。”

阿方索给切片面包夹黄油，剥了水煮蛋，一切二，在碗里倒上番茄酱。张秀红有点木呆呆，一会儿想到牙还没刷，一会儿又觉得，这双修长的手，像是在变戏法。昨晚阿方索想 Kiss Goodbye，张秀红拒绝了。之后呢？之后似乎突然睡着，像拉灭了一盏灯。张秀红双脚冰凉，面颊发黏，左下方的智齿轻微疼痛着。

她问阿方索要了纸巾，擦掉眼垢，毫不客气地接过面包。黄油特别香，水煮蛋蘸番茄酱也很美味。胃囊被酒精扫荡后空空荡荡，阿方索问够不够，张秀红又要了两块面包，正道着谢，眼前蓦地闪出一人，张秀红吓得大叫。

“这是我的越南同屋，研究明史的博士生。”阿方索介绍。

越南人朝她点点头，问：“睡得好吗？”他的写字台在书橱背面，整个人伏在阴地里，现在正起身喝水。张秀红注意到，房内有两个色调，一种是灰的：越南人藏青的外套，深褐的床单、柜子上暗淡的书脊；另一种明亮的：大红窗帘，嫩黄的床垫套（阿方索的大床垫，正对越南人的单人床），翠绿的布艺转角沙发。门背后一幅牛仔裤广告，半裸的男女紧紧相拥，男的伸出一根手指，搭在女人嘴唇上，女的半侧着脸，她拥有一对相当惊人的乳房。

屋里静了片刻，只有响亮的喝水声，喉结在越南人仰着的脖子里一上一下。喝掉半杯，用钢勺刮两下水垢，放好杯子，走回书桌前，坐定，弯下背，又消失了。

张秀红拼命往嘴里塞面包，阿方索吃惊地看着她。张秀红忽然说不出话，双手激烈比画，阿方索接过越南人递来的水杯，张秀红猛灌几口，捋了捋胸，面包终于拖拖拉拉地爬下食道。

越南人开始收拾东西："我去图书馆，你们慢慢玩。"

张秀红道："我也走了。"

"再坐一会儿，聊聊天。"阿方索按住她的手。

"不。"张秀红抽出手。

"那下次什么时候来？"

"再看吧。"

"不，现在说好。"

"那就下周四吧。"

"好，下周四，"阿方索拿出手机，"告诉我你的电话。"

"还是你告诉我。"

"我的电话在名片上，你保存好了吗？"

张秀红含糊应声，阿方索又递过一张："这是我的名片，好好保存。

你的电话？”

张秀红慢吞吞地报着数字，立即后悔了，舌头一绕，末位的三说成四。阿方索按这个号码打出去，问：“怎么关机？”

“没电了。”

“好吧，我再联系你，你一定要来！”

14

张秀红没开门，就听底楼的电话响个没完。是胡芊芊，有点气急败坏：“快把你的手机打爆了，怎么不接啊？”

“调在振动挡了。什么事？”

“昨晚怎么先走了？”

“我……有点累。”

“别装了，老实交代，哪里去了？”

“等等，让我放好东西。”

张秀红将电话搁在茶几上，走去把包和外套塞进衣帽间，回到茶几旁，犹豫了一下，轻轻挂断电话。铃声又响，在客厅里刺耳地回荡。

“怎么挂电话了？心里有鬼啊？”

“不小心碰断的。”

“好吧，你总是有理由。你昨晚上哪儿了？”

“酒吧间太热，出去散了一会儿步。”

“别骗人。我见你和他在门口说话来着，一眨眼就失踪了。

Delia——那个新闻系女生，帮着一起找。两只酒杯子在，手提包拿走了，打你家电话，也没人接。哈哈哈，肯定私奔了。”

“别乱说话。”

“开个玩笑，干吗一本正经的。其实这也很正常。告诉我嘛，我替你保密。”

“我只是觉得闷，阿方索邀请我去他宿舍玩。”

“深更半夜的，啧啧，玩什么呀？”

“别瞎猜，什么事都没有。只不过回家太无聊了。”

“对啦，你没带身份证，怎么进去的？”

“他让我冒充日本留学生。”

“哈哈，原来早有预谋。”

“你再说，我可真生气了。”

“他眼神色眯眯的，你没觉出来？我去打听一下。不过伊诺住 1 号楼，他住 2 号楼，他们似乎不熟。”

“别打听，不然真像有什么了。”

“没事……哎呀，不和你多说。我在上班，老板过来了，拜拜。”

过了半小时，胡芊芊又来电话：“哎呀，我和伊诺联系过了……”

“我在洗澡。”

“那我长话短说。据说，阿方索为人古怪，不太和他们一起玩。阿方索好像很喜欢中国女人，以前勾搭过几个……”

“我不想听，一只脚还在浴缸里呢，浑身滴水，冻死了。”

“好了好了，不多说。你这人挺单纯的，可别上当受骗。不过黑人尺寸大，可能蛮享受的，嘿嘿。”

“你怎么这样下流？我怎么会和黑人搞不清？”

“我倒是出于好心，你怎么开不起玩笑。算了，提醒一句，人家泡马子，什么事都做得出，讲不定给你下药……”

“他敢，还有个越南同屋在呢。”

“越南人啊，最阴阳怪气，保不准串通起来，分一杯……”

张秀红把电话往墙上狠狠一扣，没扣准，话筒沾着泡沫，摇来晃去，张秀红脚底一滑，跌到浴缸外，半晌才缓缓站起。水冷了，她同时打开热水龙头和下水塞子，过了片刻，稍觉温暖。大腿内侧在缸壁的撞击之下，肿起一条红的，片刻转青了。张秀红揉捏着自己的腿。浑身的关节眼里，像有针在扎着，一刺一刺地疼。

洗完澡，整理房间，还是觉得冷，索性裹上被子睡觉。想给老公打电话，怕他不耐烦，犹豫半天，还是作罢。

须臾，张秀红觉得身子被什么压住了，一看是阿方索，她拼命挣扎。“干什么呀？”一听又是金亮伟。张秀红呜呜地哭起来，电话铃骤响，醒了，发现自己真的在哭。

语筒里的声音彬彬有礼：“Hi，你好！”

张秀红没反应过来，对方道：“我是阿方索。”

张秀红完全清醒了：“你好！”

“你似乎不太欢迎我。”

“你怎么有我家里电话？”

“我一直打你手机，号码似乎不对。”

“哦。”

“我们共同认识的朋友，把你的电话告诉我。”

“胡芊芊？”

“哪个？也许。你在干吗？”

“睡觉。”

“噢，看来我打扰你了。”

“是的。”

“好吧，下次再聊。”

话筒里单调而有耐心的嘟嘟声。张秀红仍偏着脑袋、夹着话筒。一只小虫子挑衅似的在她面前飞，绕了几个弯，停在吊灯玻璃后。张秀红凝视了片刻，啪地倒在被褥上。

15

张秀红不舒服了一个多月。金亮伟出差回来了，态度出奇的冷淡，渐渐开始彻夜不归。张秀红想和他谈谈，却没力气。她吃了康泰克，在被窝里捂着，越捂越乏力。肚子饿得发疯，外卖单上的菜名却引不起胃口。胡乱点了平时爱吃的番茄炒蛋，扒了几口，忽感鸡蛋腥气，番茄也腥气。于是扔了，回到床上，想着适才的腥味，又是一阵恶心。

张秀红觉得不对劲，算了算日子，撑着下楼买了试纸，回来一测，果然两根红线，一深一浅。她愣了半晌，给金亮伟打电话。

“到底什么事，电话里说不可以吗？”

张秀红顿了顿，道："很严重的事，我要和你面谈。"

那边也顿了顿，道："好，今晚回来。"

张秀红等着，不知何时睡着，醒来时，金亮伟正俯着身子，望着她。台灯光从侧面照过来，他的脸黑一块，黄一块，眼睛是两只深陷的大洞。

"你想和我谈什么？"金亮伟身上有酒气，还有羊膻味。他的眼皮和耳郭被酒精催红了。此刻的金亮伟，似会突然扑上来，卡住张秀红的脖子。他发过几次酒疯，新婚之夜被泸州老窖弄晕后，抓住张秀红转圈，还把她扔到沙发上，膝盖死死顶住她的背。

"你有多久没回来，三星期了吧。"

"算得真清楚。"金亮伟走到窗前，背对张秀红。

"我这个月延后了，"张秀红舔了舔嘴唇，"今天测了一下。"

金亮伟站着不动，过了片刻，才轻轻"噢"一声。张秀红等他继续说话，等着，眼皮又沉重了，终于又被睡意刮入梦乡。

再次醒来，已是凌晨。曦光淡淡勾出窗帘的形状，并从布匹的织理间渗进来。她听见奇怪的声音，以为电视机忘了关，但很快意识到，是金亮伟，蜷在哪处暗地，发出轻微的哭泣。

"你这是干什么，"张秀红道，"我想可能是那次，半夜套子用完的那次。"

金亮伟响亮地一擤鼻子："你觉得这样解释得通吗？"

"我不是在解释，"张秀红觉得后脑勺有轻柔的波浪，托举着她，摇晃着她，"杂志上经常说，体外也是不安全的。"

“我成全你，”金亮伟的声音恢复平静，“咱们离婚。你跟那黑人带着孩子回非洲吧。”

“胡扯！”脑中的海水突然退潮，张秀红霎时全身冰冷。

“这些天，我一直忍着没说，原以为，今天你终于自己要开口了，”金亮伟语调缓慢，努力克制情绪，“一想起这事，就觉得有刀在一点一点割着我。你也一定意识到，我这些天不愿意理你吧。张秀红，我不明白，你吃好穿好，到底还有什么不满足？我在外面的辛苦，你又分担过多少？”

“是胡芊芊瞎说，你别信她，她那是嫉妒。”

“她瞎说了吗？整个系里都在瞎说吗？”

“我知道了，是那个女生。我的确认识几个黑人，胡芊芊介绍的，可是我……”

金亮伟起身，用离开打断了张秀红的话。张秀红喊了他几声，金亮伟用重重的关门声回答了她。半晌，张秀红喃喃道：“……可是我……没做错什么。”

16

张秀红几次接到小姜的电话，邀她“出去谈谈”，张秀红拒绝。没几天，一个女孩找上门。张秀红在“猫眼”里观察，女孩也盯着“猫眼”瞧，双手互插在羽绒服袖管里，牙齿无意识地玩弄下嘴唇。她鼻头通红，张秀红觉得她像只鼓鼓囊囊的短喙鹦鹉。

“找谁？”

“张秀红女士吗？”

“什么事？”

“我是……”女孩顿了顿，“金老板派我来的，我是他秘书。”

张秀红开门，小秘书在毡垫上用力蹭脚，左鞋尖顶住右鞋跟，一挤，右脚的运动鞋脱下来。张秀红递过绒线拖鞋，小秘书穿上右脚那只，又用拖鞋尖去顶左脚运动鞋的跟。她的花袜子上有个拇指大的洞。

“我叫艾馨馨。”

小秘书递过名片，“无限文化传媒有限公司总经理助理”。趁张秀红端详的当口，艾馨馨东张西望，最后凝视巨大的直角平面电视。

“你在这公司做了多久？”张秀红把名片放在茶几上，“要不要喝东西，牛奶？咖啡？”

“白开水就行，我去年刚毕业。”

张秀红将一次性纸杯端到她面前，然后坐回沙发里，正视她道：“金亮伟让你来干吗？”

“他想和你离婚。”

“他谈判也要派代表呀，老板派头掼得挺大。”

“他让我告诉你，他可以给你一套房——二室一厅的，和十万块现金。”

张秀红逼视她：“七年了，我大概值这个价。”

艾馨馨挪了挪屁股，从一个扶手靠向另一个扶手。

“让他自己来，你一个小女孩，就别瞎掺和了。”

艾馨馨还想说什么，张秀红已站起身。艾馨馨鼻尖的那点红，一下蔓延至面颊，她拽紧包带子，倔强地坐在原处。张秀红看着她，她看着茶几上的纸杯。

“金老板对你这么好，你干吗背叛他？”艾馨馨突然大声质问。

张秀红吃了一惊：“这是我们的家务事，你小孩子不懂的。”

“我不是小孩子，”包带子在指间颤抖，“我觉得金老板太善良了，你这样对他，他还给你房子和钞票。”

“你根本不知道发生了什么！”张秀红板起面孔。

艾馨馨的表情里，倔强终于战胜尴尬和丧气，她看起来像个革命志士。张秀红不再顾及礼貌，指着大铁门嚷：“滚，小丫头，不知天高地厚！”

艾馨馨在门口，把拖鞋踢出老远，运动鞋的后帮陷了下去，她拔了半天，眼泪都快出来了。“你不可以这样，你不可以这样。”她连声道。

张秀红重重关上铁门，在屋里来回踱步，将纸杯捏烂，抓起沙发坐垫猛砸，终于折腾累了，往沙发上一躺。突然摸到什么冰冷的东西，用手指从坐垫缝里钩出来，原来是失踪已久的白金项链。太阳落得太低了，钻石吊坠无力反光。张秀红觉得，白金链子最后闪了一下，整个世界就暗了。

17

张秀红告诉金亮伟：“我没做亏心事，不会离婚的。”

金亮伟说：“我会让你离婚的。”

他又开始回家了，但总在半夜，喝得醉醺醺。一次他满屋翻找，张秀红问找什么，他白着眼道：“你知道我找什么，”撩起她的睡裙，“瞧瞧，是不是藏这儿了。”张秀红拍掉他的手：“流氓。”金亮伟瞪出眼珠：“我是流氓，你怎么还不舍得分手！”

隔了几日，蒋芳来看望女儿，大呼小叫道：“脸色这么难看。”

张秀红马上眼睛红了，瞬时想吐。慌得蒋芳一边端盆子，一边掉眼泪。吐罢，蒋芳扶她上床。母女对着哭了一会儿，张秀红有点眼皮耷拉，蒋芳道：“有妈在，你好好睡，啥都别操心。”张秀红就睡下，渐渐迷糊，却不安稳，不时“哼啊”几声。蒋芳在厨房弄了点东西吃下，借女儿的牙刷、毛巾，洗漱完毕，从客卧抱来被子，爬到床脚，贴墙躺下。她翻来覆去着。别墅的夜晚，有种空荡荡的阴森。凌晨两点多，蒋芳好不容易浅浅入睡，就听楼下有动静。

金亮伟打着醉嗝，找了一阵子锁孔，又找了一阵子钥匙，然后拿钥匙在锁孔周围戳来戳去，总算对准了，开锁，推门，骤见一瘦小的身影杵在厅里，就大着舌头嚷：“你谁呀？”

蒋芳上前一耳光。金亮伟迷迷然，觉得面颊上有动静，随手撩回，只听一声响，再睁眼时，就见蒋芳倒在茶几边。他指着道：“咦……怎么……在地上？”

张秀红下来了，惊叫：“妈。”金亮伟想清醒，却始终醒不来，隐约听见“不要脸”三个字。他哼了一声，也往地上倒去。

张秀红终于决定，搬到母亲家住。金亮伟在三个月前，就断了她的生活费。第二天一大早，张秀红翻找抽屉，发现金亮伟早把存折、现金转移掉了。只能带着用剩的零花钱，跟蒋芳回去。

蒋芳让她睡床，自己从废品站弄来一只竹藤椅，洗干净了，铺一层毯子。几天睡下来，腰板受不了，又卖回废品站。一进一出，浪费了二十五块钱。最后在路边小家具店发现一只打折沙发，砍掉几块钱的价，买来垫好铺盖，放在外间。沙发有股恼人的霉味，蒋芳一般下半夜才能睡着。第二天还得早起去做钟点工。中午赶回来做饭，下午再工作。至傍晚五点，又得忙乎张秀红的晚饭。

这阵子，蒋芳的关节炎又发了，尤其是腿关节，骑车子时，每踩一下脚踏板，就像被扯了一把小腿筋。破旧的二十六英寸自行车，发出费力的吱嘎声，蹬着蹬着，就视线模糊，仿佛望出去整街是水，车影人影软绵绵地错综晃动。

蒋芳对自己说：忍忍，再忍忍。只要孩子生下来，做了亲子鉴定，一切就能恢复如初。

这是1997年的事。这一年，厄尔尼诺盛行，北方大旱，长江酝酿着一场滔天洪水。张秀红给未来的孩子取了个小名：洪洪。

第四章　秀姨

1

乐鹏程问张秀红："为什么叫秀姨？这个称呼显老。"

"我是老了，这么称呼正合适。"

"不，不老，你年轻漂亮。"

"哪里，哪里。"

乐鹏程凝视她道："张秀红……我能叫你秀红吗？"

秀姨笑笑："这多奇怪，像在叫另外一个人，"她想了想，喃喃道，"张秀红，张秀红。"

乐鹏程道："你笑起来的样子，和你妹妹真像。"

秀姨道："美……爱玲呀，她性格比我刚烈。哦，对了，她一直后悔那晚约你出去。"

"不关爱玲的事。"

"她说看见你和阿慧就内疚，所以把房子卖给我了……唉，不提这事，你也千万别和阿慧提。"

“那是，不能再刺激她。”

“那你答应了，一定、千万——别提。”

“好。”

2

乐慧出事后第二天，张美凤立即办理手续，和姐姐交换房产。秀姨接手她的小房间后，墙面刷成湖蓝色，天花板吊了顶，铺了格式复合地板，换一幅浅色窗帘，买一套杉木家具。修修弄弄，房间看出了些宽敞。她惊讶地发现，透过床尾的窗子，能把对面乐家瞅得一清二楚，对方却不会注意这个灰蒙蒙的小角落。秀姨冷笑：美凤死丫头，果然有心计。

六子偷偷找来过，秀姨说，不认识什么“美凤”，房子是中介公司转手的。六子立即面若死灰。秀姨狠狠心，关了门。六子在外磨蹭片刻，走了。

秀姨原先的住处，离“百合”歌舞厅有两小时行程。傍晚五六点出门，正是下班高峰。有时挤不上车，有时堵塞厉害。到“百合”时一脸灰尘，晚饭也来不及吃。凌晨结业后，打的不安全，费用也高，睡在店里却不是个事儿。

自从搬到爱民路，日子就充裕了：凌晨两点结业，十五分钟走回家，洗个热水澡，在床上吃消夜，有时下面，敲一个蛋，放花生和豆豉，有时热速冻水饺，倒小碟的醋，加芥末和辣味酱。每周单数的下半夜，会有一个频道播放外国老电影，不少是幼时看过的。有时看到一半，被热腾腾的食物熏得困乏，就喝光汤水，捧着空碗，盘起双腿，发一会儿呆。此时三四点，有牛奶车的声音，还有零星鸟叫。秀姨刷牙，洗脸，戴好眼罩，躺下睡觉，一觉可以到午后两三点。

张美凤留下一只望远镜，秀姨闲着没事，就朝对面看。乐慧经常躺着，有时坐着，偶尔走动两下。她薄得像一片纸，白纱布粘在她的脸上。

秀姨给张美凤打电话，张美凤一通话把她噎住："我是坏人，你是好人。好人帮坏人做坏事，搞得人家眼睛瞎掉，然后骂坏人一通，就以为自己好得彻头彻尾了。"

一天，秀姨看见乐慧倚着窗栅栏，面孔卡在缝隙里，接着，整只手臂也伸出来，孤零零地晃动，像在向楼下看不见的人群招手。招了一会儿，想缩回去，肩膀却卡住了。她徒劳地腾挪，脸和身体相继扭曲，像只陷入捕夹的老鼠。

秀姨扔了望远镜，在屋里来回走，越想越激动，手提包一拎，到菜场买了鱼虾菜蔬，往乐家去。

3

乐慧第一眼就喜欢秀姨。她道："你的头发像血一样，不过很好看。"

乐鹏程道："小姑娘说不来话。"

秀姨笑道：“我菜烧得不好，你们将就着吃。”

仨人上桌。乐鹏程每吃一口，就恭维一番秀姨的手艺。秀姨不停给乐慧搛菜。一根芹菜丝从乐慧的碗沿掉出来。乐慧去捡，油光光的菜丝绕着筷子滑来滑去。乐鹏程道：“别管它。”乐慧用筷头“嗒嗒”猛击桌面，凑过嘴去，用力一吸，菜丝终于降进了她的嘴。

乐慧见秀姨吃惊地望着自己，就道：“你想瞧瞧我的眼睛吗？”

秀姨道：“先吃饭吧。”

乐慧伸手一撕，眼睛的纱布去了一半。

秀姨看到粘成一簇簇的睫毛，又薄又红的眼周皮肤，发着针尖似的颗粒，橡皮膏留下几道顽固的黑印。在这些红与黑之间，就是那只瘪了的眼球，被黄色分泌物、白色消炎膏所覆盖。

4

秀姨像个钟点工。乐鹏程上班时，她陪乐慧说话，傍晚买些菜，烧一桌。每天一只鸡，或者一条鱼。饭后，乐鹏程邀她小坐，有一搭没一搭地聊天。

乐慧时常提起毛头。乐鹏程也提起过，说是乐慧的前男友，一个小流氓。秀姨知道美凤和毛头鬼混过，也知道他不仅仅是小流氓。每次试图岔开话题，乐慧仍会绕回来。当她说到毛头时，那只完好的眼睛，眸子变得特别亮，眼白润着光斑，像刷了一层清漆。秀姨不敢与之正视。一天，乐慧用手指在秀姨掌心画了个图案，让她猜。

秀姨猜不出。乐慧道:“这是眼睛啊。”那天晚上，秀姨被噩梦惊醒，出了一身冷汗，跑去厕所擦了一把，关灯前照了照镜子。镜中人虚肿着脸，显得有点丑陋。她捂住一只眼睛，放开，再捂，注视片刻，关掉灯，在黑暗中摸回床上。

第二天去乐家，发现乐鹏程给她买了两双大红拖鞋和一只心形的沙发靠枕。拖鞋是珠光软底的，一双让她在乐家穿，一双让她带回去。秀姨推辞了一下，收下了。乐鹏程觉得她穿着红鞋的样子，真是性感极了，没有啰唆的踢踏，只一抹无声的风，衣服迎风贴紧，漾着松软的颤动，里面一对熟果子，伸手就能摘到。

这晚的聊天，似乎特别轻松。睡前，乐鹏程把聊过的话，在心里过了一遍。秀姨提及肺癌去世的前夫何明，说他牙齿和指甲很黄，容貌上唯一可称道的，是那副弥勒佛似的耳垂。她认为耳垂大的人，通常内心善良。

乐鹏程捻捻自己的耳垂:不大不小，但认真起来，还是偏大一点。他又开合了几下牙齿，他的牙齿一定比何明的白。

5

秀姨想和乐家疏远，是在撕支票事件之后。乐慧像个疯子，又哭又闹。乐鹏程也不管，只蹲在地上捡碎纸片。秀姨费了半天劲，哄乐慧上楼睡觉。她走时，乐鹏程正伏在桌前粘纸片，看都没看她一眼。

乐鹏程花了大半晚，用透明胶粘合支票，缺了几块，就剪了白纸补进去。第二天醒了个大早，隐约记得做梦了，待要细想，那梦却一溜跑了。打电话到同事家，让帮忙请假，同事睡眼惺忪道："出了什么事，这么早。"乐鹏程穿衣洗漱，坐在沙发上呆望着壁钟，实在坐不住，就步行到银行，在门口等了半小时，终于等到银行开门。

当他将修补过的纸片递进服务窗口时，里头的姑娘问："这是什么？""这是支票。"姑娘剜了他一眼，将纸片扔出来。纸片在大理石壁面上轻碰了一下，滴溜溜飘到地上。

五十万，再赚一辈子都赚不来，乐慧轻而易举地，就撕毁了他的一辈子。一辈子——多少个朝九晚五的日子呢。乐鹏程挨回家，往沙发上一躺。他饿了，由着它饿，饿得疼起来，疼了一会儿，就没感觉了。

下午三点，接到阿二师傅电话，说厂里有事，让他必须去。

乐鹏程道："我生病了。"听起来真像病了。

阿二师傅道："我这里很急，必须今天解决。你要以集体利益为重。"

乐鹏程磨蹭了一会儿，给秀姨打电话，说晚饭不在家吃。秀姨道："我今晚也正好有点事。'百合'开始重新装修，我得过去看看。只是阿慧怎么办？"

"我会给她准备吃的。"

乐慧躺在床上，插嘴道："不用你管，我饿不死。"

乐鹏程挂断电话道："没说管你。你主意大，自己解决吧。"他拎着公文包，站在车站上时，才想起乐慧身无分文。转念又想，是该罚罚她。

乐鹏程一走，乐慧就起身，撬开抽屉，翻出现金，总共三千多块。她将头发散在脸上，只给右眼留一条缝。换身干净衣服，将钱塞进小拎包，就出门了。

这是出院后第一次上街。下午四点的马路，行人渐渐多起来。迎面过来仨人，妈妈、保姆、幼儿。妈妈在训斥保姆，幼儿坐在童车里，叼着奶嘴。乐慧看着幼儿，幼儿也看着乐慧，突然哇哇大哭，四肢乱蹬，奶嘴也吐出来。妈妈又责骂保姆，保姆忙不迭抱起孩子。乐慧疾步绕开她们，一身虚汗，进到一家日式面馆。

乐慧点了鱼子酱、海鲜拉面、三文鱼套餐，摆得满满一桌。她一边吃拉面，一边吸着熏出的鼻涕。夕阳缓慢倾斜，霓虹和路灯瞬间绽放，将乐慧的脸，和对街的高楼重叠在窗玻璃上。她越过窗影，凝视对面楼顶的广告牌，那上面是穿白衬衫的一家三口，露着齐刷刷的牙。乐慧回视端上来的三文鱼。这条鱼类尸体安详地躺在青瓷盆上，覆着一层香喷喷的油光。

6

晚间十点，商店像是约好的，齐齐熄灯、关门，整条购物街堕入沉睡。乐慧拎着七八只购物袋，一路跌跌撞撞。她喝了酒，一个劲傻笑。

时值暖冬，风儿刮刮停停，有气无力。乐慧找个角落，撒了泡尿，回到大马路，坐在街沿上，开始换穿新买的衣服。

偶尔几辆空跑的出租车。静极了，整个世界变成乐慧的更衣室。乐慧换完衣服，踩着高跟靴子，歪歪扭扭走了一段，钻进一辆出租车。司机长着一对招风耳，他问乐慧去哪里，乐慧说："你开，我会指路。"

开了一会儿，乐慧问："我的墨镜好看吗？"

司机关掉收音机，问："什么？"

"你能看见我的眼睛吗？"

司机在反光镜里瞄了一眼，说："嗯。"

"我丑吗？"

司机不答。

"我丑吗？"

"小姐，还往前吗？过了路口是单行道。"

"向右。"乐慧掏出化妆镜。她照见自己的脑袋，被绒线帽箍得奇形怪状，几根刘海儿斜挤出来，帽顶的绒线小球，随着车身起伏敲打额头。

"拆掉纱布后，我让乐鹏程把家里的镜子都拿掉了。这是我第一次照镜子。"

司机不吱声，乐慧看到他近侧的耳朵抖了几抖。车子猝然停住，乐慧撞到副驾座的靠背上。

"小姐，前面我不认识，你下车吧。"

"你敢拒载？小心我投诉。"

“真不认识，你下吧，钱不收了。”

“再让我下，我死在你车上，”乐慧顿了顿，尽量让声音柔和，“再过两个路口就到了，哪有不想做现成生意的。”

司机按指示开到目的地。乐慧多给了一百块，道：“这是辛苦费。”

她走到小区门口，发现铁门虚掩，保安正趴着瞌睡，于是侧身挤入，向左转弯，再沿鹅卵石路向右。花园栽了新树，像些巨大的叉子，光秃秃地随风颤抖。途经小石桥时，乐慧想：鱼儿们哪里去了？冻死了吗？

到一幢楼前。隐隐传出电视机的声音，一个女人尖着嗓子唱：“……莫不是风吹铁马檐前动？莫不是梵王宫殿夜鸣钟？我这里潜身听声在墙东，却原来西厢的人儿理丝桐……”乐慧听着，居然每个字都听懂了。

往上看，二楼的四扇窗子，齐刷刷地黑着。乐慧瞧了又瞧，提声呼喊：“毛头，毛头——”顿了顿，又喊，“老头子——”她的嗓子喊破了。远远传来什么人的呵斥声。乐慧抿抿嘴唇，往203室的窗口看了最后一眼，走了。

7

最后一点钱财，变成白酒、香烟、小剪刀。几个出租车司机，在大排档上消夜，乐慧借了一只手机，打给乐鹏程：“我不活了，你也别活了。”说完立刻挂机。一个司机问：“小姑娘，没事吧？”另一个说："怎么深更半夜在外面？"乐慧冲他们嘿嘿一笑，穿过马路，拐进一个建筑工地。

两幢高楼，十几层上亮着灯，搭着最后一圈脚手架，隐约飘着晾晒衣物。风在街口拐弯，被高楼一挡，卷出股股小旋涡，小太阳灯把起重机的巨影投到地面。

乐慧在建筑垃圾间捡出一条路，找到角门，进入地下室。脚底堆着建材，头顶裸着电线和管道，几只灯泡孤零零地悬挂着。乐慧被灰尘呛出一串喷嚏，一屁股坐倒，甩掉靴子，摸摸脚板的泡，点上烟，旋开乙级大曲，猛灌一口，大叫："爽啊——"四壁张着无数小嘴巴，吐着跌宕的尾音："爽——啊——啊——"

乐慧一边喝，一边打嗝，嗝出芥末和胡椒味。她想，烟头为何湿了。喉中一热，来不及欠身，就哗哗呕出来。

吐完以后，左眼开始发痒。抠了几下，抠出一行血，不痒了，也不疼。乐慧摸到塑料袋里的小剪刀，奋力扎入腕部。

宁静了几秒，渐渐有声响，是脉搏声，嗒嗒嗒——，身体跟着浮起来，围着一个不存在的圆圈打转。乐慧想起童年，乐鹏程带她去游乐园，坐有大转盘的木马，木马边绕圈边上下，世界以某种古怪的方式，从她体内倾斜出去。此时此刻，应该想想毛头，但乐鹏程的脸逐渐膨胀，占住整个视野，他在叫喊：小心，抓紧杆子，你不会掉下去的。乐慧胃里恶心，手足冰凉，脸颊不住抽搐。

这下可好了，她想着，右眼一闭，直直倒下去。

8

班车上,乐鹏程的眼皮猛跳了两下。回家后,果然出事。门锁完好,抽屉却开着,查了查,现金都没了。乐鹏程跺着脚,咒骂了乐慧一通,又给秀姨打电话。

秀姨道:“我在‘百合’呢。”

“没什么事,问候你一声。”

“你声音怎么了,没什么事吧?阿慧好不好?”

“没事,都好。”乐鹏程挂断电话,打开电视,全是少儿节目。一个老女人扮成兔子,一群小孩围着她尖叫。乐鹏程泡了方便面,加红肠酱蛋。吃完,乐慧仍没回,让她永远别回吧。乐鹏程将腿搁在茶几上,继续看新闻。在报道警察抓小偷,警察很胖,小偷穿蓝色夹克,看着颇为斯文。

乐鹏程关掉电视,从茶几抽屉里拿出游戏机。这是师傅阿二头送的,阿二头还送了一堆杂七杂八,旧期刊、废箱子、破衣柜……乐鹏程是他搬家时的垃圾桶,还得说:“怎么好意思呢……谢谢师傅。”

乐鹏程回想师傅的三室一厅,两个卫生间,小的客用,大的在主卧,有一只浴缸、两个马桶。后来才知道,另一只不是马桶,叫“妇洗器”,专洗下身。乐鹏程呆望着,阿二头推他一下:“怎么样?”

乐鹏程道:“好,好,富丽堂皇,金碧辉煌。”

阿二师傅哈哈大笑："和你爸一样，成语一串串的，"又道，"老乐人不坏，就是凡事较真。"

"是啊，他就这脾气，你别和他一般见识。"

阿二头重重拍打乐鹏程的肩膀："有句话叫'难得糊涂'嘛。"

阿二头把乐鹏程引回客厅，那里挤满同事，正围着投影仪看碟、嗑瓜子、吃糖果，叽叽喳喳聊天。阿二头轻声道："小乐，你是明白人，要不是老乐，咱师徒关系肯定更好。"

如果有五十万，乐鹏程也能买三室一厅，也能在厕所装妇洗器，还可以在阿二头面前直直背脊。眼下住的老房子，夏季老鼠成灾，雨天顶层漏水，木头铅笔都会发霉。想着这些，他连游戏机都端不稳了："妈的，又输了。"

这是老式巴掌机，有扫鱼雷和俄罗斯方块。乐鹏程喜欢俄罗斯方块，可以不动脑筋。有段时间，他看任何东西，都能看成方正的几何形。他觉得自己越活越小，活到阿二头孙女的年纪上。小女孩真漂亮，眼睛大，睫毛长，和她爷爷一点不像。正待想象小孙女在妇洗器上的样子，突然又输一局，几何形下雨似的掉落，把显示屏填得死死的。

乐鹏程一连输五六局，觉得颈椎难受，扔了游戏机，活动着脖子，往窗前走去。天完全暗了，路灯坏了一盏，街面像被打落一只门牙，独独地缺出一块黑。有人在放鞭炮，孤零零的一串清响，似在预热几个月后的春节。乐鹏程不喜欢过节，满耳爆竹，满眼焰火，路上却见不着一个人。

乐鹏程搜寻秀姨家的窗口。那窗口被缺损的路灯遗漏了。乐鹏程拨通她的电话:“顺利吗?”

“喂喂?”那头问声急促，背景里有人在唱卡拉OK。

“我呀，老乐。”

“老乐啊，什么事?”

“没什么事，问问你装修顺利吗。”

“顺利，顺利。”

“噢，那就好。”

彼此无话,过了几秒,秀姨道:“要不我待会儿打来,正巧有客人。”

“你忙，你忙，我没什么事。”

乐鹏程唉声叹气着，翻查通讯簿，又拨一个号码，铃声响了七八下，正待挂断，那头接了:“喂?”

“是我呀。”

“你谁呀?”

“不记得了吗?”

“听不出，谁?”

“我，老乐。”

“哪个老乐?”对方顿了顿，“不认识。”

“一男，我是鹏程呀。”

“深更半夜的，有什么事?”

“才九点多，不算晚吧。”

“我要睡觉了。”

“这倒是，你一向生活规律，早起早睡。”

“没事我挂电话了。”

“有事，有事。”

“有事快说。”

“我想你了。”

“我挂了。”

“别，你就不想我吗？”

“不想。”

“一点都不想？”

钱一男不说话。

“我可一直想着你。”

“你这个骗子。”

“我哪里骗你了。你说，有男人对你这么好吗？”

“我对男人没兴趣。”

“你这样说，让我多难受。我知道，你这些年不容易，难道……你就不想男人吗？”

“神经病！”

乐鹏程觉得浑身一震，钱一男仿佛是把听筒直接扔进了他的耳朵。

他躺回沙发，在郁闷中滑入浅睡，居然重复起了今晨的梦：他在大厅看演出，舞台上泳装女人在跳芭蕾，胸脯快要倾斜到台下了。两壁排列着机枪眼似的缺口，后墙挂一幅黑板，写有大大的粉笔字：“十元”。乐鹏程夫妇坐在第四排靠右，他扭头说：“阿慧，干吗拉我衣服？”乐慧笑了，松开手，俩人继续看戏。场间休息时，乐慧不见了，泳装女人下台来问：“你想不想？”“想。多少钱？”“十块钱。”俩人手钩着手，从一个机枪眼钻进去，泳装女人帮乐鹏程解裤带，乐鹏程气喘吁吁道：“秀红，搭扣在后腰上。”他低头，发现下身光秃秃的，秀姨从背后抽出手道：“在这儿。”是折成柱状的十元人民币。乐鹏程急道：“钞票？阿慧把钞票弄到哪里去了？”

这时，他意识到在做梦，试图挣扎着醒来，却仍心有不甘地问：“阿慧把钞票弄到哪里去了？”问了几遍，梦境开始含混，终于被一串惊天动地的电话铃声终结。

9

秀姨交代好歌舞厅的事情，匆匆赶到乐家。

“……她借的手机，我打回去，人家说她喝酒了……她在电话里说不想活了……我报警，现在都没消息……”乐鹏程捂着脸，摇着头。

秀姨连连拍他肩膀：“别急，慢慢说。”她将他的手掌拉开，发现是湿的。她握紧那只湿的手。乐鹏程缓缓站起身，搂住她。秀姨的身体，酥软得像蜜。

“老乐，我们会找到她的。”

“就怕找到时晚了，她的性格我太知道了。”

“不会有事的。”

“希望如此。”

他们拥了一会儿，秀姨有点透不过气。

“老乐……”

“嗯？”

“老乐，我想告诉你个事。”

“什么事？”

“这件事，我一直藏在心里。真的，我对不起你们。”

秀姨往后退，退出乐鹏程的怀抱。乐鹏程依旧保持拥抱的姿势。他看见她的脸，抬着眉毛，嘴角微微颤抖。

“怎么了，秀……红？”

张秀红也望着他的脸，被他一问，忽地恢复常态：“没什么，我们去找阿慧。”她急急往门外走。乐鹏程内心疑惑，紧跟上去。

这漫长的一天，像是仍未从梦境走出。

10

凌晨二时半，部分酒吧关门、熄灯。“大仙窟”开始收敛它的热闹。秀姨穿着绑带高跟鞋，磨得脚踝出血。她发现几个背影相似的女孩，都不是乐慧。突然，身边有两个女孩疾奔，隐约听说“死人了”。秀姨跟着她们，来到一个拐口，看见一堆人，有哭喊声，一辆警车停在路边。

“怎么回事？”秀姨一边往里挤，一边问身旁。

“不知道。”

“不清楚。”

“好像有个小姐被杀，肠子都拖出来了。”

秀姨浑身虚冷，又挤出来，往回走。走着走着，在一把露天大太阳伞前站住。两个醉醺醺的白人，正坐在伞下晒月亮，月亮也快落下去了。

她说：“Hello！”

一个洋人举起啤酒杯：“Hello，beauty.”

秀姨靠近一步，颤声道：“我快憋疯了。我帮着我妹，害阿慧瞎掉一只眼。现在阿慧寻死觅活的，可叫我怎么安心。我是为了一套房子，害了一个人呀。”

一个洋人仍半闭着眼，另一个仍举着大玻璃杯，结巴道：“你——所（说）甚（什）么？”

他们居然懂中文。秀姨吓了一跳，转过身。这时，手机响了，是乐鹏程，气急败坏道：“阿慧找到了！”

11

派出所热闹非凡。隔壁在审问嫖客和小姐，再隔壁在处理窃案，小偷是个民工，民警抽了他的腰带，在鞭打他。他长裤掉到膝盖，双臂挡在额前，含糊叫着：“我的鞋，我的鞋。”

乐鹏程安静等待。屋里紧挨着两张办公桌，他坐的那张，玻璃下压着值勤表、盒饭菜单、几张记电话号码的便笺条。乐鹏程注意到一只镀金相框，夹着全家福：一个女孩眼睛都笑没了，腮帮上两大坨肉；一个男人着短袖白衬衫，蹲坐在假山上，双手伸到女孩腋下，仿佛要将她举向天空；一个女人斜在他身侧，手放在背后，肘关节支起一个三角。乐鹏程觉得女人眼熟，正琢磨着，忽听门外叫："家属，家属？"

乐鹏程应道："在。"

一个民警夹着面色惨白的乐慧进来。乐鹏程慌忙起身。民警就是照片中的男人，脸显得更扁，仿佛被大盖帽压得变了形。他把乐慧扔到对面的位子上，乐慧软塌塌地伏着。乐鹏程拉住她，不让她滑向桌底。他注意到她的手腕，一个浅口，流过血，止住了，凝着一点灰尘。

民警问："是你女儿？"拿出本子，旋开水笔。刚开始记录，秀姨来了，径直奔向乐慧，摇晃着她，托起她的脸，轻声呼唤着。民警道："怎么搞的，两个大人，一个孩子都管不好。"

乐慧微睁右眼，喃喃"秀姨"，又闭上。乐鹏程嘴里答着民警，眼睛却盯着秀姨。秀姨察觉到了，扭过头来。他赶忙低下脸，注视桌上的全家福。忽然，他记起了这个女人的名字。

吴娟的头发长了，盘在脑后，还留了几簇搭在面颊边。身材比以前胖，脸却瘦下来。乐鹏程把重心移到另一只脚上。当年的吴娟，五官还算清秀，照片里的女人凸着颧骨，显出几分尖刻。也许是认错了，可除了吴娟，谁有这副神情？早熟少女的市井味，浸染到四十岁上，就成了彻底的俗气。这俗气里，有让乐鹏程激动的东西。

他记得，吴娟的大乳房覆盖下来时，可以将他整个淹没。可惜少年的乐鹏程，还没参悟女人的妙处。

12

乐慧腕伤不深，但酒精中毒。皮肤湿冷着，口唇有些发紫。秀姨用筷子压她的喉咙，催吐了两次，又嘱咐乐鹏程，一定要注意侧卧，以免被秽物呛到。

乐鹏程道："秀红，你真细心。"

"平日姑娘们经常醉酒，所以知道些。"

"你一个女人家的，不容易啊。"

秀姨笑笑："你累了，明早还要上班，到沙发躺一会儿去。"

"那你怎么办，要不一块儿睡？"

"什么？"

"没什么，我说，你也要注意休息。"

秀姨又笑一下，避开乐鹏程的目光，去给乐慧端茶。茶凉了，进微波炉加热，然后放到桌上。杯口的热气缭绕着、盘旋着、互相推挤着。秀姨瞧着热气熄灭，一丝困意没有。乐鹏程在沙发上不停翻身。乐慧突然迸出一声细细的哭泣。秀姨拿纸巾替她擦泪，她的眼睛仍然闭着。乐鹏程坐起身，恶狠狠道："你终于醒啦！"乐慧又哭。乐慧终于张开眼，唤道："秀姨。"

"嗯，感觉好点吗？"秀姨捏捏她的手，将它塞进被子。乐慧在被子里拉紧秀姨。这时，响起手机音乐，“好一朵茉莉花……”秀姨看了号码，走出去接电话。

乐鹏程重新倒进沙发。乐慧不哭了。俩人都在倾听门外动静。秀姨的声音压得很低，还是被周围的宁静衬出来，一连串的叽叽咕咕，含混着，挠着乐鹏程的心。

许久，秀姨慢吞吞进来，道：“你们先休息，我走了。”不待回答，就往外走。乐鹏程觉得她表情不对，叫道：“你的包。”秀姨扭身拿包。出了门，才回头补一句：“再见。”

“再见。”乐鹏程冲着黑暗挥手。秀姨模糊成一团影儿，他觉得那影子停住不动了，但那必定是错觉。

13

老张头回老家后，乐鹏程曾按他留下的号码打过去，接电话的女人一口乡音，把乐鹏程听得云里雾里，只能反复问：“老张头在吗？”互嚷了一通后，女人挂断电话。她的最后一句，乐鹏程听懂了：“操你娘。”

秀姨渐渐来得少了，说是忙“百合”的装修。乐鹏程认为，多半是乐慧吓着了她。他也不愿意回家，看见女儿就来气。他买了几箱方便面在家。下了班，经常在外逛到天黑。

有一段时间，乐鹏程天天吃“芳芳”馄饨店的小馄饨。乐鹏程捏着油腻腻的一次性小勺，在宽口浅底的瓷碗里追逐鱼儿一般的馄饨，馄饨皮漂散成半透明的鱼鳍，在葱花和麻油之间上下。

老板娘坐在门边包馄饨，袖口撩到上臂，肘部沾满面粉。老板在门前下馄饨，一把大漏勺在桶锅里打转，缀着一额的汗，汗珠淌到下巴边，滞留片刻，滴进锅子。老板娘将馄饨一圈圈地绕在锅盖上，喊一声“行啦”，端上小方桌。老板烧好一锅，盛进一只只瓷碗，双手叉腰休息片刻，等水重新沸了，倒入一锅盖生馄饨。

乐鹏程很快和两口子熟稔。老板娘手头清闲时，和乐鹏程聊几句家常，忙着招呼客人时，乐鹏程就自个儿吃馄饨，啜饮自带的白酒。傍晚时分，总有个老太坐在斜对面，刷一只内壁泛白的马桶，旁边一家瘸脚的修鞋匠，佝在又黑又油的修鞋机后面。时光流转到他们身上，就卡住了。

乐鹏程问老板娘：“你们怎么只卖小馄饨？”

老板娘道：“这个拿手，省力。品种多了成本也高。”

“也是，我吃过的小馄饨，就数你们最好。”

“老哥，瞧你夸的，”老板娘嘴唇一阔，露出一口东倒西歪的牙齿，“要是好吃，就多给钱呗。”

乐鹏程轻咳了一声，道：“‘芳芳’馄饨店……你的闺名有个‘芳’字？”

“什么名？”

“我的意思是，你名字里是不是有个‘芳’字？”

“哪里，芳芳是咱女儿。”

“上学了吧？好像没在店里见过。”

“她死了，五岁时被卡车钩住衣服，拖出四条半马路，那时刚给她报的幼儿园，还是名牌呢，学费也付了，特别贵。很多人跟在后头叫啊跑的，司机反而越开越快。”

老板娘口气平和，像在播报一则与己无关的消息，老板仍然匀速搅动大勺，背影没有动静。隔了几日，老板娘主动出示女儿遗像：“她很乖，四岁就拿着小扫帚，在地上拖来拖去。”

女孩扎两只小麻花辫，抿着嘴，瞪着眼，目光像个成年人。乐鹏程飞扫了一眼，将照片推开，哪知老板娘来了劲儿，端出一月饼盒子的相片。

乐鹏程道：“我有点不习惯看照片。”

“怎么啦？我女儿不好看？”

“好看，就是不习惯……对胶卷上的一种物质过敏。”

“这是啥毛病？没听说过。”

这一晚，乐鹏程又梦见父亲乐明和母亲张翠娥，他们挤在一只镶黑边的月饼盒里，歪着脑袋，用离奇的目光看着他。

自那以后，再不去芳芳馄饨店。乐鹏程琢磨，该找找什么解闷的去处。

这么想着，就有了。

14

那天下午在单位，乐鹏程和阿二师傅闹了不愉快。下班后揣着闷气，四处瞎逛。影子弄和大仙窟相去不远，乐鹏程一路瞧见按摩店和洗脚房，就瞄瞄里头的小姐。大多是外来妹，头发油腻腻的，皮肤过早松弛了，起着红色黑色的小颗粒。

当初，乐鹏程对吴娟提不起兴趣，主要因为两点：一是面部毛孔过于粗大，尤其是三角区，像被扎了密密麻麻的针眼；二是大腿皮肤黏糊糊的，让乐鹏程联想到青蛙之类的生物。

女人的皮肤要好，口气要洁净，鼻孔和眼睛没有污垢。比如吴小妮，夏天裸露的胳膊上，汗毛都见不着。即使是老处女钱一男，也有令人愉快的体香。

乐鹏程回味着，心情渐渐舒坦，忽见有人在理发店的玻璃门上写字，蒙蒙的薄雾被反复书写后，化出一串串水珠，于是一张嘴凑过来，往冰冷的玻璃上哈气。这时里头喊："小娟——"女孩应了一声，把字一抹，飞快跑开了。

乐鹏程瞥见半张年轻干净的脸，涂画的似乎是人名，隐约有个"军"字。他走了进去。这家店躺椅擦得亮光光的，毛巾有股消毒的臭氧味。洗头妹子们齐呼"欢迎光临"，其中一个领他到躺椅。

乐鹏程闭上眼睛，仰起脖子，让她按摩肩部。

女孩问："先生，您笑什么呢？"

"我笑了吗？"

"是啊，刚才微微一笑，想起高兴事了吧。"

"嗯，想起以前的女朋友了。"

旁边几个姑娘叽叽咕咕。端来一杯水，乐鹏程努努嘴，示意放在镜子前。他在镜子里瞅着端水的女孩。

“多大啦？”

“十五。”

“怎么不去念书？”

“想念，念不起。”

“也好，过两年找个好男人嫁了。”

姑娘们又轻笑，清脆的声音敲击乐鹏程的耳朵。他左颊发烫，右颊发冷，空调的热风从左吹到右，把姑娘们的脸吹成一只只苹果。

“先生，理个怎样的发型？”按摩女孩凑着他的耳朵问。

“随便，不是光头就行。不瞒你说，我五六天前刚剪过。”

“您打理得勤快呀。”

“我们厂里的剃头师傅，五块钱剪头加修面。你们……”乐鹏程突感一阵冷风，又进来一个男人。姑娘们散开招呼新客。乐鹏程有点扫兴道：“你们生意不好，半天就两个客人。”

“现在生意难做，以后您要多多照顾。”按摩女的掌侧似一双菜刀，在乐鹏程肩头飞速切着。一个小伙把理发工具逐样放到长桌上，另一个过来问，想看晚报还是娱乐快报。

乐鹏程道：“什么都不看，”又闭上眼，想了想，道，“你们这儿有个叫‘小娟’的？”

“小娟……啊，有，有，杨娟娟——”小伙子邀功似的扯开嗓子。

“哎，来了。”一名矮个女孩跑过来。

15

杨娟娟白得不像乡下人，傍晚时分，脸蛋开始升火，双颊白里透红地烤着，小鼻子小眼儿像要被烤化了。乐鹏程给她买珍珠霜，杨娟娟将指甲剪干净了，沿着瓶壁挑出花生米那么点大，往颧骨周围薄薄涂一层，再把指甲缝里的残留挤出来，抹在嘴唇上。

过了十多天，杨娟娟说，珍珠霜用完了。乐鹏程再买。这次搭了一罐护手霜，乐鹏程把“买一送一”的标签撕掉，送给她道：“我特地买了护手霜，手也很重要，人家说，手是女人的第二张脸。”

杨娟娟似懂非懂地笑笑，将东西放进小抽屉。过了两三星期，珍珠霜和护手霜双双告罄，杨娟娟催着乐鹏程，说还想要那种“抹在嘴上，让嘴唇很湿很软的东西”。

最便宜的润唇膏，也要十多块一小管。杨娟娟对着镜子，把嘴唇抿成各种形状，乐鹏程觉得它们像两片富有弹性的塑料制品。润唇膏是草莓味的，抹上后会慢慢变红。杨娟娟伸出舌尖来舔，乐鹏程去搂她，她扭啊扭的，从他胳膊里扭开。

“怎么啦？不让我抱呀？”

“让，让，就是我头发臭，怕你嫌弃。”

“怎么会头发臭？”

“老板发的洗发水，用了老掉头发。”

“那……我给你买。”

“多不好意思呀。”杨娟娟继续扭着身子，那些据说很臭的头发，在她肩膀上扫来扫去。

乐鹏程喜欢她撒娇，这神态适合她的五官。当杨娟娟洗完澡，擦了护肤品，光秃秃地钻进被窝时，就像一只新鲜出炉的面包，暖洋洋、热乎乎，让人舍不得品尝。乐鹏程逼她叫“爸爸”，杨娟娟起初不肯，慢慢才叫开。“爸爸”，这声呼唤，让乐鹏程的心和下身的家伙一起，温暖并且蠢蠢欲动。

完事之后，乐鹏程搂着杨娟娟，边抚摸边扯闲话。杨娟娟用带乡音的普通话问他，认识之前多久没做了。乐鹏程算了算说：“大半年吧。你呢？”

“我啊……不告诉你。”

“那个什么‘军’，是你情人吧？”

“什么‘军’？”

“就是那天你在玻璃上比画的，我是见了那个字，才进你们店的。”

“噢，他呀，”杨娟娟眼睛一闭，“死了。”

“真死了？”

“我心里就当他死了。”

乐鹏程调整胳膊，好让杨娟娟枕得更舒服。他们双双仰卧。天花板新刷了白漆，渗出一小圈淡黄的水渍，第一次躺在这床上，乐鹏程就注意到了。当时的水渍不规则，下过几场雨后，渐渐化出一张人的侧脸。这侧脸不断扩大，变换轮廓和发型。一天，乐鹏程道：“娟娟，这个像你。”

杨娟娟道：“咦，还真像呢。”

杨娟娟住在“彩云坊”，弄底左手第二家。屋内仅容一床一柜，在床柜之间，有条窄窄的通道，她把旅馆拿来的一次性拖鞋洗晾干净，上床前放在通道上，男鞋在外，女鞋在内，鞋尖冲着柜子。

乐鹏程问：“你在外面还和别人那个吗？”

“哪个啊？”杨娟娟脸一红，“没有的事，我才不做那个呢。”

“不信，你老骗我。”

“我哪骗你啦。”

“骗我不要紧，说明你有羞耻心，还是好女孩。”

“哪有的事。”杨娟娟越说越轻，仿佛即将睡着。

16

第一次睡觉，乐鹏程问多少钱，杨娟娟道：“我有朋友在外面做，每次八十块。但我们不是那种关系。”

乐鹏程拿出四张二十元，杨娟娟伸手时，他又抽掉一张，道：“这钱是我们的情谊，你一个女孩在外面，挺不容易的。”

杨娟娟盯着那张被抽掉的二十，乐鹏程只能将那钞票，缓缓叠回去。杨娟娟接过钱，放入一只铁盒，锁进床头柜的小抽屉。

一天，乐鹏程去理发店找她，发现买给杨娟娟的衣服，穿在另一个女孩身上。

杨娟娟解释道："爱华的衣服换洗了，我借她穿的。"

乐鹏程道："瞎扯，人家告诉我，你是五十块一件卖给她的。还有珍珠霜啊、洗发水啊，你都便宜着卖给她们。"

"她们骗你来着，见不惯你待我好。"

"反正我不会再给你买东西。"

杨娟娟噘着嘴，眼泪快出来了："你永远不理我啦？"

乐鹏程搂住她道："那我也舍不得。"

那晚临走时，乐鹏程只给了五十元。杨娟娟接过钞票时有些迟疑，但终究没说什么。

17

杨娟娟隔日轮班，偶尔和人换班。乐鹏程通常下班后找她，有时扑个空。做房东的孤老头来应门。这个被杨娟娟叫作"爷爷"的，下颏长着颗大痦子，痦子顶上钻出两根短毛。

"不在。"老头伸出半只脑袋。他的眼神总像在侦查别人。

好几次，乐鹏程和杨娟娟在屋内，忽听拨弄门锁的声音。杨娟娟道："别理他。"乐鹏程试图不理，但被弄得心烦意乱。一天忘了反锁，老头居然探头探脑地推开门。杨娟娟正坐在乐鹏程身上，两人同时"啊"了一声。乐鹏程拽过被子，捂住她的后背。老头咳嗽着，不紧不慢地退出去。

乐鹏程道："真讨厌，你就不能换个住处。"

杨娟娟道："换到哪里去，外面的房租都贵得要死。"

乐鹏程往往待到五点半，最迟六点，开始穿戴整理。回家路上，他双腿打飘，脊梁发冷，胯间的家伙重得要把整个人拖到地上。身体的满足之后，往往有空虚感，仿佛这种满足是没有意义的。那什么是有意义的呢？乐鹏程站在浴缸里，望着自己的下身，热水的冲击使它稍稍仰首，旋即无精打采地垂回去。

18

一日半夜，乐慧突然大哭，喊着毛头的名字，又说不想活了。乐鹏程劝她，劝不住，就呵斥她。父女吵了一架，重新躺下后，乐鹏程再也睡不着。过了没多久，乐慧起鼾，鼾声轻一记，重一记。乐鹏程突然想念杨娟娟，想捏着她、揉着她，和她说柔情蜜意的话。看看钟，三点五十。起身，穿衣，出门。

南方的冬天让人讨厌，湿气钻过层层叠叠的裤管，大腿凉了个透。乐鹏程想着杨娟娟白白软软、面粉疙瘩似的身子，拐进一家便利店，买她爱吃的糍团、酸奶、巧克力饼干。到了彩云坊，在外面站了一会儿，才动手敲门。

"谁啊——"懒洋洋的声音。过了半晌，拖鞋由轻至响。杨娟娟头发蓬乱，略显吃惊："你呀。"仍倚着门板，没有放他进去的意思。

"娟娟，想和你说说话。"

"现在什么时候了？"

"就一会儿。"

"太晚了，明天吧。"

乐鹏程急道："我给你钱。"

"真的是太晚了。"

"给钱还不行吗，求你了。"乐鹏程将一马甲袋零食递进去。

"好吧，你等等，"杨娟娟接过袋子，关上门，俄顷，又打开门："进来吧。"

乐鹏程跟着杨娟娟。杨娟娟嗞嗞地抽鼻子。

"太薄了，"乐鹏程捻捻她的大红睡袍，"没见你穿过。"

"新买的呗。"

进了门，床上的被子叠得整整齐齐。

"你刚才没睡觉啊？"乐鹏程问。

"睡了，"杨娟娟将被子拉开，回头道，"愣着干吗？"

乐鹏程朝前挪了一步，杨娟娟兀自钻进被窝。乐鹏程脱了衣服，也躺进去，从身后搂住杨娟娟，手伸进她的睡袍。杨娟娟的皮肤有些黏滑，一股淡淡的铁锈味。

乐鹏程问："老头呢？"

"什么老头？问他干吗？"

"没啥，问问。为啥被子是叠着的？"

杨娟娟噌地坐起身："你到底想怎样？"

"我没想怎样。"

"你没资格管我。"

“我没管你。”

“你管了。”

“我没有。”

“我是和他睡觉，一直和他睡。”

乐鹏程也噌地坐起身，他不相信耳朵。

杨娟娟叹了一口气：“这种一只脚进棺材的人，根本不行了，无非也就抱着摸两下。摸就摸呗。”她从床头柜拿出香烟，点了一根。凌晨四点的杨娟娟，是另一个杨娟娟。

她吐了一口烟：“你以为我喜欢啊，我总得有个住处，你看不起我吧。”

乐鹏程嗫嚅道：“没看不起。”

两人静静的，一支烟抽完。杨娟娟道：“其实，我是怎样的人，你也清楚。”她的小腿斜出被子，在床沿上晃来晃去。

“我是真心喜欢你。”乐鹏程盯着她的腿。

“你喜欢我什么呀？”两条肉滚滚的大腿，在床架边摊成扁圆的形状，“我没文化，但我不傻。”

乐鹏程伸出手，又犹豫着收回。杨娟娟瞅着这只出尔反尔的手，淡淡道：“就想和我睡觉，装什么哩。”

“不是的，我想和你……交流。”

杨娟娟咯咯笑着，扬了扬腿。乐鹏程道：“你不适合涂指甲油。”

“好看。”

“不适合你。”

“你今天横竖看不惯我。”

“我没这意思。”乐鹏程把杨娟娟的腿塞回被子，杨娟娟用脚趾夹他大腿上的肉。乐鹏程抓住她的脚，摩挲着，那只脚就暖和起来。

乐鹏程弯下腰，从床边的长裤口袋翻出钞票，一张十元，三张五元，还有几枚零杂硬币，道：“匆匆忙忙的，钱没带够。”

“算了。”杨娟娟将钱藏进床头柜。

俩人抱了一抱。

乐鹏程道：“这被子他没盖过吧？”

“你嫌脏呀。”

“我哪配嫌你脏……这样也好。”

“什么也好？”

“没什么。”

“不懂。”

“娟娟，其实你挺聪明的。”

“你这个读书人，可别寒碜我。”

“我哪是什么读书人。”

“你上过中学吗？”

“上过。”

“就是了嘛。”

“可是……”

“咦，”杨娟娟打断他，“光顾着说话，时间不多了，”从枕下取出小闹钟，“还有一个半小时。”她开始解睡衣。

乐鹏程道："今天算了，说说话吧。"

"说啥话呢？"杨娟娟已经脱光，伸手摸他。

"别摸，软的。"

杨娟娟嗤了一声："不想做，干吗来找我？"

"闷，找人说说话。"

"为啥闷？"

"我损失了五十万，女儿要自杀。"

"五十万？哈哈，你抢银行啊。女儿没死吧？"

"没死。"

"那就好。"

"不和你开玩笑。"

"嗯，我听着呢。你真觉得指甲油不好看？和这睡袍颜色挺配的呀。"

19

秀姨提出，要为乐慧安装义眼。

乐鹏程道："这事我会办的，怎能花你的钱？"

秀姨道："我喜欢阿慧，我乐意为她花钱。"

乐鹏程回绝了几次，想想这笔钱对他是大开销，对秀姨或许真不算什么，就答应了，嘴上仍要客气："真不好意思，真说不过去。"

秀姨打听到一家名为"大开眼界"的私人诊所，离七马路不远，整条街上都是它们的灯箱广告：一只白大褂的手，正将一枚眼皮掀开，露出血淋淋的空眼窝。旁边是红色粗体字："大开眼界专业眼科诊所，专利技术，一流医术，让眼睛重现光彩！"

去了才发现，只是个借在居民楼的小办公室，一名经理，一名业务主管，一名据说有外资医院工作经验的医生。

经理出示营业执照和专利证明。"这个专利很过硬，瞧瞧，有编号的。"经理指着页角。乐鹏程、乐慧和秀姨凑近细看。证书纸质挺括、图章清晰。业务主管是热情的中年妇女，记下乐家的号码，说是便于联络。此后两个星期，她天天打来电话，最后说："如果做不好，肯定不要你们出一分钱。"

手术很顺利，一星期后拆线。乐慧走出手术间时，乐鹏程和秀姨连呼："效果真好。"秀姨爽快地付清了一千三百块钱。

乐慧提议拍照留念。他们去了"凯威"照相馆。乐慧一连拍了七八张，她问摄影师傅："我看起来有什么不对劲？"

摄影师傅道："你太瘦了。"

"还有呢？"

"发型最好弄一弄。"

"看我的眼睛，是不是……"

乐鹏程打断她，对师傅道："给我们仨合个影吧。"

师傅道："好，好，来个全家福。"

乐慧居中，乐鹏程在左，秀姨在右。师傅道："爸爸妈妈靠近些。"秀姨愣了愣，随即一笑，往中间靠去。她和乐鹏程的肩膀挨在一起。

照完相，天色暗了，乐鹏程提议吃新疆菜。新疆饭馆的前侧，有个半圆形舞台，吃了二十分钟，新疆女人上台献艺，食客们纷纷扭转脑袋，窗外围起一圈看热闹的。这是个浅色眼睛的妞儿，小背心，长舞裙，细细的腰肢露在外面。乐慧兴致很高，吃一口，看两眼。新疆女人跳了两曲，在众人要求下又加跳一曲。乐慧跟着哼歌，还不停地笑。

乐鹏程对秀姨道："认识这么久，还是第一次和你下馆子。"

秀姨道："是啊。"

乐鹏程道："还是你做的菜好吃。"

乐慧道："你说话很肉麻。"

乐鹏程脸红道："哪里肉麻了。难道秀姨的手艺不好？"

"秀姨手艺好，但你夸得像有什么企图。"

乐鹏程和秀姨都有些尴尬，默默埋下头吃菜。乐慧胃口强大，消灭了大盘鸡，又吃皮蛋面，还有羊肉串、手抓肉、油塔子、羊肉番茄汤……吃得连连打嗝，最后嗝也打不动，捧着肚子，在路上走得歪歪扭扭。

突然，她指着乐鹏程道："你放屁了！"

乐鹏程一脸尴尬："胡说！"

乐慧哈哈大笑："逗你玩呢，"扭头道，"秀姨，你说好不好玩，真是好玩死了。"

20

三天以后，乐慧左眼窝开始干涩，分泌物增多。秀姨陪她去“大开眼界”，医生说是细菌感染，要用抗生素眼药水。他嘱咐乐慧注意卫生，每晚取下假眼球清洗。乐慧滴了十多天眼药水，眼窝反而红肿发炎，左侧脑袋也隐隐作痛。再去问，他们就冷淡。业务主管拉起乐慧的手说：“看你的指甲，这么长，里面都是细菌。用这种手清洗眼球，只会越洗越脏。”

秀姨又陪乐慧去正规医院。医生问完情况，道：“你们还敢去私人诊所，最近媒体上曝光了不少，都是骗人钱的。”他开了止痛和消炎药，道：“炎症好了马上停用，长期依靠药物很危险。假眼就一直留在眼囊里，睡觉时不会有感觉，拿进拿出反而感染。”乐慧问是否需要进一步检查。医生有些不耐烦：“你的情况很简单，消消炎就行了。”

乐慧将指甲剪得陷进肉里，还买了消毒湿纸巾，每天洗脸时压在眼窝上，轻轻转揉，揉出眼垢。之后会舒服几分钟，马上又胀痛起来。

乐慧连续做了几晚的梦。一次是彪形大汉冲她面部重击一拳；另一次是左眼窝开出一朵花，那花不停地变换颜色，变成红色时，仿佛一条蛇芯子。

药吃完了，炎症好些，红肿和分泌物却没消失。又去医院，又配相同的药，红肿仍不退。医生道：“不能再配了，不然肝脏受不了。

你自己回去观察观察。”

21

秀姨带乐慧去“禾美”眼科医院,她注意到报纸上常有这家广告,据说是美国人投资,全套设备由国外引进。秀姨打电话去,接线小姐声音甜美,劈头盖脑一段英文、一段法文、一段日文,然后才是中国话:“请问您需要什么帮助?”

问清直达车辆和营业时间后,仨人同去。医院很气派,几百米之外,就看得到楼顶广告:“禾美眼科医院欢迎您。”大厅宽敞,就诊者不多。每个窗口都挂液晶电子牌。大理石地面擦得锃亮。秀姨提醒乐慧不要滑脚。空气里有淡淡的香味。

乐慧道:“秀姨,这里看病一定很贵。”

秀姨道:“钱不是问题,看好眼睛最重要。”

“秀姨,你对我真好。你为什么对我这么好?”

“你讨人喜欢。”

“我知道,我让人讨厌。”

“不是这样的。”

“秀姨,”乐慧顿了顿,“我觉得怪怪的。”

“嗯?”

“我总觉得……你像有什么事瞒着我。”

秀姨咳了一声,道:“眼睛的事情解决后,我会帮你找个好工作,踏踏实实过日子。”

接待乐慧的青年男医生，五官堂堂，但个头比秀姨还矮。他建议乐慧换掉玻璃眼球：“太劣质了，再用会损伤神经。我们这里有进口的珊瑚义眼，质量非常好，建议考虑一下。”

“多少钱？”

“钱嘛……”矮医生沉吟道，“比普通义眼贵一点。一万多吧。”

乐鹏程道：“我们回去商量一下。”

秀姨看着乐慧。她的左眼窝清空了，松松地蒙着纱布，右眼低垂着。

医生道：“一分价钱一分货。用在身上的东西，不能拿来开玩笑。有的病人为了省钱，使用劣质义眼，结果引发……”

秀姨打断他，让他估算费用。前期消炎、手术费、眼球成本费、药品费用、后期追踪复查……“三万多吧，我给你们算得经济些，可以控制在两万之内。”

手术在2月8日进行。乐鹏程查过皇历，是个吉利日子。矮医生亲自操刀。他姓田，英国留学归来两年。秀姨悄悄向护士打听，护士交口称赞田医生的技术。秀姨准备了五百元的红包。田医生说：“这不可以，医院知道要罚款的。”

手术很成功。乐慧的脸又完整了。她反反复复照镜子，发现微微仰起下巴时，不能转动的假眼和能够转动的真眼，恰好正对同一方向，表情显得较为自然。

田医生说，别进脏水，问题就不大。他开了口服药和眼药水，费用已大大超出两万。乐慧每晚按时滴药水。进口眼球就是好，舒适轻盈，富有弹性。有时做清洁时，乐慧将它放在掌心里，滚来滚去地玩弄。

一天洗脸，在珊瑚眼球里发现两个小黑点，影影绰绰的。到了第二天，变得比较明显，好在表面的白色薄膜没出问题。秀姨说，进口东西应该是质量过硬的，要不观察一阵。又过一个多星期，珊瑚眼球表面的薄膜也破出两个小黑坑，仿佛牙齿上的蛀洞，坑里沉积着一些白色物质。

只得又去“禾美”。田医生道：“我们从没发生过这种情况。”他拿出成功病例的照片，给乐慧和秀姨过目，还指着其中一张道：“这是我回国后的第一个病人。”据介绍，这位小患者五岁时玩耍，被同伴推到裸着的钉板上，两眼皆被戳瞎摘除，是他——田医生——给了小男孩新生。

手术前的少年，面部像经历了一场地震，整个上半截微微塌陷。他仰着脸，抿着嘴，仿佛和看不见的仇敌较劲。术后的照片就与常人无异了，嘴巴和双颊都是笑的表情，但乐慧仍不觉得他在笑。注视片刻，她突然感到在与死人对视：男孩的眼睛里没有温度！

乐慧道：“我不想装假眼了。”

秀姨叹了口气：“阿慧，别任性。”

眼球薄膜上的黑坑直径，分别为二毫米和三毫米。田医生一口咬定，乐慧没有注意清洁。“你看，别人不都好好的？”他使劲拍打那些照片。它们被放大后塑封起来，装订在活页夹里。

22

最后找的是熟人。“百合”的姑娘芳芳，和靖阳区的副区长相好。靖阳区下属有个岳进医院，市里数一数二的大医院，眼科尤其好。副区长和院长打招呼，主治医生亲自出马，给乐慧安装了高级玻璃眼球，收了一千元成本费。三个月的观察期后，主治医生说：“情况很稳定，不用来复查了。”

这么个大问题，居然简单顺利地解决了。

23

秀姨带乐慧剪了短发，刘海儿倾斜，遮住半个左脸。如果脖颈再微微朝右，瞎眼就能被完全遮住。

又买衣服。乐慧喜欢明亮颜色，秀姨却道：“大方干练最重要。”她挑选了几套深色衣服。乐慧觉得自己又瘪又暗，即使是小尺码，穿着也像偷来的。秀姨拎起塌陷的肩膀，沉吟道：“加副厚点的肩衬，另外……”

她拉乐慧去内衣店。营业员问：“什么尺寸？”

乐慧被问住了。她从未进过内衣店，此刻被各种蕾丝和细绳弄得目眩神迷。营业员瞄了一眼她的胸，道：“A罩的。最新款很好卖，试试怎样？”乐慧见她递过来的小东西，立刻喜欢上了。它们像两只精心镂刻的碗盏，几根带子牵牵绊绊，饶有风情。

营业员带她去内间，那里已有几个女人，乐慧脱衣服时有点难为情。营业员在旁边喋喋道：“这形状适合你，一托就起来了，肩带能够拆卸。”乐慧在镜前转来转去，觉得旁边试穿的女人，乳房个个比她大。营业员忽然伸手，在乐慧胸罩内捋了一把：“往当中收，沟就出来了。”又在乐慧另侧胸上捋了一把。

秀姨让乐慧戴上胸罩，套上职业装，穿上皮鞋，乐慧对着镜子左瞧右看，感觉自己上点档次了。

24

乐鹏程不再挑剔皮肤和长相——这和钱财差不多，谁会挑剔一张人民币的新旧呢。他偶尔找杨娟娟,觉得没意思。路边随便找一个，也没意思。越没意思，就越想这事。没过多久，工资卡就透支了。

除了杨娟娟，又固定了一个相好，叫孙晓琳，一手洗脚的好功夫，把乐鹏程嵌着污垢、结着老茧的脚浸在中药水中，又搓又揉，还掐穴道。哎呀妈呀，热乎乎的劲道直往上冲。

孙晓琳的脸蛋比杨娟娟好，杨娟娟五官没长开，有些小家败气；但孙晓琳的皮肤不及杨娟娟，尤其是脚踝处两圈，摸着像尼龙面料。乐鹏程的指头擦来擦去：“你也给自己泡泡脚啊。”

孙晓琳笑了：“我是服侍人家的命。”

“买双厚袜子穿，脚脖子涂点护肤霜。”

“连吃饭的钱都不够呢。”

乐鹏程想说：我买给你吧。硬生生将话咽下。

乐鹏程发牢骚时，孙晓琳听得眼睛不眨，还配合吃惊或惋惜的表情。孙晓琳喜欢越剧，会唱几阕，还喜欢《红楼梦》，但只看过电视剧和连环画。一次她问，贾宝玉喜欢了林黛玉，为啥还和薛宝钗好。

乐鹏程道：“男人骨子里都是三妻四妾的，贾宝玉喜欢袭人、晴雯，也喜欢林黛玉和薛宝钗。”

“是这样啊。”孙晓琳低下头。

乐鹏程知她不信，但她不会说出来。他笑道：“要在古时候，我就让你从良，做我的妾。”

孙晓琳也笑，笑声清脆得有些假，像有一双手在互相拍击。

一天，孙晓琳无意中哼唱：“天上的北斗星，通宵不动，毛主席的舷窗彻夜光明……”乐鹏程喝了声彩：“还会唱别的吗？”孙晓琳又唱：“彩灯把蓝色的大海照亮，幸福的喜讯传遍了万里海疆。海军战士见到了毛主席，颗颗红心像葵花向您开放……”

“响点，再响点。”

孙晓琳唱完，见乐鹏程若有所思，又唱一遍，见他仍不吱声，就道：“我唱得不好。”

乐鹏程道：“很好，好极了。你这年纪，怎会唱这么多老歌？”

“奶奶生前教的。”

“你要经常唱给我听。”

孙晓琳睡时喜欢仰卧，嘴巴微张，双手搭在胸前，仿佛随时高歌一曲。乐鹏程支肘凝视她。吴娟的歌声，比孙晓琳沙哑，但更柔软，一圈一圈缭绕着。乐鹏程回忆着那些往事，觉得伤感。他想，这是因为他老了。

25

一天洗澡时，乐鹏程发现下身有一粒暗红，以为是毛囊炎，或者皮肤过敏。相安无事了一阵，红点突然变大。用了消炎药，反而大成了黄豆，顶部裂出菜花纹路。乐鹏程用细绳将它从根部扎住，过了一星期，颗粒掉了。两个月后，再次出现小红点，长得更快更大，再用细绳扎掉。当它第三次出现时，乐鹏程意识到出事了。

他检查了杨娟娟和孙晓琳，她们的身体和口腔，全都清清爽爽。

杨娟娟道："你怀疑什么，每次不都戴套吗？"

孙晓琳则假装不知他在干吗。

乐鹏程做激光手术，加上针剂和用药，花费了八百多。过了两周，正在上班，突感下身奇痒，躲进厕所隔间翻查，又长出三粒。乐鹏程自己用药，还是越长越大，两颗连在一起，更多的长出来。抓破的伤口发了炎，淌着腥臭的脓水。

乐鹏程决定再做手术。他整理存折，"定活两便"早就取用数次，还剩五百元。其余是定期存折，两年内不宜取用。他犹豫了几天，向秀姨开口。秀姨二话没说，借出一千。

术后，乐鹏程老实了一个月。按时回家，做饭烧菜，饭毕看电视，或者打俄罗斯方块，感觉困乏了，就上床睡觉。

几次半夜醒来，左手摸沙发垫，右手摸沙发腿，脑袋和脚板都顶着沙发扶手。整个人被困在沙发的笼子里。只能夹搂着被子，长吁短叹一番，还是睡不着，起床翻看珍藏的成人杂志，又坐到乐慧床前凝视女儿。黑暗将乐慧的身形裹得一团模糊。

乐鹏程觉得自己快爆炸了。一日下了班车，终于忍不住，疾奔彩云坊而去。杨娟娟正好休息在家，俩人做了一次，又搂着说了会儿话。杨娟娟直喊："抱得太紧了，透不过气。"回家路上，乐鹏程开始害怕，洗澡时反复检查。杨娟娟干净溜滑，不像有病的样子。他安慰自己：采取措施就行。

第二天下班，又做斗争，又忍不住，决定找孙晓琳。

事后躺着，孙晓琳道："这阵你也没找别人吧，那么快就完了，像是憋久了。"

乐鹏程翻过身，双手夹住她的面颊，正色道："琳琳，你肯定没病吧？"

"没呀。"

"你就和我一个人好。"

"嗯，我就和你一个人好……即使和别人好，也戴套的，行不？"

晚上洗澡时，又担心起来，将家伙翻上翻下，觉得有些红肿，又似是被热水冲烫的。不痒，但前期都是不痒的。乐鹏程将治疗用剩的药剂，厚厚涂抹一层，终于安心少许。

半夜被痒醒，不敢抓挠，亮了灯观察，没有动静，只得躺下，硬生生将痒挨过去，辗转反侧着想：再也不搞了。翌日清晨，居然风平浪静了。遭受一晚恐惧的打压，那家伙反而生气勃勃。

这天下班，乐鹏程找了另一个姑娘。以前交往过几次。那是个高挑姑娘，能将他的半截身子缠进她的双腿。乐鹏程觉得她美，每个女人都是美的。只要花上一点钱，就可以占用她们的美。

发工资的日子迟迟不来。乐鹏程又向秀姨和阿二师傅各借了一次钱。阿二师傅道："有借有还，再借不难，做人要讲信誉。"乐鹏程翻遍通讯簿，甚至打电话给钱一男，又被一顿训斥。到了厂里，阿二天天催着还钱。

杨娟娟那头，逐渐冷淡了，一日道："你白睡了我好几次，怎么还不给钱。"孙晓琳倒是温顺，但也半推半就着，三两句的就抱怨："弟弟要交学费"，或者"妈病了，得寄钱回去"。

借钱和找姑娘一样，一旦坐上滑梯，开始下滑，就被惯性甩得身不由己。

一日吃着饭，乐鹏程忽道："阿慧，到了最后，我只剩下你，你只剩下我。"

乐慧翻翻白眼道："说这话是想让我骂你吧。"

乐鹏程道："你再仔细想想。"

乐慧道："我不要想。"

吃完饭，乐鹏程斗争了半天，决定还是待在家里。他将裤袋的钱掏出来，和皮夹里的并在一起，数了数，一共一百七十九块八毛。

他将它们小心地藏好。

26

乐慧有了工作。那家服装店叫“美百分”，位于市区另一头，是秀姨手下姑娘的舅妈开的。清晨五点整，苹果闹钟开始演奏《铃儿响叮当》，在每一遍的间隔里，发出三声尖锐的“嘀嘀嘀”。乐鹏程继续闭着眼，直待乐曲奏毕，就翻过身去，放松压疼了的耳朵和一侧面孔。

乐慧起床，洗漱，穿衣，出门。如果乘地铁，转一次车，得花费一个半小时、六元车费；如果坐公交，转两次车，就是三个小时、四元车费。乐慧坐公交，一天来回六小时，八元车费。上班时间朝九晚九，做一休一，月入八百，做满四千元以后，有百分之一的提成。

乐慧八点半到商店，开门，打扫，出样。上午进不了几个客人，午饭时有些人流，附近的小白领们，饭后四处闲逛。旋即是空荡荡的午后，至晚间四五点，又热闹一番，此时往往做成几笔。到了七点多，又淡了。稍坐片刻，开始收拾店面。到了九点，关灯走人。

及至刮风下雨，便有些凄惨，往往是整日枯坐。乐慧偷拿了乐鹏程的书，无聊时翻翻，没什么心思，且单眼阅读吃力。有时打个瞌睡，有时趁着没人，试穿几件衣服。老板娘趣味保守，件件是中年妇女风格。连续两个月，都没做满四千，老板娘威胁：再做不到就扣钱。乐慧建议进些新潮的货，被一个冷眼翻回来：“就你，还来建议我？”

渐渐抽查多了，老是挑剔：这件衣服沾了油，那件挂出了褶痕。一次乐慧去厕所，完后买了珍珠奶茶，回到店面，见老板娘阴沉着脸，站在门外。那一次，扣了五十元。老板娘咬定自己等了半小时，乐慧算来算去，从店面到厕所，再到奶茶店，花不了五六分钟。自此不敢喝水如厕，偶尔离开店面，也是以飞跑的速度。

还有一个店员，据说姓艾，与乐慧隔天轮休。她们从未谋面，只在账本背面互相留言。起初是公事：进了几件货，客人要开发票……渐渐聊出私话：住得远吗，家里还有什么人……小艾字迹娟秀，乐慧觉得，她的为人也该是一团和气。

渐渐地，乐慧的脸瘦成菱形：额头、下巴、两侧颧骨，各自尖锐地凸出。眼睑松弛着。右眼前所未有的大，仿佛要把其他五官吞噬进去。慢慢撩起刘海儿，就能看到左眼。玻璃球有点旧了，显得没有神采，当乐慧看侧面的东西时，它像会从眼眶里挤出来。

三个月后，乐慧被辞退了。她不服，找老板娘，老板娘道："你清洁工作做得太差，还少掉一套衣服，没让你赔就很好了。"

乐慧道："那是小艾少掉的，我以为她自己告诉你了。不信你看盘货记录。"

"小艾说是你，"老板娘上下打量她，最后盯住那只假眼，"我看，还是她可信些。"

失业后，乐慧就懒了。工作那么辛苦，却禁不起乐鹏程几夜风流。妈的，老娘也做小姐去，两腿一张，钱就来了。

27

在家闲到骨头散架，乐慧又磨着秀姨，要去“百合”工作。秀姨道：“那里不适合你。”磨了几次，乐慧道：“不肯就算了，让我参观参观总行吧。”

过了一个多星期，秀姨邀请乐氏父女去“百合”玩。她下午两点多打去电话，乐鹏程还在上班，乐慧接的。她告诉乐慧，自己现在在“百合”等着。

乐慧描了口红，穿上秀姨给她买的衣服，照着地址，一会儿走到了。秀姨已候在楼下。乐慧瞧着霓虹招牌：“这就是‘百合’啊。”

霓虹暗着，显得有点脏。门口放着一只小灯箱：“未成年人不得入内 市文化管理处”。乐慧盯着灯箱看。秀姨道：“我这儿是合法经营。”

从乘电梯开始，乐慧对每件东西表示新奇。三楼刚装修过，窗帘是新的，欢快的明黄色，穿过走廊是方形大厅，右手边一排转角沙发，左手边是两排蜂巢似的原木酒架，列着各色中外红酒。接着是吧台，上悬“市文明单位”的金属牌，一角很大的凹塘，秀姨说，是客人喝醉酒砸的。

吧台背后藏着小更衣室，衣架上挂旗袍制服，妆台下放高跟皮鞋，那些鞋摆成笔直一线。衣架旁是更衣箱，几扇门上粘着大头贴照，乐慧细瞧，照中的女孩都挺清俊。六间包厢正对更衣室，新糊了黑白色块的墙纸。走廊铺了红地毯，往前就是中央舞池，柳桉木地板被千万双脚踩得毛刺刺的。池边雅座区，倒是新置了座椅茶几，双人椅的椅背和扶手支得很高，往里一躺就没了人影。

乐慧东转西转，问了几遍："秀姨，这么大地方都是你的？"

秀姨笑而不答，在吧台里调了两杯花花绿绿的饮料。乐慧接过饮料，蜷腿缩在座椅里，觉得不舒服，将一腿伸高，脚踝挂在椅背上。雅座区的地毯是蓝绿大花的，有些绒毛磨掉了，一块一块地秃着。乐慧又将脚放下，在地毯上蹭来蹭去。她看见茶几上有一捧花，旁边放着一罐打开的可乐。她拿起花。

这时，乐鹏程来了，在门口风风火火道："调休了两小时，还是来晚了。"

秀姨迎上前道："谢谢捧场。"接过公文包，放到吧台后，接着领他四处参观。

乐慧研究手里的花，二十几支蓝玫瑰团团簇拥，正中一枝多头的西伯利亚百合，空隙里点缀着小松枝和情人草。乐慧从百合边抽出一张白卡片，上面写着："秀红生日快乐"。落款一个"明"字，日期就是今天。字迹有些潦草，纸张一角被花瓣上的水珠打湿了。乐慧将卡片藏进上衣侧袋里，花束放回原位。

少顷，他们回了，说着什么，乐鹏程大笑了两声。这时，他才发现乐慧，招招手道："阿慧，这是旧社会很有名的'弹簧舞池'。"

"什么叫弹簧舞池？"

“你踩踩看就知道了。”

乐慧踩了两踩：“没什么特别的。”

秀姨提议唱卡拉OK，将歌本递给乐鹏程。乐鹏程推还给她：“你唱你唱。”一番推让后，乐鹏程点了《过雪山草地》。

前奏响起，乐鹏程握紧话筒，盯住屏幕。“雪皑皑，夜茫茫，高原寒……”乐慧蹭地毯的双脚慢慢停下来。没想到老家伙有一手。秀姨在对面坐下，她注意到了茶几上的花，看了乐慧一眼，起身将花和可乐罐收走。重新坐定时，乐鹏程恰好唱完一段，回头看她，秀姨嫣然一笑，做轻轻鼓掌的手势。

一曲终了，乐慧也跟着用手在椅背上拍出声响。乐鹏程摇头道：“很久不唱，生疏得很。”他挨着秀姨坐下，秀姨一个劲夸他，还推他上台。乐鹏程又上去唱了《一剪梅》。乐慧怕他唱上瘾，赶忙跑去选歌，选了几首邓丽君。乐鹏程唱毕，再次回到秀姨身旁。从乐慧的角度看，他们的脑袋像是叠在了一起。

乐慧唱得不好听，但很动情。乐鹏程试着将手环过去，搭住秀姨的臀。秀姨没有动。他们脸上都是认真听歌的表情。

乐鹏程问：“跳舞吗？”

秀姨点点头，与他进入舞池。

乐鹏程道：“刚想起来，我不会跳。”

秀姨道：“真巧，我也不会。”

他们按着节拍，一摇一晃，乐鹏程有些紧张，快把秀姨逼到墙角了。乐慧望着这对中年人，“……我要美酒加咖啡，一杯又一杯……”

乐鹏程似乎不那么惹人厌了。

乐鹏程和秀姨忽然笑起来，前仰后合的。他们停下舞步，他的手仍搂在她腰里。秀姨的身材有些松弛，远远看去，显得和乐鹏程的年龄差距不大。乐慧突然将话筒一摔："我不唱了！"

秀姨拉掉乐鹏程的手，走去关了音乐："那就待会儿唱，先吃生日蛋糕。"

乐鹏程问："今天谁生日？"旋即醒悟，"啊呀，怎么没想到，该买礼物的。"

秀姨笑吟吟地端来蛋糕，全芝士的。"要什么礼物呀，你们陪我玩，我就很开心。"

乐慧道："是啊，买礼物还得看有没有钱。"

乐鹏程瞪了她一眼。秀姨没有在意，拿出蛋糕店配送的塑料刀，专心划分着。

芝士很腻，几口下肚，就饱了，但乐慧舍不得停口。乐鹏程边吃边问："这儿市口好，赚得很多吧。"

"哪里，现在租金贵，人力成本高，不赚的。"

"刚刚重新翻修，想必是生意好。"

秀姨笑笑，又给乐慧切了一块，并端出瓜子、杏仁、巧克力。乐慧满嘴芝士，抓了一把杏仁，放进嘴里一起嚼，口齿不清道："这里太好了，我要来上班。"

秀姨和乐鹏程同时道："不行。"

乐鹏程道："这不是你来的地方。"

秀姨道："是的，我这儿比较低级。"

乐鹏程道："别误会呀，我不是这意思。主要是上夜班，挺辛苦的。"

乐慧道："我不怕辛苦。"

乐鹏程道："你不比我们这一代，你是甜水里泡大的孩子。"

乐慧道："我没吃过苦吗？"她盯着乐鹏程。

乐鹏程不语。

秀姨道："我这里人员流动快，又不加三金，没什么保障。"

乐慧道："现在哪儿有保障呢。秀姨，你推三阻四的，就是看不上我。"

秀姨道："阿慧，秀姨是直白人。这工作不需要技能，但还得有一定条件。"

乐慧道："是啊，如果我眼睛不瞎，就符合条件了。如果眼睛不瞎，很多工作都符合条件，我也不会被'美百分'开除。你们说，我的眼睛怎么就瞎了呢？"

秀姨也不吱声了。

乐慧道："答应我吧，你会答应的。我总觉得，你像是欠了我什么。"

28

2003 年 4 月底，乡下大舅张相根通知乐鹏程，张家准备放焰口，问他去不去："你爸妈没了快五十年了，再不来，以后乡下真没人了。"乐鹏程犹豫再三，利用五一长假去了。

张相根在村口迎他，他见过襁褓中的乐鹏程。乐鹏程远远见一老农，焦黄着脸，叉着腰在桥边抽烟。刚过桥，就被拦着问："是不是鹏程大侄？"一听是，狠命拍打乐鹏程的双臂："等了你几小时，他们都到了！"

跟至祖院，见到一堆人，大舅一一介绍：大舅妈张爱芬，他们的二儿子张端明、三闺女张咏美、四儿子张端强、五儿子张端建，大儿子张端国的遗孀张伍月、遗子张庄康，张端明的老婆高小梅、女儿张小丽，二舅张相福，二舅妈吕双双，他们的女儿张爱华。乐鹏程知道，还有一个小舅张相昌。他在大厅中央看见张相昌的遗照，与外公张宝发、外婆严素贞、母亲张翠娥、表哥张端国的放在一起。父亲乐明没有相片，只一个牌位，写着名字。

张相根问："你娃儿什么名？"

"乐慧。"

"女娃吧？"

乐鹏程点头。

张相根说："张家男丁旺，辈分依下来是'宝相端庄'。"

下午二时，和尚来了。亲戚们一边议论最后的牌，一边收起天井里的麻将桌。和尚们留着拉楂楂的发根，穿着浅黄色僧袍。一个俗家打扮的人，站在大厅口和张相根说话，两名女眷议论，说那是佛学院道场班子的经纪人。

经纪人领和尚们进大厅，将三张大桌拼在一起，竖起"甘雨开门"

的横幅，横幅前摆开四支蜡烛，三顶唐僧帽，七八件锈迹斑斑的法器，一盘干得脱皮的硬馒头，还有瓷像——菩萨、童子、牛头马面。其间点缀若干大小的招魂幡。

乐鹏程瞧着他们搭宝塔。很多彩色纸盒，由大到小往上搭，再层层地箍好塔檐，塔尖安上电灯泡。灯泡与蜡烛相辉映，照亮各色小玩意儿，琳琅满目的。乐鹏程有种错觉：这些成年人，仿佛是在玩过家家。

一个扁脸和尚记录家族名字：张相根、张相福、张爱芬、吕双双，还有小一辈的男丁。众亲戚沿墙坐定。扁脸和尚将家族名册叠在桌上，居中主持，左右各一老和尚和中年和尚。仨人披上棉布僧服，围好红色袈裟，拿起桌上的唐僧帽。

钵、铙、小鼓、唢呐、二胡、电子琴、木鱼。两个俗家乐师，三个主持，四个小和尚。道场开始了，主持念经，众人跟唱，声部跌宕，器乐起伏。一刻鼓声大震，一刻琴声柔缓。一名俗家乐师，一手握茶杯，一手弹电子琴，两眼来回瞄着屋内女眷。乐鹏程觉得，只有二舅妈吕双双和表妹张爱华，还算有几分清秀。大舅妈有些贼眉鼠眼，几个孩子也贼眉鼠眼，尤其死去的长子张端国，下巴和眼梢全都尖尖的。

吕双双挨着乐鹏程坐下：“侄，乡下东西吃得惯吗？”

“吃得惯，好吃。”

“那是，”吕双双笑道，“城里的东西都打激素，今天烧的鱼，是端强、端建从河里新鲜捕来的，菜是自家种的，没打过农药，鸡也是土鸡，养了好几年。”

乐鹏程忙不迭地点头。

吕双双又道："知道端国咋死的吗？"

乐鹏程摇头。

吕双双道："绝症，说是血里的毛病。老公公也是这病没的，相昌也是。"

蹲在天井里折纸钱的张爱芬，有意无意地瞄了吕双双一眼。

吕双双压低嗓门："这病传男不传女。别看我家爱华是女娃，可比他们那些个儿子孙子命长。"她撇撇嘴。

乐鹏程顺着她示意的方向望去，十来岁的张庄康正跪在地上，往铁锅搭成的火窑里扔纸钱。旁边几个在折纸钱，用人民币在一捆上压六遍，再散开来，三五张地折叠。张爱华招呼乐鹏程过去，乐鹏程过去，在厅槛上磕了头，又到火窑前烧了几份纸。女眷只磕头，不烧纸，男丁又磕头，又烧纸。半个天井热烘烘的，张庄康早已满头大汗。母亲张伍月催他起来休息。张爱芬道："长子长孙烧的钱，祖宗们才收得到。"两厢争执，吕双双走过去劝。

俄顷，张相根道："扎些纸，到坟上烧烧。"一行男女，扛着拎着顶着成捆纸钱，往田里去。走了一段，道："老公公的坟找不着了，咱们拣个地方，烧了吧。"于是停下，烧了一回纸。又走一段，就看见坟，严素贞、张相昌、张端国，三个土堆并排，碑上刻着名字。张爱芬还没走到，人就软下去，哭声响起来："我的儿呀，命苦呀。"女眷们拉住她。她下了田埂，在石碑前烧纸。其余亲戚在田埂上也烧了一堆。两堆火一前一后，烤得每个人汗流浃背。乐鹏程匆匆磕了头。

张端强放起鞭炮。一些邻里小孩围上来，又跑又叫。端强、端建呵斥：“小心！”鞭炮响两声，哑两声，终于放完了。大舅妈抹着眼泪道：“去你爸妈那里。”

又过几片田，大舅妈一指：“那儿。”乐鹏程下去，看见墓碑上刻：“父 乐明 母 张翠娥 儿 乐鹏程 叩立”。大舅妈给他垫了张纸，乐鹏程跪下，磕头，烧纸。风向变了，乐鹏程上到田埂。火苗被风挑到三人高。忽地向左，忽地向右，枯草噼啪直响。大舅妈说：“旁边也有个坟，不知谁家的，也替他们烧烧，免得穷鬼来抢钱。”他们就在旁边的无名坟前扔了几沓纸。两边的火连在一起，犹如一堵墙，阻挡在乐鹏程与他的父母之间。乐鹏程浑身流汗，腹腔里热热的。他呆住了。

回到祖院，和尚还是念经，读了家族名册，又与张相根对拜，然后三个大和尚互拜。扁脸和尚脱了唐僧帽，乐鹏程恍恍惚惚，以为结束了，谁知又戴上，念经声再起。人人一头汗水。吕双双道：“他们做完法事要吃荤的，我又杀了几只鸡。”

晚间七时，终于结束。和尚们先吃，面条和蔬菜。吕双双道：“这是休息，待会儿还有。”和尚吃完，又搭三桌，才是张家亲戚们吃。夜间的苍蝇比中午还多，电灯拉线上黑压压一排。乐鹏程挥一挥苍蝇，吃两口饭菜。吕双双不停地问：“好不好吃？”“好吃。”“那就多吃。侄，我咋看你没精神？”

饭毕，张相根到天井放烟花，众人喜洋洋围拢来。两大筒烟花，居然都放不出。捣腾半天，张相根气得骂二儿子："这点事情都不会干。"端明道："这么多事，都是我操办。见哪个添过手呀？"众人扫兴而散，和尚走掉一半，据说是赶场，余下的回桌边坐着。诵念声又起，音乐比下午时潦草。乐鹏程偷拿了一沓纸钱，推门出去。

没有月亮，只几点星星。有蛙声、狗声，和不知名的动物。乐鹏程摸黑了几步，想起附近有河，于是就地蹲下，翻出打火机。手指和膝盖被照亮了。乐鹏程举着纸钱，轻声道："爱娣，给你也烧些，好好用着。"直至烫手了，才丢到地上，火光"吱"了一声，转瞬熄灭。乐鹏程觉得，那余光似留在眼底了，眼底发酸，酸出泪来。

有人高呼："鹏程，鹏程哪里去了？"乐鹏程起身，一阵头晕，头顶的星星摇晃几下，忽地不见了。稍稍平静后，给乐慧打电话："阿慧。"

"干吗？"

"你好吗？"

"我好个头。"

"阿慧。"

"有屁快放。"

"请你原谅我。"

"什么意思？"

"请你原谅我。"

"你神经病啊。"

"我就你这么个亲人了，希望咱们好好的。"

“你是不是想让我养老了？嘿嘿，”乐慧顿了顿，“想得美。”

乐鹏程呆了一会儿，又给秀姨拨电话。

“秀姨。”

“喂？哎。”

“你在哪儿？”

秀姨迟疑了一下，道：“在‘百合’。”她电话那头的背景似乎很安静，不像在公共场所。

乐鹏程道：“秀红，问个严肃的问题。”

“什么？我在上班呢。”

“要是哪一天，你会考虑嫁给我吧？”

“老乐，你喝多了。”秀姨柔声道。

“我在乡下，刚祭了家人。这儿黑得不见影儿，前后不着道。”

“迷路了呀？我这儿有急事呢。”

乐鹏程喃喃道：“我孤单单没个去处，跟野鬼似的。秀红，你怕死吗？”

“怕。”

“我也怕。我还怕孤单。”

“哦。”

“秀红。”

“嗯？”

“如果有一天，你也老了，怕孤单了，就考虑考虑我。”说完，乐鹏程轻轻摁掉电话。

29

乐鹏程觉得，他从乡下回来后，秀姨似乎更亲近了些，有事没事的，会请他去坐坐。

一日，她家保险丝断了，让乐鹏程帮忙调换。他边干活，边和秀姨闲扯，说起最近秀姨脸色不好，秀姨道："事多，太累，缓缓劲就好。"在余晖中，她的面孔极为黯淡。

这时，有人敲门，秀姨站起身，却没去开门。敲了两下，有钥匙声，门自己开了。乐鹏程见一瘦挑的中年男人。秀姨轻咳一声，介绍道："这是何明，这是乐鹏程，住对面的邻居，我让他帮忙修东西。"

何明向乐鹏程点点头，从门背后搬了张折叠椅，撑开，坐定，问秀姨："身体怎么样？"秀姨含糊应了一声。乐鹏程急急地从凳子上下来，道："修好了，我走了。"

"那……不送了，改日再聊。"

乐鹏程挥手作别，顺便打量何明，他的牙齿确实很黄，耳垂却一点不大。

回了家，闷闷不乐，又百思不解。

乐慧问："想什么呢？"

乐鹏程道："我见到秀姨的男人了。"

"何明？"

“嗯。你怎么知道？”

“‘百合’的人都知道。”乐慧从抽屉里翻出上次存留的生日卡片。

乐鹏程翻来覆去地看，连呼：“怪不得，怪不得。”

乐慧道：“秀姨有财又有貌，就算没何明，人家也不会看上你。”

乐鹏程道：“我晓得，我从没指望这个。”

乐慧冷冷道：“知道就好。”

饭后，正看着电视，接到秀姨的电话。乐鹏程赶去，门虚掩着，秀姨身穿棉质睡袍，肩披绒线大衣，半盖着被子，倚在床头。他问：“今天不上班？你这阵总是病恹恹的。”

秀姨摇头。

乐鹏程问：“怎么了？”在床边坐下，见她不动，试探着拉住她的手，她仍不动。

“男人对你不好？”

“老乐……你不知道。”

“秀……红，这个何明……是你前夫吗？不是说肺癌死了吗？”

秀姨突然捂住脸，像要哭出来。乐鹏程急忙松开手，又上前环住她。秀姨往他胳膊里靠。乐鹏程搂紧了。搂了一会儿，他道：“屋里太冷，咱们开了空调，慢慢说话。”

空调轰隆作响，乐鹏程觉得，有这噪声掩饰，反能让气氛放松些。

“秀红，有什么话，尽管和我说，我是看你最近情绪不对。秀姨，说话好吗，别哭……”

突然一暗，空调的巨大响动瞬间消失。月光照进来，车辆的喧哗涌进来。这间屋子迅速缩小，收拢在这对男女的周围。

秀姨道：“保险丝又断了，看来是空调的功率太大。”

乐鹏程按住秀姨：“别动，我来。”

秀姨将双腿伸出被子：“还是得我来，你不知道东西在哪儿。”

她翻出白蜡烛，桌上点一根，手里举一根。又到另一抽屉，找出备用保险丝。她将乐鹏程送到电阀处，搬了凳子垫脚。“小心。”

“没事。”

烛火将他俩的影子扑到墙上，一阵风过，暗下来，风停，又明亮回去。乐鹏程感到安静，仿佛在他和外界声响之间，出现了一道真空。五分钟后，他依依不舍道：“好了。”

秀姨按开关，灯一下亮了。乐鹏程注意到，秀姨的睡袍垂到膝盖，小腿裸着，趾甲抹成鲜红。

“冷吗？”

“还好。”秀姨走动时，睡袍的下摆微微晃动。

乐鹏程五脏六腑里一漾一漾的。“把灯关了吧。”

这话出口时，空调突然发疯似的重新轰鸣。但秀姨真的走去把灯关了，然后停在了开关前。乐鹏程慢慢挨近，手臂小心翼翼地缠上去。秀姨几乎和他一样高，头上有洗发水的柠檬味。一刹那，他想起吴小妮，想起钱爱娣，但很快什么都不想了，双手缓缓绕过绒线大衣，绕进睡袍，停在秀姨的乳房上。乳头很饱满，他的掌心窒息了。片刻之后，他的手指开始画圈，她的皮肤以愉悦的弹性回应这个动作。他摸到了她的心跳。

乐鹏程将脑袋靠到秀姨肩上，他的身体也开始散发柠檬味。他用舌头轻舔她的耳垂，她转身搂住他。他们一小步一小步往床边挪。

这时，有人疯狂敲门。

乐鹏程慌里慌张地推开秀姨，轻呼："何明！"

秀姨整整衣服，拧亮灯，去开门。门外，乐慧湿漉漉地站着。

乐鹏程问："你来干吗？"

秀姨道："快进来。外面什么时候下雨了。"

真的，雨下了一阵了。乐慧铁青着脸，慢慢踱进来。

"你们在干什么？"

"你爸来帮忙装保险丝，喏——"秀姨指着地上，那儿躺着一截烧焦的铜丝。

"嗯。"乐慧看看秀姨，瞅瞅乐鹏程。乐鹏程跌坐在凳子上。

三人僵持了一会儿，乐慧问："怎么样？"

乐鹏程犹豫了一下，缓缓道："秀姨病了，我想照顾她。"

乐慧道："我也想照顾照顾她。"

乐鹏程道："你别掺和了吧。"

乐慧道："你才别掺和呢。"

乐慧盯着乐鹏程，乐鹏程望着秀姨，秀姨道："你们都在这里玩一会儿。"

乐慧道："好呀。"径直走到床边，一屁股坐下。

秀姨问："想吃什么？水果还是巧克力？"

乐慧道："饱着呢，不想吃。"

“那看碟片吧。”

“有什么片子？我喜欢惊悚的。”

“只有爱情片、家庭片。”

“随便来点什么。”

秀姨胡乱拿了一张碟，推进机器。站起来时，她有些摇摇晃晃。乐鹏程道：“我看这么晚了，别打扰秀姨休息。”

秀姨道：“没事。”

乐鹏程坐了一会儿，说要回去。乐慧道：“你走，我不走。”

乐鹏程道：“别耍赖，秀姨身体不好。”

乐慧道：“那我留在这儿，照顾她。”

秀姨有些尴尬，看着乐慧，慢吞吞道：“那也行。”

30

秀姨问乐慧，习惯睡左边还是右边。乐慧想了想说：“左边，这样搂着你时，不压迫心脏。”

秀姨说：“搂着睡不安稳。”

“搂着暖和。”

秀姨把素色小花的厚被子给乐慧，自己又拿出一床略薄的。两人捂进各自的被窝，接着看刚才的故事片。看着看着，秀姨躺下了。快至结尾处，突然出现马赛克，乐慧手持遥控器，进退了半天，片子索性停住不动。只能关了电视和影碟机，也躺下。

“秀姨。”

“嗯？”

“没睡着？”

“嗯。”

片刻，乐慧又道：“我在想刚才的电影，不知那女人最后如何了。”

“也许死了吧，活着也挺痛苦。”

“你说，如果她选择把儿子送进毒气室，会怎样？”

“哪有‘如果’的事情。”

“假设一下嘛。”

乐慧等了片刻，见秀姨没反应，又道：“只是假设一下。”

秀姨咕哝道：“我要睡了。”

乐慧辗转反侧着，渐渐伸出手，隔着棉被，搭在秀姨身上。

“怎么啦？”秀姨问。

“我睡不着。”

“安静躺着，就睡着了。”

“秀姨。”

“嗯。”

“我在想一个问题：你既然看不上乐鹏程，又为啥老找他？”

秀姨不答，似是睡着的样子。乐慧知道她醒着。她自顾自道：“我能理解。不过，我不喜欢看到乐鹏程开心。”

秀姨仍不接茬。乐慧终于感觉没意思，于是也不再说话。渐渐地，她们睡着了。

下篇

第五章 张美凤

1

张美凤从阿乌嘴里听到六子的死讯。那天，她正与相好“野猫”在茶室打麻将。下午三点，他们吃过午饭，打着饱嗝，沿街散步消化。野猫发现一间“阿凤茶室”，指着对张美凤道：“是你开的吗，还挺大的。”

张美凤念玻璃窗上的贴字：“十四元每位，无限量畅饮，自动麻将台，十二元每小时”。

“废话，当然是老娘开的，老娘想找人打牌。”

野猫打电话叫人。很快约齐仨哥们儿。张美凤进去占位。茶室冷清，一个外来妹拿着茶水单，殷勤地跟在后头。张美凤嫌这桌近厕所，那桌靠空调，另一桌光线不好，最后选了一间窗明几净的小包房。服务员上茶的当口，兄弟们陆续来了，其中一个带了女朋友。张美凤乜斜了那姑娘一眼：“四人一桌，来了五个。”

野猫道：“你打，我‘飞苍蝇’。”

张美凤道："每次你'飞苍蝇'，我都手气不好。"

这话得到应验，张美凤连输几轮，于是虎着脸，将牌一推："野猫替我一局，我去撒尿。"

张美凤从厕所出来。顾客较先前多了。柜台上有瓜子、青豆、蚕豆、花生，盛在咖啡色的塑料小盘里。张美凤馋了，欲挑几样去包房，又一想，这倒像侍候了那班小子。于是抓了一把瓜子，在走廊里慢悠悠踱步，忽听一个熟悉的声音，大叫："碰！"她踅到包间门口，一肥头大耳的家伙也在往外瞄，与张美凤瞅了个正着儿。

那人朝身后道："你接着打，"出来嬉皮塌脸道，"阿姐也在这里玩？"

"挺巧的嘛。"张美凤半笑不笑。

"我常来这儿,这是我的专用房间，"阿乌手一指,"阿姐好久不见，最近跟谁混啊？"

"跟自己混呗。"

"阿姐这等人物，哪会闲置着呀。"

张美凤哼了一声。

"噢，对了，有件事儿，"阿乌突然板起脸，凑近嘴，"你知道六子的情况吗？"

"不想听。"张美凤兀自向前。

阿乌跟着她走，硬把这句话塞进她耳朵："他死了。"

张美凤停了几秒，又走两步。这次阿乌不再跟着。她把瓜子撒在地上，径直回了包房。那里一轮刚完，四双手稀里哗啦洗着牌，野猫瞧见张美凤，哭丧道：“手气不好。”

“没用的东西，”张美凤怒喝，“做足彩也输，打麻将也输，手气何时好过！”

野猫顿时被训萎了，旁边的兄弟打圆场：“总是有输有赢，坏运一过，好运就来。”

张美凤白了那人一眼，将椅背上的小包一拎，就往外走。野猫忙拉住她：“干吗呀？”

“回家。”

“说打牌的也是你。”

“现在我又不想打了，怎么样？”

一兄弟道：“阿姐不想打，咱们就收场，一起喝喝茶。”

另一道：“或者野猫陪阿姐散心，我们这里再叫人。”

俩人一走，屋里炸开了锅，有人问：“野猫怎让女人强过了头？”

答：“你不知道，这女人和毛头相好过。”

“相好过又怎么了，难道还镀了层金？”

张美凤到了家，往床上一躺，仍不搭理野猫。野猫在床边转悠了半天，就晃到隔壁看电视。须臾，听他跟着节目哈哈大笑。张美凤过去，把门重重关上。

2

那天，被毛头撞个正着，六子裤子来不及穿，就从乐家跑出去。

张美凤听见敲门，死活不开。她躲在帘子后头，瞧着六子窜远，那是他们的最后一面。这以后，张美凤一个劲地想乐慧，闭眼就是她浑身抽搐的模样，整张桌子都嵌进她面孔去了。

六子在路上扯了条居民晾晒的平脚裤，胡乱套上，飞奔到家，收拾了钞票和替换衣物。当他挎着走江湖的大包，站在完全黑下来的路上时，反而不那么害怕了。路灯在头顶啪地亮起，光线有点黄，有点红。在非机动车道走着，街头噪声被路灯光放大了。骑自行车的人都缩头缩脑，从身边过去时，不耐烦地按铃。

傍晚五六点，妈妈在家那会儿，如果六子没回去，就会接到拷机，总是两个字："吃饭"。六子就乖乖回家吃饭。吃完碗筷一扔，躺到阁楼上消化，或者外出闲逛。妈妈一边收拾桌子，一边唠叨，翻来覆去那么几句："不学好""不上进"。收拾完，六子妈小睡片刻，半夜起床，骑五公里自行车，到肯德基杀鸡，凌晨回来，睡到上午八点，起床去做钟点工。

六子长相遗传父亲，别人总夸："陆阿姨好福气。"六子妈双手一摆："我这儿子，绣花枕头一包草。"她黑黑瘦瘦，手脚利索。六子 1 岁时，爸爸生肝癌早逝，妈妈是外地户口，在街道废品回收站做了一阵。六子隐约记得，妈妈一早带他上班，开了门，将笨重的墨绿色座秤从角落拖到门口，搬个小凳子坐着，有人来卖废纸，就称了斤两付了钱。她将书籍、报纸，和其他纸类分开，一捆捆整齐结实地扎起来，沿着墙角叠好。六子坐在纸堆上，老鼠在脚边乱爬，也不害怕，老鼠的眼睛乌黑滴亮，跟人眼似的。六子最早的记忆中，有只大老鼠，比六子的脚掌还大，每天出来晒太阳，一些小老鼠跟前跟后。大老鼠有固定领地，一过正午，阳光正好照进领地。大老鼠远看像一堆灰尘，被暖风吹到了，就懒洋洋动两下。小六子心血来潮，狠踢了它一下，大老鼠吱吱叫着，钻进阴沟。过了几天，六子的脚趾被咬掉小块，不知何时咬的，不觉得疼，但把妈妈急得哭骂。

她回收站不做了，不知是否与此有关。后来捡过垃圾，捡出本钱了，开始卖茶叶蛋。六子年纪稍长，就满街乱玩。打记事起，就觉得妈妈又老又丑。一次小伙伴指着问："这是你妈？"他答："不是。"妈妈当场也装不认识，回家后狠揍儿子一顿。六子不服气，大喊："爸爸好看，妈妈难看！"妈妈双手发颤，说不出话。

妈妈常说，卖茶叶蛋辛苦。冬天十根指头像被冻掉了，双手肿大一倍，黑得发紫，冻疮一烂，又红通通的。晚上回家，脱露指手套时，总是大声呻吟，手套结在皮肤上，绒线细丝粘进伤口，一扯，脓水又化开。但最怕的，还是城管。那一路的小贩，吆喝讨价，热闹无比，忽听一声："来了来了！"霎时慌张。或者也没叫声，似平地刮一阵飓风，所有人都卷起铺垫，收起家什，狂奔起来。后来，摊子终于没收了，妈妈拎着锅、炉，想钻居民楼，硬生生被保安拦下。推搡之间，卡车就开了过来。

妈妈做钟点工时，六子开始卖刀和结交女孩，卖刀不顺，改扎车轮胎，又不顺，再回头卖刀。结交女孩倒是一路没落。妈妈每月给六子两百块钱："这么大了，还不能独立。"独立是件辛苦的事，六子完全有条件傍富婆：长相好，功夫好。连阅人无数的张美凤，也夸他功夫好。

后来,六子妈被雇主家的老头看上。老头觉得她勤快能干心肠好。他的儿女坚决反对。六子妈跟着搬进老头名下的一室户。老头退休前是车间副主任，每月一千二退休金。六子道:“你要跟了他，就没我这儿子。”六子妈哭了一个多星期，终于还是走了。

3

六子被发现从天桥摔下，落在公交车顶，弹飞出去，掉到旁边的 Polo 车上。他顺着光滑的顶壁往下滑，驾驶座里穿蛇皮裙的女人哇哇乱叫，她看清六子贴着挡风玻璃的脸，左眼位置是个血淋淋的大窟窿。

六子第三天才醒。眼睛看不见，腿脚动不了。

有个女孩道:“他醒了。”

一个男人道:“再不醒就麻烦了。”

这是医生，他告诉六子，要么付钱，要么搬走:“你身上的钞票都垫进去了，还差六千块。”见不吱声，又道，“这里不是慈善机构。如果病人都像你这样……”

“我知道。”

“我们想和你家人联系。”

“我没家人。”

“别捣糨糊，朋友、邻居都行。”

“这世上，我只认识仇人。”

医生道：“这么不配合，对你没好处。”

六子呻吟。医生哼了一声：“算了，随便你。”

半夜，六子疼痛，眼睛和脚踝剧痛，其他地方零散地痛。整个病房被他搅起来。邻床的按铃叫护士，对床的道：“问他们要镇痛剂。”

护士很快来了：“什么事？”

“疼。”

“我们也没办法。”

“镇痛剂。”

“这东西不好乱开的。”

“求求你。”

护士犹豫道：“你等着，我去问值班医生。”

等了半天，护士没来。邻床道：“你别哭了，我再给你按铃。”

第二天上午，护士和医生终于一齐来了，他们把六子进院时的红夹克替他披好，将他搬上移动床，推进电梯。

移动床停下时，六子问：“什么地方？”满耳朵哼哼声，满鼻子尿臊气。他突然意识到，有蒙蒙的光线透进纱布。他对自己说：原来还剩一只好眼。现在，他分不出哪只眼更疼，那疼像钻子，一钻钻进脑袋深处。六子调整姿势，试图让自己舒服些。

有护士跑来问：“要喝水吗？”

六子点头。护士拿一次性纸杯盛了水，六子喝完一杯，又要一杯，胃里一阵咕噜，又呕出来。

“喝得太急了，”护士拿床单擦他的湿衣服，“家属呢？”

“我没家属。”

“哦？”

“我也没钱。”

这时有人叫“小杨”，护士应了一声，走开了。过了片刻，杨护士又过来，压低声音道：“你千万别告诉人家没钱。”

“我真拿不出。”

“那也别说，千万别说。医院卖给私人了，私人老板挺抠的……”

话没说完，杨护士蓦地跑开，六子不知发生什么，想拉她，触到一堵冷冰冰的墙。

“杨小姐，杨小姐。”

近处有人在费力呼吸，一下一下像紧急刹车。六子感觉移动床被人碰撞，迅速滑向一边，他伸手阻挡，胳膊肘被床沿和墙面狠夹了一下。周围骚动，嘈杂的脚步声，裹住一片哀号，飞速过来，又飞速过去。没来得及反应，动静就消失了。

六子蜷起身子，激烈磕牙，磕得齿根都疼了。他想到乐慧，是不是也瞎了？乐慧是好女孩。然后想到张美凤，现在整个世界都变成张美凤，是他的又不是他的，让他恨，叫他喜欢。

“喂，喂，”有人轻呼，是杨护士，“怎么样？”

“疼。”

“忍忍，带你去治疗了。”

“太好了……刚才发生什么事了？”

“没什么。”

“你好像有话要讲。”

“没有。”

“你刚才话没说完。”

“什么话？”

六子正想回答，又有护士过来：“快点，别磨蹭。”

“好了，就好了。”

移动床被推动，六子感觉有人拉他，他捏紧那只手，手背又滑又凉，手心有冷汗。到了僻静处，俩护士停住，商量着什么。这时，有皮鞋声经过，另一护士鬼鬼祟祟地叫：“小冯。”小冯“嗯”了一下，是个年轻男子。三人离到更远处，压低了嗓门。

须臾，小冯走近问：“能站吗？”

“不知道。”

“站站看。”

“疼。”

“躺着更疼，站起来就好。”

有手臂插到六子背后，将他托起，六子觉得骨骼都快错位了。坐了几分钟，稍稍平定，又有人钻入六子的胳肢窝，再往他腰里一扶，六子被推出移动床。

“别叫，忍着点。”

六子眼泪鼻涕一齐下来：“杨小姐？”

“来了。”杨护士从另一侧搀他。六子抓住她的肩膀拼命掐，掐得杨护士也疼出眼泪。

一男二女拥着六子下楼，从后门出去，转两个弯，那里停着接送院外专家的白色解放牌面包车，司机在反光镜里摁了摁喇叭。另一护士道："干吗呀，神经病！"

他们七手八脚将六子弄上车，小冯两次碰到他的腿伤。杨护士连呼："轻些，轻些。"

车启动了，六子被放在末排，其余各自坐定，摇上车窗，四周顿时安静。

另一护士道："小杨，那份报告你交上去了？"

"高老师，我交上去了。"

高护士又道："小冯，你还实习多久？"

"大概两个月吧。"

"读医很辛苦。"

"还行，高老师。"

"快别叫高老师，你们以后是专家，主治医生。哪像我们护士，累死累活，挣不了钱。"

"各有各贡献嘛。"

司机道："小伙子有女朋友吗？"

"读书都来不及，哪有女朋友。"

高护士道："小杨也没男朋友。"

"高老师……"杨护士嗔道。

六子想睁眼看小杨，她一定很漂亮。车内暂时静默，听见马达声，刮过窗玻璃的风声，车外支离破碎的铃声。有人不安地挪动屁股，掸掸衣服，从塑料袋里拿出什么。六子觉得憋闷，并且越来越闷。

“带我去哪儿啊？”

“去治疗。”高护士道。

“不是已经上石膏了吗？”

“你伤得重，不可能一次医好。”

“噢，”六子想了想，“我瞎了吧？”

“会好的，都给你治好。”

突然有哭声。

“这是干吗呀……”高护士想劝慰，又不劝了，任由杨护士哭。

“还疼吗？”杨护士齆着鼻子问。

“嗯。”

“睡一觉就不疼了。”

“睡不着。”

“给你吃安定吧。”

“好。”

“也好。”高护士道。她跪在座椅上，抬起六子的脑袋，杨护士将药塞入他嘴，递过一只矿泉水瓶子。

片刻，高护士凑近来，杨护士道：“大概睡着了。”

六子道：“没睡着。”把高护士吓一跳。

“还想不想吃药？”

“想。”

又喂他一粒药。这回似乎有点作用，脑袋开始发涨，身体也不那么疼了。六子感到缓缓孵进一团柔软的黑暗，突然整个人一陷，失去知觉。

4

两天后的下半夜，下起小雨，清晨七点，天仍暗着。第一班奉贵线从奉安村车站开出。十分钟后，到达第二站老城镇乾门村东二百米的丁字路口。坐在右侧售票位上的小学生高晓白，突然对司机道："爸，你看。"

司机高尚龙瞄了一眼："啥？"

"我也不晓得，一团红的。"

公交车打了个小心翼翼的弯。高晓白又惊叫："死人，死人！"

全车的人一震，齐刷刷探出头。车辆停住，高尚龙与一男乘客下车，高晓白拎着书包，跟在后头。三人走近。在两堆预制板间的路面上，躺着个缠满绷带的人。红夹克，蓝牛仔，光脚丫。

高晓白朝后退，一屁股滑倒。

高尚龙冲男乘客道："你看这人什么来头？"

男乘客道："怪吓人的，纱布上全是血。"

高尚龙回车借手机打110，高晓白和男乘客留在原地。俄顷，高尚龙回来，又跟下几名乘客。高晓白的湿裤子沾了黑沙尘，脑袋蒙了层细碎的雨雾，在发梢汇成大水珠，一滴滴往脖颈里灌。高尚龙推推地上的人，地上的人不动。他又去揭脸上的纱布。

高晓白颤声叫：“不要！”

“丫头，走开。”

高晓白捧紧书包，抖成一团，却仍不走开。一张血肉模糊的脸，一点一点显出来。

一个多小时后，老城镇派出所的副所长带着手下前来。伤亡者三十来岁，头发长而杂，身上皮包骨，左眼瞎了，右腿绑着石膏。年轻警察戳戳他的肩膀，他居然出了口气。

高尚龙汇报情况，其他人围着议论。伤亡者哼了一下，终于完全不动。这时，路口拐过一辆别克汽车。副所长拦下，一看是乾门村村主任，让他下车辨认。主任道：“我赶急事。”

“再急也急不过死人。”

主任磨磨蹭蹭地下车。

副所长道：“站近点看。”

众人让道，主任弯下身，左瞧一下，右瞧一下：“这人真没见过。不是我村的，也不是附近村的。”

九点十分，救护车来了，急诊科大夫检查：呼吸只有每分钟一两次，瞳孔发散，接近五毫米的死亡标准。

年轻警察和救护车司机，合力将人搬进车。副所长喝道：“都别走，录口供。”高尚龙推推女儿：“上午的课要紧吗？”

高晓白木头人似的。过了几天，她看到公安局贴在校门口的寻人启事，画像上的人脸蛋尖尖的。她将启事撕下，回家后用红笔涂掉左眼，愣愣地一瞧几小时。三个月后，爹妈带她去精神科检查。那时，案件调查得没有进展，渐渐不了了之。

5

张美凤有点恍惚，从冰箱拿出一升装的冰水，“咕嘟嘟”灌进肚子。秋意很深了，张美凤里外凉了个透。她只在七岁上看到过死，那时她还叫张娟红，随大家族出席奶奶的葬礼。这个奶奶一辈子没见几次，小娟红和姐姐秀红围着玻璃棺材转圈，棺材里的老太牙全掉了，化妆师给她嘴里衬了个牙托。秀红娟红躲在人堆里笑，一个叔叔从远处剜她们一眼。张秀红立刻拿两只手背抹眼睛，张娟红踩了姐姐一脚。吃豆腐羹时，大人们不哭了，扯着家常，有说有笑，还互相敬酒。

张娟红问妈妈蒋芳：“奶奶怎么了？”

“奶奶死了。”

“什么叫死了？”

“就是再也见不着了。”

“为什么见不着？去她家拜年就见着了。”

“拜年也见不着啦，因为她死了。”

张娟红突然难过，放声痛哭。旁边的叔叔回头问：“汤泼在身上啦？”

这是之前关于死亡的印象。张美凤没见到六子尸体，六子的死是很抽象的东西。她想得胃都疼了。以往胃疼时，六子会冲好热水袋，塞进她衣服里，然后叠着双手，轻轻揉搓。张美凤对自己说:死，就是这人再不会来给自己揉肚子了。

6

户口簿和身份证上，张美凤仍是张娟红，但她喊自己“美凤”，别人呼“小娟”“娟娟”“娟红”时，她一再纠正，直到对方顺从了，才欢欢喜喜地应声。十八岁上，连妈妈蒋芳、姐姐张秀红，也习惯了称她“美凤”。

蒋芳问:“‘娟红’哪点不好?”

张美凤道:“为什么她‘红’了,我才跟着‘红’? 我偏不,我是凤，人中之凤。”

张秀红佯作不知。这个妹妹，小她三岁，处处想占上风，处处占不着。四五岁时，大人们评论:“娟红还小，眉眼没长开。”十二三岁时,她俩往不同的相貌上长。秀红像妈妈,瓜子脸,丹凤眼,细眉毛;娟红像爸爸，鹅蛋脸，杏仁眼，粗眉毛。众人道:“两个都好看。”但细细比较，还是秀红更秀气。

娟红十二三岁就是小太妹，跟着小子们到处乱混。

蒋芳讨厌她的短裙子，吓唬道:“以后老了关节炎，只能坐轮椅。”

张美凤道:“老了没活头了，就自杀。”

张秀红道:“这么大的姑娘，不戴胸罩，衣服上透出来，多难看。”

张美凤道:“好看，男人就爱看!”

张秀红怒喝：“什么话！”

张美凤哼道：“张秀红，别装得良家妇女似的，你这种呀，就叫作闷骚。”

蒋芳冲过去一巴掌。张美凤推了妈妈一把。张秀红站在半米开外，背着手喊：“别打了，别打了。”

一个婶娘到门口张望：“安静点行吗，我儿子快高考了。你们自己考不上，也不要影响别人。”

待她走后，蒋芳道：“你们再闹，更被人家看不起。”

美凤道：“他们算老几，咱爸可是长子。”

蒋芳道：“可惜他去得早，你们也给我争点气。”

张秀红很争气，考取了外国语大学。张美凤磕磕绊绊地挨到高考，第一场语文考试出来，立刻跑得无踪影。妈妈烧了一桌菜，姐姐特地从学校过来。等到半夜，美凤才回家。

蒋芳劈头道：“这么晚死回来，明天一早还有考试。”

美凤道：“不用操心，我不考了。”

蒋芳道：“你敢！”

美凤道：“怎么不敢，准考证也被我撕了。”

蒋芳瞬时面孔煞白，说不出话。

秀红跺了跺脚：“你还要不要前途？”

美凤瓮声道：“前途谁不想要。可惜我考砸了，砸一场砸两场，结果都一样。”

“感觉不好，不代表成绩不好。”

“张秀红，别说了，我不是读书的料。”

“你不争一争，拼一拼，怎知道不行？”

美凤眼睛一瞪：“大学生，我不是你。我笨，我难看，我不听管教，总之处处不如你，行了吧！”

秀红憋红了脸道：“幼稚，幼稚。”

美凤冷笑：“我是幼稚，没你有心计！”

这时地板“突突”响，楼下人用晾衣竿戳天花板。

“戳个屁，老娘就闹！”美凤狠狠踩一脚。

楼下人道：“快点分家吧，和你们住一块儿，真是作孽。”

张美凤愣了愣：“分家，分什么家？”

“爷爷死后，就开始闹分家的事了，”蒋芳有气无力道，“你要准备高考，就没让你知道。你看，我们总是为你着想，怕你杂七杂八地分心。”

“我看，不是怕我分心，是把我当外人。”

“你说这话，良心是被狗吃了，”蒋芳猛推了一把桌上的菜，菜碟清脆地互相撞击，她叹了口气道，“你们手心手背，都是我的女儿。时间不早了，秀红你快回校，明早还有课呢。美凤你坐过来。”

她从买菜钱里数出三十块，给秀红打的，秀红道：“我现在做兼职呢，钱够花。”

美凤看着她们推来搡去，翻起眼白，嘘了一声。张秀红剜了她一眼，收下钞票。走到楼道里时，才将三张十元纸币折叠整齐，塞进皮夹。皮夹很鼓，有五六百元。她办过存折，后来注销了。张秀红喜欢现钞，摸在手里一张一张的，踏实。

她把皮夹塞进挎包，挎包紧掖在胳膊下。走到路口，一排摩托司机，七嘴八舌地招呼："小姐，去哪里？"

张秀红谈妥一个八折的。开出五十米，那人忽道："小姐，我不要你钱。"

"嗯？"

"你摸摸我，摸摸我就不要钱！"

张秀红背脊一冷，大叫"停车"，从后座嘭地跳下，扔了头盔，朝反方向飞奔。跑出几百米，才发现跳车时崴了脚。这时拷机响，一看是妈妈："已和你妹谈心，到宿舍打个电话。"

公交车早就没了，坐出租到学校，得花四十来块，又舍不得。张秀红犹豫了半天，决定叫人来接。

包鸿运肯定随叫随到，他会扔下进城看他的娘，来给张秀红搬东西。他上进，但是农村户口。

王逢刚家在本城，有三室一厅，张秀红去过，伯父伯母很热情。他为人体贴，可惜身材矮胖，散步时被室友看见，遭笑话道："秀红，你这只白天鹅，怎么配了个癞蛤蟆？"

赵钢模样不赖，学习也好，就是轻微口吃。带回家时，被张美凤嘲笑："什、什、什么人不好找，找、找、找个残疾人回来。"

颜修平结识于图书馆，张秀红起身找书，回来时发现笔记本里夹了字条："你站在桥上看风景，看风景的人在楼上看你。明月装饰了你的窗子，你装饰了别人的梦。"字迹工整，像印刷出来的。张秀红四下张望，与一男生四目相接。

颜修平篮球打得好，还是诗社社长。张秀红被他抱着跳舞时，整个世界旋转起来。他送过她一条连衣裙，白底碎花，长及脚踝，腰后有个蝴蝶结。他说以后跳舞可以穿，可惜他们再没跳过舞。

一次张秀红到小馆子吃饭，室友葛兰兰眼尖："那不是谁吗？"一瞧，颜修平坐在里面，正和一女孩说笑，女孩打扮时髦，像社会上的人。后来，颜修平从葛兰兰处打听到此事，径直找来："怪不得这些天不理我，吃干醋啊，那女的是我表姐。"张秀红将信将疑，冷淡了他一阵。

此刻，张秀红把硬币塞进电话投币孔，响了几下，有人半睡不醒地接听："谁？"

"颜修平在吗？"

"还没回来。"

"哪里去了？"

"我怎么知道。"

张秀红又拨通拷台："留言就说，我在武昌路幸福桥路口，来接我好吗？对对，我是张小姐。"

张秀红等了半个多小时，渐渐想自己打的走了，又怕颜修平扑空。忽听有人按铃，一辆黑色自行车在她面前刹住，颜修平笑嘻嘻地趴在扶手上，面孔通红，额角挂汗，几簇长发粘在脖子里。

"还以为没收到留言呢。"

"我的拷机二十四小时为你而开。"

“花言巧语，”张秀红莞尔，“从哪里过来的？”

“学校啊。”

“寝室同学说你不在。”

“在通宵教室写诗呢。”

张秀红还想说什么，颜修平一甩脑袋：“上车吧，慢慢聊。”

张秀红跳上后座，龙头晃了两晃，自行车加速，午夜的路面空旷极了。

张秀红摸摸屁股边的铁架：“这车真高。”

“二十八英寸的。”

“凤凰牌啊？”

“那当然。”

张秀红默默抓紧书包架。

“刚才想说什么？”颜修平问。

“没什么。”

“不抱住我吗？”

张秀红环过手去。“抱紧点。”张秀红抱紧。她感觉他蹬车轮时，腹肌一松一弛。

“想听听我刚才写的诗吗？”

“不想听。”

“真不想听？”

“你念。”

颜修平大声背诵：“天国在我的世界里，上帝居住于灰尘的瞳仁，”

风将他的声音拉长，“我的蒙娜丽莎，她坐在巨大的死婴之上……”

张秀红突然尖叫，颜修平问：“怎么了？”

“你刚才干吗双脱手？”

“念诗念得太激动了。”

“你再这样，我就下车了。”

“秀红——”

“嗯？”

“你喜欢我的诗吗？”

张秀红想了想道：“不晓得，我听不懂。”

“诗歌不需要懂，只需要感觉。秀红，你是我的蒙娜丽莎。”

张秀红吓了一跳：“不要。”

“为什么？”

“我不要坐在什么死婴上面。”

颜修平哈哈大笑，张秀红觉得一点不好笑。自行车拐进一条弄堂，突然停住。

“这是哪里呀？”张秀红跳下车。

颜修平也跨下来，把车往地上一扔：“秀红。”

7

张秀红踏着铃声进教室。她发现，上课铃和自行车铃很像。照理下身应该疼痛，她倒是胸前不舒服，像有东西压着。颜修平说：“没想到你乳房这么大。”他的手抓得人疼。张秀红检查过，短裤裆上一摊红，长裤可能也沾着了，因为是深褐色，看不出。

张秀红抄板书，满黑板的字在飘，又看课本，书页上的字也在飘。颜修平身上有股铁锈味，可能是出汗的缘故。他的门牙挤着她的门牙，让她觉得难受，甚至有点恶心。想怒斥他，又觉得是自己犯贱，深更半夜地把男人找来。一刻想到：四十元出租车费，就把我的东西拿走了。马上否定这个念头：这是爱情，是蒙娜丽莎。一节课迷迷糊糊过掉，教授拖延了三分钟，宣布“下课”，拿着水杯到休息室喝茶。

有人过来道：“坐你旁边。”是葛兰兰。葛兰兰把课本、书签、圆珠笔、铅笔盒、书包，等等，一股脑搬到张秀红旁边。张秀红朝课桌另一头挪了挪。

葛兰兰问：“你嘴边是什么？”打开铅笔盒，光亮亮的铁皮盒板，照着张秀红嘴边一圈黑。清晨走出弄堂时，曾感觉肚子饿，颜修平和她分吃了一块巧克力，吃完又亲过嘴。张秀红懊恼地用指甲刮，葛兰兰盯着她道：“你今天有点奇怪。”

第二堂课开始，葛兰兰不停开小差，一会儿玩张秀红的拷机，一会儿在铅笔盒板里照镜子，一会儿又低声说话。

“今天从家里直接赶过来呀？”

“嗯。”

“起得很早吧。”

“当然。”

“你妹妹考得怎么样？”

“不知道。”

“她自己感觉怎样？”

“不想管，考不取就进街道工厂。”

“你真狠心呀。”

“凭什么说我狠心！”

前排有同学扭过脖子，将手放在嘴上，“嘘”了一下。张秀红脸红了，低下头，拿笔在桌板上乱画一气。

下课走回寝室，葛兰兰突然怪叫：“咦，你的衣服！”

腰眼旁一点血迹。

“擦破些皮，不用大惊小怪。”

“哪里破了？”

“不知道，没感觉。”

张秀红留意身边的女生。以前偷听男生议论，说非处女走路时，两腿是分开的。她下意识地靠拢膝盖，双脚落在一直线上。

下午三点，在寝室。蒋芳来电话：“留言收到了吗？”

“拷机没电了。”

“昨晚什么时候回的寝室？”

“大概一两点吧。”

“胡说，我两点半打来，你屋里那个兰兰接的，说你没回来。”

“大概你刚打完，我就回了吧。”张秀红扭头，发现葛兰兰正看着她，一双吊梢眼眨巴眨巴的。

“电池换好了吗？”

“换好了。”

“今天课上没瞌睡吧？”

“没有，妈，我困了，想躺一会儿。”

长觉醒来，天色黑暗，寝室里的几个女孩，呼吸七上八下，还有轻微鼾声。张秀红衣裤没脱，鞋也在脚上，不知是谁铺开被子，帮她在身上搭了一角。摸出拷机看时间，是凌晨三点。她恍惚坐起，觉得经历了一场梦。

8

下周即将搬家。爷爷一死，大家族就解散了。三十刚出头的后奶奶，带了一群娘家人哭丧，张家决定按兵不动——他们难得意见一致。后奶奶得了一半遗产，几个儿女你争我夺，蒋芳只抢到一间一室户。被人把话说过去：“你又没生儿子。女儿嫁出去了，财产就成人家的了。”

张美凤结束唯一的一场考试后，蒋芳从废品回收站买来七八只大纸盒，开始将东西打包。搬家那天，张秀红拉颜修平帮忙。颜修平道：“晚上要组织诗歌沙龙。”

“不能让罗琴代你吗，就一次。”

颜修平从上午犹豫到下午，终于答应。回家路上，他又念叨诗歌，张秀红皱着眉头，坐在书包架上。

“你知道超现实主义吗？”

“不知道。”

“这都不知道？”

张秀红道：“我只知道现实。”

到了家里，蒋芳责怪：“出来好一会儿了，怎么现在才到？”

“他路不熟。”张秀红指了指颜修平。

蒋芳也不问他是谁，转身搬一个大箱子，张秀红推推颜修平，颜修平凑上去。蒋芳已经弯下腰，把纸箱往外推，颜修平不知如何搭手。蒋芳道：“东西不重，你别挡道就成。”她把箱子推到卡车边，颜修平道：“我来。”纸箱即将挤进车斗时，重心忽然往外一倾，散出一地书报。张美凤在旁嗤笑。蒋芳瞪了她一眼。

张秀红上前帮忙，颜修平要碰什么，她都抢先一步。最后只见三员女将进出，颜修平倒像看热闹的。“小心腰。”他托了张秀红一把。张秀红嗔怪：“你干吗？”“帮你呀！”颜修平也不高兴了，身子一别，出门而去。张秀红听得一记铃声，自行车就远了。

蒋芳道：“找男人，人品老实是第一位的。”

“妈，你什么意思，我又不会嫁给他。”

“那就好。也不知现在小孩怎么了，衣服穿成那样，头发忒长，一脸邋遢。车倒挺气派，也不是家里没钱。”

张秀红附和道：“是，是。”只闷头搬运。

忙完已夜深，蒋芳让张秀红在新家住一晚，张秀红说翌日有课，必须回去。公交车不挤，过了两站，抢到一个位子。张秀红看着街景，想着颜修平。在过去一周中，他们的交往都与诗歌有关，读颜修平油印的诗集，听颜修平和人争论诗歌，参加颜修平主持的诗歌活动。张秀红觉得无聊，憋闷。那些下流、血淋淋、前言不搭后语的东西，到底好在哪里？颜修平为了它们，甚至和人吵到互甩酒瓶子。

有次倒是见到两句好诗，指给颜修平看，颜修平嗤笑："这算什么，没激情，没力量，纯粹大白话！"张秀红后来偷偷把这两句抄在本子上。她讨厌颜修平自以为是，越想越讨厌。他不许她暴露女友身份，唯一为她做过的事情，是写了三四首破诗，诸如《你的乳房是水草》《夜晚在亲吻上跳舞》。张秀红觉得，颜修平眼中的世界，是另一个世界。诗能够当饭吃，当钱花吗？

搬家事件后，俩人在校园里遇到，都假装不认识。张秀红整理抽屉，翻出颜修平给她的图书馆字条，以及那两句她喜欢的诗："不要用金钱试探友谊，就像不要用诱惑试探爱情。"

一次偶然，张秀红在葛兰兰的笔记本里看到一首诗，熟悉的钢笔字体，像印刷出来的，标题是《天国的蒙娜丽莎》。"天国在我的世界里，上帝居住于灰尘的瞳仁……"张秀红默默读完，拿了刀片，将那一方字小心翼翼地裁下。葛兰兰从食堂打饭回来，坐在桌边吃，翻开笔记本，突然脸色大变。张秀红盯着她，等她抬头对视。但葛兰兰没有抬头，只是轻轻将本子合拢。

9

1990年，二十四岁的张秀红，嫁了二十九岁的金亮伟。张美凤道：“这么早把自己交出去啊，哦哟不对，你已经是大龄良家妇女了。”蒋芳从婚礼回来时，张美凤已蒙着头，躺在床上。蒋芳打着臭烘烘的嗝，脱了外套，把从饭店带回的五六包纸巾放在碗橱抽屉内。等那厢起鼾了，张美凤爬起来，打开灯，拉出抽屉。纸巾折叠整齐，装在塑料袋中，印有“延湾大学饭店”字样。张美凤一包包地扔出窗外。

蒋芳惊醒道：“干什么？”

“你当我们是瘪三，这种东西也带回来。”

“全是新的，又没用过。”

“都给我扔了。”

“你有病啊。我看你就是嫉妒，有种也找个正派男人看看。”

“干吗要正派男人，又没钱，又没地位。”

过了一年，张美凤出嫁。她扬言道：“地位有啥用，有钱最实惠。”夫婿苗爱国是生意人，外界风传他的身价，有说上百万的，也有说上千万的。张美凤的婚礼着实气派。婚纱拖裙至少五米，由两对衣衫笔挺的小童托着。她钻进皇冠轿车时，头上的红玫瑰被碰掉了，正要不高兴，苗爱国一拍手，立刻有人抬出大花篮，九百九十九朵红玫瑰，排成心形图案。

敬酒的空隙，张美凤回主桌吃菜，问张秀红：“看见大花篮没？”

“看见了，很漂亮。”

张秀红穿绿色套裙，金亮伟穿淡灰西装，料子都很普通。合影时，张美凤故意高举玻璃杯。相片里的两对年轻夫妻，眼珠都被照成红色，最炫目的是张美凤的手，指头上璀璨晶莹的一点。她把照片冲了两张，自己留一张，阿姐寄一张。

苗爱国四方脸，大眼睛，粗眉毛，别人恭维道："你们有夫妻相。"张美凤眼白一甩："谁和他有夫妻相。"苗爱国笑道："和我像挺好，不吃亏，"又道，"别看我是粗人，可比大学教授有钱。"

"不是教授，是讲师，"张美凤纠正，"人家现在也做生意了。"

"他那算啥，皮包公司，"苗爱国一拍桌子，"搞什么能有搞批文吃香。"

张美凤婚后，和姐姐聚得勤了，每次见面都想着法儿穿戴鲜亮。蒋芳还住当初的一室户，一圆台面的菜，五个人一坐，就显得拥挤。张美凤左手挨着苗爱国，右手挨着金亮伟。她闻到淡淡香气，起初以为张秀红擦香水，细辨居然是金亮伟。金亮伟略有发福，脸色红润，头发三七分，抹得亮亮的往后梳齐。相比之下，苗爱国不像老板，却像老板跟前的打手。

10

夫妻俩都爱麻将，各有一圈"麻搭子"，有时几天不回家，也不互相过问。

一日，张美凤发现存折少了一本，问苗爱国，苗爱国道："取了钱了，生意上要调头。"

张美凤道："玩女人我没意见，钱袋子可要看牢，小狐狸精们算盘打得快着呢。"

苗爱国道：“真是生意上调头。美凤你也知道，我粗人一个，没啥花花肠子。”

张美凤藏起剩余的存折钱款。几个月后，在麻将桌上，见沈家婆娘箍着个大钻戒，出牌时白花花地刺目，决定买个更大的。拿了存折去刷，发现账号已被取消。又换一本，也已取消。苗爱国还是老一套：“调头，调头！”

“调你妈的头！”张美凤将存折扔到他脸上，“当老娘放屁啊。”

闹了半天，还要上吊，苗爱国才坦白：“最近手气差了点。”

“老娘手气也差，但差不到掏空家底呀。”

苗爱国又闷声不响，直到张美凤拿剪刀对着脖子，才道：“老乔介绍我玩‘沙蟹’。”

张美凤将剪刀往皮包里一收，直往外冲。苗爱国要拦，她眼睛一瞪：“你敢！”找了四五个以前混的小兄弟。纷纷道：“大姐一句话，我们收拾他去。”浩浩荡荡到了乔家，老乔不在，就怒冲冲等着。给张美凤端茶，她不喝，和她说话，也不理。几个小兄弟，在屋里转来转去，摸摸这个，拿拿那个。还不时道：“阿姐，这个金佛像值不值钱？”“那个是水晶还是玻璃的？”

乔家老婆悄悄给老乔打电话。老乔赶回来，张美凤冲上去一巴掌，打得他云里雾里：“乔老板，好日子不过，拖我家苗呆子下水，你安的什么心呀你？”小兄弟们立即做出围殴的架势。

老乔道：“别冲动，万一闹起来，邻居报了警，大家脸上都挂不住。”

张美凤冷笑道：“谁敢报警？不怕我告你聚赌啊？”从包里抽出

剪刀，嚷嚷，“你来硬的，我也不会软。大不了横在你这儿。”在腕上浅浅擦了一道。小兄弟们七嘴八舌：“大姐，跟这种人犯不着。”“啊呀，出血啦！”有两个要冲上来拼命。

老乔赶忙道：“给你一万，给你一万。”

张美凤道：“一万？打发瘪三呀！”

身边立刻起哄：“你唬谁呢？”“领领行情吧！”

老乔道：“你到底想怎样？”

“家里揭不开锅，少说得五六十万，苗呆子才好东山再起！”

老乔道：“这不可能。”

一个小兄弟，从包里抽出一把菜刀，亮晃晃地比画着。

老乔道：“你们不是要好好说话吗？这又是做什么？”

张美凤道：“你是文明人，我们可不是。”

“一切好商量。”

“那就赶快商量！”

俩人谈判，谈了几个小时，最终同意：借五十万，欠条打四十万。出了门，小兄弟问：“你真打欠条啊？”张美凤得意道：“我身份证上可不叫‘张美凤’。谁是张美凤？到时候姓乔的哭都哭不出。”她给了小兄弟们一人五百元辛苦费。翌日拿支票取了钱，直奔珠宝银楼，选了一枚三克拉四十七分的钻戒，花去四十六万，余下四万，存回银行。

回家向苗爱国炫耀，苗爱国问钱是哪儿来的，她道：“姘头送的。”

苗爱国道：“你没去找老乔麻烦吧，他可不是省油的灯。”

张美凤呸了他一口："要你管，钱是我凭本事弄来的。"

她约沈家婆娘打牌，沈家婆娘去欧洲旅游了。张美凤除了打牌，在家就和苗爱国吵架，还雇了个退休保安，要他整天跟着苗爱国。苗爱国赌瘾上来，给了双倍的钱，把保安辞退了。张美凤气得和苗爱国打架，苗爱国也不还手，被打得鼻青脸肿。

过了大半个月，沈家婆娘回来，约了牌局，局上送麻将搭子每人一件衣服。

张美凤道："这衣服看着不高档，是不是法国地摊上买的？"

沈家婆娘道："不要就还我，别说触气话。"

张美凤道："我就随便问问，你财大气粗的，哪会送我们假货？"

收了衣服，开局打牌。张美凤出牌时，故意将手伸得长长的。

有人道："美凤的老公也疼人，买那么大钻戒。"

张美凤道："还好吧。爱华，你的多大？"

沈家婆娘道："三克拉多。"

"多多少？"

"忘了，你的呢？"

"三克拉八十七分。"

"我的也差不多。"

张美凤怀疑她骗人。可是越看越觉得，自己的钻戒确实略小一点。心烦气躁的，连输几局，把牌一摊："老娘今天不想玩了。"

回到家，苗爱国不在，手机关闭，拷机不回。心感不妙，打开内衣抽屉，藏在夹层的存折果然被翻走了。

张美凤进厨房连砸了几只碗，仍觉憋闷，就去妈妈家，蒋芳却不在。想起有个老相好住在附近，找过去，是个女人开的门，警觉道："找谁？"

张美凤推说找错了，悻悻地出来。她在路上慢步走着，想起还有一个姐姐。

11

张秀红开门时"咦"了一声："是你？"

张美凤顿时浮出两眶热泪："姐姐。"

张秀红泡好热红茶，张美凤还在哭，边哭边道："加点牛奶。"

张秀红加好牛奶和方糖，问："想吃点什么？"

"不饿。"

"那咱们聊聊。"

张美凤渐渐止住泪，低下头。

"美凤，出什么事了？"

"为了点小破事，其实也没什么……我是不是来得太晚了呀，我坐坐就走。"

"要不……在我这儿睡吧，有两间客卧呢。"

"那多不好意思。"

"跟我客气什么。"

俩人略有尴尬，张秀红引导话题。她们聊了聊购物和美容，意兴索然。张美凤哭过，困乏了，眼睛半搭不搭的，有点听不清自己在说什么。

张秀红带妹妹去浴室，准备了干净毛巾和睡袍。张美凤洗毕，仰躺在床上，望着天花板的藤制吊灯。窗外有私家车开过，吊灯的影子在天花板上渐渐拉长，又慢慢缩短。半夜，张美凤迷糊醒来，似听到争吵。张秀红不是说她生活美满吗。想着，又睡过去。

客卧窗帘是乳白色的，翌日大早，张美凤被阳光刺醒，裹着被子愣了会儿神，一骨碌下了床。身上的真丝睡袍是张秀红的，腰里打了两个小小的褶。

张美凤在浴室里见到金亮伟，吓了一大跳。金亮伟正在刮胡子，朝她略点一下头。张美凤又闻到香水味。她下意识地理理头发。

“姐姐呢？”

“还睡着，我早上有课。”

“噢，你昨天回得挺晚吧。”张美凤低头看到自己乳头的形状，被睡袍柔软地勾出来。她走近金亮伟：“对了，有件事……”

“你说。”金亮伟在水下清洗剃须刀。

“我想借点钱。”

“多少？”金亮伟关掉龙头，擦干刀片。

“五千，行吗？”张美凤撒娇般地轻轻摇晃身体。

“小意思。”

“不和你老婆打声招呼？”

“打什么招呼，我可是‘财政部长’。”

“姐夫真好。”张美凤从金亮伟手中夺过剃须刀，放回壁上的不锈钢小刀架。

金亮伟进屋数了钞票出来，放到张美凤手上：“你点一下。”

“哪用得着点，还怕姐夫缺我钱啊。不过，倒是怕以后找不着你人，没法还。”

“给你张名片，我手机二十四小时开着。”

“如果我不还了呢？”

金亮伟笑吟吟瞧着她，张美凤心眼里一动：“我会还的。有借有还，再借不难。”

12

很快，皇冠车没了，小别墅没了，连皮沙发也没了。财物来时，像搬进一座山，去时，却似刮掉一阵风。俩人坐在空荡荡的客厅里吃泡面。苗爱国道：“美凤你放心，我会把钱挣回来的。”张美凤将面汤朝他一泼：“屁话。”苗爱国一闪，胳膊被烫着了。他站起身，瞪着张美凤，张美凤也瞪着他，嘴里骂不迭。苗爱国默默走出门去。张美凤冲着门口骂了半晌，然后扑到床上，横着身子，小腿架住墙壁。她渐渐睡过去，忽地被响动惊醒，睁眼一瞧，苗爱国回来了。

“以为你死了呢。”

苗爱国呵呵傻笑。

“哟，喝酒啦，吃喝嫖赌占全了。”

“就你他妈的话多！”

“出去这么会儿，胆子就变大了嘛，敢这样跟老娘说话。”

苗爱国径直到床前，扳开她的腿，扑通躺倒。

“死鬼，死鬼！”张美凤踹他两下，见没反应，就把双脚统统放到他面孔上。

“头晕，让我睡觉！”苗爱国抓住她的脚踝，猛力一甩，膝盖咚地砸到墙上。

“屁用没有，只会打老婆。”张美凤扑上去。

苗爱国将她的手按住，又用大腿夹住她的腿：“我是屁用没有。”

“继续卖批文啊。”

“现在是什么世道，早卖不动了。”

“那我咋办？”

“跟着我喝粥。”

“真后悔嫁你，我要离婚……”

苗爱国撩起一掌，“啪”的一声之后，一切响动突然停止。苗爱国的掌心红热了，他直愣愣地瞧着自己的手。张美凤耳朵里嗡了一阵。苗爱国跌跌撞撞地爬下床。张美凤朝空中乱踢，又砸墙，还哭，边哭边“猪”“驴”“王八”地乱骂。骂了一会儿，发现苗爱国又不在了。于是擦干眼泪，翻开通讯簿，挨个打电话。

一个老相好手机换号了，一个是老婆接的，还有一个道：“美凤，想死我了，什么，借钱？没问题，一句话！你等等，我过会儿打来。”再没动静，又打过去，就关机了。张美凤骂了他的祖宗十八代，想起最早的相好二锅头。二锅头倒是爽快：“我在家打牌呢，你快来看我。”

二锅头从一室户搬到小别墅，张美凤找了半天。二锅头开门时，只穿着裤衩，松扑扑的胸口一径稀毛。

“你不冷呀？”

“冷什么，连 × 都是热的。”

“瞧这急样，”张美凤进门道，“你不是打牌吗？”

“早散了。”

张美凤在屋里四下转悠，口中“啧啧”不停。二锅头得意地跟在后面。

张美凤到了卧室，捻了捻床单，径直往上一躺：“这床多大？”

“七尺的。”

张美凤道：“这床贵得要死吧。真想不到，你这只赤佬也混出来了。”

二锅头道：“关键是要跟对人。”

“你跟的‘老大’是谁呀？”

二锅头笑笑，问：“你喝什么酒？”

“喝最贵的。”

二锅头噔噔下楼，又噔噔上来，举着两杯液体道：“人头马。”

张美凤将酒杯在手里转来转去：“你现在也高雅了，”一口灌下半杯，“不怎么好喝。”

二锅头干完一杯，脸霎时红了，嬉笑道：“不好喝就不喝。”

13

二锅头出手阔绰，每次见面给个一万、五千的。张美凤使出浑身解数，但二锅头还是很快腻了，渐渐推说“有事”“太忙”。张美凤冲他嚷嚷：“哟，没兴趣啦？老娘也没兴趣了。”挂了电话，生了会儿闷气，决定去街口的美容院，把自己弄漂亮了。

烫、修、染、吹，张美凤在美容椅上睡了一觉，醒来看到镜中的满头红发卷。她左瞧右瞧，享受着发型师的赞美，心情又好起来。就凭这张脸，怎么可能受苦？

张美凤心生一计，问发型师：“你每天都在店里？”

发型师道：“我主要在市中心做，这儿是朋友帮忙，周二晚上来带带徒弟。”

出了店，张美凤打电话：“阿姐，我有张美容卡，用不完就过期了。要不帮忙一起用？我新做了发型，特别好看，肯定也适合你。”

张秀红道：“你自己用吧，我习惯现在的发型。”

“说句实话，你的发型老气了。再说，就没别的事，姐妹聚聚总可以。”

张秀红犹豫了一下，道：“好。”

张美凤又给金亮伟打电话：“金大教授，星期二晚上有空吗？什么，学生聚会？不是借口吧？不去有什么要紧？我想还钱，借过你五千，挺早的事了。只能那晚还噢，过期作废。”

周二傍晚，张美凤约张秀红吃饭。饭后姊妹俩抢着买单，最后张美凤付掉了。

张秀红道：“你今天看着特高兴。”

“很久不见阿姐，当然高兴，我这发型不错吧。”

“挺好看的，红得不俗气。”

聊着走着，到了张美凤推荐的美容院。那个发型师果然在。

“我姐也想做我这种大蓬头。”

“可以可以，两位美女里面请。”

张秀红洗了头，坐到理发椅上，刚开始上卷，张美凤出门接了个手机，回来道：“苗呆子来电话，说有急事。”

张秀红一愣：“那我怎么办？”

“当然是留在这里烫头发，”她把打折卡塞给张秀红，嘱咐发型师道，“慢慢做，细心做。”

出门打的，直奔姐姐家。敲了半天门，没人应。那家伙不会真参加狗屁的学生聚会了吧。张美凤往花园的摇椅上一坐，正懊恼着，就见锃亮的奥迪车慢悠悠开来。

“我去停车。”

“快去！”

张美凤起身，隔着衣服调整胸罩，又把阔领子往下拉，顺手摸摸包里的避孕套。金亮伟很快小跑着过来，两人面对面站住。

“不进去吗？”金亮伟柔声问。

两人走到门道里，门道很窄，张美凤的胸挨着金亮伟的背。金亮伟掏钥匙开门，张美凤从后面抱他。金亮伟反手搂住她，另一手继续摸索匙孔，两张嘴迫不及待地贴在一起。

进了门，也不换鞋，张美凤伸脚将铁门钩上。金亮伟探手进她的紧身裙，居然没穿内裤。“小骚货，爱死我了。”两人倚着鞋柜亲热。

一场过后，金亮伟手忙脚乱找纸巾，张美凤把高跟鞋一蹬，叉腿躺在沙发上。金亮伟瞧着，又有欲望了，俩人在沙发上做了第二次。完后，张美凤进浴室冲洗，金亮伟也跑到浴室，想挤进冲淋房。

张美凤尖叫：“玻璃门要给压碎了。”

“让它碎吧。”

“怎么这么急啊，像多久没做过了似的。”

“倒真是挺久了呢。”

“我姐她……”

“她本来就是个不强烈的人。再加老夫老妻的，时间长了没什么兴趣。”

“这个我懂，男人都喜欢尝新鲜。”

“你好像很了解男人。”金亮伟定定瞧着她，他的脸隔在模糊了的玻璃门外面。

张美凤拿浴巾抹了抹玻璃门：“说真心话，我好还是她好？”

“当然你好。”

“哼，花言巧语。”张美凤撇撇嘴，反而有些失落——金亮伟比苗猪头强了不知多少，她张美凤又落下风了。

张美凤擦干出来时，金亮伟已清理好现场，穿戴整齐地站着。张美凤不慌不忙走到饮水机旁，找到一次性纸杯，自己倒水喝。“哟，冷的。”

金亮伟打开加热功能。张美凤喝了半杯，将杯子搁在茶几上，一屁股坐进沙发：“有烟没有？”金亮伟找出一包万宝路，连同打火机递给她。

“没拆过封嘛。”

金亮伟将香烟拆封，取走茶几上的纸杯。

她道：“急什么，我还要喝呢。”

金亮伟将杯子放回去。张美凤抽出一支烟，叼在嘴里，抖了两抖，金亮伟弯腰给她点上。张美凤狠吸一口，在口腔里闷了闷，用鼻子缓缓吐出：“好久没吸这么好的烟了。”她的手臂架在硕大的胸脯和微隆的小腹之间，整个人看着肉团团的，一侧乳房被挤得变了形。

“我好看吗？”

“好看。你冷吗，把衣服穿起来吧。”

“不冷，很舒服，”张美凤将手插入湿漉漉的头发，抓了两把，“我的发型怎么样？”

“挺不错的。这种天气，不能光身子，况且一冷一热的，容易着凉。”

“这么体贴呀？”张美凤笑眯眯的，终于从沙发上拿起胸罩戴好。她有一道深不可测的乳沟，金亮伟觉得自己仿佛要失重掉进去。他这才想起考虑一个问题：张美凤为何突然献身于他。

“钱我不要你还了。”他道。

“就这些？”张美凤用手指掐灭香烟，扔到地上，香烟还剩大半根。

“你还想借多少？”

“不多，先五万吧。”

“五万？”

“你现在发财啦，住好房，开好车，忍心看我们这些穷亲戚饿死？”

金亮伟进屋，张美凤慢慢穿戴起来，斜靠着，脚支在茶几上。须臾，金亮伟拿出一只扎紧的保鲜袋：“家里的现金就这些，以后有机会再给你。”

“以后？”张美凤接过袋子，瞧着隐在袋壁上的暗绿花纹，“万一忘了呢？”

“不会忘的。”

“即使你忘了，我也不会忘，我的录音机更不会忘。”

“什么意思？”

“我的意思是……我会提醒你的。”

金亮伟盯着她看：“别开玩笑。”

“我可没开玩笑。”

“美凤，你有点夸张了。”

“你不信啊，到时候你就信了。”

此后，张美凤又找来几次，陆陆续续拿了钱。她道：“别以为老娘在卖身，我是享受，你在为妇女服务。”

金亮伟道：“那是，如果是卖身，你也太便宜了。”

“那当然，张秀红能让你这么爽吗？”

金亮伟讨厌她提张秀红，但张美凤每次必提，越提越来劲。“她喜欢什么姿势？”“她胸大还是我胸大？”

“别问了，我会阳痿的。”

“为啥不让问，内疚了？你也会内疚啊，操那小保姆时，你就没内疚？”

金亮伟皱起眉头：“这事跟你解释过的。”

“我是你什么人哪，你不用跟我解释，”张美凤冷笑，“只有张秀红那傻瓜，才会相信你的话。”

14

一个半月前，张秀红找过张美凤。那是夜里十二点半，想约到通宵茶坊，张美凤道：“来我家吧，苗呆子还在外头开心呢。”

张秀红眼睛红红，但没在妹妹面前哭。张美凤让她坐在床上，俩人靠着墙，张美凤把烟灰缸放在中间，张秀红接过她的烟。

“以前没抽过烟吧，”她凝视姐姐的手，“他外面有女人了？”

“不是。”

“别骗我，你不愁吃穿，还能有啥伤心事。”

张秀红转过脸来，张美凤眼神一偏，不想和她对视。

“张秀红，不是我说你，你的社会经验还停留在学生阶段，以前是关系单纯的小公司，现在又整天窝在家里，不知道外面的世界多残酷。”

“我不要你教。”

“好，那你就当我放屁。”

静了静，张秀红叹道：“我也没办法。”

“怎么没办法，给别人摸几下就辞职，难道摸了会死人？”

“这是原则问题。”

“没人给你立贞节牌坊，张秀红，世道变了。”

张秀红咕哝着：“这是原则，人活得要有尊严。”

张美凤嗤道：“尊严算个屁。你别以为做人得有多高级。人就是个动物，吃饱穿暖，然后想点那种事。”

张秀红想反驳，嚅嚅嘴，忍住没说。

张美凤瞧在眼里，又嗤了一下，突然瞧见张秀红裸出一截腿，就伸手将她的睡裙往上撩，道：“来，比比。”

张秀红想挡她的手，没挡住，笑道：“你样样都想和我比。”

张美凤道：“你的腿比我细。不过，我的肉比你紧。”

张秀红注视着两条并排在一起的腿。它们很像。张秀红轻轻将睡袍掩下来。

“女人到一定年龄，肉会松，身材会散。照理说，我要比你晚一点。不过你是少奶奶，保养得好，”张美凤隔着衣料，摸了摸张秀红，“你用精油吗？据说用了皮肤很光滑。”

“好像最近很流行，上次在店里看到，那么小一瓶，居然要几百块钱，就没买。”

“还在乎那点钱啊。有条件时要好好享受，不要像我沦落了，没条件了，才知道懊悔。”

张秀红低头不语。

张美凤道：“你每个月的零花钱不少吧？”

张秀红犹豫了一下：“两三千块钱吧。”

张美凤掸了掸烟灰：“才这么点，放个屁就没了。”

“又不是天天要买精油，平时也就是点小零碎。真看中什么，他会送我的。说到底，钱是他赚的，我有啥资格提要求。”

“张秀红，你真……”张美凤咯咯笑道，“让我说什么好。还提资格不资格，你是他老婆啊！我家苗呆子有钱那会儿，存折摆在家里，我想拿多少拿多少。”

“人和人是不一样的。”

“怎么？我们粗人，就和你们知识分子不一样了？”

“你嘲笑我吧。”

“别把好心当驴肝肺，”张美凤眼睛一翻，“我才不来嘲笑你。你学历是比我高，可对生活的认识就差远了。告诉你吧，是个男人，就没不偷腥的。但这些都是现象，关键还是要抓住本质。”

“什么是本质？”

“本质就是：人是虚的，钱是实的，”张美凤狠狠抓了一把空气，“随他去闹，抓牢钱财就行。”

15

一日，金亮伟到张美凤家。俩人快活完，拥坐在床上。张美凤忽又想起这事，狠捶了金亮伟一记："那天她半夜来找我倾诉，我想来想去想不明白。"

"想不明白什么？"

"你占着两个大美人，还去碰又脏又丑的乡下小保姆。"

"你有什么资格兴师问罪？"

"我是没资格，我替你老婆抱不平。"

"是替她抱不平，还是自己吃干醋呀？"

"都不是，我是讨厌你虚伪。"

"谁不虚伪，你不虚伪吗，勾引了姐夫，还和姐姐假亲热。"

"讨厌！"张美凤想生气，又觉得没意思。

时值正午，床前的蓝窗帘被阳光照得亮堂堂，布料的褶皱随风变化疏密。

"你老公会回来吗？"

"这时候呀，正在牌友家睡觉呢。"

"那你怎么心神不定。"

"心神不定是你们读书人的事。我这粗人，就是突然没劲了。"

“为什么？”金亮伟捋她头发。

“不为什么。”张美凤推开他的手。

“不想和我好了？”

“不知道。”

“你后悔了？”

“放屁，老娘从不后悔，”张美凤缓缓滑倒，枕到他腿上，“这些天，她没和你闹吧？”

“当然没，我三句两句摆平她。”

“她怀疑我们吗？”

“怎么可能，我是多细心的人，不会露马脚的。”

16

其实露过一次马脚。

那晚张秀红从妹妹推荐的美容院回来，看电视时，在沙发套上发现了不少红色长卷发。她觉得奇怪：没坐两三分钟，怎就掉这么多头发。她心思转了一下，没往深里想。后来金亮伟常常提醒，说张美凤有心计，要她少接触多防备，这事就淡忘了。

17

苗爱国还沾了酒。别人不带他玩沙蟹，就打麻将，麻将打不起了，就和街边老头赌象棋。酒是最便宜的二锅头，边喝边赌，喝迷糊了，就想抹乱棋局，旁人知他的脾气，赶忙推出去："你输了，你输了。"

他也不生气，拿出钱包，人说多少，他给多少。乐颠颠地回家："老婆，老婆呢？"没叫两声，突然倒在地上，一动不动。

张美凤天天闹离婚，苗爱国闷声不响，张美凤就砸东西，尽挑摔不碎的砸，满屋的"丁零咣啷"，夹杂着声声咒骂。

一日，张美凤骂："你妈是个卖肉的！"苗爱国忽地恼起来。张美凤见他有反应，骂得更欢了。

"臭娘们儿！"苗爱国呼呼带风地过来，将张美凤往床上拖。张美凤又叫又踢。苗爱国拉起地上的晾衣绳，捆住张美凤的手，绑到床头，还抓住她两只脚，拼命掰开。

"呦，没穿短裤，撩拨谁呢。"

"苗呆子，操你妈 ×，你妈天天给人操！"

"死婆娘，"苗爱国掀开睡袍，往当中一瞅，"× 都没有，拿啥操呀，"哈哈怪笑两声，打开录音机，"叫吧，你去叫吧。"一条口水从肌肉失控的嘴角拖出，他笑着笑着，居然哭了，垂手扒脚地哀号着，跑出门去。

在录音机的震天声中，隐隐听见苗爱国喊"娘"。张美凤继续骂，骂着骂着，才想起来，苗爱国的老娘，旧社会就是做婊子的，最后死在那病上。

最后是一个楼下邻居，被录音机吵着了，上来解救了张美凤。张美凤到派出所，一通哭诉，还把勒伤的手脚给"大盖帽"们看，折腾到后半夜，居然将苗爱国弄进去拘留了几天。

张美凤住回母亲家，整日听蒋芳嘀咕“一日夫妻百日恩”，觉得厌烦，又没处可去。过了一星期，苗爱国来找老婆，两只臭脚还在门口摸索拖鞋，脑袋已经探进来：“美凤——”

张美凤道：“要我回去吗？除非离婚。”

蒋芳道：“回去吧，好好过日子。”

张美凤跑去床上一躺。蒋芳和苗爱国嘁测片刻，苗爱国不声不响过来，咚地双膝下跪。张美凤吓了一跳：“发神经呀，男儿膝下有黄金！”

18

仨人在附近饭馆用晚饭。苗爱国说他请客，翻了半天口袋。蒋芳走到结账处，把钱付了。她将女儿女婿送到车站，张美凤先上了车，蒋芳偷偷塞给苗爱国五百元。

苗爱国脸红了：“妈，我家里有钱。”

“拿着拿着，让她开心就好！”

俩人同时往车上瞄了一眼。张美凤正蹙着眉头，环顾肮脏的公交车。见老公和老娘磨蹭，又气鼓鼓地下来：“不坐了。”

蒋芳道：“那打的回去。”

“没意思，出租车又不是自己的小轿车。”

和蒋芳别后，苗爱国陪着她走了一段。路过内衣店，见张美凤盯着橱窗，苗爱国就钻进店去。张美凤抱着手，在门外冷眼瞅着。半晌，苗爱国拎着个塑料袋出来，从袋子里抖出一只胸罩："营业员说这是D罩的，中国女人最大的胸就这尺寸。"

张美凤瞥了一眼，没好气道："这么多蕾丝，俗气死了。"

苗爱国将胸罩塞回袋子，跟着走了一段。

张美凤道："以前买外国牌子，现在买国产牌子。人一穷，档次都没了。"

"我不懂什么牌子，随手买的。"

"随手买的滥货，都拿来糊弄我。"

张美凤乜斜着眼。苗爱国瘦了很多，方脸显得更方，仿佛为了迎合落魄的神情，眉眼也一个劲地下垂。

这一晚，苗爱国被罚睡地板。半夜，张美凤醒转，发现苗爱国躺在身边，一只手搭在她腰上。

"有病啊，滚！"

"美凤，别离开我，不然我没法活了。"

"你放开。"

"我不放。"

"再不放我喊人了。"

"那你答应我。"

"我真喊啦。"

"我发誓，我保证，今生今世不赌了。"

"好好，我信你，快放手。"

苗爱国松开手，张美凤使力一推，听到“扑通——哎哟”，扭头看时，苗爱国已在地上。张美凤转身面墙，少顷，又摸过来，捻住她的一缕头发。张美凤不理睬，等了片刻，地上的人居然起鼾。张美凤将他的手挪开，那只手在睡梦中时，仍然顽强地攀住床沿。

第二天清早，张美凤闻到油烟香。苗爱国摊了面饼，煎了荷包蛋，见她醒了，笑道：“我给你冲奶粉。”

“大清早的，让我吃这些油腻腻的。”

梳洗完毕，坐到桌前，张美凤道：“怎么都冷了，饼还是焦的。”

“我不知道你起这么晚。”

“这算晚吗，你平时喝饱赌足了，都是睡到天黑的。”

“美凤，我不赌了。咱一定能过上好日子。”

“好日子？批文卖不动了，难道去抢银行？”

“我打算炒股。”

张美凤一口牛奶喷出来：“你给我省省。”

“真的，你记得陆佑铭吗，以前常来的矮胖子，现在炒成大户了，听说赚了几千万，每天坐在大户室里，喝喝茶，打打牌，日子不要太惬意哦。”

张美凤恨不得将面饼甩到他脸上：“姓陆的头脑活络，瞧他两只贼眼，没事瞎骨碌转。你呢，死脑筋，到时也不知你炒股，还是股炒你。”

“美凤，不要看扁我。我也是见过大世面的，卖批文和炒股票差不多。陆佑铭答应了，手把手带我入门。”

张美凤懒得理他。苗爱国洗衣做饭，整理房间，张美凤靠在床上，嗑了整天瓜子。苗爱国不停收拾瓜子壳。张美凤东吐一粒,西吐一粒,嗑到每个频道都是“晚安”,就跑去洗澡,苗爱国跟进来,觍着脸道:“我给你搓背吧。”

“苗爱国,这是你最后的机会。如果不争气,咱们的婚就离定了。”

19

苗爱国每日早起,骑自行车出去,下午三点多回来,系了围裙下厨烧菜。张美凤问起,他说“还好,不错”,或者“别急,慢慢来”。

“别急?钱呢?没钱喝西北风去!”

苗爱国果真掏出些钱,全是五十、一百的票子。张美凤趁他熟睡,偷翻皮夹,见里面有个五六百的,就放心了,顺手抽掉一两张。

一个月后,苗爱国身上又有酒气,回家也开始没定时。“到陆佑铭家去了”“和几个炒股的朋友聚聚”。渐渐地,索性不给解释。

一天喝得烂醉,到了家楼下,找水龙头冲了脑袋,吊起点精神,晃悠着上楼,敲门,没动静,再敲,后退一步,抹抹眼睛——门号没错,掏出钥匙,捣腾半天,就是插不进匙孔。“美凤,美凤。”白酒的后劲上来了,苗爱国往地上一滑,人事不省。

翌日,张美凤睡到中午,开门发现苗爱国不见了。下楼吃了碗馄饨,一路打着酸叽叽的嗝。棋牌室没遇到熟人,旁观了几局,老太婆们做的牌琐碎窝囊。又想到苗爱国,生出一肚子闷气,从棋牌室出来。那股子气越闷越旺,张美凤快步回家,给二锅头打电话。

二锅头说他马上要去办事，只有一小时空闲。

“哟，大忙人呀。”

“做生意嘛，没办法。”

“你快来，老娘想被你耍。别再推三阻四，这次不要你花钱。”

张美凤穿着睡衣坐等，越等越没劲。苗呆子不知死哪儿去了。万一这边和二锅头完事了，那边苗呆子还没回，岂不让二锅头占便宜。即使苗呆子正巧回来，撞见好大一顶绿帽子，按他的性格，也未必真肯离婚。

正烦躁着，二锅头来了，把门一关，跑来抱女人，张美凤挣脱道：“反锁一下。”过去将门虚掩了。二锅头扯了她的睡衣，把她扔到床上。

“急什么，赶火车呀？”

“不是和你说过，待会儿还有事嘛。”

“我要紧，还是那些破事要紧？”

“你要紧，事情也要紧。”

“呸，扯你娘的蛋！”

“女人家的满口脏话，不好。”

“瞧瞧，不耐烦了。”

“哪有。我们尽快吧。”

“老娘不干了！”

“什么意思，耍我吗？”

“耍你又怎样！”

二锅头瞪视她道：“张美凤，别以为自己了不起，比你年轻漂亮的骚货，满街都是。”

张美凤哼了一声，起身将腿叉到床沿上，彻底地敞露下身。二锅头看都不看，整好衣服，拎起挎包，“嘭”地关门，张美凤的心脏随之猛一收缩。她呆坐下来，感觉有点凉，又不想动。坐了一会儿，穿衣出门，恍惚走了一段，才发现身上的睡袍是半透明的。

忽地有人拉她：“快去瞧瞧，你老公出事了。”张美凤似乎不认识这人，但想都没想，跟着她去。七绕八弯后，见一堆人拥在街边。挤进去，看到苗爱国缩在角落里，身上盖了件不知哪来的衬衫。

“老婆——”苗爱国叫。

看客们的眼神齐刷刷聚过来。张美凤抽身往外走，苗爱国蹿上前。旁人“哗”的一声，嘲笑他的光屁股。张美凤甩着胳膊道：“别拉我，不认识你。”

苗爱国呜呜咽咽。旁边有人道：“你男人脑子坏掉了。”

张美凤回头大喝：“你妈才脑子坏掉了，”帮苗爱国把衬衫往腰里一兜，“咱们走！”

她在路边买了平脚裤，苗爱国穿上，怯怯拉着张美凤的手。张美凤拖着他，像拖一袋即将被倾倒的垃圾。到家后，张美凤躺到床上，苗爱国站在床边，道：“昨晚我回来过，怎么都开不了门，你也不应声。”

“我把门反锁了，我是故意的。”

“为啥这么干？”

“你光屁股在街上丢人，还有脸问我。”

“就是你把我关在门外，我才被人偷掉衣服钱财。”

“你不醉，人家能来偷你？苗爱国，你人怎么不被偷掉呀！”

苗爱国嘀咕道：“再怎么，我也是你老公。”

“满世界男人都是我老公，小彭、金毛、二锅头、郭泽强……你知道我刚才干吗了？我和二锅头上床了，就在这儿，就在你的床上。”

苗爱国眼睛发绿，拽起她，当头一个大耳光，然后触电似的跳开，问：“疼吗？”张美凤捂住脸，起身离床。苗爱国正捏着打人的那只手掌，正反地瞧，忽感脖子一凉。张美凤道：“再打呀，小心我把你脖子剪了！”

这晚，苗爱国发起了高烧。张美凤收卷了铺盖，只留一张破席子。苗爱国拽着张美凤的手喊：“妈，我命苦。”张美凤抽出手，啐了一口，苗爱国就呜呜地蜷成一团。张美凤站在旁边，瞧了一会儿，跺了跺脚，又将收起的被子给他裹上。苗爱国扭了几下，将自己裹紧，张美凤隔着被子抱抱他，回床上去。

20

张美凤正闹得起劲，忽闻张秀红也闹离婚。妈妈和姐姐都不说原因，去问金亮伟，听完哈哈大笑：“姐姐是良家妇女，怎么可能和黑人乱搞？”

“外头传得厉害，系里都知道了。”

“谁在背后没人说，你自己不也瞎搞嘛。”

“那不一样，我是男人。”

“男人了不起啊，你就是找借口。是不是外头敲定了？”

“那倒没有。”

“真没有？那你赶快离，离完我嫁给你。”

“我可是你姐夫。”

“哼，现在倒来提这个。我不嫌你二手货，已经不错啦。”

“二手货才值钱，就像皮鞋穿了一阵，才会更合脚。”

打完电话，磨蹭一会儿，就见苗爱国又醉了回来，瘫在地上，张美凤把他拖到桌边。别看他面孔虚胖，身上瘦得都是骨头，只垂着两掖浮肉，一掐一个瘪塘。张美凤掐得他满臂月牙印，感觉解气了，将他双手反捆到背后，绑在桌腿上，两条腿也绑了，一条拴到床腿，一条拴到柜子腿。然后一锁门，打牌去了。

打得天昏地暗回来，苗爱国还醉着。半夜时分，张美凤被惊醒，开灯一瞧，桌子移了位，苗爱国拧着身子，一个肩膀支在地上。

“我要离婚。”张美凤走过去。

苗爱国盯着她残缺了的指甲油看。

“听见没有，离婚！”

苗爱国仍不吱声。张美凤去厨房拿了菜刀，贴到苗爱国脸上。

“你敢！”

“我怎么不敢？”

刀锋一侧，就是一道浅红的痕。苗爱国居然一动不动，只蓄出满眶泪水。

“哭啦，怎么跟娘们儿似的，会被人看轻的。”

“美凤，你看轻我，因为我没钱。”

“废话，没钱谁看得起。”

等了片刻，张美凤又道：“其实你冷静想想，我们在一起，肯定不幸福。我要求也不高，就要这房间，其余你都带走吧。”

苗爱国抽抽搭搭地哭，边哭边道：“不如杀了我吧，我活着没质量。”

“只要离了婚，要死要活随你！”

“美凤……”

“你想想，我给你戴了那么多绿帽子。你不离婚，是男人吗？”

苗爱国嘴巴鼻孔一块儿喘粗气。

“咱们迟早要离的，不如赶紧点。张秀红也要离，我可不能让她占了先。”

苗爱国的气息渐渐平下去。他低头不语。张美凤掐他脸颊，拽他头发，道：“你想不想看我的相好，我把他们侍候得可爽啦。”见仍没反应，就在他面前打电话。金亮伟在上课。又找二锅头。二锅头道：“在办正事呢。”

“什么正事呀？”

“和大哥吃饭。”

“嘁，我还不知道你们。三分谈事，七分泡妞！我送上门给你们泡，是你们的福气，”张美凤挂了电话，冲苗爱国道，“看见了吧，我要轧姘头去了，你在这儿待着，好好考虑离婚的事。”她脱了睡衣，冲苗爱国做了几个挑逗动作，才穿戴起来，拎包出门。

21

这是张美凤第一次见毛头。毛头左右各一女孩，皆有姿色，拥着他莺莺燕燕。二锅头介绍“这是毛头大哥”，张美凤胳膊半伸，毛头略站起身，才握到她的手。她的手像鱼，滑腻腻的，从他指间倏然溜走。毛头递烟，张美凤轻轻夹住，弹一下滤嘴，双手抱在胸前。

“你叫张……什么凤？”

“美凤。”

“好名字。你是二锅头的朋友？”

二锅头抢答：“是啊，开裆裤一起长大的。”

张美凤抿着嘴，乜斜着眼，端坐不动。这姿势使她像电影明星。

“阿姐比我们大几岁呀？”毛头左边的女孩问。她眼皮抹得红通通，满头五彩发夹。

“大不了几岁，比你们成熟些罢了。”

“阿姐挺自信的。”

“女人就是要自信，不然男人也不会喜欢。”

另一女孩道：“是啊，再老的女人都得自信。”

二锅头道：“你们女人像孔雀，见了面就开屏。”

张美凤道：“两位妹妹好胜心强，沉不住气，到底是资历浅。”

红眼皮的女孩连面颊都红起来，旁人赶忙摁住她。毛头不说话，眼睛始终不离张美凤。

饭罢，兄弟们陆续走了。女人们端坐不动。

毛头说："娇娇，你们回家休息吧。"

"毛头大哥，我不累。"红眼皮女孩道。

"我们先走吧。"另一个拼命使眼色。娇娇噘起嘴，僵持片刻，起身走了。另一个跟出去。走廊里一阵激烈而压抑的说话声。张美凤吐出一口烟，注视白雾袅袅升起。

22

最后是苗爱国提出离婚。那是1997年10月。张美凤说："我知道，你外头有人了。"

苗爱国沉默片刻，才道："我觉得这样拖下去，对大家都不好。"

"有人就有人呗，你说出来，我不怪你。"

苗爱国犹豫着，点了点头。

张美凤本是瞎猜，不料竟然猜中，霎时板下脸。

苗爱国忙道："其实，我爱的是你，可是你一点不爱我了。"

"什么爱不爱的，苗爱国，我们纯粹肉体关系，只不过有张结婚证，上床不用花钱。"

苗爱国摇摇晃晃，显得很不好受："都这时候了，还拿话气我。"

翌日到街道开证明。一个中年女人接待。她口腔里有股鱼腥气，两片嘴唇翻飞时，唾沫星子就将味道散到空气里。张美凤心不在焉地听着。

“有孩子没有？”

“没有。”苗爱国回答。

“不管有没有孩子，都不该离婚。俗话讲得好，千年修得共枕席，想想父母，你们离婚了，他们会多伤心。社会是个大有机体，家庭就是里面的细胞……”

张美凤想，她这么大把年纪，也知道什么叫“有机体”。街道办公室只有一桌、一椅、一柜，角落里放着一只瘪气的篮球，和一些废弃的泡沫塑料，它们被涂成红色，做成字的形状，支离破碎地堆叠着，像刚下解剖台的尸体零件。

“……退一步海阔天空……”

张美凤打断道：“离婚是我们的自由，你的任务只是开证明。”

“我认为，你们的感情基础还在。”街道干部顿时结巴了，脸也红起来。

“我们感情如何，自己知道，你管来管去，不嫌麻烦吗？”

“美凤，别这样。”苗爱国拉她。

张美凤哼了一下，甩手往外走，苗爱国只好跟出去，不停扭头对老太道：“对不起，真对不起，她心情不好。”

出了门，张美凤道：“讨厌，烦人。”

他们静静站了一会儿，二楼有扇窗户半开，见张美凤抬头，窗里的人缩了回去。

“证明的事你想办法吧，”张美凤将户口簿和身份证塞给苗爱国，

“别给我弄丢了。”

她大踏步往前走，耳朵里都是街道干部的声音。其实那声音挺慈祥。张美凤觉得透不过气，大口喘了几下，居然眼泪喘出来。

23

拖了三个月，苗爱国总算将事情搞定。张美凤正在逛商场，接到苗爱国的电话。听完，扭头兴高采烈道：“我可以离婚了。”

毛头轻轻嗯了一声。

“你不开心？”

“开心。”

“好像不怎么开心。”

“这是你的事，我无所谓开不开心。”

张美凤沉下脸，拍拍架子上的衣服。片刻，发现一件鲜红的中式棉袄，又高兴起来。营业员一个劲夸赞，说穿着像新娘子。张美凤转了几圈，袄子上金线勾勒的花卉被灯光照亮，真有几分新娘派头。

第二天，张美凤穿新买的红袄去民政局。远远看见苗爱国，早等着了，横条子夹克，米黄色西裤，裤管上两道过于夸张的熨痕。

“打扮得这么正经，人家以为来结婚呢，”张美凤睨视他的脑门，“还擦了摩丝，大概你这辈子就擦过两次摩丝吧，结婚时一次，离婚时一次。”

苗爱国的面孔始终阴着，此刻更阴，五官一绷紧，脸盘子就小而圆。张美凤想：原来他不是方脸。霎时恍惚，仿佛夫妻多时，竟未真正看清他的长相。

他们在灰蒙蒙的大楼里上上下下，跑了半天，出来时已是傍晚。决定去吃分手饭。菜上来后，没有一道合胃口，清炒菠菜油腻腻，油炸排条全是面粉。

苗爱国挠挠头，从包里取出证件。结婚证是红的，离婚证是绿的，他把两个小本子叠起来，又分开，端端正正放在桌上。

“干吗呀，沾到油了。”

苗爱国手忙脚乱地收起来。“美凤，我会出去租房子，能不能先让我在家住几天？”

“不行。”

“那今晚我睡哪儿？”

“睡你姘头那儿呀。”

“她还没离婚呢，她老公……”

张美凤打断道：“那你就睡街上，又不是没睡过。”

苗爱国道：“美凤，我不该说这个。”

张美凤不答，右手中指顺着左手的指甲，一枚一枚捋过来。那些指甲修剪得浑圆，一只大钻戒，一只玛瑙戒，还有两个铂金指环，一大一小，上下叠套着。顺捋一遍，又倒捋一遍。苗爱国看得嘴唇一抖一抖的。

饭罢，苗爱国执意送她，张美凤执意不让送。苗爱国道：“好吧，我看着你走。”张美凤道：“你以为演电视剧啊。”走了几步，猛地停下，回头道："还是你先走。"

苗爱国扯了扯嘴角，问："以后还能碰面的，对吧？"

张美凤点头。苗爱国缓缓转身。他的肩膀伶仃地耸出来，夹克的背心正中，绣着一只米老鼠。米老鼠咧着大嘴笑，在不变的笑容中，背影渐渐离远了。

张美凤给毛头打电话："离了。"

"离了就好。"毛头依旧淡淡的。

"我以为你会说，明天就娶我呢。"

"我不是个爱开玩笑的人。"

"我爱开玩笑。"

挂断电话，张美凤觉得，生活似乎卸掉了唯一的重负，人生再无任务，可以去死了。她站在路口想了想，想起前几天蒋芳打电话来，说她姐姐生了。这个张秀红，一会儿闹离婚了，一会儿又生孩子了，搞不懂在捣腾什么。张美凤犹豫了一会儿，决定去医院看望。

24

张秀红产下一女，小名洪洪。她不愿见女儿，还时时发火哭泣，把蒋芳熬的鸡汤泼在地上。蒋芳通知金亮伟："小孩肯定是你亲生的，和你像得不得了。"金亮伟马上来了。蒋芳把小孩递给他道："瞧瞧，一个模子刻出来的。"

金亮伟接过来一瞧，皱巴巴的一团粉肉。粉肉"呀呀"两声，忽地打了个哈欠。金亮伟双手平伸，不像抱，倒像是托举。蒋芳道：“姿势不对。”比画着纠正他。金亮伟出神地问：“这么一小团，能养活吗？”

蒋芳笑道：“人人生出来都是这样，不都养大了吗？”

金亮伟低头，眼睛离不了孩子。

蒋芳轻声问：“你觉得像不像？”

金亮伟道：“像什么？”马上反应过来，“还看不出来。”

蒋芳道：“大不了去做个检验。现在科学技术先进，一测就知道了。”

金亮伟不语。

蒋芳道：“小金，你不会连亲生女儿都不认吧，仔细瞧瞧她，你身上的一块肉啊。”

金亮伟的眼眶有些湿润了。

蒋芳接过孩子道：“先不管这些。你和秀秀很久没见面，聊聊吧，”又在金亮伟耳朵里压低声音道，“医生说，她有产后忧郁症。你好好开导一下她。”

张秀红耷拉着眼，似睡非睡。金亮伟在床边坐下，有些尴尬。

又是蒋芳打圆场：“最近生意好不好？”

“还行。”

“学校里呢？”

“也不错。”

“给你削个苹果。”蒋芳去拿苹果。

“不了，我就走。”

“吃完苹果再走。”

“吃得黏手。”

“拿纸巾擦擦就好。”

金亮伟只得吃，满病房“咔嚓咔嚓”咬苹果的声音。

蒋芳问：“甜吗？”

金亮伟点点头，把苹果核扔在床脚的废纸篓里，执意要走了。蒋芳终于不再挽留，抱着孩子送到门口，轻声道：“你可得常来。医生说，忧郁症严重下去，会自杀的。现在你们俩呀，孩子也有了，小日子过过挺好。你说，夫妻间有什么大不了的事？”

金亮伟点点头。

蒋芳道：“不过也别太担心，现在的情况，担心也没用。”

金亮伟又点点头，竟似真的担心起来。

25

近来，金亮伟烦心事颇多。不久前搞大了校花的肚子，那个大二女生去人流，完后参加体育考试，大出血晕倒在跑道上。父母找上门，问私了还是公了，金亮伟付了二万赔偿费。过不了半月，又登门：“上次是肉体赔偿，我们精神上也有损失的。”

金亮伟再付五千元。十几天后，还来索要营养费，又是五千元。之后去广州出差一周，回校时，那对父母出现在办公室门口。金亮伟急急地将他们引到无人处。

“你以为躲得了我们？”

“没躲你们，我出差有事。”

“你能有什么事？”

“公事。”

“别想要滑头，否则系里很快知道这件事。”

“你们别冲动。这对林琳更不好，她会被开除的，到时候名声也没了，前途也没了。”

“咱们林琳是个大姑娘，是你把她毁了。”

“林琳是成年人了，我们双方是自愿的。再说，现在又不是封建社会。”

“你说自愿就自愿了？林琳这丫头，从小懂事，”母亲道，“去年报上登新闻，一个中学老师被抓进去了，他只是摸了摸班里的女生，你想，他只是摸了一摸。”

金亮伟太阳穴一跳一跳的：“这样吧，我们先吃饭，慢慢谈。”

他们打的去一家餐馆。林琳妈妈道：“把我们拉这么远，要杀人灭口啊？”

“想请你们吃好一点的。学校附近没什么高档饭馆。”

“别以为一顿饭就把我们打倒了。”

到了饭店，父亲要了金亮伟的手机，给林琳打电话，林琳不肯来，双亲轮番劝，劝了十多分钟，林琳同意来了。林琳穿蓝色带帽套头薄绒衫，胸口印着小小的校标。面颊浮肿着，马尾巴扎得有些凌乱，她到的时候，她的父母已消灭了四五道菜。

他们是回沪知青，在同一家国营厂工作，他们中的一个下岗了——林琳提起过，金亮伟记不清了——也许是母亲，她精力旺盛，只要不被打断，可以连续不断地说话。林琳和他们长得都不像。她自小由外婆在重庆带大，一个舅舅是重庆副市长。那里山多，从小爬山的妞儿，屁股都紧凑上翘。林琳有重庆女孩的美臀，当它被黑色弹力裤包裹时，像只饱满的桃子。

老夫妻坐在对面，狼吞虎咽掉一条鱼、一份牛肉、一盘牛蛙、两斤草虾，一锅骨头汤。金亮伟问是否需要加菜，他们立刻点头。服务员递上菜单，两只脑袋凑近硬面本，嘁嘁喳喳地商量。林琳飞速望向金亮伟，金亮伟接住她的目光。这很危险，老家伙们随时会发现，但金亮伟被黏住了。林琳的眼神会黏人。

又添了三道菜。

金亮伟道："恐怕吃不掉。"

母亲道："可以打包。"她红热的额头上，渗着一层毛茸茸的汗。

"你们知道从这儿回去，乘几路车吗？"金亮伟问。

母亲打了一串嗝："这到时候再说。现在还没谈正事呢。"

林琳低着头玩弄筷子，筷子"啪嗒"掉在地上，父母同时瞪她一眼。

"钱的问题……"金亮伟放低声音，"最近手头没有现金，能否等上一阵？"

父亲道："行。"母亲道："不行。"两人对望了一下，父亲改口道："不行。"

林琳突然趴到桌上，背脊剧烈起伏。

“别哭，”母亲拍拍她的背，“我也替你委屈，我们的宝贝女儿，就那么不值钱？”

“我不是这意思。”

“那你什么意思？”

“她是无价之宝。”

“花言巧语，林琳吃这套，我们可不吃。”

金亮伟瞥了瞥林琳，忍住怒气道：“这样吧，我明天在学校，你们下午来我办公室，我给你们支票，就算一次结清了。”

“多少钱？”

“两万。”

“两万五。”

“两万。”

“那么，两万三。”

“好吧，这么定了。”

26

半夜，金亮伟被门铃吵醒。林琳一扑进门，就挂在他的脖子上。

“怎么了？”金亮伟朝她身后张望，确信没人跟随。

林琳两眼熠熠发光：“我们私奔吧！”

金亮伟愣住。

“我们去重庆，结婚。不，不，我不逼你，不结婚也行，先住在一起。

外婆和舅舅会喜欢你的，天哪，我干吗把孩子打掉。他们对我一点也不好，只想着钱，他们是很穷，可……”

“林琳，林琳，”金亮伟摇晃着她，“听我说，你要为自己的前途着想。至少先把书念完吧，否则将来哪个单位会要你。”

林琳像被打了一闷棍。金亮伟把她往外面推，两人在门槛上站住。

“真香，”林琳突然问，“什么花？”

“嗯？”

“你院子里种的什么花？”

金亮伟抽了几下鼻子：“蜡梅？月季？我不懂这些。”

林琳道：“不私奔也行，我们就地结婚。爸妈就没理由敲诈你了。”

“你真是个孩子，想法太简单。他们不会罢休的，”金亮伟尽量语气温柔，“更何况，乖乖林琳，我说过的呀，我和我老婆只是分居，还没离婚呢。”

林琳恍惚地望着他。金亮伟脑袋发涨，只想回屋睡一觉：“林琳，走吧，明天还有课。”

“明天没课。”

“你没课，我有课。”

“你是下午有课，可以睡到中午呢。”

“但上午得备课呢。”

林琳扭头就走，金亮伟拉她，没拉着，她小小的身子消失在黑暗里。宿舍关门了吧，她会到哪里去？金亮伟想了想，打了个哈欠，合上铁门。

27

除了林琳，还沾了个烫山芋，就是秘书艾馨馨。金亮伟是她的第一任老板。半年后，艾馨馨跳槽到小舅舅的建材公司。递交辞职信时，她解释了半天：“我妈硬要我去的，我也没办法……金总，我还是喜欢在你这儿。”说着说着，她眼睛红起来。金亮伟只能安慰一番。

一年半后，舅舅的公司倒闭了，艾馨馨又回头找金亮伟。金亮伟正缺一个行政助理。重回金亮伟身边的艾馨馨，仍是稚气的娃娃脸，可懂得了说话得体，也注意起穿着打扮了。金亮伟发现，当她拼命收紧腰部时，身材颇有几分性感。

一个半月后，金亮伟的现任秘书回家生孩子去了，艾馨馨又做回金亮伟的秘书。除了以前的跑腿、接电话和文字处理，金亮伟还开始带着她见客户。

没多久，他们上了床。金亮伟从枕头上捧起艾馨馨的脸：“第一次面试你时，你真是个很小很小的小孩。”

一个多星期后，金亮伟出差，他让公司的财务小田出面辞退艾馨馨，理由是做事懒散，经常迟到。艾馨馨听完小田的解释，不发一言地整理起东西。小田给了她一只信封，里面是两个月薪水，还让她交接事务，艾馨馨道：“今天太晚了，明天不行吗？”

小田道：“金总交代了，最好今天交接完。”

艾馨馨微笑道："这么急赶我走啊。"坐到电脑前，打开文件夹。小田凑过去。

艾馨馨回头问："你和金总上过床吗？"

小田"嗯？"了一声，脸红道："什么乱七八糟的。"

艾馨馨微笑道："告诉你个秘密，我上过。"

几天后，金亮伟出差回来，一进办公室，就看见艾馨馨。他将小田召到里间，问："你和她说过了吗？"

小田道："说过了。"

"钱给了吗？"

"给了。"

"那怎么还在这儿？"

小田的表情有些奇怪："她一定要来，又不能赶她走。"

金亮伟让小田出去。没多久，艾馨馨推门进来，手里拿着条裙子。金亮伟瞪着她。

艾馨馨笑道："你最近看电视了吧，克林顿被莱温斯基搞惨了。我觉得这招挺管用。"

"你开什么玩笑？"

"没开玩笑，我很认真的。"

金亮伟沉着脸道："好吧，你要多少钱？"

"我不要钱。"

"多少都好商量。"

"我已经说了，我真的不要钱。"

“那你要什么？”

“我什么都不要。”艾馨馨收了裙子，推门出去。

金亮伟脑子里一涨一涨的。待了一会儿，觉得嗓子眼干燥，于是开了一包速溶咖啡，到外间加水。当他穿过办公室时，觉得艾馨馨在盯着他。猛一回头，发现是错觉，她正抱着胸，微笑着，凝视电脑屏幕呢。

“金总，”艾馨馨叫住他，“昨天《人材报》打电话来，让你把营业执照传真过去。”

金亮伟点点头。

艾馨馨问：“你还要登广告招秘书吗？”

“暂时不要了。”

“好，我告诉他们，”艾馨馨拨号码时，响亮地自言自语，“新的就一定比旧的好？”

28

三个月后，林琳从文科楼顶跳下。成绩中游的她，期末挂了两门，辅导员找她谈话，第二天就出事了。据传言，那颗以美丽闻名的脑袋，都压到脖子里去了。金亮伟和一个同事去系里开会，路过楼下，同事指着一摊痕迹道：“这是当时泼洒的脑浆，啧啧。”

在绵延不绝的震惊中，金亮伟反复告诉自己：此事与他无关。他连着几晚睡不好，走在校园里，时常发现与林琳相似的背影。

二十来岁的女孩，腰身总是细细的，走路带点蹦蹦跳跳。

连报社记者都来了。系里不让提,大家就悄悄议论。金亮伟觉得，别人看他的眼神有些怪异。他安慰自己，这是心理作用。

一天清晨，金亮伟打开门，发现院内撒满了纸钱，院外水泥地上有黄粉笔画的大圆圈，圈内写着林琳的名字，熏黑的地面沾着锡箔灰烬，在阴寒的空气里窸窣翻飞。林琳妈阴魂似的闪进来。金亮伟想关门，被她用身体卡住。

“干什么呀！”金亮伟推她。

她突然抓金亮伟的脸，他胳膊一格，嘴角被划出一道红印。老头不知何时也来了,劝道:“咱们慢慢讲。”人却背着手,站在半尺开外。

林琳妈一个劲嚷:“我不活了，我不活了。”

金亮伟怕邻人听见，赶忙放他们进来。林琳妈伸着一只手，不让他关门。

“你们再闹，我叫保安了。”

“保安我也不怕！”

“冷静些，否则对大家都没好处。”

“我们要告诉学校，告诉系里。”

“告诉什么？这段时间，我没和你们女儿讲过一句话。她自己考试考砸了，心理脆弱。”

“她死就是因为你。”

“如果因为我，她早就自杀了，为什么还拖三个月，”金亮伟一用力，终于将门关上，“我经商多年，各条道都熟。我不过是尊重老年人，觉得大家都不容易。林琳是个好女孩，这事我也很难过。我会出点下葬费，不过那纯粹是我的心意，我不欠你们任何东西。”

两个老人被他一长串的话镇呆了。金亮伟飞速上楼拿了钱下来。

林琳妈盯着那小沓钱：“多少？”

“一万。”

“怎么看着这么少？”

“都是新钞，扎整齐了，体积就小了。”

29

几天后，久不联系的胡梁木来电，约金亮伟出去坐坐。他已和胡芊芊离婚，孩子归女方，现刚跟一女生确定关系。金亮伟见过他们，胡梁木推着自行车，女孩走在车子另一边，踏脚板老是蹭到她的小腿。她浑身圆滚滚的。

他们去学校附近的酒吧。那里在放 Beatles，不同品牌的香水味，混杂着不同人种的体味。

胡梁木问他最近忙什么，金亮伟说老样子；问胡梁木忙什么，胡梁木说我也老样子。

胡梁木道：“这世界他妈的发疯了，每个人都在离婚。”

金亮伟道：“我可没离婚。”

胡梁木道：“那和离了也差不多。”

金亮伟道：“还是不一样。”

他们默默啜着啤酒。角落里有两个外国妞，居然穿着低胸吊带衫。胡梁木道："洋人的体质就是不一样。"金亮伟这才留意到，他觉得她们的乳沟过于夸张了。

喝了一会儿，胡梁木道："听说又有女生为你自杀，还是校花，金亮伟，你真行。"

"胡说，人家是期末考考砸了，这才想不开。"

"哈哈，你手都抖了，开个玩笑嘛。"

金亮伟觉得一点不可笑，简直是可恶。胡梁木还在盯着他的手看，他没法让它们不抖，也没法将它们放到胡梁木瞧不见的地方。

"我们这么多年老朋友了。说真的，玩玩可以，过火了对自己没好处。上次那个自杀未遂，系里把你的职称敲掉了。这次可能更严重。"

"我说了，她自己考试不及格。即使有人打小报告，我也不怕，凡事要讲证据。"

他们坐得很近，胡梁木的面孔看起来有些变形。

金亮伟道："是你女朋友的意思吧？她让你来谴责我？"

"那倒不是，她见过你两次，对你印象挺好。你这家伙，确实挺有女人缘的。"

"别挖苦我了。不过说句老实话，你干吗找那么小的女朋友，打算和她结婚吗？现在的小孩都是糖水泡大的，一方面不懂事，一方面又现实得不得了。"

"也许吧。"胡梁木两眼间的距离似乎在缩小。

金亮伟侧出身子，半伏在吧台上，从这个角度看，胡梁木似乎没不高兴，只是脸颊喝得红红的。

“别太在意女人。”金亮伟嘀咕。他觉得嘴里发涩。

“你记得吗？”胡梁木道，“小萍跟香港人跑掉后，你咬牙切齿地说，要征服天下一切女人。”

“我说过吗？说过也是年少气话，说着玩的。”

“气话——”胡梁木抿了一口酒，想了想，回头问他道，“说真的，和不同的女人上床，感觉真的不同吗？”

“你喝多了。”

“是有点，头开始晕了，不过感觉挺好。嘿，别打岔，我问你呢。比如，”胡梁木指了指角落里的洋妞，他的手指在游移，“你上过外国女人吗？”

金亮伟冷冷按住他的手指。

胡梁木一口气干完，恶狠狠问道：“我再问你，林琳在床上骚吗？”

金亮伟也恶狠狠道：“你他妈的想打架是不是？”

“是！”胡梁木瞪着他，忽地打了个响嗝，整个人顿时软下来。金亮伟瞧着他慢慢伏下去，又慢慢挺坐起来。

“我记得，”胡梁木的口齿还算清晰，“第一次看到林琳，她穿着运动服，一蹦一跳跑过来，叫‘老师好’。你后来，后来介绍说是你们的系花。呃，不对，校花？反正是朵花。那天，她那身衣服，是什么乱七八糟的呀，还把头发扎成那样。但就是好看。她年轻。”

金亮伟一动不动听着。

“你是个混蛋，姓金的。”

“是，我混蛋。”

“如果是我，我会对她好的，这么好的女孩子。”

“你又不会和她结婚。”

“是。可我会对她好的。”

“不结婚，拿什么对她好。给她买东西，抽时间陪她？这我都做过。”

“是，是。我也不是什么好东西。哈哈，你这个混蛋，和我这混蛋打一架吧。”

“好。”

胡梁木抓住金亮伟的胳膊，凑近脸，忽地又是一串嗝。金亮伟皱起眉头。他闻到酒气。这时，胡梁木口齿含混起来：“或者……掰、掰手腕。以前你老输。还是、是老样子，输了喝……酒。”

他们的手勾在一起。金亮伟感觉胡梁木毫无气力。他慢慢匀出腕力，使两只扭紧的手在中线上保持平衡。旁边有人起哄，角落里的洋妞也过来了。她们呐喊助威时，吊带衫里的东西一直在晃，一下一下很有节奏。金亮伟分了分神，瞬间被掰倒了。他在众人的笑声中，一口气干掉杯里的酒，拿起桌上的车钥匙，走了出去。

回家路上，金亮伟想着林琳。她长什么样？似乎初见时苗条，术后有些浮肿，他努力地想，两个形象重叠起来，变得模糊。于是又回忆起文科楼前的那摊痕迹。天哪，这不关他的事。

金亮伟觉得，自己至少生意讲诚信，对待分居的妻子也不错，还给了林琳父母那么多钱，本来可以不给的……金亮伟的步子快起来，他想飞到写字台前，把毕生的善事列下来。

但直至提笔，却一桩善事也想不起。金亮伟在书房呆坐，听到窗外有犬吠，看时间是凌晨三点。洗个澡，裹着睡衣上床。在闭眼的瞬间，蓦地在天花板上看到林琳。

她穿一身蓝衣服，披着头发，站在他的院子里，似乎闻了闻花香，然后转身走掉了。

30

艾馨馨越来越懒，懒得像个老板娘，时常跷着二郎腿，剪指甲，吃零食，弄得电脑键盘上满是杂屑。她甚至把另两个员工来回使唤，金亮伟布置的工作，也转手扔给他们。

金亮伟觉得厌恶，但她送上门时，又拒绝不了。艾馨馨有些痴肥，坐时腰里层层叠叠，那全是吃下去的饼干、汉堡、油炸薯条。她还无意识地搭住那些赘肉，一下一下地按着它们。

除了陪金老板赴商业饭局，艾馨馨基本不干活儿，天天表现她的好吃懒做，仿佛强调自己的存在，也仿佛为了让金亮伟生气。

“你生我气吗？”

“不。”

“不生气最好，不然关系搞僵了，我也会豁出去。你看，我有你全部客户的联系方式，我还会找你们系领导。”

说完这些话，艾馨馨就会盯住金亮伟的眼睛，然后微笑道：“我看出来了，你恨我。”

“明明是你在恨我。”

“我怎么会恨你，我还想做你女朋友呢。”

“我又不是单身。”

“这和单不单身没关系。谈恋爱和结婚是两码事。”

“谈恋爱不是为了结婚吗？”

“谈恋爱就是为了谈恋爱，别在我面前装保守。”

金亮伟真想抓住她的肩膀，狠狠摇她，终于忍住了。

“要不我把赵总介绍给你？他年轻，也比我有钱。”

“他胖得像猪，又没什么情调。”

“很多女人不这么认为……”

“别再说了，”艾馨馨瞪大眼睛，“我哪点不好？我知道了，你嫌我不漂亮。不过也正常，男人有财，女人有貌。好吧，我这就减肥，你看我变成窈窕淑女。”

艾馨馨真的开始减肥，扔掉抽屉里的零食，放入各种减肥药，宁红、大印象、绞股蓝……最后选定番泄叶，这种植物冲泡后，叶片上有一层腻滑。艾馨馨不吃早饭，不吃中饭，晚饭也不吃。如果上饭局，就拼命喝橙汁，偶尔夹几筷子素菜，在清水里反复漂洗。后来胃不好，医生告诫必须吃东西，就带十几根黄瓜到办公室。“咔嚓咔嚓”的嚼黄瓜声和“咕咚咕咚”的喝水声交替而起，金亮伟听着都饿。番泄叶让艾馨馨频繁如厕，实在没东西可拉，就拉出些粪水，夹着没消化的黄瓜粒。可怜的肠子不停地抽搐，发出响亮的腹鸣，像有人在她肚子里拉动抽水马桶的水阀。

一天下午，金亮伟从学校赶去公司，办公室锁着门，用钥匙打开，发现艾馨馨站在墙角，摇摇晃晃，走近一瞧，她脚边扔着一只别人吃剩的盒饭。

艾馨馨神情难受地闭上眼，她的嘴角泛着油光。金亮伟扶她站稳，她快要哭出来了："我实在忍不住，闻到菜油香就发疯。"

"这么折腾会死人的。"

"死了算了，你也不喜欢我。"

"没说不喜欢你。"金亮伟皱了皱眉头。这时，财务小田正巧进了办公室。金亮伟和艾馨馨同时盯住她，小田硬将目光固定在墙壁的某个点上，不和他们对视。

第二晚，艾馨馨约金亮伟看电影，金亮伟犹豫再三，还是去了。从开场到终了，艾馨馨将手搭在他俩之间的扶把上，金亮伟没去握她的手。散场后，散着步，艾馨馨道："我们真像情侣。"

金亮伟带她去吃夜宵。艾馨馨道："这么晚吃东西，会发胖的。"

"偶尔一次没关系。再说你减肥卓有成效，也该犒劳一下自己。"

面对那碗皮蛋瘦肉粥时，艾馨馨仍然迟疑，但吃下第一口后，她就一口一口迅速地吃起来。"奇怪，不吃不饿，一吃倒觉得饿。"

金亮伟又点了凤爪、鸡腿、小龙虾，艾馨馨不再扭捏。食至正酣，她突然大叫："你知道天底下最幸福的事是什么吗？是和自己喜欢的人一起吃东西！"

以前，金亮伟和艾馨馨的关系，是老板与秘书，外加性伙伴。现在，他们是老板与秘书、性伙伴、共进晚餐者、共度周末者。艾馨馨管这叫男女朋友关系，金亮伟不去反驳她。艾馨馨有时突然发脾气：“你多爱我些就好了。”或者逼问：“你说，你为什么不爱我？”金亮伟就笑着打哈哈。隔三岔五地，艾馨馨会闹上一次。金亮伟慢慢不再搭这茬。

周末的节目很单调，除了做爱，就是看电影。艾馨馨迅速胖回去，甚至比先前更胖。金亮伟带她回过一次家，领教了她的厨艺。艾馨馨说，她会把金亮伟也喂成胖子。她改掉《两只老鼠》的歌词，高唱：“两只胖子，两只胖子，整天吃，整天吃，一个是女胖子，一个是男胖子，他们是，有情人。”唱完拍手大笑。

金亮伟觉得她有些傻，但立刻提醒自己，不要被表象蒙蔽。一次他假装随意地提起沾精斑的裙子，艾馨馨淡淡道：“早就扔了。”

过了大半年。某日逛街，艾馨馨指着橱窗里的婚纱照道：“什么时候我们也去拍？”

金亮伟假装没听见。

艾馨馨道：“你是不是觉得，永远没这可能？”

“馨馨，八字还没一撇呢，我现在还是有老婆的人。”

“你考虑清楚了，可别后悔。”

第二天又提，金亮伟硬下心肠答复：“我五年内不会结婚。”

艾馨馨咬牙切齿道：“你真的别后悔。”

第三天，艾馨馨突然消失。那是真正的消失：不来上班，手机停机。金亮伟找出她几年前的应聘信，照固定电话打过去，发现是空号，才想起她搬过家，但没有透露新地址。应聘信上粘着艾馨馨的一寸免冠照，还是刚毕业时拍的：圆脸儿微侧着，眼睛拼命睁大，用一种夸大其词的纯真望着镜头里的世界。

金亮伟等了两个多星期，才从不可思议的感觉里出来。他撕了艾馨馨的应聘信，将她的面孔一剪为二。那晚喝了很多酒，躺在客厅沙发上，零乱地想着事情。一股柔软的情感涌动起来，他突然无比思念张秀红。

31

金亮伟第二次去医院时，蒋芳开始和他谈判，想让他把女儿接回去。金亮伟道："秀红身体不好，还是在医院观察观察。"不等蒋芳开口，就去预付了两万元住院费。

蒋芳道："你还是怀疑，对吧？亲不亲生，做个鉴定就知道了。"

金亮伟道："我不是那个意思。"

他低头看婴儿。蒋芳问他要不要抱。他不语。蒋芳将婴儿塞到他手里。婴儿两腮肥肉，手脚动个不停，一身温热的奶香，让人忍不住要捏一捏，咬一咬。金亮伟忽地想起那谣传中的黑人，心里冷了冷，想把婴儿放下，但胳膊肘里似有黏力，放也放不下。

蒋芳给他冲了杯奶粉，还请他吃苹果、香蕉、曲奇。这时，邻床的被推去做检查，蒋芳道："哦呀，卷筒纸没了，我出去买，你帮忙照看一下，"不等金亮伟回复，就说开了，"如果抱累了，可以把洪洪放在小床上，喏，这儿。要是哭得厉害，就按铃叫护士。如果秀秀要喝水，热水瓶就放那儿，喏——”金亮伟不住点头，蒋芳走出去了，又折回来道：“热水瓶里的水是昨天的，我回来会重新泡。”脚步声很快远了，病房空荡荡地安静起来。金亮伟看了看怀中，婴儿不知何时睡着了。他把她放进小床，挪了挪方凳，倚到张秀红床头。张秀红没有反应。

下午三四点，天色偏黄。迟到早退的阳光，被肮脏的窗玻璃一挡，越发的了无生气。被褥发黑了，蒋芳提过几次，院里总是不理睬。金亮伟心想，也许可以换到更好的医院，再请一个看护人员，花不了多少钱的。

张秀红侧脸朝着窗口，他只能看到她耳朵的轮廓。以前睡觉时，她喜欢摸他的耳朵。蒋芳说，秀秀从小就这样。秀红，张秀红，她真的为他生了个女儿吗？他默默凝视，她裹在被子里，显出一圈小小的轮廓。金亮伟身子慢慢下滑，伏在了张秀红胸口。她的心跳很微弱。过了三五分钟，张秀红冷冷道：“别压着我，透不过气了。”

金亮伟坐直身体，有点尴尬。这时，门外有人打电话。

“喂？喂？什么？听不见，信号太差！我在医院呢！”

一个护士道：“小姐，轻些，影响病人休息了。”

“三两句话，难道就影响了？”

金亮伟听出是谁了。嗒嗒嗒的靴子声，正往这间而来。

“啊呀，太阳从西边出来啦！”

“美凤啊，我来了几次了，怎么都没见你？”

“来了几次？你们夫妻情深呀，”张美凤夹着风进来，将果篮放到床头柜上，“咱这不是见了吗？”

金亮伟起身，重新调整了柜上的搪瓷杯、塑料碗和水果刀，为果篮腾出地方。

“坐。”他道。

“没关系，你坐。”

“我不累。”

“那我坐了。”张美凤一屁股坐下。

“你今天穿得很喜气。”

“好看吗？新买的。”

“好看，像新娘子。”

“今天特地穿得喜气，是去离婚的。谢天谢地，总算离掉了。”

张美凤扑到床沿边，连珠炮地问：“怎么样？感觉好点没？哪儿不舒服？医院的伙食好吗？”

张秀红不吱声，也不回头看她。张美凤冷住脸，扭身问金亮伟：“妈没来？”

“她天天来，这会儿买东西去了。”

“买什么东西，这么长时间。”

“瞧你急的，赶火车呀。”

“别说赶火车，追汉子都不急呢，”张美凤摸摸果篮上的透明薄膜，“新鲜水果，吃不吃？”

“还是留给你姐吃吧。”

“我渴死了，先尝一个。”她撕掉薄膜，取出水果。面上是亚热带品种，一种像荔枝，但毛茸茸的，另一种像小卷心菜，表皮是粉红的。底下是苹果生梨之类。张美凤拿起一只猕猴桃，啐了一口：“奸商，下面都藏着烂的。”

金亮伟笑道：“所以我不太买果篮，又贵，质量又不好。”

“贵倒无所谓，也是一番心意，”张美凤挑出烂水果，扔到地上，又拿起一只粉红果子，问：“这是什么？”

“火龙果。”

“到底是教授。”

过了一会儿，张美凤问：“你吃不吃？不吃我一个人吃了。”

金亮伟摇头。

张美凤问：“你怎么不说话啦？”

金亮伟道：“我想……出去一下。”朝她挤了挤眼。

金亮伟在不远处站定，很快张美凤也出来，一前一后地穿过走廊，在无人处停下。

“想死我了。”金亮伟道。

“你那么快活，还会想我？”

“我哪里快活了？”

“你会不快活？我不信！”

“你快活吗？”

“我快活极了。”

“我猜也是。美凤，刚才你进来时，真把我看呆了，简直容光焕发。”

“那还用说，我一直都美。”张美凤笑得很得意。

金亮伟拉她。张美凤扭来扭去。两人抱在一块儿。金亮伟感觉到她胸脯的温热。他慢慢将脸蹭下去。

“等等，手硌疼了，”张美凤松出一只胳膊，“好了，可以了。”

他们拥得更紧。

金亮伟有过一个希腊留学生情人，胸是隆出来的，搂抱时总觉得一层隔离物，又冷又硬。秀红和美凤的乳房都是大而挺拔，姐姐的乳晕更浅淡，因而显得温和。乳房和它们的主人一样，是有性格的。

“我要吃奶。”金亮伟喃喃道。

“什么？”

“没什么。”

“我听见了，你要吃奶。”

两人轻笑。

“有人！”张美凤忽然惊呼。

“哪有什么人！”金亮伟恋恋不舍地分开。

“真的听到脚步声。”

“那是你心虚。”

“我看还是回去吧，太久了不好。”

张美凤先走，金亮伟等了几分钟，也进入病房。蒋芳已经回来了，正坐在病床边。张秀红蒙在被子里，被窝一颤一颤的。张美凤送的果篮被扔到墙角，床头柜上放着大堆新买的卷筒纸。金亮伟细看蒋芳，发现她面色惨白，似在忍受什么巨大的隐痛。

张美凤在问："妈，你们啥时候吃饭？"

蒋芳不答。

金亮伟结结巴巴道："天晚了，我想我该回去了。"

"好吧，你回去吧，"蒋芳语调僵硬，"你们都回去吧。"

32

张秀红很快出院，住回蒋芳家。她终日躺着，每次蒋芳将孩子抱近，她都显出厌烦。一晚蒋芳惊醒，发现张秀红在黑暗里光脚走动，窗外的路灯光照出一个披头散发的轮廓。蒋芳轻呼"秀红"，张秀红就站住，片刻之后，悄无声息地回到床上。蒋芳咨询医生，医生道："产后忧郁症无药可治，只能你们家属多当心。"

蒋芳要做钟点工，张秀红又不肯给孩子喂奶。恰好金亮伟打来电话，说想接走洪洪。"我妈退休了，可以过来带孩子。她很有经验的。"

蒋芳道："你做了那种事，还好意思说。"

"妈，你误会了。"

"不要叫我妈，"顿了顿，又道，"你们都不要叫我妈。"

"那以后慢慢解释。眼下小孩放我这儿，肯定更合适。你们考虑考虑。"

蒋芳和张秀红商量，张秀红"哼"了一声，别过身去。又问了几声，仍不答，只得对女儿道："那我拿主意了。我纯粹是为孩子着想，你可别生气。"

金亮伟要来接孩子，被蒋芳拒绝了："秀秀情绪不稳定，最好暂时别见面。"蒋芳亲自送孩子过去。金亮伟邀她小坐，蒋芳坐着，客厅沙发柔软得让她不想起来。金亮伟上楼拿了一沓钱："给秀红补补营养。"

蒋芳道："秀秀不会要你钱，她恨你呢。"

这时，孩子突然大哭，蒋芳抱起来，哄拍着她。

金亮伟道："要不我去买点奶粉尿布，你先坐坐。"

半小时后，金亮伟拎着两只大塑料袋回来了。蒋芳起身道："时间不早了，要走了。刚才的钱……"

金亮伟赶忙从茶几上拿起钱，塞进蒋芳手里："补补营养，补补营养。"

"是得补补。秀红都瘦得不成人形了，那张脸呀，一摸一层皮，滑上滑下的。"

蒋芳走后，洪洪醒了，又开始哭。金亮伟给她喂奶粉，全吐出来，换尿布，身上又沾着婴儿粪。折腾到凌晨三点，终于把孩子哄睡过去。金亮伟冲了包速溶咖啡，索性坐下来备课。备到五点多，在沙发上躺一会儿，躺到七点多，查询了114，打电话给妇婴保健医院，医院说："做亲子鉴定要预约的。"

金亮伟做了电话预约，又给武汉老家打电话。一转念，想还是等鉴定结果出来再说。他重回沙发里躺着，头痛欲裂，却睡不着。下午二时，钟点工来了，一进门就嚷嚷："怎么有小孩子呀，哭得这么凶！"

金亮伟问她会不会带孩子。这个四十多岁的阿姨道："会是会，但我接的人家多，没时间。我有个乡下表妹倒是挺合适的，前阵子刚生完孩子出来。"

乡下表妹叫小罗，三十多岁，圆滚滚的，一口河南话，不断惊叹："这么多书，老板是读书人呀。"金亮伟问她会不会带孩子。小罗道："会，会，俺还能奶孩子。孩子是自己奶的好。奶粉奶出来的，身子娇气。"她的确奶水充足的样子。

洪洪一到小罗手上，就不哭了。小罗抱着她满屋走，走到金亮伟书房，对小孩道："你爹是读书人。"又走到客厅里，敞开衣服喂奶。孩子吃饱喝足，在纸尿布里拉了屎，被放到浴缸里洗澡。金亮伟过来瞧着，小罗更起劲地哄孩子，还唱他听不懂的儿歌。孩子忽地在水下放了个屁。金亮伟惊喜道："呦！"

"妞儿也是人，"小罗道，"放屁打嗝一样不落。"

金亮伟瞧着水中的小人，眉眼似乎长开些了，正拖着两道口水，东张西望。小罗将她擦干，裹入襁褓。金亮伟道："让我抱抱。"刚抱起，孩子又笑，还"啊啊"蹬脚。

金亮伟问，小孩多久能叫爸爸，小罗道："一岁吧。"

"这么久啊。"

"老板是读书人，妞儿肯定也聪明，保不准马上能开口了。"

"别叫我老板，叫小金。"

"哦，小金老板。"

三天后，金亮伟带了身份证和户口簿，到医院做鉴定。医生让他回去等结果。金亮伟道："当天能拿吗？我付加急费好喽。"

医生将他拿钞票的手推回来："最快也得两天，这是统一规定的，能快我也希望快。"

等结果的晚上，金亮伟睡不着，坐在客厅里抽烟。在客卧哄孩子的小罗也出来，问："小金老板有心事啊？"她的黑乳头从睡衣下透出来。金亮伟晃了两眼，想起张秀红姐妹，心中一阵刺痛。

两天后，金亮伟赶了个早，路上差点撞到一辆出租车，他听见对方司机叫骂，没心情计较。下了车，小跑到底楼大厅，居然还排着队。金亮伟等了漫长的五分钟，终于从小窗子里拿到那张纸。他跳过一栏栏数据，直奔页末的结果。这时，阳光恰好斜射进医院大厅。金亮伟觉得那一刻，他的身体溢满了黄金。身后的人催道："让一让呀。"将他推开。金亮伟边往旁边退，边给小罗打电话。小罗过了很久才接。金亮伟嚷嚷道："抱着洪洪，到楼下'喜福来'等我。"

"哪个'喜福来'？"

"小区门口左手的那家饭店，吃海鲜的。等等，先把洪洪抱过来，让我亲亲。"

"小孩不会说电话的。"

"你先抱过来。"

过了几秒，小罗道："抱过来了。"

电话里很安静。

金亮伟听见自己在说："洪洪，爸爸爱你。"他感觉到，自己捏手机的指头被润湿了。

33

附近超市开张，免费送鸡蛋，蒋芳排了三次队，领了十几只，被认出来。发鸡蛋的姑娘说:“只能领一次。”推了她一把，蒋芳跌坐在地，面孔撞到人行道围栏。立即有蛋清从马甲袋里流出来。姑娘道:“对不起。”蒋芳在众人注视下，慢慢自己站起，拎好袋子，推上车子。

到家清点，有三只完好的，赶快煮了。煮完叫张秀红来吃。张秀红惊呼:“妈，怎么了?!”蒋芳这才觉得脸上疼，颧骨上一大块乌青。“看着吓人，其实不严重。”她让张秀红趁热吃蛋，张秀红推让。让了半天，同意她两只，蒋芳一只。张秀红瞧着妈妈熄灭煤气，锅子里的三只浅红的椭圆挨着挤着，被一圈碎小的水泡托举着。慢慢地，水泡消失了，小椭圆们安安静静，因为清水的光线折射，它们看起来不对称。

张秀红突然问:“洪洪怎么样啦?”这是她第一次主动提女儿。

蒋芳道:“在小金那儿呢，要不咱们去看看?”

张秀红点点头，又摇摇头:“金亮伟会照顾她的。”

蒋芳吃不准她的意思，又道:“要不咱们去看看?”

张秀红想了想，道:“好。”

母女俩转了两部地铁，坐上“加勒比别墅”的班车。张秀红一路看着窗外。下了班车，道:“你去他家，我在这儿等。”蒋芳劝了一会儿，见她坚持，就独自去女婿家。只按了一下铃，门马上开了。金亮伟今天穿了西装，抹了摩丝，劈头就问："秀红呢？"

"她不想过来，"蒋芳见金亮伟顿露失望，又道，"凡事有个过程。"

金亮伟让小罗抱出洪洪，小罗蓬着头，没睡醒的样子，蒋芳冷冷瞅着小罗。金亮伟道："小罗弄孩子很有一套。"蒋芳哼了一声，接过婴儿。

张秀红等在小区外的麦当劳，见妈妈进来，赶忙迎上去，接过孩子。她不太会抱，蒋芳纠正她的手势。洪洪咧开嘴，似在笑，但渐渐"哇"地哭起来。张秀红急道："哭了哭了，怎么办？"蒋芳接过孩子，摸了摸尿布，干的，于是道："大概饿了，也不知道他们什么时候喂的奶。"她想起奶妈小罗，对张秀红道："要不，你再和小金谈谈？长期分居也不是办法，保不准生出什么变。男人犯点错误，也是可能的。"

"你也这么说？"张秀红将目光从女儿脸上移到妈妈脸上，"张美凤也这么说过。"

蒋芳像被刺了一下，低头哄孩子。洪洪不哭闹了，"呀呀"两声。张秀红又问："宝宝想说什么呢？"

蒋芳道："孩子要多抱，多交流，以后才能感情好。要不咱们把洪洪接回去？"

张秀红犹豫了一下，道："我们没这条件，不能害了孩子。"

"还什么'我们''他们'，金亮伟是你老公，你点一点头，马上就又有老公又有孩子了。俗话说'退一步海阔天空'，秀秀你再考虑考虑。”

张秀红不语。

蒋芳道：“吃点东西吧。咱们不饿，孩子也饿了。”

洪洪像是为了印证这句话，突然又大哭起来。

蒋芳哄孩子，张秀红出去买了三只馒头，然后到柜台点了两杯可乐、一杯牛奶。蒋芳将牛奶在勺子里吹凉了，一小点一小点喂给洪洪。张秀红呆望着盛牛奶的纸杯，拿吸管没精打采地捣戳着可乐里的冰块。最后，母女俩都没碰那些馒头。

蒋芳将孩子送回金亮伟处，和女儿坐上回去的班车。车上，张秀红又望着窗外，忽地扭头道：“我要找工作，赚钱，自己养女儿。”

34

张秀红买报纸，寄简历，忙了几天。偶尔接到面试通知，却都没下文。

蒋芳愤愤道：“我女儿长相好，学历高，人也老实，哪点不好了？”又道，“找工作也累，要不干脆还是原谅小金，搬回去吧。”

“如果不是张美凤，我或许就原谅了，”张秀红道，“妈，我不是不想，而是不能。心里搁着块大石头，压得慌。”

蒋芳急乱道：“你要考虑将来，人生长着呢，”她眼泪都快出来了，“你们这对女儿，可愁死我了。”

张秀红道：“还是先找工作，走一步看一步。可能是我太老实了，现在找工作，都要托关系的吧。”她翻出以前在影视公司时收集的名片，挨个儿打电话过去。“欧阳先生吗？我是秀红，张秀红，以前顾老板那里的秘书。什么？顾老板，就是顾前卫。我想……喂喂！”

近百张名片，只有一个姓范的家伙对张秀红隐约有印象。他约她吃饭，说正好缺个秘书。张秀红犹豫再三，就去了。

范先生约在一家咖啡餐厅，时间是晚上九点。这家餐厅更像酒吧，一些男女在幽暗的角落里扭成各种形状。张秀红转了一圈，认定了那边自斟自饮的男人，犹犹豫豫地走过去：“范先生吗？”

男人抬起脸，张秀红立刻认得了，他是影视公司的老客户。俩人互相打量，范先生道：“请坐。”张秀红坐下。

范先生道：“我记得你，你没以前好看了。”张秀红挪了一下屁股。范先生道：“干吗坐那么远，过来。”他拍拍身边的座位。张秀红挨过来，范先生搂她的腰：“你瘦多了。”

桌上放着半瓶酒和两只空杯子。范先生打了个响嗝，张秀红躲避不及，吸了一鼻子洋葱和胡椒味。

“你吃过了吗？”范先生问。

“吃过了。”

“怎么吃过了，说好请你晚饭的。现在还想吃什么？”

“随便。”

范先生松开她，边给自己斟满，边问：“电话里有点没听清，你叫什么名字？”

“张秀红。”

“什么‘红’？”

“秀，秀丽的秀。”

“什么？”

张秀红挪开身子，范先生按住她：“我在逗你玩呢。我一直对你印象挺深的。你要找工作对吗？我那里有工作，跟我去吧。”

张秀红将胳膊转来转去，范先生牢牢箍住她的手腕。

“干吗呀！”

“没干吗。”

“流氓！”

范先生笑眯眯道：“你想要工作吗？”

“不要了。”

“不要了？你都想到来求我，肯定是真没办法了吧。”

张秀红顿了顿。范先生在屁股后面摸了半天，摸出钞票，塞给张秀红。张秀红的手指迟疑地卷起来，她感觉有两三张。范先生半笑不笑着，贴近道：“怎么样，”见不吱声，又问，“怎么样吗？”

张秀红做出起身要走的样子，但动作有些僵硬，她想起了洪洪。

35

凌晨两点多，张秀红被范先生叫醒。她匆忙地接过钱，塞进包里，又匆忙地穿好衣服。范先生道：“不说声‘再见’吗？”张秀红没有回头，冲身后摆摆手，就关门出去。

她走到离旅馆很远，才站停等车。许久，才有一辆出租车亮着小红灯，从黑暗的远处滑来。张秀红招手叫停，钻进后座。一路上，她将头靠在前排的坐垫上。夜风和汽车马达的声音，显得格外响亮。

回家开了门，发现蒋芳穿着睡衣，站在外间等她。母女俩面对面静了几秒。蒋芳问："出什么事了？"

"没什么事。"

"这么晚，去哪里了？"蒋芳注视女儿一边脱衣服，一边进浴室，"到底去哪里了？"她试图推开冲淋房的门，张秀红在里死死抵住。俩人僵持着，热水的雾气将她们之间的玻璃模糊了。"妈，你别问了。"蒋芳叹了口气，退出去。

翌日中午，蒋芳回家，发现张秀红还在睡，早饭仍放在桌上。蒋芳将馒头重新热了，自己吃了一只，给张秀红留了两只。上午做钟点工时，女主人送给她两把放得不新鲜了的菠菜，蒋芳做了菠菜汤，敲了一只蛋，撒了些榨菜和盐，也放在桌上。看看时间差不多，进屋说了声："秀秀，喝汤的时候热一热。"就走了。晚上五点多，蒋芳又回家，发现张秀红仍在床上，菠菜汤冷在灶头上。蒋芳坐到床边，轻声道："秀秀，你不要这样。"

张秀红终于开口了："我不饿，你自己吃吧。"

"不饿的话，就喝些汤吧。"

蒋芳将汤锅和一只馒头放在床边的小板凳上，自己去把剩下的馒头，就着榨菜，吃下去了。凌晨三点多，蒋芳睡不着，摸到张秀红床边，把馒头和冷汤端到外屋，消灭一光。

第二天，张秀红起了个大早，从包里拿出范先生给的钱，数了数——连同餐厅里给的二百，一共一千块。她匀了五百，放在蒋芳的抽屉里，剩余五百收进自己的钱包。

张秀红洗漱一净，又打扫了房间，坐等到下午五点多，听到门外一阵“丁零当啷”的钥匙响。过了十几秒，蒋芳凌乱的头发从门缝挤进来。“起来啦？”张秀红点点头，她有种幻觉，仿佛蒋芳弯腰换拖鞋时，会渐渐折下去，最后瘫倒在地。

36

张秀红在报纸中缝翻到启事：百合歌舞厅，招服务员若干，女性，二十五岁以下，薪酬面议。

“百合”是七十年历史的老建筑，殖民时期留下的，离张秀红幼年居住的小洋房不远。蒋芳曾携姐妹俩经过，指道：“旧社会时，这里有很多‘跳舞小姐’。”妹妹问：“什么叫‘跳舞小姐’？”小秀红没听母亲讲解，远远走到前面。她不喜欢这幢楼，灰头土脸，阴气森森。

1950年代，“百合”被政府接管，改名“红都戏院”，两侧开了些零杂小店。后又改为“红都电影院”。在张秀红母女搬离小洋房前一个月，“红都电影院”门口的雨棚突然倒塌，压死一名行人。那天放学，张美凤一路小跑，没进门就尖叫：“死人了，死人了！”蒋芳喝住她，连说“晦气”。饭后，张秀红跟着妹妹溜出去看死人。天色已晚，行人稀少。张美凤兴奋地转前转后，指着地面道：“这儿，这儿，我在这儿看见的。”张秀红凑近，看见了昏黄路面上的一摊暗色。那以后，“红都电影院”的招牌灯暗了，玻璃大门紧锁，慢慢蒙上灰，碎出裂缝，被宽边透明胶粗粗黏合起来。

好像七八年前，“百合”突然复活了，仍是电影院，过了一两年，又改回歌舞厅。一家台资餐饮娱乐公司，在里面投了大笔钞票。张秀红见过翻修后的“百合”，门顶两个亮闪闪的大字，英式风格的楼身上，镶着一条条旋转明灭的彩灯。迎宾小姐穿丝绒旗袍，两侧开衩到大腿根。巨幅易拉宝占住半扇大门，画着舞女，写有“怀旧”“舞蹈培训”字样。

这是张秀红对“百合”的全部印象。她照着招聘广告的号码打过来，是个粗嗓子男人，问：“你多大？”

“二十四。”

“好，带上身份证复印件。”

张秀红穿牛仔裤和套头毛衣。她瘦了，这使得她看起来年轻，但颇为憔悴。

白天的爱国路有点荒凉，街角扫出一堆堆垃圾，多是饮料瓶和食物袋。百合歌舞厅的霓虹暗着，顶牌脏脏的，有几条雨天留下的泥水印。张秀红核对了一遍地址。

一楼大堂，二楼饭店，三楼才是歌舞厅。她上到三楼。楼道出奇的暗，绛红色的落地窗帘拉得严实，吊顶垂得很低，水晶灯摇摇欲坠。电视机里有女人在唱歌，歌声细冷冷地回响着。一个浓妆艳抹的中年妇女，默默站在屋角。张秀红经过她时迟疑了一下，但马上确定，对面折叠靠椅上的中年男性，才是她要找的人。

男人一手端烟灰缸，一手夹香烟，跷着二郎腿，西裤和皮鞋之间，露着一截颜色鲜艳的袜子。他背后的墙上挂着“市文明单位”的金牌牌。

“我是来面试的。”

角落里的女人问：“几岁了？”她不知何时站到了张秀红背后。

“二……十多吧。”

“二十多？身份证复印件呢？”

张秀红从包里掏出复印件。

“三十二，虚岁都三十三了。”

“让我看看。”男人伸出手。

女人边递给他，边不停地说：“太老了，太老了。”

男人认真地看复印件，那上面的照片，是十四年前的张秀红，马尾辫，中分头，不知啥事开心，笑得鼻子都皱起来了。

“结婚了吗？”他问。

张秀红犹豫了一下，道：“没。”

“你留个电话和地址吧。”男人道。

中年女人走到吧台里，慢吞吞地翻出一支笔，啪地甩在台面上。

37

何明把张秀红复印的身份证照剪下来，放在皮夹里。年轻的张秀红微笑时，左眼比右眼眯得厉害，左侧眉尖上的一粒痣，平衡了这种不对称。他约张秀红吃饭。

张秀红道：“到底要不要我，就在电话里给个说法吧。”

何明道：“我有几句建议。要不出来吃个饭，咱们具体谈。”

张秀红道：“我年纪是大了点，端茶送水还干得动，也比小姑娘有定性。”

何明道：“我会安排你工作的，你今晚肯赏光吗？”

张秀红犹豫。

何明道：“我们可以去‘前程’，离你家不远。就这么定了，晚上六点。”

“前程饭店”果然不远，张秀红曾经路过。她啜着小盏的菊花茶，观察对面的男子。脸色灰，牙齿黄，小眼睛里含着精明，但不惹人讨厌。张秀红一放下茶杯，何明就给她斟上。他斟茶很有技术，恰好地斟到杯口下，满而不溢。

张秀红问：“工作的事，您看行吗？”

何明给自己斟满，将茶壶放在桌边，正视张秀红道：“你是大学生，有层次的人，干吗非得来‘大仙窟’？”

张秀红眉尖的痣抖了一抖：“什么意思？”

“爱国路这一带，都叫‘大仙窟’，是男人晚上找乐子的地方。”

张秀红将脸埋在杯子后面，半晌才道：“那么，百合也是？”

“是，”何明啜了口茶道，“不过我们这里还算正派。”

张秀红面颊发热。

何明道："别急，找工作最容易。前程的老板就是我朋友，打个招呼，你来做领班吧。"

张秀红含糊应了一声。

然后聊了别的。何明话不多，张秀红更少，于是只能何明讲，讲天气、股票、法国世界杯。张秀红不懂股票和足球，就用食物填满自己的嘴。

饭近尾声，何明问："还要加点什么？"

张秀红道："不用了。"

何明加了酒酿圆子。张秀红尝了一小碗。

"你喜欢甜的吧，刚才吃了很多色拉和糖藕，"何明道，"这里的枣泥糕是特色。"

张秀红道："饱了。"

何明执意点一份。枣泥糕做成心形，四颗红心躺在白瓷盘上，香喷喷地甜着。他们各夹了一颗心，张秀红认真地吃，还是剩了半块在碗盏里。何明笑道："你剩了半颗心。"

饭后水果又是满满一大盘。张秀红拼命摇头，说吃不下。何明就自己吃，吃得很慢，葡萄拈到嘴里，吮吸三五口，才把瘪瘪的葡萄皮扔进骨盘。张秀红擦净手和嘴，耐心等着。

何明消灭了最后一粒葡萄，冲那堆葡萄皮愣了一会儿，道："时间真快，一顿饭就这么完了。"

张秀红看看表道："吃了两个半小时呢。"

“饭后散散步吧？”

“恐怕太晚了。”

“那送你回去，”何明付了钱，打手机道，“老李，我们吃好了。”

在门口等了几分钟，一辆奥迪缓缓开来。何明替张秀红开门，自己坐在外侧。张秀红道：“我先下，该我坐外侧。”

何明道：“不碍事。”他嘱咐老李往前开。

车子启动了。叫老李的人始终没回头。驾驶座上方的后视镜，照出他黑白相间的头发。张秀红觉得，何明指挥人的样子很气派。金亮伟也开奥迪，他是自己的驾驶员。

少顷，何明又问：“真的不走走？吃得挺多，也该消化一下。”

张秀红犹豫。

何明道：“老李，靠边停。”

这是个适合散步的季节，风和温度恰到好处。他们一前一后，微微拉开距离。走了一会儿，何明道：“我平时挺会说话的。”

“哦。”

“看到你，就有点不会说了。”

“哦。”

突然刮起一股风，带着点旋，猝不及防地撩开张秀红的裙子。张秀红赶快捂住，腿上火辣辣，又凉飕飕，像被何明的眼神摸过了。她偷眼瞧去，何明在盯着旁边一棵树。张秀红也看那棵树，一棵很普通的树，什么也没有。于是张秀红脸颊也火辣辣起来。

慢慢地，何明从她身后走到身边，又慢慢地，拉起她的手。拉了一会儿，张秀红掌心湿了，她道：“我想回去。”

何明道：“好。”猛地拽了拽她，手背似是无意地蹭到了她的乳房。张秀红推开他，急急往前走。

何明留在原地，没有追赶她。

38

几天后，前程酒店通知张秀红上班。戴老板五十开外，说话笑眯眯的：“你是何老板的朋友吧，”不等回答，又道，“这是一个月工资，先拿着。”

他的胖手拈出一只信封，张秀红迟疑地接过，顿了一下，迅速塞进包里。

接着被带去熟悉情况。另有三名领班：小沈管一楼大堂，小方管二楼大堂，小钟管包房，张秀红分管的，是二楼最靠里的豪华包房：牡丹厅和玫瑰厅。手下两名服务员，张秀红问叫什么，其中一个道：“我叫八号，她叫九号。”

午饭时，八号、九号坐在张秀红旁边。她们只顾着自己聊天，聊到高兴时，就咯咯直笑。张秀红猜她们说的是安徽话。饭罢，闲坐片刻，被戴老板叫去，问：“环境熟悉过了吗？”

“熟悉过了。”

“那回去吧，明天正式上班。”

这是下午三点，张秀红在路边吃了面。她不饿，但一日三餐的任务终于完成了。她坐在面馆最靠里的座位，打开信封，数了数，二十张百元钞票，半新不旧的。取出一千，放进钱包，剩下的塞回信封，回家后放入蒋芳的小抽屉。

五点多，蒋芳回来，一进门就道："中午时，有个何先生打电话找你。"

"哦。"

"他是谁啊？"

"没什么。"

"怎么了？"

"别问这么多好吗？"

"好吧，"蒋芳低声道，"秀秀，你心思单纯，和人交往要小心。"

张秀红在床边坐了会儿，脑子空空的。这时，电话又响，张秀红道："我来。"蒋芳默默注视她拿起话筒。果然又是何明，他邀请张秀红共进晚餐，张秀红说自己早已吃过。

"现在才五点呢。"

"我说了，我吃过了，"张秀红将语气稍稍放软，重复道，"我吃过了。"

"那么，好吧，"何明问，"改天能请你吃饭吗？"

张秀红沉默。

何明说："好的，就改天约。"

"你还有什么事吗？"

“没有了……”何明顿了一顿，道，“那么，再见。”

“再见。”

仿佛在这个电话之后，天色倏地黑下来。张秀红收拾房间，把结婚照等与金亮伟有关的东西清理出来，堆在地上，用一次性台布裹好。

将它们扔进垃圾桶后，张秀红无比轻松，她缓缓往家走，缓缓上楼。但推开房门的瞬间，又心情沉闷起来。

蒋芳告诉她，淋浴龙头从今天中午开始漏水。张秀红修好龙头，洗了个澡，将脏衣服塞进洗衣机。想着明天的工作，催促自己入睡，反而睡不着。年代久远的洗衣机，此刻发出响亮而愚钝的啸叫，间或几声“啪啪啪”，像有人击打它的顶盖。闹了两小时，“嘟”地惨叫，终于安静了。张秀红仍然睡不着。蒋芳在外间的沙发上，无声无息。

如果有人在身边打呼噜多好，张秀红会转过身，搂着他，摸他的耳垂，于是心里就踏实。闪念间想到何明，张秀红觉得这联想可笑。躺了一会儿，坐起身，拨了个号码。对方不接。拨了五六遍。终于接了：“谁呀？”

“姓范的，是我呀。你这个乘人之危的王八蛋，去死吧，你们一家不得好死。”张秀红吐了口气，静静捧着话筒。对方也静静的，过了五六秒，那边把电话掐断了。

39

张秀红在“前程”做得不愉快。管包房的小钟对她说：“你别穿圆头皮鞋，不配A字裙。”八号、九号也在场，哧哧地笑。她们只听小钟的话，如是张秀红指挥，就懒洋洋地提不起劲。

管二楼大堂的小方待她不错，中午吃盒饭时，常挤作一处。某日她问，张秀红是不是戴老板的亲戚朋友，张秀红说不是。

“那怎么老派给你轻松活儿？”

张秀红赶忙道：“你别想歪了，戴老板和我一朋友挺熟的。”

“噢，那有机会了，要替我说说好话。”

之后，张秀红觉得小方有些冷淡，但也许是错觉。还有一个领班小沈，偷偷告诉张秀红：小方和小钟是死对头。张秀红却觉得，她们仨是一伙的，她才是唯一的外人。

只有戴老板施予她少许亲切，但很少碰到。偶尔碰到了，就问：“老何最近怎样？好久没见他。改天找机会聚聚。”等不及搭话，就匆匆走开。

40

双休日，张秀红通常和妈妈去金亮伟那里，仍由蒋芳将洪洪抱出来，在附近消磨片刻。蒋芳问："秀秀，你到底怎么打算？"

张秀红道："我不可能再和他过。"

蒋芳道："你再考虑考虑。"

张秀红道："我心里有疙瘩了，再怎么凑合到一块儿，也不会幸福。"

蒋芳道："真要离的话，就得抓紧。越拖下去越被动，女人不比男人的。"

她替女儿向金亮伟提离婚。

金亮伟道："坏人犯了罪，还有机会改过自新呢。我只不过是有点小错误而已。就算不为我考虑，也得为洪洪考虑。父母离婚，对小孩伤害很大的。"

蒋芳觉得女婿说得有道理。

张秀红道："张美凤不是别的人。他和我亲妹妹有一腿，让我怎么面对他？"

蒋芳又觉得女儿也没错。想了半天，道："要不咱们先看看，有没有更合适的人。有了更合适的人，再来处理小金这边。"

她决定替女儿物色"更合适的人"。张秀红道："我一个人也挺好。"

蒋芳立刻叫道："别发傻，"又道，"秀秀，你爸死得早，这些年我吃了多少苦。真的，我们是女人，生活里总得有个男人，不然会很苦的。"说着说着，流起了眼泪，皱纹全跑出来，在额角眉梢扭成痛苦的形状。

张秀红不语。

蒋芳道："咱们也得长个心眼，别和人家说小孩的事。先培养感情，等男人真的喜欢你了，其他事情慢慢也能接受。"

张秀红仍不语。

蒋芳又道："上次在路上，碰到王阿姨，你记不记得。她夸你漂亮。她有个小姐妹，儿子是德国留学生，比你大四岁，因为读书把大事耽搁了。现在这年纪，也不求别的，只求老实一点，待你好一点。读书人，应该蛮踏实的吧。"

"金亮伟也是读书人。"

"他不一样。"

"怎么不一样？"

蒋芳憋了憋道："他是生意人，"又道，"就这么定了，下个双休日，和他们约个时间。"

41

德国留学生是个大胖子，吃饭时滔滔不绝地说着自己。他的女友在德国跟洋人跑了，这次假期回国，想重新物色一个带过去。"我这人说话比较直接，你别介意。外国人都很直接，不像中国人，喜欢躲躲藏藏，很有心计。"

张秀红微笑着摇头，表示不介意。

胖子又说了些留学逸事，说得自己咯咯直笑，差点把食物喷在张秀红脸上。饭后，他要求 AA 制，说在国外，这是女性独立的表现。

当账单递来时，胖子开始抱怨国内餐饮消费的昂贵。“在德国也不过这些钱。”

张秀红不肯再交往。蒋芳一个劲地劝：“你们了解不深，慢慢也许就发现优点了。”等张秀红同意继续交往了，那厢却再没动静。蒋芳一打听，原来是德国开学，飞回去了。再问，王阿姨就支吾道：“他觉得，你们秀红的年龄大了点。”

42

这段时间，何明每天打来电话。偶尔邀张秀红吃饭，张秀红总是拒绝。但她不反感煲电话粥。隔着话筒，何明的声音听起来厚实沉稳。他很能拿捏说话的分寸。张秀红也被渐渐引着说些话，但挂断电话后，却记不清聊过什么。这样打发时间，也不错。

在和胖子相亲后不久，就入梅了。这是张秀红最讨厌的天气，闷、热、湿，心里像是堵着什么。何明也突然几天没音讯。下班后，张秀红坐在暗黢黢的屋子里，吃饭也提不起劲，想给金亮伟打电话，问洪洪的情况，终于忍住。于是潦草地切换了几个电视频道，早早上床。

一晚，睡得不知何时何地了，突然被电话吵醒，是何明的声音：“雨停了，出来喝喝酒吧。”

“现在几点啦？”

“管他几点，来喝酒吧。”

“对不起，我不喜欢喝酒。”

张秀红挂断电话，将听筒架空。整个后半夜，她翻来覆去的。空气里有股纸张湿烂的味道。闻着这味道，她听见何明推门进来，坐在床边。他握起她的手，低下头，在她嘴上亲了一下。她仿佛也喝了酒，脑袋眩晕起来。在这眩晕中，闹钟响了，何明消失了。

第二天上班时，张秀红有些心不在焉。那个梦，像是在醒着的状态下做的。梦中的何明，散发着浑厚的男性气息。

很快又到了晚上。照例没胃口，张秀红吃了两块饼干，倚在床上看碟，很快困了，看时间是七点多，打算洗漱，何明来电话了："秀红，想请你吃饭。"

"我吃过了。"

"那就随便聊聊。"

"聊什么呢？"

"干吗和自己过不去呢？你瞧，刚下过雨，空气特别好。出来吹吹风，很舒服的。"

于是张秀红动心了，她仅仅不想浪费那些舒服的风而已。

43

这次见面，气氛轻松许多。张秀红说得比上次多。何明笑眯眯听着。张秀红不好意思道："怎么不见你动筷？"

何明道："我一向胃口不大。"

吃完饭散步。一阵风吹过，张秀红抽抽鼻子，何明身上果然有男性气息，和梦中的一样。她脸一红，又开始沉默。何明就此消彼长地话多起来。他说他只有小学文凭，很早出来混，百合由他一手承包，对外宣称台商投资，为的是方便宣传。除此之外，他还有若干资产，不是KTV，就是按摩院。这些话似曾相识，大概是电话里曾经说过的。张秀红将信将疑地笑着，听着。

说得差不多了，何明问："去我家看看吧？"

"嗯……"

"开车过去，很快就到了。"

"时候不早，明天还要上班。"

"你不上班，老戴一样会给你工资。"

"为什么？"

何明笑道："就这么说定了。"

张秀红道："这不太好。"

何明给老李打电话。很快，奥迪过来了。张秀红半推半就着上了车。他们坐开一些距离。何明的手搭在坐垫上。几分钟后，一辆出租车超到前面。奥迪往旁边一偏。张秀红急忙撑了一下坐垫。他们的掌侧碰在一起。张秀红微微挪开，何明又移过来。一路上，她就不再动了。

44

离开市中心后，街景更为快速地从车窗外掠过，张秀红看到它们，却意识不到它们。与何明触碰在一起的那块肌肤，发着热，并将这热传送到全身。她有所预感，并感到害怕，却不想去阻止。

车停。何明说："到了。咱们下来走几步，顺便观赏景色。"

这是一片别墅区，小尖顶们散落在层叠的树梢之间。空间开阔，风速更为从容。张秀红吹着风，渐渐有些恍惚。何明显得很高兴，一会儿道："后面就是大卖场，买东西很方便。"一会儿又道，"这里的物业管理很好。"他的别墅正对中央人工湖。张秀红开始相信，何明描述的那些产业，也许是真的。

何明家的大门金灿灿的，及至推开门，发现壁纸也是金色的，天花板撒着金粉，地板是金色条纹，从电话机到相框，每一件都金光闪烁。

从前，张秀红最讨厌金，现在满眼都是，反觉气派非凡。在金色的相框里，有黑白的全家福。年轻的何明更瘦，豁嘴笑着。左边是个马脸女人，手里抱着个孩子，手边另一个孩子，眼睛像爸爸，脸型像妈妈。

张秀红问："你老婆呢？"

何明迟疑了一下，道："她死了。"

这时，张秀红突然发现，身后站着个五六十岁的女人，吓了一跳。女人朝她点点头，又向何明道："何先生。"

何明冲她一笑："乔阿姨，来了个客人，我会招呼的。"

乔阿姨就拐进一间屋去。她动作敏捷。

何明带张秀红参观房间。每间都有照片。有的是独照，有的是合影。这一家人，在不同的相片里渐次老去。何明卧室里，挂着三张近照：女儿、儿子、自己。女儿十六七岁模样，头发五颜六色，鼻翼悬着银色鼻环。儿子长相年轻，神情却像中年人，一身西装，头发三七分，头路笔直，像要延伸而下，将他的脸一切为二。

张秀红问："他们呢？"

何明指着道："她在美国，他在加拿大，是律师。"

张秀红道："都很有前途。"

"可惜都不在身边，"何明盯着相片，沉默片刻，扭头问张秀红，"你说，房子这么大有啥用？"

张秀红道："房子大，住得有尊严。"

"不管有没有尊严，最后都住进这里。"何明比画了一下，张秀红猜他指的是骨灰盒，心里有些别扭。他们慢慢向窗前走去。

何明的卧室像客厅，有餐桌、茶几、沙发、等离子电视。单人床躲在角落里，与一只金色的床头柜做伴。这里可以看见中央人工湖，很大一汪碧绿，皱出一些风的形状。两个小男孩在湖边玩水，发出刺耳的尖叫。不远处的犬吠呼应着他们的声音。

何明道："我想抽烟了，你要不要来一支？"张秀红摇头，旋即又重重点了一下。何明给她点上烟，又给自己点好，一手夹烟，一手就轻轻绕过来。

"经常抽吗？"

"几乎不抽。"

"好女人是不该抽烟。"

张秀红笑了："是你让我抽的。"

"是，是，"何明打开烟盒，"还要不要？"

"要。"张秀红学着何明的样，在窗台上掐掉烟头，又接过一支。

在渐暗的天色里，白烟显得特别白。从他们的角度看，白色的烟雾像是从湖面升起的。两个男孩在烟雾中跑起来，又钻出一些孩子，加入他们。窗外喧哗一片，反而觉出安静。有几个孩子在玩滑板，一溜滑出很远，消失在窗框的左下角。

何明道："我和社会斗争了半辈子，斗不动了，要歇歇了。"

"嗯。"

"我这个年龄上，对生活的要求其实很简单。"

"噢。"

"秀红，"何明转过脸，烟雾和黑暗围剿着他的目光，"你不是嫌我没文化吧？"

"哪里呀，何老板，只要有本事，都是能人。"

"那么，你是不嫌我了，"何明道，"你也多说说自己，让我了解了解你。"

"嗯……太晚了，明天一早要上班的。"

何明不接话。他的双手过来环住她。张秀红静静的，在越箍越紧的怀抱中，缓缓倒向他。

45

张秀红回来得越来越晚，有几天彻夜不归。蒋芳问起，只推说工作忙。

蒋芳道："怎么没日没夜加班？"

女儿道："你不是希望我充实些吗？"

"你该不是谈朋友了吧？和妈说，咱娘俩交交心。"

"真是谈朋友的话，会告诉你的。"

"和男人交往要小心。"

"我知道。"

"妈想见见他。"

张秀红不吱声。

蒋芳问："是不是那姓何的？"

张秀红反问："你干吗猜他？"

"是不是他？"

张秀红犹豫了一下，道："是。"

46

何明道："第一次见伯母，得准备点见面礼。"

张秀红道："不必那么隆重。我妈对你有点好奇而已，没别的意思。"

何明道："大概是替女儿把把关。"

张秀红道："你想多了。"

地点定在"远洋"海鲜大酒楼。包房在二楼，实物点菜在一楼。何明请蒋芳下楼点菜。蒋芳不肯。张秀红道："你自己去点吧。"

何明一走，蒋芳就问："你们发展到什么程度了？"

张秀红不答。

蒋芳又道："这人和我差不多大吧？"

"四十七岁。"

"长得也太难看了。"

"其实还可以，顺眼了就好。"

蒋芳拉住张秀红的手道："你怎么净帮他说话？妈比你阅历深。秀秀，你太单纯，把人看得太好。"

张秀红抽出手，淡淡道："是的，以前把自己的老公和妹妹，都看得太好。"

蒋芳噎了一下，回过头，冲门口嚷嚷："怎么没人加水？"

立刻有两个女孩，"来了，来了"，从门外疾走进来。一个连说"对不起"，另一个加水。问要不要放冰。张秀红道："够冰了。"她们喝着茶，默默等何明。

何明点完菜回包房，道："这里的鱼很新鲜，我还点了鲸唇，你们尝尝味道。"

蒋芳道："我老年人了，挑不来鱼刺。"

何明道："那让服务员把刺先剔了。"

菜上得很快，一道一道的。蒋芳说鲸唇腥气。何明道："起先两口不习惯，慢慢就习惯了。"

蒋芳道："我消受不了这种贵东西，"又问，"你哪里毕业的？"

何明顿了顿，张秀红道："他很早就自己创业了。"

"噢？开公司的？"

何明道："是。"

"搞什么业务？"

"第三产业。"

"做得大吗？"

"还可以。"

蒋芳吃了两口，果然习惯了鲸唇的味道。道："我希望你对秀红好。"

"这个放心，"何明道，"你瞧她的气色，是不是比前阵子好？"

蒋芳细看，张秀红果然面色红润了。何明笑眯眯的，啜着啤酒。俄顷，出去上厕所。蒋芳道："秀秀，哪怕结了婚，男人都未必靠得住，凡事要为自己着想。"

张秀红道："我知道。"

蒋芳想了想，道："长相是差点，但看起来蛮会体贴人。"

张秀红道："乔阿姨天天给我煲老鸭汤。"

"乔阿姨是谁？"

“他家用人。他还有个司机，叫老李。”

“他比金亮伟更有钱？”

“也许。”

“刚交往的时候，男人总会花点心思。关键还是要看长远了，是不是还待你好。有句话叫，日久……”见何明进屋来，蒋芳赶忙闭上嘴。

饭后，何明给了蒋芳一个红包，蒋芳推辞几次，就收下了。蒋芳问张秀红，是否跟她一块儿回家。张秀红看看何明，道：“妈，你先打个的回家吧。打的费我给你。”

蒋芳拒绝了女儿的打的费，也没有乘出租车，挤着公交车回去了。到家打开何明给的红包，足足五千块。她数了两遍，将钞票放进张秀红存钱的大信封。

47

好几个半夜，张秀红被何明的鼾声吵醒，再也睡不着，就将他的手臂挪到自己脖颈下。何明的头跟着靠过来，呼吸吹到张秀红耳内。他的呼吸很有节奏，配合着座钟的“嘀嗒”。张秀红想到座钟，进而想到时间和日子。时间是河，她的日子是沙，水流急了卷起来乱转，水流缓了就慢慢沉下去。

何明带张秀红去见过二孃孃，他唯一在世的长辈。患严重白内障的老太太，把张秀红当成何明的前妻，“咏梅，咏梅”叫个不停。

何明道：“你别生气，她老糊涂了。”

张秀红道："没事，"想了想，又道，"如果以后分手了，看在现在的情谊上，你可别亏待我。"

"只要你不分手，我就不会分手。"

"难道我们一直这样混下去？"

"我这个年纪的人，没啥花花肠子，活得简单舒服就行。我们现在不正又简单，又舒服吗？"

"我心里没着落。"

"你还不信我的为人吗？"

"你只把我当姘头。"

"说什么呀，"何明惊讶，"秀红，如果我有资格，早向你求婚了。可我不配。你人那么好，又有文化……"

张秀红冷笑着打断："听起来像个借口。你不是说我单纯吗，单纯的人好哄着呢。"

单纯，单纯是傻和迟钝的意思。张秀红又想起张美凤，张美凤也曾用过这个词。

张秀红提出，要蒋芳搬来住，何明爽快答应了。回头和蒋芳提，蒋芳道："我不要和你们住。一个人挺好。不过看得出，姓何的比金亮伟良心好。"

她越来越频繁地夸他，还问："你和何明说过小孩的事吗？"

"没呢。"

"最后总要说的。不过问题不大，他自己都有两个拖油瓶。"

"他的儿女都独立了。"

“那更是成问题。以后分财产时，麻烦多得不得了。”

“妈，八字还没一撇呢。”

“这是现实问题，迟早要摆上台面的。想当初分家产，咱娘儿仨吃了多大的亏。”

“那不一样。”

“都一样，钱是实的，人是虚的。”

张秀红不语。

蒋芳又问：“秀秀，以前是金亮伟逮着你理亏，现在可是他理亏，你应该问他要生活费。”

张秀红道：“何明每月给我一万块钱，还给我买了几份商业保险，我倒也不在乎金亮伟那些小钱。关键是以后离婚时分家产，别墅、存款，那才是大头。”

“你打算什么时候提离婚？”

“不管他愿不愿意，只要分居两年，就能离婚了。”

“得请个好点的律师。”

“那时真跟何明敲定的话，何明肯定会帮忙请最好的律师。”

“这倒是，有钱什么律师请不到。话说回来，何明这种年龄大点的男人，更有经济基础，而且踏实、会疼人，综合考虑，还是不错的。”

像蒋芳夸的那样，何明的确不错，烧得一手好菜，会做木匠会焊铁，甚至会裁衣服和织毛线。他开玩笑道：“我是‘社会大学’的博士生。”

张秀红问：“你那么有钱，干吗事事亲力亲为？”

何明道："我怕闲出病来。再说，要不是在'百合'招工，这辈子也碰不到你。"

他花在"百合"的时间最多。冯瑞云是"百合"的妈妈，张秀红应聘那天见过。冯比何明长两岁，东北妹子，15岁来南方时，已是一米七的个儿，以风骚著称。何明有次说起："冯瑞云是出了名的，听说'口活'很好。"

张秀红问："什么叫'口活'？"

何明笑着解释。

张秀红不快道："你试过？"

"我哪敢碰那种厉害角色？"

冯瑞云给一个做官的包养过。她一过三十岁就发胖，一胖就显得蠢，衣裙在身上裹得一轮轮的。其实她不蠢，有北方人的狠，又学到南方人的精明，一口本地话说得顺溜，只有骂人骂急了，才跳出几句东北粗话。冯瑞云做姑娘时攒了些钱，三十五岁上开了个发廊，不幸被一小白脸卷走家当。何明见过小白脸一次，五官挺标致，脖子上青筋一弯一弯的。冯瑞云破产后，不知在哪儿混了几年，重回"大仙窟"，在何明手下讨生活。

张秀红也要随何明去"百合"。

何明道："那种地方，你去干吗？"

张秀红道："我也快闲出病了。"

何明依了她。

这晚，张秀红穿了件暗红的小礼服。

“红色很衬你，”何明笑道：“你这一身，把‘百合’所有的人都比下去了。”

张秀红跟着他，过走廊，进大厅。靠里的转角沙发上坐着七八个穿旗袍的姑娘，每人的前襟和袖口都粘着装饰性的白棉絮。她们停止说笑，有人叫：“何老板。”其他人跟着叫：“何老板。”

何明将张秀红拉到前面，道：“这是你们的老板娘，你们叫她……秀姨。”

女孩们愣了愣，随即稀稀拉拉地喊：“秀姨——”声音拖得老长，还有一些窃窃地笑。

这时，一个女人从包厢出来。何明叫住她：“冯瑞云，这是秀姨。”

张秀红发现，冯瑞云拥有一张端庄的瓜子脸，身材也不如印象中那样胖。

冯瑞云冷冷“噢”了一声，上下打量张秀红：“我记得你。”

张秀红道：“我也记得你。”她发现自己气势比冯瑞云弱，就挺起胸，抬高嗓门，伸出手道：“你好！”

姑娘们又轻笑。冯瑞云居然没搭理张秀红，扭头对何明道：“怎么才来，上次维修空调的费用，艾丽斯和你说了吗？真是的，哪儿都他妈的抢钱。”

何明道：“我晓得了，”对张秀红道，“你先坐会儿。”

有姑娘搬了一张椅子，张秀红闷坐着。大家开始忙碌，来来去去。一个多小时后，何明才过来：“觉得很闷吧。”

“闷死了。”

“我早说过，这里不好玩。”

张秀红盯着冯瑞云，她正倚着包房门，和门里的人说话，高高的发髻在门框上蹭来蹭去。

张秀红道：“要是我来管‘百合’，肯定比冯瑞云强。”

何明道：“那当然，你是大学生，她是什么素质。不过这种事情，档次太低了。”

“没有档次低不低，只有赚钱不赚钱。”

“也要看赚的什么钱。瞧这里，乌烟瘴气的。”

“你不是说，‘百合’还算正派吗？更何况，这里是文明单位。”

“这里的姑娘都不太文明，一个个泼妇似的。”

“你的意思是，我搞不过她们？”张秀红盯住何明，“有你撑腰，我会怕谁呢？你会为我撑腰的，是吧。”

48

这以后，张秀红经常跟何明去“百合”。账面上的营业额每月五六十万，折下来的利润，却不过三十多万。张秀红道：“冯瑞云太不会控制成本，反正也不是花她的钱。”

何明道：“冯瑞云自己开过店，在管理方面很有一套的。”

张秀红道：“你信不信，咱们查查她，肯定能查出问题。”

何明道：“关键是抓大头，放小头。只要不过分，揩油就让她揩点吧。”

张秀红不服，问冯瑞云要账本。冯瑞云道：“账本每个月上交何老板的。”

张秀红问何明，何明道：“我没拿过账本。”

张秀红道：“账目得管在自己手里。”

何明笑道：“像个管家婆了。”

张秀红又问冯瑞云。冯瑞云道：“我找找。”找了半天，甩出一沓破破烂烂的纸。张秀红想带回去，冯瑞云道：“不行，每天都要做账的。”张秀红就当场坐到沙发里核账。冯瑞云道：“我们要打扫。”张秀红站到柜台后。冯瑞云又道：“我们要洗杯子。”

“杯子可以过会儿洗。”

“过会儿客人就来了。”

“你有几只杯子？我替你洗了。”

冯瑞云怏怏道：“这可不敢当。”

张秀红翻了几页，有了大致眉目，就开始指尖点着账本，一行行核对。冯瑞云隔三岔五地过来，瞧瞧，搭几句话。她突然道：“何老板晚上睡觉打呼噜的，是不是？”

张秀红道：“什么意思？”

冯瑞云笑笑，走开了。

张秀红呆立了一会儿，就朝外走。刚出电梯，接到何明电话：“人呢？我走开没几分钟，你怎就不见了？”

张秀红道：“怪不得你不肯辞退冯瑞云。”说完关机，打的回住处。

不多久，何明追来。张秀红叫乔阿姨别开门，乔阿姨还是开了。

张秀红躺在床上，面朝墙壁。何明道：“我和她们聊天时，说过自己打呼噜。冯瑞云那是故意气你，我已经骂过她了。”张秀红有些信了，仍做出不信的样子。何明解释了半天，叹气道：“你想怎么样吧？”

张秀红道：“你要真的想证明，那就辞退冯瑞云。”

何明道：“别看一个小小的歌舞厅，管理起来千头万绪，远不是看看账本那么容易。冯瑞云已经做顺了，重新交接很麻烦的。”

“我不怕麻烦，”张秀红回过身，望着何明，“当然不仅仅是看账本，但不看账本成吗？简直是一笔糊涂账。单说给顾客打折那块儿，一张凭证都没有，上个月整整打掉十万的折。”

“秀红，再走着看看吧。”

“还要看什么，宁愿让人家蒙你，也不肯给我一次机会。”

“秀红，你想要什么呢？现在有吃有喝，还有零花，日子舒服着呢。”

“我可不想做寄生虫。”

“秀红……”何明捋捋她的头发，“有时候，我真觉得不了解你。”

49

何明正式辞退冯瑞云。他答应让张秀红抽成营业额的百分之二十。张秀红道：“要不立个书面合同吧？”

何明道：“我这人向来说话算话。”

“你当然不会反悔。我只不过求个心理感觉。”

“合同也不是百分百的保障。”

“世上的事，哪有百分百的保障，结婚了还离呢。只不过，”张秀红道，“淹在水里的人，有一根稻草也想抓一抓的。”

“秀红，你不是淹在水里，你是泡在蜜里。”

“也不知道能在蜜里泡多久，”张秀红冷笑道，“我们的关系，可没受法律保护。”

何明只能让老李拟合同。合同说明：无论何种情况，只要何明继续承包百合歌舞厅，就会出让营业额的百分之二十给张秀红。何明在合同书的屁股上签字，他道：“秀红，就算没合同，就算我们之间出了意外，我这辈子都不会亏待你。”

50

张秀红开始管理“百合”。确实如何明所说，千头万绪：每天都出各种故障与情况，客人难侍候，姑娘们也不听话。何明出面干预过几次，她们稍有收敛。

何明道：“得让她们怕你，才能服你。”

张秀红想了想，道：“我会让她们怕我的。”

最难受的是作息上的昼夜颠倒。何明劝了她几次：“秀红，何必呢，把自己弄得这么累，人容易老。”

张秀红道：“习惯了就好。”

51

这天，冯瑞云突然来了。最先是芳芳看见她。芳芳是“百合”最漂亮的姑娘，她倚坐在正对吧台的转角沙发上，左腿从绛红色丝绒旗袍的衩口裸出来，露着一角黑内裤，右腿搭在扶手上，占住大半条沙发，她的左手撑着脑袋，右手五指张开，从波浪长发里梳过去，接着将手放到面前细看，弹掉指甲缝里的发垢。

张秀红道：“把腿放下，女孩子坐有坐相。”

芳芳笑道：“怎么叫坐有坐相？”见张秀红板着脸，于是吐吐舌头，勉强两脚落地。这时，她忽地仰起下巴，朝门口点了点头，然后挑衅地瞧着张秀红。

张秀红一回头，就见冯瑞云站在过道里。

张秀红生硬道：“有什么事？”

冯瑞云哼了一声，慢慢踱向吧台。附近的姑娘都停下来，盯着她。冯瑞云在吧台里摸摸这，摸摸那，道：“放钞票的抽屉换过锁吗？要换掉，免得我来偷抢。”

吧台设在角落里，橘红的小射灯晕出一方幽暗，把冯瑞云照得阴阳怪气。背面是一纵条木格层，平置着二十多瓶红酒，另一侧是三排式的玻璃柜，摆放高矮胖瘦不一的洋酒瓶。吧台顶部悬着塑料绿藤和紫葡萄串，一台电视机正在播放无声的画面。冯瑞云胸部以下被吧台遮住了，她默默地站在那里。

张秀红想过去，又不敢，正犹豫着，进来一个秃顶男人，远远冲冯瑞云挥手：“好久不见！”

冯瑞云道：“你怎么还来呀，我都不在这儿干了。”

秃顶男人问：“怎么突然不干了？”他在吧台前的高椅上坐定。

张秀红缓缓走去。冯瑞云忽地背过身。张秀红叫：“冯瑞云。”

冯瑞云回过来，将冰桶和红酒起子放到吧台上。张秀红瞧着她把红酒起子拨来拨去。冯瑞云慢慢正对住她，拿起镊子，往一杯橙汁里加冰块。男人问：“她是谁？”

冯瑞云不答。秃顶男人打量张秀红。冯瑞云爆出一阵大笑，声音像冰块在搅拌机里相互碰撞。男人瞧着她，也笑起来。他的嘴有点歪，笑时更明显。

冯瑞云蓦地停住，对张秀红大声道：“除了陪男人睡觉，你还有什么能耐？”

男人看看她，又看看张秀红，他不笑了，嘴巴仍然歪着。冯瑞云将镊子狠狠一松，冰块掉进杯子，汁水飞溅出来。张秀红往后仰了仰。

男人握住冯瑞云的手腕：“女人家家的，吵什么架呀。”

“放手！”冯瑞云呵斥，“臭男人。”冯瑞云掐他手背，男人回掐她，两人捏捏打打。

张秀红脸孔发青，身体轻微摇晃。

冯瑞云对男人道：“她呀，没别的，就胸大。白白生了一对大胸，母牛更大呢。也不知道是不是塞过东西的……”

张秀红扒到吧台上，撩手给了冯瑞云一巴掌。冯瑞云往旁边躲，耳郭被刮了一下。她顺手抄起台面上的杯子，张秀红一躲，秃顶男人一声大叫，他被泼到了。

“你妈的烂婊子！”男人哀号着，一手捂脸，一手乱摸，张秀红找了纸巾，塞到他手里。他忙不迭擦脸。张秀红抄起一瓶酒，挥舞道：“你走不走！”冯瑞云盯住那只酒瓶，从吧台里出来。她佝着背脊，垂着双臂，整个人像一团松弛的肉，她显得并不比张秀红高多少。

冯瑞云保持这个步态，缓缓向外走。张秀红高举酒瓶，押在她身后。冯瑞云突然停住脚步，张秀红扬了扬酒瓶：“走呀！”

冯瑞云道：“你敢！”

张秀红道：“我怎么不敢！”她感觉旁边围满了人，此时都各自往后退了退。

冯瑞云笑道：“不敢了吧！”四周也窃窃笑起来。

张秀红一咬牙，将酒瓶甩出去，同时闭起眼睛。“咣当——”周围一片吸冷气的声音。张秀红重新睁开眼。“文明单位”的牌匾被砸到了，墙壁上溅着鲜血似的酒汁。冯瑞云已避到几步开外，擦着湿了的衣服道：“算你狠！”很快消失在走廊上。

一滴酒汁从张秀红的眉梢缓缓淌入眼眶，她用手背擦了擦，对周围道：“别看热闹了，该干吗干吗。过来两个人，你，还有你，这里收拾一下。”

姑娘们散开。张秀红感觉，她们瞧她的眼神不一样了。她走进吧台，在音响边找到一块抹布，开始整理台面。秃顶男人还坐在那里，手里捏着张秀红给他的纸巾。

“你叫什么名字？”

“我呀，我叫秀姨。”张秀红嫣然一笑。

52

半年里，“大仙窟”出了三宗案子。先是个小姐，跟人去近郊，轮奸后被害。她的喉管被铁丝勒断，灰灰地露在外面。警方查无进展，抓了两个民工。一个多星期后，又有女孩遭强奸，并被毒打一顿，抢走皮包。受害者哭哭啼啼到派出所，却又不想报案了，说是家在附近，怕遭报复。警方怀疑是卖淫女，扣留了她。最后公司开证明，家里花了点钱，才放出来。

最轰动的是流浪汉暴尸案。受害人死于凌晨，翌日正午被清洁工发现。死者下身赤裸，跪着蜷成一团，双手被碎条的塑料袋绑在身后，屁股上有五六十处香烟烫痕，最骇人的是他的下身，被深深插进六根牙签。

张秀红对这流浪汉印象深刻：断腿，四十多岁，在“百合”附近出没。他栖身于两幢老房子之间，头顶扯了一张油布，地上铺了一块捡来的席梦思床垫。后来，小窝被强行拆毁了，他就裹着油布，盘坐在装滑轮的木板上，借手力四处游荡。他曾将铁皮碗举到张秀红面前。后来“木板车”坏了，就涂黑了脸，在地上蠕爬着。他经常横在路当中，不知被多少司机诅咒，“总有一天碾死你”，结果不是被碾死，而是被活活打死的。

营业前训话时，张秀红再次告诫：只坐台，不出台，如被发现违规，就得乖乖走人。“你们要相互提醒，相互监督，”张秀红指着墙上的金牌子，“命比什么都重要。”

换作平时，姑娘们一定窃窃私笑。但这次没笑。被勒死的小姐就在隔壁酒店，与百合的几个姑娘相识。冯瑞云走后，有三个姑娘跟着走了，现在剩下：芳芳、美美、阿南、阿雅、小玲、艾丽斯、小苹果。张秀红道：“天气一点点冷了，影响生意。大家齐心协力熬过去。月底我请你们唱卡拉 OK，可以带男朋友。”

几桩案件都发生在下半夜。市里开始整顿，娱乐场所不得超过凌晨两点关门。这个淡季更淡了。张秀红向何明解释。何明笑道：“别往心里去。生意总是有起有落的，又不等这点钱。”

53

一个冷清的周末，凌晨一点多，张秀红让姑娘们散了，坐在沙发里休息片刻，锁门出楼。没走两步，发现有人跟踪。现在流行一种电击棍，张秀红也备了。她从包里掏那根小塑料棍，一条影子从身边蹿过去，在前方的路灯光里停住，转过身像在等候她。张秀红抓到电击棍，一头握在手心，一头塞进袖口。她慢慢走近，看清那是个衣着精致的男人，有张相当可观的马脸。

“你是张秀红？”

张秀红点点头。

男人眯起眼：“我刚从加拿大回来。想顺便看看，爸爸究竟喜欢什么人。他的眼光总是很差。”

他们静静对视了一会儿，马脸男人道：“你只不过比我妈年轻。”

张秀红道：“你想说什么？”

男人道：“你这第三者，你不觉得可耻吗？”

“你妈过世了，我和你爸在一起是光明正大的。”

“谁说我妈过世了？她在加拿大。”

张秀红霎时呆在原地。

那男人耸耸肩：“看来你不知道。”转身大步走了。张秀红呆了许久，才回转神，举起电击棍，对着虚空的前方狠狠一击。

54

何明道：“既然你知道她还活着，你也应该知道，我们还没离婚。”

“你现在可以离。”

“秀红，别勉强我。你不也没离吗，我还知道，你有个一岁的女儿。我早知道了，只是不想说而已。”

张秀红从头凉到脚。她冲出门时，何明没有阻拦，一动不动坐在床边，看着她又折回来，从抽屉里取走几件东西。在走出大门的那个瞬间，张秀红预感到：何明不会再来找她，他们完了。这念头带来的悲恸，大大超出她的想象。

张秀红在蒋芳家过了一晚，第二天中午起来，被蒋芳反复追问：“你和何明怎么了？”

“我也不知道。”

“我当时就说了，这人看着是个老混混了，你根本不是他对手。”

“是我自己要走的。”

到了傍晚，张秀红犹豫再三，决定还是继续去“百合”上班。一晚很快过掉，一切仿佛照旧。张秀红熬到月底，她留下属于自己的百分之二十，剩余利润打入何明账户。

其间，何明打来过电话，张秀红恰好不在。蒋芳在电话里询问了半天，何明只说：“秀红和我闹情绪呢。”张秀红回来后，蒋芳让她给何明回电，张秀红不肯。蒋芳气道：“你看看自己，年纪也不小了，真以为能一直好看下去呀。”话一出口，自知失言，又赶忙和女儿道歉。晚上洗澡时，张秀红仔细照镜子，觉得自己的确身材松弛了，一圈黑白相间的新发，从头顶钻了出来。第二天，她去烫了头发，染成红色，血一样的红，乍一眼像假头套。

做了新的头发，就像开始一种新生活。十个月后，2000年9月，她结识了乐鹏程和乐慧。

第六章　小苹果

1

2003年8月1日。乐慧在台历上将这天勾了出来。这一天，所有频道都播放解放军节目，战士生活写实、战士家属采访、抗战历史回顾……

乐慧到秀姨家时，早了大半个小时。秀姨让她用自己的化妆品，乐慧化了眉毛、眼睛、面颊、嘴唇。秀姨换好衣服，将火艳艳的头发盘起，在脑后扎个髻。乐慧说:“我也要扎。”秀姨就给她也扎了一个，露出一缕刘海儿，搭在左眼上。

七点二十分，她们出发去“百合”。乐慧觉得兴奋，又不知说些什么，就在夜色中微微颤动她瘦弱的身体。

秀姨领乐慧到更衣室，将旗袍、高跟鞋和衣箱钥匙交给她，嘱咐几句，走开了。乐慧正换着衣服，忽见一个矮姑娘趴在门边。

“你是新来的？”

“是。”

矮姑娘猫手猫脚地过来："披肩发更适合你。"

乐慧摸摸脑后，秀姨送她的簪子，镶着蓝色水钻。

"我们要到厅里集合。"矮姑娘似乎瞄了瞄乐慧的眼睛。

"知道了，"乐慧低下头，侧过身，"大厅在哪里？"

"跟我走吧。"

鞋跟太高，旗袍太宽阔。乐慧迈步时，前后衣摆翻飞，整条大腿就裸出来；当那两片布重新落下时，又卷到两腿之间。乐慧不得不将前摆稍稍拎起。

厅里十来个姑娘。给乐慧领路的矮姑娘往沙发边挤。乐慧在另一侧坐下，有两三个人注意了她一眼。紧挨着乐慧的姑娘乌发齐腰，像洗发水广告里的模特儿。

秀姨开始说清洁问题。不知谁扔的卫生巾，堵塞了抽水马桶，"这不是一次两次了。"姑娘们立刻一片啧啧，做出厌恶的表情。

"旁边就是纸篓子，抬抬手会少一块肉吗？别以为我不知道是谁。下次我让她扫一个月厕所。"

接着，秀姨又讲服务态度的问题。乐慧出神地盯着旁边的女孩，想：如何才能把头发保养成那样？

秀姨训完话，解散了姑娘们，把乐慧单独叫到一旁："阿慧，你到了这儿，我还得一视同仁，不然很难管理的。"

乐慧拼命点头，表示理解。

"那你明天自己过来。别迟到，记得准备些化妆品，颜色艳一点，否则灯光里显不出。"

“哦。”乐慧应着，将身体重心在两腿之间移来移去。

秀姨的声音柔和下来：“听明白了吧？”

“听明白了。”

2

很快有客人来，秀姨招呼他们去包厢，点了七个姑娘。乐慧也被点到，跟在队伍最后。姑娘们袅袅婷婷进入包厢，排成一排。三个男人互相谦让：“你先来。”“还是你先来。”

“老蒋，我知道你喜欢丰满的。”

“是啊，老板娘，你的姑娘都太瘦。”

秀姨道：“不是瘦，是苗条，她们的肉都藏着呢，”她抓起旁边女孩的胳膊，捏了两把，“瞧瞧，珠圆玉润。”

叫老蒋的选定一个，另一年轻男人也选了。被选中的姑娘从队伍里出来，坐到他们身边。

“老吴，你要哪个？”

“我随便。”叫老吴的有些难为情。

“你挑，还是我们帮你挑？”年轻男人问。

“小钱，咱让老吴自己挑，还不清楚他口味呢。”

秀姨插话道：“燕瘦环肥，各取所需。”

“老板娘挺有文化，说辞一套套的。”

秀姨笑道：“哪里哪里，”走到乐慧身边，“阿慧不错，很温柔，又会喝酒。”

乐慧觉得脚后跟疼，假眼球也硌得难受。

老吴道:“挺好，就这个了。”

老蒋道:“老吴喜欢小巧玲珑型。咦，这姑娘怎么回事，别人都笑，她却苦着脸。”

乐慧挤出笑，秀姨推推她，她走出来，坐到老吴身边。沙发垫立刻柔软地陷下去，使她整个人朝老吴倾斜，老吴顺势将手臂环在她颈后的沙发靠背上。秀姨领剩余的姑娘出去。少顷，酒水单进来。老吴问乐慧喝什么，乐慧说猕猴桃汁。

“这怎么可以，”老蒋惊呼，“老板娘说你很会喝酒。怎么，不把我们放在眼里？先给她来三瓶啤酒。”

酒水饮料上来，灯光暗下去，卡拉OK响起。三个男人互相斟酒，又给姑娘们倒满。

陪小钱的就是漂亮的长发姑娘，后来乐慧知道，她叫艾丽斯。艾丽斯蹲在茶几对面，和小钱玩色子。艾丽斯不停输掉，不停喝酒。她仰起脖子时，长发坠在屁股上，饶有风情地扫来扫去。小钱显然也注意到了，不时伸手抚弄。

陪老蒋的姑娘极瘦，胸脯却很丰满。老蒋问她叫什么，她说叫“美美”。老蒋说:“‘美美’果然美，身材最美。”他的双手在那对乳房周围打转，却碍于面子，不便最终摸上去。他问美美要了电话号码，当场拨打验证，美美的手机响了。老蒋眯着眼睛道:“以后我们会常来捧你场的。”

老吴问乐慧叫什么，多大了，乐慧机械回答。老蒋道："这姑娘能喝，快给她倒酒。"

乐慧闷头干掉一瓶半啤酒，感觉腹胀难忍，老蒋道："才喝这么点就不行了。"

老吴道："咱们别为难她了吧。"

老蒋眼睛一瞪："这怎么叫为难，喝酒是天底下最开心的事。小姑娘，你说呢？"

乐慧正被一嘴的酒气噎住，口不能言，拼命点头。美美再给老蒋斟满。老蒋道："一看就是会倒酒的，'杯壁（卑鄙）下流'呀，'杯壁下流'。"

美美捂着嘴笑，这是个老说法了，乐慧也想假装被逗乐，但双颊僵住了。老蒋又让乐慧喝酒。灌进去的酒顺着乐慧的唇角回流出来，旗袍的前襟湿了。老吴皱了皱眉头。美美取出一张餐巾纸，替她擦干。

"酒量不行，人挺豪爽。"老蒋终于有些满意。乐慧把杯子往茶几上重重一放，摊在沙发里喘粗气。老吴轻声道："歇歇，歇歇。"他轻柔地抚摸她的手背。恍惚之间，乐慧紧紧反抓他的手。她的胃像一只装满的酒袋，抽筋似的蠕动着。

有人叫："喂，醒醒。"

乐慧努力掀起眼皮。她似乎听见："原来搞个残疾人来耍我们，退货退货！"

这或许是幻觉，在最后的意识里，乐慧这样想道。

3

秀姨送乐慧一只手机，红色的，巴掌点大。乐慧在天线上系一根带子，上班时悬于腕间。有客人记下号码，白天打电话邀她去玩，乐慧一概回绝——她需要幽暗灯光的掩护。

乐慧将刘海儿留得茂茂密密，面孔遮得只余一条缝。起初在脑后盘髻，连自己都觉得老气，就又披散下来，枯硬的发丝似刷子一般，隔着衣服都能扎疼背脊。有人在背后笑她是“贞子”，乐慧不知道“贞子”是什么，大抵是说她难看吧。她的确难看，而且邋遢。秀姨告诫了好几遍：“阿慧，你也好好打扮一下，这叫职业道德。”

乐慧去烫大波浪。美发师说：“我给你左额角留几缕鬈发。你脸盘小，全部遮住不好看，建议把右侧头发夹到耳后去。”

回家后，乐慧反复练习夹头发的动作，她发现自己的耳郭挺漂亮。她把以前秀姨送的蕾丝胸罩和浅灰色职业套装翻出来。秀姨说：“这可不行，什么场合穿什么衣服。”

做女人真是大工程，要学习的太多。

10 月 27 日，这是个让乐慧高兴的日子。那一晚，有客人向她讲了很多殷勤话。他夸她长得像印度美女，还说：“我猜你很会跳舞，你走路时也像跳舞。”回家路上，乐慧反复想着客人的话，睡前洗漱时认真照镜子，似乎是有几分姿色。客人还说：“你侧面看时，鼻子翘翘的很可爱。”乐慧拿两面镜子互照，鼻子果然又翘又挺。

4

乐慧交了个朋友。就是那天搭话的矮姑娘。矮姑娘叫“小苹果”，脸儿圆滚滚、红扑扑。

乐慧道：“这名字真好，你天生就该叫小苹果。”

小苹果道：“这是外婆起的。”

小苹果由乡下外婆带大，九岁时外婆突然上吊。小苹果记得她的两只黑脚掌，翻在外面晃呀晃的。然后进城跟着爷爷过。爷爷待小苹果很好，常买“煎饼馃子”和麦芽糖，有时甚至将她从睡眠中叫醒，硬塞给她糖果。小苹果一口七倒八歪的牙，就是那时候蛀起来的。但爷爷偶尔犯糊涂，无缘无故暴打小苹果一顿，打完闷头睡觉。爷爷去世前两个月，小苹果几乎天天挨打。好在爷爷没力气，最多拧脸颊时觉得疼。一日小苹果游荡到天黑，爷爷没来找她。她自己乖乖回家，发现爷爷把屎尿全拉在床上了。小苹果在臭气里睡了两晚，直至邻居发现异样。爷爷死时小苹果十一岁，派出所阿姨领她回家，小苹果第一次尝到酸奶、蛋糕和巧克力，阿姨家有个哥哥陪她玩耍。阿姨天天上班带着小苹果，派出所里的人都很喜欢她，他们商量着送她去上学。这时，爸爸来了，带走小苹果。这个爸爸像从地底突然冒出来的。他让小苹果睡在他六平方米的小棚子里，后来又让她睡在他三尺宽的床上。爸爸的下身有股臭味，没多久，小苹果的下身也有了臭味。

十二岁时，小苹果总结出两条人生大道理：一、除了小孩子，谁都不愿意理老人。你看，只有小苹果陪外婆，陪爷爷。所以她小苹果一定要生小小苹果，小小小苹果，否则老了就会孤苦伶仃。

二、男人和女人是敌人。这是外婆说的。乐慧怀疑这是小苹果的臆想，但小苹果坚持说她记得，千真万确，一字不差。外公也许和别的女人跑了，这种事情电视里天天发生。

长大后，小苹果深化了第二条人生哲理：男人是最有钱的动物，所以他们主宰世界。女人要打败他们，就得千方百计抢他们的钱，骗他们的钱，把他们的钱统统花光。小苹果用实际行动，履行了这条哲理。

乐慧不赞成小苹果的观点，却喜欢和她交往。乐鹏程以前干的那件坏事，乐慧只告诉过毛头，现在又告诉小苹果。她俩都有一个坏爸爸，比起小苹果的爸爸，乐鹏程似乎不算太坏。小苹果的爸爸逼她卖淫。乐慧问她现在还卖不卖。小苹果说："当然。这事和吸毒一样，一旦做了，就会永远做下去。"小苹果只吸大麻，她不想毁了自己。

秀姨不允许出台，小苹果就偷偷找了个叫强强的"老板"。小苹果说，小姐像明星，老板就像经纪人。强强是个勉强凑合的经纪人，如果有机会，她会换个更好的。

小苹果有男朋友，还不止一个。不少姑娘有男朋友，基本上是吃软饭的混混，最多在女人受欺负时，出手保护一下，有些甚至这都做不到。而小苹果的男朋友，却一个比一个有钱。她把他们的情书给乐慧看。有个男的说要娶小苹果，他对小苹果吃过的苦表示愧疚，仿佛那是他一手造成的。乐慧惊呼："好男人都让你碰上了！"她问小苹果，会不会答应求婚。小苹果笑了："当然不会，不然其他男的还会再给我钱？"

乐慧觉得，有这几台源源不断的印钞机，小苹果大可不必卖身子。小苹果神秘道："你不懂。"

在"百合"，除了芳芳，就数小苹果会打扮。今天涂成绿的，明天抹成金的，一会儿种两轮又长又密的假睫毛，一会儿接几簇五颜六色的人工发。最让乐慧羡慕的，是她两副据说价值几千块的外国胸罩，只那么一戴，双手往中间一推，稀薄的胸脯就丰富起来。

乐慧观察许久，终于扭捏地提出，能否让她试戴。小苹果二话没说，拿了往乐慧胸口一贴："戴上我看看，一定漂亮。"

乐慧背过身，从旗袍侧口取出软塌塌的棉布乳罩，将小苹果的外国货塞进去。她隔着外衣磨蹭许久，终于戴好了。胸围被绑得不舒服，乳房却很舒服——它们被一圈硅胶虚张声势地托举着。

"看见乳沟了！"小苹果摸摸她的胸，"手感很好。"

乐慧也摸自己的胸，还捏了一捏，感觉像真胸一样："小苹果，你有那么多好东西。"

"你也可以有啊。"

"我也可以有吗？"

小苹果凑过来，轻声道："你喜欢和男人睡觉吗？"

乐慧摇摇头。

小苹果道："说实话。"

乐慧犹豫着点了一下头。

小苹果扑哧笑了："跟男人睡觉很舒服的，信不信，我能一晚舒服三四次呢。你想，又能舒服，又能赚钱，有什么不好？"

"总是不太好。"乐慧轻声道。

"你再想想，我的好东西你都可以有，到时候把自己打扮得漂漂亮亮的……等攒了钱，我们去泰国度假吧，别瞪眼，真的，也就一两万块钱。你见过人妖吗？你想见人妖吗？"

乐慧点点头。那晚，她做梦了。泰国的街道，有点像"大仙窟"，正值白天，冷冷清清，满地垃圾。突然走来一个穿花裙子的男人，问乐慧："你见过人妖吗？"乐慧不知如何作答。男人嫣然一笑，抓起乐慧的手，放在自己胸上。那真是一对坚挺的胸脯。

5

强强是个皮肤焦黄的男人，歪戴边檐磨损的牛仔帽，斜围花花绿绿的小丝巾，牛仔裤的膝盖和屁股上满是洞洞。当强强骑着自行车远远过来时，小苹果说："嘿，西部牛仔！"乐慧撇撇嘴，觉得他倒像一只烤坏的蛋糕坯子。

三人约在麦当劳。时至正午，人头攒动。强强插了一对老夫妻的队，很快就端着盘子出来。他们在店里转了一圈，有四个中学生快吃完了，强强拍拍等在旁边的女人："喂，这位子是我们的。"女人瞅瞅他，拉着儿子走开。乐慧乐了，那些人的神情，像白天见了鬼。

强强买了两份中可乐，一份大可乐，三包薯条，两只冰激凌。

乐慧问："就这些？"

强强道："你们小女孩，难道比我胃口还大？"

强强一口气喝完可乐，就开始抽烟。鼻孔不断冒烟，嘴里打着空洞洞的嗝。他的手搭住旁边的空椅背，一只脚跷到桌面上。

小苹果舔着冰激凌道："你的牙会掉光的，"扭头告诉乐慧，"他不吃饭，只喝可乐啤酒。"

强强咧咧嘴，露出一口黄牙："你的牙也不怎么好，要不咱比比谁的牙齿硬？"

"怎么比？"

"拿你的牙齿顶我的牙齿。"

小苹果打他一下。

强强道："烟灰被你拍进薯条了。"

"怕什么，吃了会阳痿？"

"巴不得阳痿呢，搞女人比吃饭麻烦多了，"强强边打情骂俏，边拿三角眼瞄乐慧，突然问，"你的眼睛怎么回事？"

小苹果忙替乐慧回答："没怎么呀，大眼睛多漂亮。"

强强道："大倒是挺大的。"

小苹果道："阿慧是咱们'百合'的红人。"

强强抖了抖嘴角的香烟。

小苹果道：“她人也很好。”

“这我看出来，比你好多了。”

小苹果笑嘻嘻的，又要打他，强强一把抓住她的手。小苹果用指甲掐他，强强“哇”地大叫，一甩胳膊：“骚 ×，下手这么重！”

强强真板脸了，小苹果觉得没趣，拈了一根薯条，慢慢嚼碎。

强强道：“你朋友看着挺嫩，没下过水吧？”

小苹果道：“只要是女人，天生都会游。”

强强道：“那可不一定。”

小苹果道：“除非生下来没洞。”

强强咯咯疯笑，两只尖锐的肩膀上下耸动。

乐慧对小苹果耳语：“别再这样说了，我尴尬死了。”

小苹果也耳语道：“这是谈生意。”

强强问：“嘀咕什么呢？”

小苹果道：“我们打算谋财害命。你啥时候介绍生意？”

强强身子前倾，凑近乐慧：“美女，告诉我你的电话。”

小苹果在椅子上兴奋地扭来扭去。乐慧觉得她很陌生。仿佛存在另一个不为她所知的小苹果。

6

对于乐慧，强强更像个玩笑。倒是小苹果三天两头问起：“强强找过你吗？”“强强有没有介绍客人？”她很为朋友鸣不平：“这个死强强，摆明了欺负咱们阿慧。”

最近，举国上下刮起一阵叫“非典”的飓风，吹得街上见不了几个人。秀姨给姑娘们放了长假，只留几个服务生，接接酒水生意。乐慧等待重新上岗，等得钱包瘪下去。她偷过乐鹏程的钱，乐鹏程很快将家里的贵重物品转移得不知去向。

小苹果说，强强经常在网上兜生意。她给乐慧看强强的“资源”。那些三点式女人照，只拍摄脖子以下。乐慧一眼认出小苹果，昂贵的硅胶乳罩，兜着一身肥嘟嘟的肉。底下的留言让乐慧难为情，其中一条说：“这么壮的母猪，还拿出来卖。”小苹果立即回击：“是哪头公猪在叫？”

小苹果道：“叫唤的狗儿不咬人，咬人的狗儿不叫唤。这些在网上吵吵闹闹的男人，现实里可能屁都不敢放，”又道，“得像强强那样，整天泡聊天室，和人混熟了，人家信任你，才会送生意上门。”

乐慧不太上网，偶尔被拖进网吧，也无非看看搞笑图片。小苹果除了聊天勾搭客人，就是混论坛，到处张贴半裸照。

乐慧道：“这样不好，人家会认出你的。”

小苹果道：“认出最好，我就出名了。”

她的网名“Apple 烂烂”。很多人跟帖骂她，“烂货”“烂洞”“烂母猪”。如果是乐慧，就会受不了。弄堂里的大妈大婶也骂她，但背过身就听不见。如果真听见了，乐慧结结实实骂回去，也算扯平了。可在网上，和隐身人开战，挨的都是真枪实弹。

小苹果道：“怕什么。骂你的人越多，你名气就越响。”

乐慧道:“这名气有啥用?”

“不管是啥名气,只要是有名气,就会有钱,有男人,还能出风头。”

乐慧想了想,道:“这么多人骂你,你心里不难受吗?”

小苹果道:“前阵子有个妈妈桑,在网上放了些裸照,就出名了,很多报纸杂志,还有电视台,都采访她,”她点出网页,给乐慧看照片,“没我漂亮吧?一身肥肉,胸都不知垂哪儿去了。”

“确实挺难看,连我都不如。”

“你也可以呀。现在穿三点式不稀奇了。要多露一点。我帮你拍照上传吧。”

“不要。这又不是为了生计没办法,干吗故意作践自己?”

“气死我了,你这一根筋,”小苹果鼓起嘴,“乐慧,凭良心说,难道你一点都没出大名、成大器的愿望吗?哪怕一点点?”她比出一节小手指。

“我……没有。”

“别虚伪了,这种时候我就有点不喜欢你了。”

“那好吧,如果你觉得这样能出名,为啥没电视台采访你?”

“出名的事情,很难说的。有时突然就火了。”

“嗯,那就预祝你成功。”

“这还像句话,”小苹果擦着她肉乎乎的巴掌,“希望有一天,我走在路上时,突然有人跑来尖叫:你是Apple烂烂吗?我很崇拜你,给我签名吧。”

7

走出网吧，已是凌晨两点。

小苹果道："你闻，风里有股甜味。"

乐慧抽了两下鼻子："没闻到啊？"

小苹果道："这么美好的晚上，如果现在有男人求婚，我会立刻答应。"

乐慧哼了一声，她感觉肚子饿了。这饿一旦露脸，就穷凶极恶，把胃壁磨得"吱吱"直响。

小苹果拉乐慧去大排档。离得不远，她们瞬间被醉人的油烟味包围。

乐慧道："没想到还有不怕死的人，这种时候在外面晃。"

小苹果道："你以为'非典'能想得就得，想躲就躲吗？是福不是祸，是祸躲不过。很多事情是老天安排的。"

她点了馄饨、凤爪、鸡血汤。乐慧摇头，表示没胃口。小苹果自顾自开吃。三下两下解决馄饨，端起汤料一气喝完，抹着嘴道："真香。"乐慧盯着碗壁的一圈油腻发呆，几粒葱花沾在上面。她在口腔里卷卷舌头，用想象裹起它们。

接着是凤爪、鸡血汤。小苹果鼓囊囊的嘴唇灵巧无比，鸡爪往里一送，出来就皮肉无踪、筋骨分明。啃到第三只时，她抬头问："尝尝？”乐慧迅速接过来大嚼。小苹果目瞪口呆：“你真是吃肉不吐骨头。”她建议再来一份，乐慧马上同意，还加了一碗馄饨。

乐慧吃时，小苹果在旁不住惊叹：“真有你的，真有你的。”乐慧把碗壁的葱花连同油腻舔进嘴，实实在在地感觉饱了。她打了个嗝，嗝出食物混杂的热烘烘的香气。

小苹果又开始说求婚的问题：“在我吃东西时，又觉得物质比较重要。如果有人现在向我求婚，我是不会嫁的。”

乐慧表示赞成，吮着指头，忧心忡忡地瞅着小苹果。小苹果终于也吃完了，叫服务员结账。

乐慧扭捏道：“我忘带钱了。”

小苹果愣了愣，道：“没事，我暂时借给你。”

“我迟些还，行吗？”

“行，你一定会还的，是吧？”

“是的。”

小苹果的表情又丰富起来：“那么，我们去蹦迪吧。钱我先垫着。”

8

一扎进舞厅，小苹果就没影了。乐慧边随节奏晃动，边满场找寻。跳舞的人不多，很快在领舞台上发现小苹果。一边一个领舞女孩，小苹果就在她俩当中，跳得最带劲儿。台下的男女大声起哄，有个穿紧身皮裤的男子，跳到小苹果身旁，脸贴脸，胸对胸，蛇一样地扭摆着。乐慧想上去找小苹果，又不好意思，在台前跳了会儿，觉得意兴阑珊，就退到休息区，用入场票换了一罐可乐。她慢慢啜饮着，感觉困乏，背后的汗黏湿着，很不好受。不知多久，小苹果过来了，尖叫“阿慧，阿慧”。乐慧抬起头，见她带着那个穿紧身皮裤的男人。

“Orson，这是阿慧；阿慧，这是 Orson。”

乐慧冲 Orson 点点头。Orson 耸肩道：“又一个美女。”

乐慧将脸埋进头发。过了一会儿，Orson 离开，小苹果道：“好歹找了个买单的人，你倒是热情点呀。傻不傻？”说这些话时，她将手掌放在嘴边，做出低语的样子。可为了抵挡隆隆的音乐声，她几乎是在大吼大叫。

乐慧道：“我累了，跳不动了。”

“我也正好不想跳了。Orson 说去唱歌。他还有几个朋友。”

俄顷，Orson 带着三个朋友过来，个个穿戴古怪。一个只在脑袋中央留了一径头发，染成枯黄；一个在耳郭上镶了一轮耳钉；另一个粗看还算正常，后来在亮灯下，才发现他的白衬衫里，穿着一件类似胸罩的黑内衣。

他们就近找了个卡拉 OK 厅。四个男人闹哄哄地围着小苹果。小苹果要了很多饮料和点心。乐慧点了几首邓丽君和陈淑桦。正唱着，鸡冠头的男孩突然切歌，还嚷道：“什么破歌，难听死了。”乐慧将话筒和歌本往沙发里一扔。话筒发出一声锐利的尖啸。鸡冠头男孩插播了《东风破》。他嗓音不错，还边唱边表演，赢得阵阵口哨。乐慧冷眼瞅着。小苹果转过脸，指着桌上的食物道：“吃呀。”又回过去，和 Orson 亲密地耳语。Orson 的手搭在她的小背心和低腰裤之间，并且蠢蠢欲动着往下。《东风破》毕，下一首的序曲响起。小苹果大叫："我的歌，我的歌。"拍掉 Orson 的手，起身抢话筒。

"鸡冠头"拿起另一只话筒，与小苹果对唱。小苹果闭着眼，摇头晃脑："……时间难倒回空间易破碎，二十四小时的爱情，是我一生难忘的美丽回忆……"气氛立刻有点伤感。男孩子们不闹了，静静注视屏幕。乐慧凝望小苹果的侧面。她抹了层层的粉，还是掩不住皮肤的光泽。"……爱过你，爱过你……"音调太高，小苹果唱不上去，就扯着嗓子尖叫。她的眼皮底下，慢慢掩出两道又蓝又黑的泪水。Orson 搂住她。

唱到凌晨五点半，终于把点的歌都唱完了。服务员进来收费，"鸡冠头"犹豫着掏出钱包，将收费单递给 Orson。

Orson 看了看单子，道："一千九百六十四，女孩子每人三百，余下的我们正好每人三百四十一块钱。"

小苹果一听跳起来："什么？还要我们掏钱？你们是男人吗？"

Orson 有点尴尬。"鸡冠头"接话道："大头还是我们出的。"

另一男孩已经从钱包里数出钞票，说声"正好"，连同那个一块的零钱，放在桌上。其他人也纷纷低头掏钱。乐慧推推小苹果："我的你先帮忙垫着。快别跟他们生气了，一群小屁孩，不值得。"她说得很大声，几个男孩假装没听见。小苹果气咻咻地抓过背包，拿出钱包，甩出六张一百块。

出了包厢，小苹果快步疾走，乐慧紧跟着。到了楼下，回头看看，那几个男人不见了。小苹果挽起乐慧的手。小苹果五指短小，掌心湿热，乐慧感觉被一个孩子牵着。她用了用力，小苹果也用了用力，她们的手紧密无间，像一对真正的好朋友。

小苹果突然咯咯大笑："瞧瞧现在的男人，都这么垃圾，我还是跟女人谈恋爱得了。"乐慧不答。小苹果又道："我唱《广岛之恋》时，总想哭，知道为什么吗？"

乐慧摇头。

小苹果道："我也不知道。我就觉得，我需要很多爱，很多很多爱。可是，没人爱我。"

乐慧道："大家都爱你。"

"骗人，你爱我吗？"

乐慧点点头。

小苹果仍追问："你说呀，你爱我吗？"

乐慧咕哝道："爱，我爱你。"

小苹果大笑，笑着眼泪又流出来。她放开乐慧的手，大声唱歌，还冲着空中胡乱挥舞。"……爱过你，爱过你……"她的调子走得七上八下。乐慧不安地看看周围。

这时，天已蒙蒙亮，街上有零星早起的居民，戴着白口罩，鬼鬼祟祟地走动着。乐慧凝视小苹果，有种不真实的感觉，仿佛回到了过去，看到一个更年轻的自己。这时，小苹果突然跳到她面前，搂住她道："阿慧，咱们'嘣'一个吧。"

"嗯？"

在乐慧犹豫之间，小苹果的脸慢慢凑过来。乐慧看清她脸颊上细细的汗毛了。她闭起眼，脑袋往后仰。

小苹果道："别紧张。"

"我没紧张。"

"那你就睁着眼睛。"

乐慧睁开眼，小苹果的嘴在她嘴上碰了碰，还用舌尖舔她的唇缝。然后猛然跳开，咯咯笑道："如果我得了'非典'，你就已经被传染啦。"

"没这么惨吧。"

"惨什么呀，这叫'同生共死'。去他们的口罩，去他们的AA制。我们是最好的朋友，最好最好的朋友，是不是，阿慧？"

"是……吧。是的，是的，是的……"乐慧越说越确定，越说越响亮。

9

一个多星期后，乐慧收到陌生号码的短信："五点过道碰头。"

乐慧问是谁，对方道："强强。"

这是下午两点二十五分。

五点过五分时，小苹果来短信："你去不去呀？"

乐慧回："不知道。"

小苹果回："别犹豫。"

五点十二分，强强短信："怎么还不来？"

五点二十三分，小苹果短信："你借我钱呢。"

五点二十五分，小苹果短信：“又能赚钱，又让自己舒服。”

乐慧将这些文字翻来覆去地看，看到五点三十三分，她走出去，给乐鹏程留了张条：“有人请我客。晚饭你自己解决。”

10

“过道”专指七马路转角处的地下人行通道，建于“文革”，数次翻修，仍是两壁渗水，肮脏不堪。这里是蛇虫八脚的乐园，小偷、流氓、皮条客、弹琴卖艺人、兜售春药者，还是一个庞大的乞讨集团的总部，他们最具杀伤力的工具，是一个面孔烧得什么都不剩的姑娘，和一对将双腿甩在肩上，靠手掌爬行的小孩。

这是个暮色沉沉的阴天，强强戴着漆黑的太阳镜，站在“过道”的弯角里。他远远看见乐慧，挥挥手，迅速背过身。乐慧走过去。

强强道：“这么晚才来。没时间了，快，先给我五十块钱。”

“什么钱？”

“这是规矩。我也不是义务劳动。”

“我没带钱。”

“出门不带钱？骗谁呢。”

“我只是来看看，又没说要干。”

“开什么玩笑，房间都开好了，客人等着呢。”

“这不关我的事。”

突然，乐慧感觉腰里被顶住了：“少废话，你以后还混不混？”

乐慧乖乖把包里的钱数出来，统共三十二元八角。

强强让乐慧把所有口袋都翻出来，确信真没别的钱了，只能道：“晦气，只能欠着了。”

乐慧一低头，发现强强是用食指的第二个关节顶着她。她有些懊悔，但不知怎的，就糊里糊涂跟强强去了。

11

小招待所在“过道”不远处，两层楼，门口没招牌。底楼传来麻将声，二楼最左边晾着两排尿布，其余窗户皆紧闭，窗帘低垂。指定房间为212，强强开玩笑说是“日一日”。乐慧抬着头，踱来踱去，算着哪间才是。门房间坐着个斗鸡眼的中年妇女，隔着铁栅栏观察了她一会儿，高声道：“快进去吧，楼上。”棋牌室立刻有人探出头。乐慧赶紧钻进楼。

楼梯陡而窄，只容半只脚掌。乐慧越走越慢，终于在212前停住。房门像长了眼睛，“咯吱”开了，一只眼睛在门缝里闪了闪，一个声音道：“进来。”乐慧慢吞吞地从门缝钻进去。

屋里闷着一股腌臜气。乐慧看清面前的老头，土黄色的长裤已经褪下，裤腿和裤腿里露出的皮肤，都是松答答、皱巴巴的，在暗处看时混为一体。乐慧觉得难以忍受，想转身出去，又想找地方靠一会儿，想起交给强强的钱，又想起最近的经济困难。几个转念，不知所措，愣在原地。

光屁股老头移到床边，他的鞋踩住了他的裤子：“我都等得快进棺材了。过来过来，让我舒服舒服。”

乐慧没有过去。

“还不来！”

“过来呀！”

“你是木头人？”

“我可是出了钱的。”

乐慧走前一小步：“多少钱？”

“三百。”

“放屁！”乐慧退回原地。

“强强说的就是这价。”

“那好，你找三百的货吧。”

老头上前拉她：“别走。”

乐慧转向门口，又转回来，恶狠狠地盯着老头。

“好吧，你要多少？”老头矮了矮身子。

“五百，起码。”

“……好……你过来。”

乐慧慢慢过去，老头伸出手，摸到她的乳房。事实上，仅仅是捏到一点衣料子，那截手指蓦地颤抖，老头居然哽咽起来。

12

芳芳住在城市另一头，每天骑助动车上班。芳芳爱穿长裙子，骑车时拿大文件夹夹住裙摆。她有五彩缤纷的透明文件夹，总是与当天衣裙的颜色相配。长发、长裙、骑助动车的芳芳，是傍晚街头的一道风景。

小时候，芳芳是父母的骄傲，四岁能背“鹅鹅鹅”，五岁会跳新疆舞，小脖子一扭，让大人们爱得七荤八素。她的中上游成绩保持到初二，校花芳芳第一次谈恋爱，发现和成熟男人交往，是仅次于化妆打扮的乐趣。勉强升到高中，读了大半年，一个四十二岁的女人闹到学校，第三者芳芳被勒令退学。她对她的基督教徒父母说：上帝不会把所有东西给一个人。我长得漂亮，这就足够。

芳芳不太信上帝，但偶尔会祈祷：主啊，让那个男人喜欢我吧。妈妈时常带小芳芳去教堂，有时主日崇拜，有时妇女团契。教堂外部是乳白色的，内部却终日阴沉沉，尤其在雨天，整个世界仿佛从尖顶上倾压下来。

一楼是售书室、教会办公室、少儿主日学。芳芳喜欢花花绿绿的资料、年历和纪念品。那个叫上帝的人一脸愁苦。二楼副堂，三楼主堂，四楼楼座，踩着木楼梯时，芳芳总感觉，有什么东西会突然从脚底钻出来。妈妈总是起个大早，在主堂找到靠近讲坛的位置。

讲坛前是一排排长靠椅，椅背平伸出来，放着一摞摞书，挨着坐下时，正好每人面前一叠:《圣经》《赞美诗》《启应经文》。妈妈看得认真，还小声轻念，走时捋平折痕，按上下顺序放回原位。芳芳一听唱诗歌，就犯困。妈妈却总是唱得眼睛发亮，小芳芳觉得，那很像即将流眼泪的样子。

妈妈的舅舅是神父。妈妈说，主救过她两次：一次是上小学时，在家学习后忘了吹蜡烛，整张床除了睡人的地方，全都烧起来，当时恰有一个十字架正对床头；还有一次，芳芳外公的衣服被火烧着，里面几千块钱的存折竟然完好，原来存折表面压着一个十字架——那几千块钱，是一家人的全部积蓄。

妈妈还说，在这里能学到做人的道理。要做善良、勤劳、宽容的人。善良的种子永不灭。神保佑教徒有吃、有穿、有住。神为穷人、世人、老弱残者办善事。

芳芳觉得，爸爸和妈妈有些傻。如果神那么好，为什么她家的日子越过越穷？她不相信上帝，稍稍相信运气，百分百相信成功和财富。十六岁退学之后，芳芳凭借美貌，辗转于各类成功男士之间。二十五岁上，她的人生出现空当，沦落到自己养活自己。但她还是体面的——“百合”的工作不累，环境不错，薪酬不低。

在百合，芳芳不愿与蝇营狗苟为伍，这是她讨厌小苹果的最大原因。芳芳从不乱来，她的黄金准则是：只交往有档次的人；不同时交往两个；每次交往都相对稳定。

芳芳和靖阳区的副区长好了大半年。他是个温和干净的男人，为芳芳租了一间小单元房。芳芳贴粉红墙纸，挂紫色窗帘，还买了有很多花边褶皱的浅绿碎花床上六件套。她喜欢“金屋藏娇”这个词：“金屋”代表富足，“藏”给人以安全感。而“娇”，不正是对她芳芳的形容嘛。

最初的日子，副区长黏得不行，天天见面。他叫她“宝宝”，喂她吃饭，给她按摩，还买各种名牌衣服和首饰，恨不得将公款统统花到她身上。一次芳芳要脾气，他跪趴在地上学狗叫。

后来渐渐地，副区长恢复大忙人做派，开会，出差，加班，陪老婆。芳芳抢不到他的时间,就在屋里拉一桌麻将,找不到“搭子”时，索性闷头大睡。

芳芳偶尔把房间借给艾丽斯。艾丽斯清秀、乖巧，却不足以构成竞争。这样的同类，是完美的朋友。唯一让人嫉妒的，是艾丽斯的头发。但上帝是吝啬的，芳芳已拥有修长的手指和狭窄的脚踝，此外，她的头脑也不错。

芳芳躺在床上睡不着，就细数自己的优点，越数越欣赏自己。找不到好男人的原因，也许就是不够平庸。好男人们的老婆，不是难看，就是刁蛮，或者既难看又刁蛮。

正胡思乱想着，好男人敲门了。芳芳觉得不对劲，副区长的电话总是比人先到。

“谁？艾丽斯吗？”

来人继续敲门。门上没装猫眼。芳芳犹豫了一下，整整衣服，打开房门。

门外是暗的，人影压住了走廊灯光。芳芳来不及看清形势，就被撂倒在地。一些手伸过来，它们分别是拳头和巴掌的形状，并且很有棱角。三个，还是四个？芳芳纷乱的意识里，听到一个女人嘶吼："狐狸精！狐狸精！"那些手渐渐配合了节奏，狐狸精——额角——狐狸精——眼窝——狐狸精——锁骨……

芳芳辨不清哪处在疼。疼痛包围成一片。她屏住呼吸，绷紧肌肉，蜷作一团。有手硬插进她的胸前，狠拽了一把，还有脚分开她的大腿，拼命往中间踩踏。头发被扯住了，拖着脑袋向上，但汇集在头颅后侧的殴打，又压着脑袋向下。两厢拔河的结果，是"嚓"的一声轻响，芳芳感觉有尖针一根一根扎进头皮。

这个过程相当缓慢，以至于芳芳忽略了是哪个时刻，四周突然变得安静。在脑袋的"嗡嗡"声中，一双脚从杂余的脚中脱颖而出。芳芳没有抬头，她直觉那是个胖女人。来人将芳芳的乱发捋开，归到脑后，调整她的面孔，使左颊完全贴住地面，接着，她把屁股压到芳芳的右脸上。的确，那是一只胖女人的屁股。

芳芳的尖叫被笑声淹没，但那叫声旋即冲出重围，刺向每个人的耳膜。笑声停止了，门被关上，几只脚往后退了退。胖女人一下一下调整屁股的压力："狐狸精！狐狸精！"哼得气喘吁吁。

不知是惩罚够了，还是由于体力因素，胖女人终于允许别人拉她起来。在此之前，她做了最后一件事：在芳芳脸上放了一个响亮的屁。

这是一个严重消化不良的屁，浑厚、浊重，滚滚而下，却又富有层次。它在那张承载它的俏脸上，流淌了几乎一个世纪。恍惚中，芳芳听见："好累，腿酸死了。"胖女人和她的复仇大军，浩浩荡荡打开了门。走廊的灯不知何时熄了，门外也是死悄悄的黑。

13

艾丽斯进门时眼前一亮。芳芳一袭红裙，背影一闪，就站回窗前。艾丽斯"嗨"了一声，慢慢走近。今天芳芳盘了个髻，头发向右旋转，形成一个齐刷刷的黑色旋涡。

"要出去约会吗？"艾丽斯问。

芳芳转过身，艾丽斯看见一张翻江倒海的脸，立刻知道问错了。

"发生什么事啦？去医院了没？"

芳芳摇摇头。

艾丽斯拉起芳芳，芳芳任由她拉着往外走。

在出租车上，艾丽斯道："建平医院的伤科，是全市最好的，"又道，"你什么都别说，先看医生要紧。"

芳芳没有说话的意思，她望着窗外，一侧耳郭孤零零地裸出头发。

艾丽斯替芳芳挂号，拉她到二楼门诊室的长凳坐着。有十多个人排队，捂着手的，佝着背的，还有瞧不出伤在哪儿，一味哼哼的。人类的皮肉多么脆弱！艾丽斯扭头瞅芳芳，芳芳的眼睛肿成缝，缝里的眼珠子一动不动。

"快轮到我们了。"艾丽斯道。芳芳仰起头，艾丽斯顺着望去，对面墙上贴着解剖图，一条血淋淋的男人大腿的横截面。绿的筋，蓝的骨，红的血管，还有一些小白点，拉出一个个圈，注明各组织的学术名称。

终于听到叫号。门诊间三个医生，全是女的，最靠里的胖医生桌前空着。胖医生的鬈发臃肿地堆在脸边，手里的钢笔帽正不耐烦地敲击桌面。

芳芳瞧着那张胖脸，突然定住。艾丽斯问："怎么啦？"芳芳转身往外走。胖医生喊："萧淑芳，你们是萧淑芳吗？"

艾丽斯在走廊尽头拦下芳芳："到底出什么事了？"她有些不耐烦。本来，今天是来向芳芳借房间的。芳芳海螺形的发髻在颤动，边角的发缕颤散了，却没有眼泪流下来。艾丽斯盯着她看，这是芳芳最丑的时刻，不知为什么，艾丽斯很想多看几眼。

14

艾丽斯是农村上来的，尽管长相洋气，乡音已改，但是，城里姑娘芳芳就是高她一等，客人给起小费，也对芳芳最慷慨。"非典"的长假没有尽头，仿佛知道有人需要放假似的。天啊，人长得漂亮，连运气都会垂青她。

芳芳流了几次泪，脸部瘀肿就退了，露出乌青的颜色，和一些轻微刮擦的红印。身上也有伤，黑紫红蓝，煞是鲜艳，底下筋骨却无损伤。看来复仇者也怜香惜玉，不拿出真功夫。

全身最严重的，大概要数鼻梁骨裂。照了X光，医生说不碍事，过个把星期，自己会长好。长好的鼻子略微有点歪，但这个小缺陷，一放进芳芳的美貌，立刻淹没得无影无踪。

房东来催租。芳芳从副区长的金窝搬出去，靠信用卡和银行存款度日。她不逛街，不玩乐，也不想见艾丽斯。艾丽斯的态度和以前有些不一样，但到底哪儿不一样，芳芳也说不上。她想让艾丽斯发誓：千万别把她挨打的事情说出去。但终于忍住，没有说。

15

"非典"的风头有点缓了，生活渐渐恢复正常。"百合"的姑娘们重新上岗了，许久不见，显得比平日亲热。秀姨领她们出去吃饭。一桌子莺莺燕燕，引邻人侧目。吃到半途，有人悄悄问艾丽斯："平时就数芳芳话多，今天怎么闷掉了？"

艾丽斯道："可能身体不舒服吧。"

隔了几日，又有人问艾丽斯。艾丽斯笑笑："不知道，她现在对我也爱理不理。说不定家里出了什么事。"

一晚，芳芳喝了点酒，扔下客人，溜进更衣室补妆。她撑着桌沿，倾着身子，注视自己。妆容很动人，脸蛋红扑扑的。不知为什么，芳芳又想起那只屁股，以及它无比具体的声响和气味。她瘦了，颧骨塌陷进去，仿佛被屁股压出的凹塘。这辈子第一次，她对自己的长相感觉厌恶。

这时，门开了。乐慧一身黑牛仔，悄无声息地飘过来。

“你来干吗？”芳芳将粉饼扔回化妆包。

“我来上班。”

“都一星期了，秀姨才通知你？”

“她没通知我。”

“那你还来？”

“我为什么不能来？”

“她没通知你，说明她不想让你来了。”

“为什么不让我来？是你在秀姨面前说我坏话吧。”

“谁有那闲工夫，”芳芳扭过身，狠狠盯着她，“今天我没心情，不想和你抬杠。”

乐慧抱胸，仰头，贴紧芳芳站定。

“你要干吗？”芳芳一抬手，拂到乐慧的额头。

乐慧“啊”了一声，举手要打她的脸，芳芳尖叫着挡开了。这时，小苹果不知从哪儿跳出来：“别吵啦，别吵啦。”她拉开乐慧，乐慧仍然逼视芳芳。芳芳感觉乐慧那只虚肿的眼洞，要把自己整个吸进去。她浑身一凛，又尖叫。更多人进来。

“你们在干吗？”秀姨进屋来，对门外看热闹的姑娘道，“没你们的事。”然后关上门。

乐慧问：“干吗不通知我上班？”

秀姨道：“这些天一直想找你谈的，太忙，没来得及。改天抽空聊一次。”

“不说我也知道，你一定是听她们讲我坏话了。”乐慧指着芳芳。

芳芳狠狠盯着她的手指：“就你，我们还懒得讲。”

秀姨道：“乐慧，事情不是你想的样子。”

乐慧道：“芳芳说我和客人吵架，根本没有。那次是那姓李的喝了酒骂我，我都没还嘴。”

芳芳道：“什么姓李的，什么吵架，我一点不知道，也没兴趣知道。”

乐慧道：“还想抵赖，人家都告诉我了。”

“什么人告诉你的？”芳芳问出口后，马上回视小苹果，“你！”

小苹果马上道：“不是我。”

乐慧既没否认，也没承认。

芳芳冷笑道：“这个小骗子的话也会相信？”

“不许骂我朋友。”乐慧做出要拼命的样子。

芳芳道：“没想到你除了丑，还挺蠢的。哪天被小苹果卖掉了，大概还替她数钱吧。”

乐慧气得浑身发颤。

小苹果嚷嚷：“挑拨离间，挑拨离间！”

芳芳道：“我还非得做一次好人。乐慧你听着，这只烂苹果肯定和你说她家很穷是吧，起先我们还都信了，后来才知道，她家有钱得很，放着好好的福不享，跑出来被男人玩。被男人玩舒服是吧，这叫天生下贱！还吹牛，还撒谎！”

在芳芳说话的过程中，小苹果嘴里不断制造出各种声音，但乐慧还是听清了芳芳的话。芳芳说到最后时，小苹果冲上去拍打芳芳：

“你才下贱，你才下贱！你被副区长甩掉啦，还被打得鼻青脸肿！”

芳芳脑子里“嗡”了一声，头皮上霎时渗出一层汗。“你去死！”她扑过去，几乎将小苹果整个拎起。小苹果双手乱抡，乐慧愣在原地，秀姨试图分开她们。

门外，客人醉醺醺地高呼：“芳芳，芳芳，上厕所上到哪里去了？”芳芳应道：“来啦！”冷不丁被小苹果抡到一耳光。芳芳涨红了脸，正反两下抽回，再将她狠狠推出去。小苹果撞到墙上，屋里的人听到一声皮肉碰撞的沉闷声音。芳芳拍拍手，捋平丝绒旗袍，一扭一扭走出去。她听到背后在骂：“被人打得鼻青脸肿，还那么神气。”芳芳神经质地抖了一下，感到自己快倒在地上了。她挣扎着重新直起腰背，一步一步往前走。她走过了她的包厢，还笔直往前。前面是墙。她觉得自己能够一直这么走下去，穿过墙壁，走到外面的世界去。

16

秀姨最终没有解释，为什么开除乐慧。乐慧闲晃在家后，乐鹏程更懒得理她。只有小苹果来找乐慧玩。乐慧给她倒了杯水，让她坐在沙发里看电视，自己跑去窗前，不知往外看什么。

小苹果过来道：“看什么？”

“没看什么。”

小苹果讪讪地凑近她。

乐慧指着对街道：“秀姨就住那儿。”

“原来你们是邻居啊。这么不讲情面。我猜呀，一定是因为上次你得罪了钱老板。”

“钱老板的事，发生很久了吧。”

“也不久，就在放长假之前。”

“难道就是因为这个把我辞了？谁不犯错误啊，就不能给我一次改过机会。”

“就是，就是，她们这些榨人血汗的，偏不给人一口饭吃。”

乐慧想了想，道：“我是不该拿酒瓶砸钱老板，但他也不该骂我。再说当时我醉了，还是他硬灌醉的。人醉了做出来的事，哪能有个准数。”

“就是就是，钱老板是大坏蛋。”

“再说了，突然把人辞了，总得吱个声。现在倒好，不见面不吱声，连衣箱钥匙都不问我要回去了。”

“别管什么秀姨，”小苹果道，“外面就是广阔天地。我再给你介绍个老板吧。”

“我不要你介绍。”

“你不信任我了，是吗？今天你对我好冷淡呀。”小苹果处在乐慧左侧，她感觉乐慧假眼的余光，正在缓慢凝重地射过来。

小苹果叫嚷起来：“你别信芳芳的话，我们是最好的朋友。”

乐慧道：“我最恨别人骗我。”

小苹果噎了一噎，道：“我不是骗你，我是骗自己。”

“你家里挺有钱的，是吗？”乐慧道，“说实话。”

小苹果霎时双颊绯红。

“我最恨别人骗我，”乐慧重复了一遍，“我可以去见见你的老板。但不代表我原谅你了，我只是想有钱赚。”

17

老板叫“小美”。第一次见面很匆忙。仨人站在路口，还没说上话，身边的小商小贩突然骚动，席卷了鲜花、碟片、水果、头饰，往各个方向狂逃。小苹果慌里慌张，也跟着跑起来。乐慧瞧瞧小苹果，瞅瞅原地不动的小美，“唉”了一声，撒腿追小苹果而去。

小苹果个头矮，脚力佳，乐慧追得双腿发软，远远见她一骨碌翻进花坛。乐慧走近，发现小苹果躺在一丛忍冬上，大眼睛眨巴眨巴望着她。

“你跑什么跑，神经病啊！”

小苹果咯咯直笑，蜷起身子，滚到一边，衣服背面都是泥。

“阿慧，你还认我这个朋友的，是吧？”

乐慧也扑哧笑出来：“你有病！”

小苹果道：“那么，你原谅我了，就来勾勾手。”

乐慧伸出小手指，与小苹果的小手指勾在一起。

小苹果道：“我们永远在一起，永远是最好的朋友！”

乐慧叹了口气，拉小苹果出来。俩人在路上缓缓走着，她们的手指勾在一起。

18

再约小美，小美就不肯出来了。他说眼下“非典”刚过，没那么多生意可以介绍。上次见面，已经是看小苹果面子了。

小苹果把这话告诉乐慧，道：“小美也没骗人，这阵子‘百合’的客人也明显少了。”

乐慧不语。

小苹果拉着她的手道：“阿慧，求人不如求己。”

乐慧问：“怎么个‘求己’法？”

“就是自己做自己的老板。那样也好，赚来的都是自己的。”

乐慧想了想，道：“那不是‘流莺’吗？”

“别讲得那么难听。方式无所谓，关键是赚到钱。”

乐慧盯着小苹果道：“我还是搞不懂，你家庭条件那么好，干吗还要出来混？”

“你是不是也和芳芳一样，觉得我贱？”小苹果抽了抽鼻子，眼睛有点湿润了，“实话告诉你，我爸妈都是坏蛋，大大大坏蛋，我在家都快疯掉了。人活一辈子，开心最重要啦。”

“那么，”乐慧问，“你现在开心吗？”

“开心，很开心。你呢？”

乐慧不吱声。她想起经常看到的“流莺”。她们总是走来走去，不知自己要到哪里去。乐慧觉得，她们老死那天，也会是走着走着，突然直通通地俯面倒下。小学生乐慧，曾站在楼上，向其中一个扔过石头。

“这事很下贱。”乐慧说。

小苹果一怔，她被“下贱”这个词刺痛了。

乐慧道：“我指的是那些‘流莺’。”

小苹果道：“你不用解释。”

“你别太敏感了，”乐慧道，“我主要是怕乐鹏程知道。”

“怕什么，你是成年人了。”

“也不是怕，”乐慧低下头，“我不知道怎么形容。”

“我懂。阿慧，你要搬出去。只有身体独立，心才能独立。”

“搬出去住，要花很多钱。”

“没你想的这么可怕。我很小就自己出来了。其实很简单，两个字：赚钱。这又不难，先有一两个客人，然后客人介绍客人，越来越多，越滚越大。等赚了钱，别说租房吃饭，保不准还能自己当老板呢，洗头店洗脚店按摩店，想开什么就开什么，弄几个姑娘，差来差去，威风得不得了。”

“我不要开店。”

“那就吃喝玩乐，统统花光。”

“我要去泰国。”

“去泰国的话，你会开心吗？”

“嗯。”

“那么，就搬出来，赚钱，去泰国！人生有了目标，才有奔头。”

乐慧犹豫了很久。睡觉之前，她想：会不会再梦见泰国？

那一晚，她睡得很死，连半夜下了场暴雨都不知道。

19

乐慧第一次站街，是趁乐鹏程看电视睡着，偷偷换了衣服溜出去的。她穿了一条仿皮的超短裙，将颧骨抹得红红的——小苹果说，这样能使五官显得立体。她还说，不要去大仙窟的主干道爱国路，那儿竞争激烈，新人会被欺负。于是乐慧去了一条支路，爱前路。爱前路人也不少，那些五颜六色、闪闪发光的女人，以警觉的目光注视乐慧。乐慧避开她们的目光，挑了个不起眼的角落站定。她觉得自己的“流氓兔”T恤太可笑了，可如果换作同行们的性感短衫，也不会好看——她实在太瘦了。

左思右想着，忽然感觉身边有骚动，原来有外国人经过，几个女人围拥上去。是两个白人青年，他们有礼貌地微笑摆手，女人们却不肯放过他们，仍然堵着路，用不标准的英文，报着讨价还价的数字。乐慧怔怔瞧着，她的趾缝里全是汗，靴跟高得快让她站不住了。

她想起生平的第一个客人。小招待所，212，老头子。他浑身弥漫着酸臭，仿佛人活着，身体已经开始腐烂了。乐慧逼他一遍遍清洗，躺到床上时，他浑身都是劣质肥皂的味道。

那是个多么老的老家伙呀，当他站进浴缸时，乐慧倚着满是锈迹的台盆，想象自己撩起门后的毛巾，蒙住他的脸，将他摁倒在缸底。乐慧觉得好笑。老头也跟着笑。他的家伙被主人的笑容感染，猛地翘了一下。

老头用五百元人民币，换取了一分钟快乐。他数点那堆零碎钞票时，两条细腿不停颤抖。乐慧回想起来，竟有些同情他。是啊，别等到享受不动了，才有享受的机会。

乐慧站到凌晨两点，开始往家走。她的膝盖僵直了。

乐鹏程还坐在客厅沙发里，对着满屏雪花，拿遥控器的手垂在扶把外。当他听见开门声时，浑身震了震，扭过头来。乐慧看到一对红通通的眼睛。

“你到哪里去了？”

“你管不着。”

“你到底想怎样？”

“我想搬出去。”

乐鹏程把遥控器一扔：“越来越不像话了。”

用力过猛，遥控器弹落在地，电池盖飞出去。父女俩默默注视那只遥控器，终于还是乐鹏程弯腰捡起来。他重新直起身时，似乎哪儿不对劲，半途停顿一下。他认真仔细地瞧着女儿：“阿慧，我好像不认得你了。”

“你从来都不认得我。”

“你学坏了，跟着那个叫‘小苹果’的。”

“秀姨告的状是吧？不错，乐鹏程，我郑重告诉你，从现在开始，我就要去做婊子了。”

“你不要脸。”

“你也不要脸，你玩婊子。如果没有婊子，你上哪儿去玩？”

乐鹏程双手打战，半晌，才挤出一句话：“走吧，别回来了。”

20

乐慧带走一千块钱，在“大仙窟”的另一头租了房，五百元一个月，不带水电费。没到月底，钱就花完了。其间强强介绍过一单生意，是个大学生。完事后两人搂着，躺了一会儿。

“你们学校女生很多吧。”

“理工科学校，女生少，长得丑。”

“功课紧张吗？”

“紧张。”

“那还出来玩？”

“偶尔嘛，放松放松。”

“偶尔？我怎么觉得不像。”乐慧扭头瞅他，大学生笑嘻嘻的。

“我以前成绩很好。”乐慧道。

“嗯。”

“还是三好学生。”

“嗯，你身材真不错。”

“哪儿不错？”

“这儿不错，”大学生捏一把她的屁股，又拉起她的手，“这儿也不错。”

乐慧细看自己的手，果然不错，细细挺挺，见不着骨节。唯一遗憾的是指甲，灰蒙蒙的，根部还有一些白斑。

乐慧收了大学生二百元，算是优惠价。过了两天，花掉一百六，做个指甲护理，抛光、磨亮、涂成粉红的，绘上白瓣黄蕊的小花朵。乐慧好几天捧着舍不得放，如果它们躺进一双宽阔的掌心，会像是放在丝绒盒里的珠宝熠熠放光。

剩余的几十块零钱，几天就吃喝殆尽。乐慧拼命给强强和小美发短信。他们都不理她。于是打手机，强强不接，几次三番，终于接了：“他妈的打什么打，有生意会找你的。”

“我快饿死了。”

“这是你自己的事。”

“快介绍生意。”

“你这种人，饿死活该！”

“快介绍生意。”

“我挂了。”

“快介绍生……”

又找小美，小美道：“我手里呀，很多年轻漂亮的，好几个还是大学生。”

乐慧道：“我也挺年轻的。”

“你年轻吗？十六七的还凑合，二十岁就不敢说年轻了。”

“我不年轻，我是你奶奶！”

乐慧关机。手机也快没钱了。她躺在床上，想着去哪儿弄钱，想着想着头痛起来。八平方米的小屋棚，除了床，就是地板。昏睡，饿醒，就吃方便面。面要干吃，掰一小块，紧跟着十多口水，面就在胃里化开，抵得了半天的饥。

没多久，忍辱负重的马桶被方便面包装袋堵住了，一抽就往外面溢水，弄得屋里臭烘烘的。挨了两天，乐慧叫来一个通下水道的民工，五分钟解决问题。乐慧道：“我没钱，你看着办吧。”

民工涨红了脸道：“不行，给钱。”

“真没钱，不信你搜。”乐慧拉开一只抽屉。

“给钱，快给钱。”民工的咕哝声越来越低。

乐慧有些害怕，定住。民工也定住。光打在他的侧面，乐慧看到他面颊上的肌肉在轻微抖动。乐慧往后退，退了几步，民工突然扑过来，抓住她的头发，甩到床上。乐慧闭着眼，皱着鼻子。恍恍惚惚的，似乎很快就完了。他趴在她身上喘气，还发出一种呜咽般的声音。乐慧让他起来，他道：“你还有啥要修的吗？”

“没了没了，快给老娘滚。”

水道工起身穿衣。乐慧道：“出去时帮我带上门。”

门一关，风停了。赤裸的肚子和大腿稍微回暖。乐慧身体被压得有点疼，于是躺着不动。她举起手，端详十枚指甲，花花绿绿的图案开始缺损，杵在伶仃的指头上。这排断壁残垣动了起来，从枕下摸出一面镜子。镜中人原本就黑，现在黑里透着黄，左眼眶发炎了，假眼球被一圈红肿的肉拱出来。

镜子侧过一个角度，就能照见窗外一米宽的弄堂，堆满垃圾什物。对面住个捡垃圾的老太，门口放着装易拉罐残骸的铁皮桶，桶盖扣一把环形锁，桶身用麻绳拴在门把手上，打了死结。清晨听到一串丁零当啷，就知道老太起床捡垃圾去了。傍晚又丁零当啷地回来，用煤球炉煮饭。这时，热腾腾的油烟香会飘到对面乐慧的窗子里，闻得她饥肠百结。老太吃完，有时会搬个板凳，坐在破旧的小黑白电视机前。乐慧隔着彼此的窗，能看到模糊不清的画面。

一晚，乐慧终于忍不住，跑去对面敲门："你有吃的吗？给我一点吧。"她做好准备，如果被回绝的话，就动手抢。

老太没有回绝，转身盛出半碗饭，递给乐慧。那饭看着黏糊糊的，上面搭着两根菜叶。但它们是真正的冒着热气的食物。乐慧用手指挖了一口米饭，塞在嘴里。老太递上筷子，口齿不清道："你年纪轻轻，怎么也是捡东西的？"

乐慧背脊一凉，她忽然意识到：再这么下去，别说去泰国，就连活下去，都会成问题。她吃完饭，谢过老太，回家穿起最漂亮的衣服，上街找生意去了。

21

小苹果说："创业初期，是要吃点苦头的。"初中教语文的宋老师也说过："世上无难事，只怕有心人。"

乐慧开始用心。她意识到，只要用心，就能有饭吃。一个多月下来，她给自己总结：首先，男人总是有需求的。其次，别的女人如果比她漂亮，那么她可以服务更周到；如果比她周到，她就可以更便宜。那些四十岁的女人都有生意，她难道会饿死？

渐渐地，乐慧有了点小滋润。她换了个管道更宽的新马桶，补了补漏雨的天花板，还花一百块钱买了网吧卡，用网聊填补中午起床和夜晚上街之间漫长的无聊。

一天，从网吧出来，突然看到上次的大学生，和两三个同学模样的走在一起。乐慧隔着马路喊："嗨——"对方停住，慢慢走过来。同学们在原地嘻嘻哈哈。

"你好，记得我吧。"

大学生盯了半天，犹豫道："你……噢，原来是你。"

"今晚有空吗？"

"你等等。"大学生跑去和同学们说着什么，那伙年轻男人怪叫起来，乐慧笑盈盈地向他们挥手。在起哄声中，他们沿着马路慢慢走起来。

路上，大学生给乐慧买了一根冷饮，问她好不好吃。香精味太浓，但乐慧仍然说："好吃，很甜。"

她吃得满手黏糊糊的，没带纸巾，只能舔干净，大学生死死瞧着乐慧一伸一缩的舌头。乐慧笑道："看什么？"大学生道："没看什么。"他侧身搂住乐慧，乐慧伸出嘴，他吻了她的面颊和脖子，还含住她小小的耳朵。

乐慧咯咯轻笑："忍不住啦？"

俩人小跑起来，发现一处绿化带。大学生几乎拎起乐慧，转到一棵树的背面。

再回大路上时，大学生问："现在几点？是不是很晚了。"

乐慧道："不晚。"她朝他张开双臂，大学生没有回应。

乐慧道："我的手漂亮吗？"

"漂亮。"

"指甲呢？"

"我得回去了，宿舍要关门。"

"急什么，还没给钱呢。"

"什么？"大学生一怔，"搞什么搞，我们是在约会。"

"约会？你知道我叫什么？"

"你叫小红，我给你买过冷饮。"

"你别装傻。"乐慧冷笑。

"你想怎么样？"

"我想你给钱。我内裤上可有你的证据。不怕学校知道吗？"

"不怕，我们是谈朋友。"

"不是谈朋友，是嫖！"

大学生满脸诧异，但很快镇定下来："嫖？满校园都是美女，随便就能泡一个来，还是免费的。"

"你们女生少，而且丑，这可是你自己说的。"

"我没说过。"

"快拿钱来。"

"要多少？"

"本来要四百的，看在熟客分上，就三百吧。"

"好，"大学生招招手，"你到这儿来。"

乐慧跟他过去。大学生突然抓起乐慧的头发，将她脑袋往电线杆上撞。尖叫引来一个路人，乐慧听见那人问："干什么？"

大学生说："教训女朋友呢，背着我搞第三者。"

路人走开了，乐慧脑袋一炸一炸的。

"够了吗？"大学生咬牙切齿地问。

"够了。"

"真的够了？"

"够了够了，求求你……"

大学生终于放手了，朝乐慧啐了一口，摇摇摆摆，大步而去。

22

乐慧下身不适。去医院开了栓剂，连用三个疗程，反而更严重了，腰间时时酸痛，做那事时，整个人像被一裁为二。小苹果给乐慧送来一种药，据说是进口的，外面没有卖，效果特别好。她告诫乐慧："一定要戴套。"

乐慧道："现在的客人，都不愿意戴套。"

小苹果道："这些坏蛋！"

乐慧道："什么时候，也让男人们尝尝滋味。"

小苹果道："好呀，我们去让他们尝尝滋味。"

她想了想，忽然满脸兴奋道："对了，我们去泰国吧。"

"什么意思？"

"去泰国呀。去了你就知道。"她来拉乐慧。

这是下午三点多，乐慧想想，也没啥事可干，就跟着她去。

小苹果带着乐慧，换了两辆公交车，一路上，乐慧问了几次，小苹果都故作神秘，不肯透露风声。下了车，她们来到一条"酒吧街"。说是酒吧街，更像拓宽了的弄堂。地面垃圾被来历不明的液体粘成小坨小坨的。乐慧踩到一坨，骂声"妈的"，东张西望道："哪来的泰国，小苹果你又糊弄我。"

"别急，今天保证玩得好。"

街边的店招五花八门，美美理发店，小强棋牌室，阿瓜游艺厅。"小弟弟溜冰场"让乐慧印象深刻，那是半扇窄门，隐着一条逼仄的木楼梯。不知为何，乐慧想起武侠书里的人肉黑店。

终于，她们看到了"泰国"。那是一家门面宽大的酒吧，门口搭出一爿大凉棚，棚布上大幅冰激凌广告，一个蓝衣蓝发的女孩勾着手指，白色大字写道："想吃就来吃我吧。"旁边两个红色塑料大字："泰国。"凉棚下，一个穿浅蓝色保洁制服的老头在冲洗塑料凳子，污水沿着地面的坑洼到处乱流。

"到啦到啦。"

"这算什么泰国？"

“外头看着破烂了点，不过很物美价廉，进去玩了就知道。”

她拽着乐慧往里走。迎面一只巨大的水泥象头，从壁上耸出来，大象额头上写着：Welcome。旁边一串象牙，指着入口的方向。乐慧走过时，碰了碰它们：“假的吧。”拐一个弯，就灯光通明。水泥格子地板，天花板上裸着水电管道，一些桌椅诡异地团在角落里，中央一大片舞池。墙上画着绿色的棕榈、红色的寺庙，还有一些奇形怪状的水果，乐慧认出椰子和榴梿。

一个男人在吧台里清洗玻璃杯，还有两个来来去去，给每张桌子摆放假花。

乐慧道：“他们好瘦。”

“做鸭子的都瘦，体力消耗大嘛。”

乐慧发现小苹果声音不对，回头一瞧，她正和吧台里的人飘眼风呢。男人冲乐慧微笑，乐慧撇了撇嘴。小苹果道：“他们会在杯子上横一支烟，你可以过去拿他的烟。他同意的话，就会放倒杯子。”

那男人仍在看她们。他五官不坏，但颧骨过高，整张脸被高颧骨支成一个棱形。

小苹果道：“其实不管什么男人，关了灯都一样，”她凑近来，“只要他们不偷懒，就会很舒服的。而且——你可以让他们用嘴。”

乐慧嘿嘿笑，似是想象到了那种舒服。俩人有一搭没一搭地聊男人。小苹果喜欢肌肉男，能把她高高举起，一下摔到床上，拼命搞她，虐待她。

“疼不疼啊？”

“疼，但很刺激，”小苹果一下一下翘着身下的椅子，仿佛正骑着一个男人，两眼蒙眬地一眯，“我让他抱住我，夹紧我，像要把我弄皱弄碎。”

“我体会不到。”乐慧笑了，她更喜欢斯文男人。

营业时间很快到了。男人们三三两两出来，他们穿得挺普通。

乐慧说：“没你要的肌肉男。”

“有一个。”小苹果指了指。

乐慧一瞧：“这怎么能算肌肉男？”

“我可以将就，所以总能找到乐子。”小苹果站起身，一蹦一跳地过去，在男人的桌边坐下，俩人接暗号似的低着头。从侧面看，小苹果表情热烈，嘴皮子像只被吹皱的塑料袋口，翻飞不停。

乐慧打个哈欠，又一个哈欠。一个穿银光T恤的男人慢慢踱近。

“可以坐吗？”

“可以。”

那人坐下：“我叫小猫。”

“我叫乐慧。”

小猫的眼神跳来跳去，让人不喜欢。乐慧正不知该说什么，小苹果拉着她的男人过来了：“怎么样？”

乐慧道：“这是小猫。”

“小猫？”小苹果笑道，“我叫小苹果，”她往“肌肉男”膝上一坐，“好了，人齐了。”

乐慧不满意小猫，可小苹果已经谈开了价格。

小猫问，要一间房，还是两间。

小苹果道："一间房。"

乐慧道："两间房。"

小苹果瞥了瞥乐慧。乐慧道："当然两间房。"

小猫道："一间房加五十，两间房加一百。"

小苹果道："大家在一间房里，可以玩得更刺激。"

乐慧道："我没这习惯。"

小苹果有几分尴尬神色，但很快恢复正常。

小猫道："那咱们走吧。"

两个女孩一路无话，到了小旅馆，各自进房。不知有意无意，挑了两个远离的房间。

小猫关上门，乐慧怔怔站立，望着这个用宝贵人民币换来的男人。

小猫耸耸肩："开始吧。"

乐慧道："好。"

小猫开始脱衣裤。

乐慧道："你们可不可以用嘴巴？"

"可以，嘴巴二百。"

"额外的吗？"

"是。"

"我不要做，只要嘴巴。"

"你可以不做。"

"但刚才说定的六百块，是做的钱。我不要做，我只要嘴巴。"

小猫有些不耐烦："进来了，脱衣服了，不管做没做，都要六百。"

"什么？哪有这样做生意的，不公平！"

小猫龇了龇牙："有什么不公平。你们腿一张钱就来了，想干到几岁就干到几岁。我们吃青春饭，做力气活。几年下来，身体都拆败了。你瞧我——"他指指眼睛，他的眼窝发青，塌陷着。

乐慧被识破身份，愣住了。小猫利索地脱光，跳到床上，狗似的跪着："来不来？"

乐慧动手解裤子，小猫面无表情地看着她。乐慧躺到床上，小猫爬过来，舔她的脖子、手臂、胸脯，发出"啧啧"的声音。乐慧的身体颤动起来。小猫游走到她的腰下，缓缓分开她的腿。

突然，小猫怪叫："你有病！"朝空中呸了几口唾沫。

乐慧夹紧双腿："有啥大惊小怪，正常的妇科病。"

"那得戴套子。"

"不行。"

"我不会给你用嘴，做的话也要戴套子。"

乐慧生气了："这算什么服务？"

"你可以到消费者协会告我，"小猫坏笑，"还做不做？"

"老娘没兴趣了。"

"不做也行。进房费一百。"

"开什么玩笑！"

"我的身体都给你看了。"小猫用毯子围起下身。

“就你这身材，送给我都不要。我的客人个个比你好。”

“就你这模样，会有客人吗？”小猫笑眯眯的。

乐慧四肢一趴：“一百就一百，我躺一晚上，权当旅馆费。”

“再交五十，随你躺多久。”

乐慧嘭地弹起来。

小猫道：“刚才说好的，五十元房间费。”

“不是已收了一百吗？”

“一百是进房费，五十是开房费。”

小猫一直在挤眉弄眼。

“罢了，我来找乐子的，不想扫兴。”

乐慧亏了一百块，出门瞎转，越转越闷。满街的男女，看着都挺快活。乐慧不知道他们快活什么，她嫉妒。她回旅馆找小苹果。远远就听见呻吟。

“小苹果，快出来！”

屋里忽地没了声音。乐慧静等片刻，呻吟又起，但不如先前放肆。乐慧出了旅馆，在小贩手里买了烟，坐在街边抽。半个多小时后，小苹果出来了。神清气爽，面色红润，像刚刚泡过热水澡。

乐慧朝她的红脸蛋吐了一口烟：“听见我叫你吗？”

“没呀，”小苹果瞪大眼睛，“什么时候？怎么啦？”

乐慧扭过头：“没什么。”

“那吃东西去吧。”

“没胃口，今天恶心够了。”

“怎么了，玩得不开心？走，先吃饭，慢慢聊。”

小苹果带着乐慧，七转八转，转到一条饮食街上。时已深秋，桌子仍然露天摆放，一张紧挨一张。热气腾腾的食客们，背贴背，肘连肘。吮螺蛳、剥龙虾、剔骨头、喝可乐。连吃剩堆放的垃圾，看着都光鲜诱人。

“阿慧，你想吃什么，火锅怎么样？”

俩人领了号，排在队伍末端。小苹果悄声问：“你猜我刚才舒服了几次？”故作神秘地伸出四根手指，得意道：“这是真的，我很容易高潮的。才五分钟，就第一次了。”

旁边有人扭头瞧她们。

乐慧突然道：“芳芳说得对，你真是个贱货！”

更多人瞧着她们。小苹果觉得乐慧的右眼在缓缓转过一个角度，清冷的目光就洒开来，罩住了小苹果的前后左右。

乐慧缓缓道：“刚才听见我叫你了，就是不理我。只顾自己爽，根本不在乎我这朋友。我们是朋友吗？还有一件事，一直没问你。把我介绍给强强，你得了好处费是吧？”

小苹果嚅着嘴，仿佛在说话，却没一点声音。

乐慧道：“什么都别说，好吗？我最怕听你撒谎。”

乐慧走出队伍。小苹果拉了她一把，很轻，没有拉住。

这辈子唯一的友谊，仿佛一片枯叶，从乐慧贫瘠的日子里扇落出去。

23

生意很不好做。最近有很多“粘毛”的，把行情都搞乱了。那些中年妇女，苍蝇似的飞来飞去，嗡嗡着“小姐任选，百元消费，通宵营业，为所欲为”，还真拉进不少傻子。

连着十多天没客人，乐慧就懒散了，今天刮风，明天下雨，总是找个借口，躲在屋里大睡。她每天都想到小苹果，有时想得多一点，有时少一点。小苹果的小鼻子小眼，红扑扑的小脸蛋。乐慧觉得揪心：失去朋友的感觉，跟他妈的失恋似的。

现在，再也没有人会来找乐慧。如果她死了，变成腐肉了，都不会有人知道。接连很多晚上，乐慧做梦，梦境纷乱。一次半夜，她听见自己大叫：“猫！”醒后坐想良久，什么都记不起。还有一个清晨，突然被梦魇住，脑袋发疼，手脚沉重，持续了二十分钟，好不容易挣脱，一句悲哀的话没来由地钻进脑袋：文瑛死了。

文瑛是谁？乐慧琢磨半天，忽地想起，下午房东会来催租。于是起床找衣服。去年的紧身衣，今朝统统变成宽松服。人一瘦，骨架都缩水。乐慧把自己裹得鼓鼓囊囊的，出门了。

初冬的街上，十八九岁的孩子们在宣传艾滋病，这些花花绿绿、蹦蹦跳跳的年轻人。一个大眼睛女孩，将宣传单夹着避孕套塞给乐慧。乐慧一甩胳膊，掉身就走。三三两两有人收了套子，读着资料。

其中几个是小姐，乐慧一眼就能辨出。做这个的，脸上是烙着烙印的。乐慧从地上捡起一张传单，卷成一卷，塞进口袋。

是夜，又没生意。乐慧昏昏沉沉回家，不洗脸，不脱衣，往床上一躺。躺下又睡不着，辗转反侧，开了台灯，拿出白天捡的宣传单。

读着读着，她开始冒冷汗。很快连冷汗都出不了，只兀自发冷。冷了一会儿，蒙着被子哭。又连哭的力气都没有，就直挺挺躺着。不知躺了多久，她打开手机，写了个短信："我得艾滋了，要死了。"翻一遍通讯簿，不知该发给谁，就把小苹果的号码，改了末尾一位，发了过去。两分钟后，回复来了："你谁呀？"

24

小苹果突然看望乐慧。门没锁，她自己推进来，嚷嚷道："你还活着呀，这么久没音讯。"乐慧背对门口，裹着被子。小苹果坐到床边，推推她："房间里什么味儿。"去开窗，又道："窗外也是臭臭的。"关上，坐回床边。见乐慧不动也不响，就道："你还生我气呀，别气啦。"她摇乐慧，乐慧任着她摇。小苹果掀开被子："你怎么啦？"拉乐慧。乐慧道："别碰我，我得艾滋了。"

小苹果哈哈大笑："不可能。"

"真的，你看。"乐慧在被子里找来找去，找出那张皱巴巴的宣传单。

小苹果瞥了一眼："最近到处在宣传，我也看到过，"又道，"你什么症状？没那么倒霉吧。”

乐慧道：“我低烧很长时间了。那么长时间不戴套，一定中着了。宣传资料上说的，这叫窗口期。”

小苹果摸她额头，又摸自己额头：“好像没烧呀。”

“浑身难受，身体里像有一把火在烤。”

小苹果道：“你不会那么倒霉的。要不咱们去医院检查吧？”

乐慧道：“我不去，丢人。”

小苹果搔了搔脑袋：“网上有买自测试纸的，要不我帮你订一个吧？”

“多少钱？”

“不管多少钱，我来。”

乐慧抬头瞧了她一眼，“哼”了一声，又道：“自测的未必准。”

“准的准的，肯定准的，”小苹果附到她耳边道，“告诉你，我买过这东西，挺管用的，”她拉起乐慧，道，“走，吃东西去。我看你艾滋还没得，倒是先要饿死了。”

乐慧被她拉着，进到一个小饭馆。小苹果要了一碗馄饨，乐慧也要了一碗馄饨。两碗馄饨上来，乐慧道：“看着又不想吃了。”

小苹果道：“多少吃一点。”

乐慧细细嚼了两口馄饨皮，额头就出汗。停下来，看小苹果吃。小苹果吃得呼啦呼啦，发现乐慧瞧她，就抬头一笑。乐慧接住她的笑，也笑回去。俩人面对面，笑着笑着，就哈哈出声。小苹果道：“见到你真高兴。”

乐慧轻声道："我也是。"她握住小苹果的手，小苹果放下勺子，双手回握。"阿慧，你的手指头像是一捏就要断了。"

乐慧道："那你就捏断它。"

小苹果道："好，"抓着乐慧的双手，让它们贴到乐慧面前的馄饨碗上，"知道我为什么来找你吗？"

"你想继续和我做朋友。"

"那当然。除此之外，还有一件事。"

"什么？"

"你听了别生气。"

"只要你别骗我，我都不会生气。"

"那你也别难过。"

"好。"

"你发誓。"

"发誓。"

小苹果严肃着脸道："我碰到毛头了。"

乐慧顿了顿道："不可能，你又没见过他。"

"可是，你描述过他的特征。那种特征，不是人人都有的。"

"这么说，"乐慧将馄饨碗往前推了推，"你们上过床了。"

小苹果道："我原先也不知道，是强强介绍的。去了发现，他身上的一个开关坏了，对，就是那儿。他主动和我说的，要我配合一下，还告诉我，那是仇人干的。算了，不说了，你脸色都变了。别不理我，求你了。"

"没不理你。"

"那你理理我。"

乐慧抬头瞄了一眼小苹果："馄饨凉了。"

"我知道你还……"

"他眼睛大吗？"

"小眼睛。"

"长得黑还是白？"

"很黑。"

"结实吗？"

"一般，不算肌肉男。"

"毛头很结实的，他天天锻炼。"

"也算结实吧。"

"你在哪儿见的他？"

"房间里。"

"我知道是房间里，又不会在马路上。"

"我有预感，"小苹果道，"他应该还会来。如果强强那儿再有消息，我就通知你吧？"

25

和小苹果分手后，乐慧在街上走，走出一身虚汗，就坐在街沿上休息。肚子一饱，人就觉得舒服。坐了一晌，起身继续走。她决定去瞧瞧“慧慧娱乐总汇”。半天没找到，一打听，已更名“兴旺娱乐总汇”。乐慧问迎宾小姐，是否换过老板。一个似没听见，一个硬邦邦道：“不晓得。”她们不让她进，双方争执。保安从大厅出来，乐慧就灰溜溜走了。

隔街望去，“兴旺娱乐总汇”架构敦实，遍体通明，顶部拱成半圆，像一架航天仪器。门前停满轿车，开车门的小厮穿白制服，戴贝雷帽。两侧裙房延至看不见的街角，隔成一间间酒吧和咖啡馆。这儿是“大仙窟”的中心地段。

“慧慧娱乐总汇”更好听。“慧慧”，毛头这么叫她，还叫她“小东西”，她则称他“老头子”。他比她大八岁。他们都爱听邓丽君，都对花粉过敏，都喜欢闻橡胶水味道。

乐慧默默往前走。人迹逐渐稀薄，空气就清寒起来。乐慧的牙齿和手指纷纷打战，满世界“咔啦咔啦”的声音。角落里野猫嘶叫，像婴儿在哭泣，有一两声冰冷的鸟鸣。只有人类的巢穴安静着，每个人都会在凌晨死去这么几小时。

乐慧不知不觉走到影子弄，就径直往里，在尽头停住。贞女墙似乎矮了，细看，顶部的砖块被拆走不少。乐慧仰起头，天上白一块灰一块，月钩子褪得很淡了。

乐慧在家门前静立片刻，又绕到弄外。乐家的二楼窗外，晾出一竿衣物。其中有副白色奶罩，在路灯光里跳舞，像一对空洞的胸脯。乐慧死瞧了一眼，又绕回门前，狠命敲门。

敲了许久，开出一条缝，伸出一只手，将乐慧拉进去。门关上了，乐鹏程道：“整条弄堂都被你敲醒了。”他大半个身子隐在黑暗里，月光将窗影打在他的乱发上。

乐慧道：“轧姘头轧得爽不爽？”

“胡说什么。深更半夜的，你想干什么？不是搬出去住了吗？”

“这是我的家，我想走就走，想回就回，还用得着和你啰唆。”

乐鹏程叹了口气，拧亮客厅的灯。他穿宽大的睡衣裤，虚肿着脸。乐慧往沙发里一坐：“那个女人在楼上？”

“没什么女人。”

“那让我上去瞧瞧。”

“你别上去。”

“那让她下来。”

乐鹏程含糊地嗯了一声，上楼去了。乐慧在屋里转悠。家中的摆设调整过了，显得比以前干净。乐慧在电视机旁发现一只相框，里面是张三人合影：乐慧居中，乐鹏程在左，秀姨在右。乐鹏程和秀姨的肩膀挨在一起，乐慧的脑袋正好挡住他们胳膊的缺口。那时，她刚装好生平的第一只假眼，笑得满脸灿烂。相片左下角，有个淡淡的 Logo：“凯威摄影”。

秀姨从楼梯上下来。她裹着羽绒服，见到乐慧，淡然一笑。

乐慧道：“你好。”

秀姨道：“你好。”

乐慧坐回沙发。

“要不要喝杯热牛奶？”

“好。”

秀姨冲了奶粉，端到茶几上，又问：“要不要面包？”

“要。”

秀姨拿来切片面包。皱巴巴的，有点发酸。乐慧啃面包，喝牛奶。两者混合出一种滑腻的味道。

秀姨搬个椅子，在乐慧对面坐下。

乐慧问：“今天没上班？”

“两点下的班，睡不着觉，过来看看。”

“你不用解释。”

“我没解释。我的意思是，现在已经快三点了……阿慧，辞退你的事，我想解释一下。”

“我不要听。”

“其实……”

“我不要听！”乐慧把杯子往茶几一放，牛奶在杯壁上来回晃荡，泼溅出来。

秀姨不再说话。乐慧再次望向电视机旁的那张照片。秀姨抽出纸巾，擦掉茶几上的奶渍。“阿慧，有些事情，不是你想的那样。”

“我想的哪样啊？”

秀姨将湿了的纸巾团成团，堆在茶几边。

“你不是和何明要好吗？现在算什么意思，玩三角恋？”

“他是我前夫。我们早就分手了。”

“他不是你前夫。”

“他……”秀姨又抽出一张纸巾，在手心里揉捏，“虽然分手了，但还有来往的。”

乐慧道：“你们的事，我不想管，也管不着。”

“我的意思是……”

“我去拿点东西。”

秀姨顿了顿：“好，你拿。”

乐慧上楼去。乐鹏程已穿戴一齐，眯着眼靠在床头，见乐慧进来，就站起身。乐慧径直走向衣柜，翻找起来，秀姨的一些衣服，混在她的一起。乐慧取了几件冬衣，关上柜门前，发现一角蓝色，抽出来，是毛头送的桑蚕丝吊带裙，被压得软塌塌。秀姨也上来了，递给她几只马甲袋。乐慧将吊带裙连同冬衣一起，塞进袋子，转身下楼。秀姨跟下去。乐慧在出门前，回头对她道：“和乐鹏程这种人混，不会有好下场的。”

26

一个多星期后，小苹果说：“强强又让我去见毛头。你替我去吧。”

“见了他又能怎样？”

“你想见他吗？”

“想。”

“那就去。”

乐慧决定穿蓝色桑蚕丝吊带裙，外罩羽绒服。她有一条蕾丝短裤，可没从家里拿来。手头两条连裤袜，都跳丝了。乐慧把它们都穿在身上。

小苹果道："你疯啦，这么大冷天的。"

"这条真丝裙子，是毛头买给我的。他说我穿着好看。"

"噢，有纪念意义。要我陪你去吗？"

"要！"

一路上，小苹果不断给乐慧打气。

乐慧道："我现在挺丑的。"

"不丑不丑，毛头喜欢你的样子。"

"他看见我的瞎眼，会想起以前的事。"

"那事过去很久很久了。如果还在记仇，他就不算个男人。"

"他现在有女人了吧，很多漂亮女人围着他。"

"有女人，怎么还会出来找？"

"他一直喜欢出来找。"

"那说明没女人。"

"哪怕有女人,他也会出来找。"乐慧慢下步子。脑袋冻得缺氧了，耳朵深处隆隆地疼。

"就别管有没有女人，你们只是像朋友一样，叙叙旧。也许他会重新喜欢你呢。"

"不可能，"乐慧摸摸假眼,眼眶没肿,假眼球稳当当地深陷着,"不过，那件事不全是我的错。"

"这样想就对了，你可以向他解释，你一直想解释的，是吧。"

他们到了小旅馆门口。乐慧说："也不找个好点的地方。他总是舍不得给自己花钱。"

小苹果催她上楼。乐慧说："我还是怕。"

"别怕，有我呢。"

她们围着小旅馆走了一圈。小苹果问："还怕不怕？"

乐慧点点头。小苹果推了她一把，她就进门去。上了一级楼梯，又回望小苹果，小苹果做个"V"手势，并兴高采烈地摇晃身体。

在二楼时，乐慧注意到一个高男人，站在过道里抽烟。男人听见脚步，回过头。他眼睛很小，目光从下斜的眼梢挤出来。乐慧继续上到三楼，在302门口停住。敲了一会儿，那高男人慢慢踱过来。"你是强强的人？"

乐慧点头。

男人扫视她道："不是上次那个。"用门卡开门。

"毛头呢？"

"什么毛头？"那人愣住，"你认识毛头？"

"我……不认识。"

男人将门卡插进电座，灯亮了，靠门的厕所里，有什么电器嗡嗡作响。男人示意乐慧进去。他关上门。

"你也认识毛头？"他点起一根烟，"我是毛头的朋友。"

"我……也是毛头的朋友。"

"哪路的朋友？"男人呼出一口烟，"情人？"

"不是。"

“别装了，瞧你的表情。”

“我们以前……挺熟的。”

“熟到什么程度?

“你干吗钉着问？”

“熟到什么程度？”

“那是以前的事情了。”

“毛头口味挺古怪的，挑不来女人。”

乐慧挥掉面前的烟，想转身推门。男人拦到她面前。乐慧挣了几下。男人扔了烟，双手夹住乐慧：“你知道吗？”他的声音颤抖起来，“毛头把很多人害惨了。”

乐慧被夹得双肩生疼：“不会的，他很和气。”

男人一声怪笑，厉声道：“算了吧，毛头是个变态、神经病！”

乐慧想说：不是的。但发不出任何声音。

男人问：“你知道，他是怎么对我的吗？”

乐慧摇头。男人拎起她，甩到床上。“很快就会知道了。他怎么对我，我就怎么对你！”

27

乐慧听见惊呼：“出人命了！”一串杂乱的脚步。

房门大开，有穿堂风。乐慧挣扎起来，胡乱套上羽绒服和外裤，将破了的真丝裙子捏在手里，踉踉跄跄往外冲。有喧嚷声。她一转身，藏进一个通道死角，人即刻滑到地上。眼睛难受，抹下一把黏糊糊的东西。眼眶开始疼痛，其他地方也跟着疼痛。但它们立刻被一种巨大的疼痛淹没。乐慧感觉，她的直肠似乎坠下来了。恍惚中，似乎是小苹果的声音，说了一串话，很多只手来拉她。乐慧只听清一句："别待在这儿，警察要来了。"

第七章 钱一男

1

芳芳突然皈依基督教。

姑娘们纷纷围拢，夸赞她的钻石十字架好看。芳芳瞄见艾丽斯躲在后面，就冲她点点头。艾丽斯近来摸她的项链：“很贵吧？”

“不贵，碎钻不值钱。”

“你人漂亮，不值钱的也戴成值钱的了。”

大家好奇芳芳的转变，艾丽斯也好奇，但做出漫不经心的表情。

芳芳道：“只要愿意相信上帝，就能相信。”

大家追问，怎么才能相信。芳芳道：“那种感觉，实在形容不来。”

又问相信了有什么好处。

“相信了上帝，上帝会带给我们幸福。”

“那不是做交易吗？”艾丽斯插话，“上帝凭啥给我们幸福，我们又不是什么好人。”

“可我们也不是坏人。上帝还有个妓女徒弟呢。”

大家哇啦一片，表示不能理解。

芳芳憋红了脸："很好理解的，我慢慢解释。"

2

芳芳死过一回。她被一个叫 Cherish 的男人掐住脖子。他们是在酒吧认识的。那晚下很大的雨，芳芳接到 John 的电话。John 做网络，IT 精英。芳芳乐意和有层次的人交往，但雨下得实在太大。

"过来玩吧，上次你也拒绝我，" John 在嘈杂的背景里嚷嚷，"今天我们头儿也来了，超级钻石王老五，给你介绍介绍。"

"好吧，我来。"芳芳坐上出租车又后悔，该不是骗她吧。到了酒吧门口，给 John 打电话，John 出来付掉车费，扶她进去。

"今天你看起来很 cute。"

"你最会哄人。"

John 一笑眼睛眯成缝。他比芳芳小五岁，用摩丝固定出冲天发式，牛仔裤在屁股上破了两个洞。John 把芳芳介绍给一帮同事：Peter、Jason、Eric、Sam、Larry……以及 Cherish。

"Cherish 是我们敬爱的 leader。" John 让他俩握手，Cherish 飞快地捏了捏芳芳的手指。他不年轻了，戴一顶奇怪的帽子。

John 怂恿他们坐在一起。芳芳大方地坐过去。Cherish 挪了一下。John 们又是老一套，聊工作，说黄段子。有美女在场，男人都有些自我表现，争相斟酒、搭讪。芳芳谈笑时，Cherish 静静望着她。这让芳芳有了些好感，主动搭话："你叫什么？"

"Cherish。"

"本名呢？我不懂英文。"

"就叫 Cherish 吧。"

"Cherish，"芳芳念不准，呵呵笑道，"叫你小切吧。"

"随便。"Cherish 的双目焦点仿佛穿过芳芳的面孔，落在她脑后的某个地方。

他的大嘴巴不难看，可惜鼻子过长，使两目间距显短。最惹眼的还是他的帽子，在脑后鼓起一大坨。那个晚上，他唯一主动说的话是："你有名片吗？"

芳芳没有，但不介意留电话。

"你有 MSN 和 QQ 吗？"

"有 QQ，但不常上。"

Cherish 让她写下号码。芳芳递纸条时，看见他麻将牌似的戒指。

"有空联系。"芳芳嫣然一笑。

3

一个月后，有个"钻石多金男"在 QQ 上加芳芳。

芳芳问："是上次酒吧的小切吗？"

"钻石多金男"道："小切是谁？"

芳芳问："你的名字真牛。你很有钱吗？"

“我有钱，很多很多钱。你愿意跟我上床吗？”

“呸，我只跟有感觉的男人上床。”

“钱多就有感觉了。”

“哼。”

“女人爱财，男人爱貌，很公平。”他开始滔滔不绝，发表很多对男女关系和社会现状的看法。芳芳不感兴趣，和 QQ 上的别人说话。

“钻石多金男”问：“不在了？”

隔了几分钟，芳芳道：“在。”

“不想听我说话？”

“我没文化，你说的我听不懂。”

“那你说话。”

“你有女朋友吗？”

“没有。”

“噢。”

“你有男人吗？”

“你说呢？”

“我做你男人吧。”

“我还不认识你。”

“聊过天，就算认识了。”

“你帅吗？”

“不帅，但我有钱。”

“多少钱？”

“你见了就知道。”

“有别墅吗？”

“有。”

“有车吗？”

“有。”

“什么车？我不和开桑塔纳的男人约会的。”

“放心，不是桑塔纳。”

“你告诉我。”

“你愿意来吗？”

“我不见网友。”

“我不是网友，我是钻石多金男。”

“好吧，那请我吃和氏官府菜。”

“好。”

“你知道和氏官府菜吗？”

“当然知道，吃鱼翅的。”

4

芳芳让出租车在前一个街口停下，收好票据。饭店的停车区里，挤满私家车，黑的、白的、银的，全都锃锃亮。钻石多金男，是开宝马还是奔驰？

一辆暗红的轿车缓缓滑过来。工作人员一边挥手，一边喊：“这边，往这边倒。”芳芳给车让道。红车稳当当地停进一个空位。车门开了，芳芳认出那顶帽子。她瞥了一眼车标，一对隼鹰翅膀，正中一个字母“B”。

“你好。”Cherish从驾驶座出来。他和芳芳差不多高，却有两个芳芳那么宽。衣服层层叠叠，露着好几个领子，一截皱巴巴的短脖从领子里耸出来。Cherish朝左看看，朝右看看，对芳芳说:“进去吧。”

芳芳昂首挺胸，扭身就走。Cherish跟在后面。到门口时，他快步上前，想替她拉门，一名服务生捷足先登。“先生小姐订过位吗？”

“订过，姓钱。”

领座员查号时，挤过来两名中年男子，其中一个对着芳芳轻叹一声。芳芳朝他挑了挑眼梢。

他们被带到靠窗的二人座。芳芳坐下就开始点菜。点完，Cherish看了单子，问:“这么多海鲜，会不会腻？”

芳芳道:“腻了可以喝红酒。”

Cherish对服务生说:“来瓶最贵的红酒。”

菜上得有条不紊。芳芳每样尝两三口，就放下筷子。Cherish默默望着她。芳芳道:“晚饭不能吃太多，会胖的。”Cherish说“哦”。他几杯红酒下肚，耳郭都红了。芳芳盯着新换的骨盘，它洁白明亮地托举着一根孤零零的鱼刺。Cherish瞧着芳芳，又顺芳芳的视线，瞧着她面前的骨盘。

终于还是芳芳先开口:“你在网上时，像另外一个人。”

“是吗，”过了几分钟，才问，“有什么不一样？”

芳芳淡淡道："没什么不一样。"

Cherish 举起红酒杯，放下，又举起，喝了一口，道："对了，有样东西送给你。"拿出一只盒子。芳芳打开，是一套项链和耳环，碎钻的十字架坠子。

"喜欢吗？"

芳芳瞄了一眼："碎钻的呀。"

Cherish 愣了愣，尴尬道："是不贵。"

芳芳"啪"地关了盒子，懒洋洋道："谢谢。"

"戴上我看看。"

"现在不了。"

"让我看看。"

"回头再说。"

"戴上看看！"

芳芳沉着脸，取下自己的珍珠耳环，戴上那些十字架。

Cherish 道："你脖子上一点皱纹都没有。"

"这算夸我吗？我就该老得生皱纹了。"

这是饭桌上的最后一句话。出了饭店，仍是芳芳走在前，Cherish 跟在后。远远看见管停车的保安，靠在 Cherish 的车上，摸着窗玻璃。见主人过来，连忙站直，殷勤地笑。

"他在干吗呀？"芳芳坐进车。

Cherish 没接话，放起一首英文歌。

芳芳抚着皮坐垫道："这车杂牌的吧？"

Cherish道："你不认识吗？反正不是桑塔纳。"

芳芳道："我坐过宝马。"

"哦？什么感觉？"

"像飞机慢慢起飞时的感觉。"

"那坐我这车什么感觉？"

"没什么感觉，"芳芳撇撇嘴，"不过似乎挺稳的，没什么噪声，"她忽地盯住车窗帘，"咦，是真丝的？"

Cherish道："这窗帘值十几万呢。"

芳芳"嘁"了一声，道："真热。"Cherish放下车窗。车子在红灯前停下。右侧车道一辆蓝色出租车。司机是个胡子拉碴的中年人，他瞪着芳芳。后座两个花花绿绿的年轻女孩，像两棵圣诞树被伐倒了塞在那里。她们也瞪着芳芳。其中一个惊呼："宾利！"

芳芳吓了一跳。蓝色出租开始在后视镜中变小。Cherish的车子拐了个优雅的弯。芳芳迟疑地望了一眼Cherish，又摸摸皮坐垫。过了五六分钟，她道："坐宾利的感觉，就像我们没动，底下的路却在动。"

Cherish道："你挺会比喻的。"

芳芳道："宾利比宝马贵得多。"

"是。"

"听说宾利能开得很快。"

"是。"

"有多快？"

"没试过，我开车向来谨慎。"

芳芳想了想，道："我没认出来。"

"不怪你，这车不常见。"

芳芳渐渐恢复过来，一连声地问："你经常到世界各地度假吗？你有自己的游艇吗？你喜欢吃鱼子酱吗？"

Cherish 笑道："我喜欢窝在家里。我喜欢吃水煮鱼。"

芳芳道："你应该穿更好点的衣服，才像有钱人。"

"为什么？难道坐在宾利车里，一定得拿个 LV 包？" Cherish 有意无意地瞄了一眼芳芳手中的包。

芳芳背上热了一热："我这包也不便宜，是超 A 货，拿到专卖店也未必分得出。"

Cherish 道："我不懂这些。不过我知道，你拿着它从这车里下去，不是真的也成真的了。"

"什么意思？" 芳芳顿了顿，"你在嘲笑我吗？"

"小姐，我哪敢。"

芳芳有些没趣，假装随意地看车饰。她闻到高级的木材和皮革，混合出清冽森然的味道。车内的一切物件都在熠熠放光。而她没有放光。她紧捂住她的超 A 货，它让她联想新租的房子，厕所的地面总是返水，真丝裙子晾在卧室会发霉。同住的湖南妹总带男友来过夜。那男人脚臭熏天，满口大话，还趁女友不在，向芳芳献殷勤。

芳芳扭头看宾利车的主人。Cherish 驾车时，面部线条绷得很紧，看起来竟有几分英俊。专注的神情适合他的脸。

Cherish 问："你住哪儿？"

“不告诉你。”

“送你回去时就知道了。”

“我可没答应让你送。”

“那你的意思是，你跟我一块儿回去喽？”

5

芳芳问 Cherish 是不是处男。Cherish 闷声道：“怎么可能。”他们做了两次爱，Cherish 觉得饿了，到冰箱里拿东西。他赤脚走动，他的家伙垂头丧气地摇摆着，发现芳芳注视它时，又噌地蹿起来。

芳芳问：“干吗还戴着帽子？”

Cherish 道：“你要啤酒吗？”

“我不要，你干吗上床还戴着帽子？”

“我喜欢戴帽子。”

Cherish 坐在床边喝冰啤酒，芳芳瞧着他的光背脊，去摘他的帽子。Cherish 像是脑后生眼，反手一撩，扇到芳芳的耳朵。芳芳尖叫着，斜倒在床上。

Cherish 拎着啤酒瓶，站起身。

芳芳喊道：“凭什么打我，最讨厌人家打我！”

Cherish 不说话。

芳芳歇斯底里道：“打人是对人格的污辱。我是有尊严的人。”

她又去抢 Cherish 的帽子，手指已经碰到了。Cherish 扔了酒瓶，双手齐出，卡住她的脖子。芳芳想掰他的手，发现他力大无比。她从 Cherish 的黑眼珠里看见自己，五官逐渐变形，身体不停抽搐。她头一偏，这倒影从眼角滑出去。

Cherish 探探呼吸，摸摸心跳，又捏捏她的手。芳芳的手心很凉。他将她的四肢摆放齐整，取下自己的帽子，盖在她脸上。然后捡起翻倒的酒瓶，干掉最后一口。

芳芳突然醒了，她仿佛过了一个世纪，又似仅仅一瞬。有人在说话："……我叫钱惜人。今天录下这段话，也许是我最后的话……"帽子的织物纤维随着呼吸，拂弄芳芳的鼻孔。她还感觉脖颈里一道凉，伸手一摸，摸到十字架吊坠。她想起爸爸妈妈，想起吴神父。她缓缓挪开脸上的帽子，看见钱惜人坐在不远处的电脑前。他的后脑勺，是一片高耸的荒原。

芳芳在那片荒原上走，就走进另一世界。在那另一世界里，有金色阳光托举着她。阿门！

6

小学之前，钱保佑的绰号叫"大头"。两条弄堂的孩子，见了他就疯嚷："大头大头，下雨不愁。你有雨伞，我有大头。"

钱保佑问二姐钱一男："什么是大头？"

"大头是一种菜。"

"他们为啥吵吵？"

“因为大头菜好吃，他们喜欢吃。”

“我也要吃大头菜。”

“没有！”

“我要吃大头菜。”

钱一男从灶上拿起半瓶什锦菜：“这是大头菜。”

一天，钱保佑照镜子，突然意识到，小邻居们是在讥讽他。过了几个月，又忽地自个儿明白了，什么叫“下雨不愁”。

钱保佑讨厌下雨，如果没带伞，岂非“下雨不愁”，如果带了伞，就像大伞底下撑小伞。接着他又讨厌晴天，大太阳光里，只有他顶着一把收不起来的伞。人类发明伞，就是为了嘲笑大头。

钱保佑躲在门后数手指。数得无聊就啃。他指甲边的皮肤斑斑点点，鲜红的是血，嫩红的是肉，暗红的是痂。大拇指最好吃，皮粗，在舌头里卷成一粒粒的，嚼得有味；小手指最耐吃，用牙齿找到一处皱皮，咬起，轻轻一撕，一条就下来了。

钱一男终于注意到了这双手：“恶心！”她拼命拍打弟弟的手，钱保佑往后躲，不小心坐到地上。“脏死了！”钱保佑转身往床上一蹦。钱一男顿时浑身发痒，仿佛满地的细菌，不是粘在钱保佑裤子上，也不是粘在床上，而是粘在了她身上。

钱保佑泣不成声，却不肯认错。钱一男打累了，一扔鸡毛掸子：“今天睡地板。”钱保佑拿起暖饭锅的棉垫，蜷进角落。钱一男瞧着他默默抽搐的背脊，有点于心不忍，大声道：“只要你以后讲卫生，姐姐就买麦芽糖给你吃。”钱保佑不吱声。钱一男不再管他，清洗起床被。

天底最难看的手，除了钱保佑的，就数钱一男的了。长期接触肥皂和洗衣粉，使得它们像浸泡在液体里的标本，肿胀，变形，挤满纹路。

洗完床单、枕巾、被套、床沿、弟弟的衣裤、自己的衣裤，索性又将所有毛巾洗一遍。天色蒙蒙发亮，家里终于恢复秩序。钱一男舒了一口气，调好闹钟，换上睡衣，正打算合会儿眼，就见钱保佑从地铺上起来。他烙着席印的小脸，已经冻得发青，两只小眼半眯着，眼角挂眼屎，鼻尖淌清水。

“姐姐，我怕。抱抱。”

眼见弟弟扑上来，钱一男嘣地蹿开。钱保佑脑门撞在床头，顿时也醒了。钱一男后退一步道：“你没事吧？”钱保佑挣扎着起来，也不知醒没醒，又回角落里躺着。钱一男擦干净床头，烧了热水，硬拽保佑起来，要给他洗澡。钱保佑不肯。一男道：“睡了一晚地板，很多虫爬到你身上。”

“那为啥让我睡？”

“因为你脏。”

“我不脏。”

“你脏的。”

“我不脏。”

“你脏的，”钱一男轻掴他一下，“大人说话不许回嘴。还有，以后再也别抱我。”

7

上小学时，钱保佑的绰号："皮球"。大家嚷着"拍皮球啦"，跑过来拍钱保佑的后脑勺。钱保佑逃得快，但往往被七八个男同学围住，被他们轮番拍打。钱保佑不回家诉苦，因为钱一男会说："受同学欺负，就去告诉老师。"钱保佑不告诉老师。老师们承认他聪明，却没一个喜欢他。

女同学们跳橡皮筋，有时唱："小皮球，落小地，马莲开花二十一。"那是一种团团转的跳法，三五个女孩围成圈。钱保佑痛恨"小皮球"三字，偷偷剪了一个女孩的皮筋。她们向老师告状，老师不让他放学。

钱一男下班后，把弟弟从学校领回来。两人一前一后，保持距离。钱一男突然扭过身，问："知道你为什么头大吗？"

"不知道。"

"是助产士用产钳夹的。"

"为什么要夹？"

"不夹就生不出。"

钱保佑毫不犹豫道："我情愿没生出来。"

钱一男淡淡道："那你可以去死。"

8

小学二年级，增设体育课。钱一男痛恨体育课和一身臭汗的钱保佑。她把弟弟拦在屋外，让他脱了衣服，直接入木盆洗澡。钱保佑不肯，两人僵持。转眼天就黑了。

钱一男道：“脱吧，反正没人看见。姐是为你好。”

钱保佑早就饿得前胸贴后背，瞧瞧左右没人，开始脱衣服。刚把裤衩扔进门，就听背后有人嬉笑：“钱大头，光屁股！”钱保佑脑袋里“嗡”了一下。钱一男叫：“你干什么！”话音没落，光身子的弟弟就消失在夜色里。

晚上十一点多，钱保佑回来了，裹着一件不知从哪里扯来的女式棉毛衫，拎着一只污损的袋子。钱一男刚开门，他就将袋子一甩，一股恶臭弥散进来。钱一男尖叫，叫了两声，眼泪流下来。钱保佑第一次见二姐哭，指着她哈哈大笑。隔壁突然有人开门：“深更半夜的，俩神经病。”

钱一男擦干眼泪，压低声音道：“你进来。”

钱保佑道：“不进来。”

邻居又骂：“神经病！”重重把门关上。

钱保佑突然问：“你的人生不是清洁，就是消毒，有意思吗？”

钱一男简直不能相信。弟弟把“人生”二字说得老气横秋，配上矮壮的身坯，活脱脱一个若有所思的侏儒。她有点发怵，那一晚起，再也不打骂他。

9

钱保佑完成作业和家务后，要么看学校借的小人书，要么搬个板凳在门里坐着。他喜欢旁观这个世界。当他自己走进去时，世界就不完美了。

傍晚的空气里，有固本肥皂和炒鸡蛋的香气。玄色的机制瓦、掉了漆的朱门，灰暗了的清水红砖墙。瓦顶上掀出一扇扇小天窗，灰不溜秋的麻雀们，从天际线上飞过去。同龄的小朋友们歪戴红领巾，嚷嚷闹闹着回家。

钱保佑拿起铅笔，自然而然就会画了。画墙、画树、画电线杆、画掉落墙角的一只毽子。他用咖啡和浅黄的墨水笔，勾出毽子毛的光泽。落日偏过一个角度，七彩颜色就在那些羽毛上流动。钱保佑知道，那是阳光被分解了，小学五年级的《自然常识》课本上写的，三年级的钱保佑已经知道了。他用练习簿的格子纸，画了二三十张，精选十张，缝成一册，用旧年历纸包好封面，藏进抽屉，没事拿出来瞧。他希望听到夸奖，但姐姐不会看的。一天，钱一男大扫除，把他的画拿来擦玻璃。钱保佑回家时，只挽救到一堆湿漉漉的纸渣。那晚，趁姐姐出去洗脚，他抠出很多鼻屎，搓成一粒粒的，粘在钱一男的被子里。

10

钱保佑养过猫，路边捡的——黑色家猫，跛了一足。钱一男不肯放进门，钱保佑一松手，猫儿就一瘸一拐地踱进去。钱一男不敢碰它，只能上前扯钱保佑的衣服，钱保佑抽抽鼻子，做出擤鼻涕的表情。钱一男触电似的松了手，一扭身，发现黑猫已端坐靠背椅上，懒洋洋的像个大爷。

“好，好，你们睡，我回单位！”钱一男稀里哗啦，整理毛巾牙刷，想想单位更脏，动作就缓下来。

钱保佑道：“猫的事情我来负责。”

“负责！你一丁点儿小的人，知道什么叫负责？”

钱一男匆匆把自己弄干净，避瘟神似的上了床。她时刻担心脏猫会跳上来，翻来覆去了一整夜。钱保佑把猫拎到塑料盆里，拿刷鞋的板刷清洁。这是只圆耳绿眼的猫，被水打湿后，毛发粘成一丛丛的，四肢瘦骨伶仃，脑袋奇大无比。钱保佑揪起它的后颈皮，高声道：“从现在开始，你叫‘大头’，听见没有！”

11

钱一男感到，自己成了家中最没地位的。怕弟弟，还怕猫。黑猫常常半开着眼，睨视钱一男，钱一男觉得它在谋划什么诡计。它走路一瘸一拐，悄无声息。好几次，钱一男感觉有动静，低头发现猫已从她脚上踩过去。钱一男只能高卷裤腿，避免被猫爪污染。

最头疼的是，黑猫身上有牛奶和鱼肉混合的腥臊气，很快，屋子的每个角落都有了。钱一男认定，这味道是从它的耳孔散出来的。它们被什么东西塞得满满的，似耳垢，又似寄生虫，钱一男无论何时想到，就骤起一身疙瘩。她在床上搭了个帐子，起床后用夹子夹紧帐幔，再覆一层毯子。

黑猫有只纸箱小窝，还有一只专用食盆。它吃东西不挑，大小便也总是自觉走到屋外去。钱一男见过它撒尿，狗似的抬着一只脚。她烧菜时，会往猫盆扔些零杂，她觉得自己是在讨好它，这让她不痛快。

钱一男申请单位宿舍，很快批下来了。大姐钱爱娣正好插队落户回来，接手照顾弟弟。钱爱娣烧得一手好菜，做家务雷厉风行。但钱保佑仍然不喜欢她。回家点个头，吃完饭筷子一扔，到桌边做作业，做完作业没事干，就逗"大头"玩。

大头毛发一干，脑袋就是正常比例。钱保佑喜欢将它弄湿，大头拼命挣扎，水溅了一地。钱保佑打起猫来绝不留情，大头躲在家具背后，钱保佑就拿扫帚柄戳刺，戳得它喵喵乱叫，跷着脚出来。大头出走过几次，天没黑就溜回来。钱保佑打得不过瘾，就扼它脖子，直扼得吐出舌头，才往地上一扔，踢上两脚，将装剩菜和牛奶的盆放到它旁边。大头缓过劲后，总是狼吞虎咽，它的瘸脚拖在地上，吃到满意时，微微抽抖几下。钱保佑喜欢看它进食，有时故意用脚将猫脑袋挤出盆子，大头就绕着他的脚呜呜悲鸣。

有时爱娣看不下去，给大头的伤口抹紫药水。她是病退知青，在街道的里弄生产组制作手表带。除此之外，还替人带孩子赚钱。钱保佑常常独自在家，就对着大头说话。大头很乖，软塌塌缩在桌边，有时趴伏着，有时仰起脖子，东张西望。

“大头，你求饶，我就给你东西吃。”

“大头，没了我，你就得死。”

“大头，听过雨伞的儿歌吗？唱给你听：大头大头，下雨不愁……”

一日钱爱娣回家，吓了一大跳：“保佑阿弟，你和谁说话？”

“别烦，我在背课文呢。”

12

天气一回暖，弄堂里的母猫开始发情，白天满地乱滚，晚上叫个不停，见了人老远凑上来，如若搭理了它们，它们就在人腿上蹭啊蹭的。隔壁的弄堂祥安里，有只叫“喵喵”的母猫最出名，除了四处乱撒尿，还喜欢人摸它。一摸，喵喵就趴到地上，抬高屁股，尾巴朝向一边，后脚交互踏步。

首先是一个小男孩发现的。他问妈妈，妈妈骂了句：“下流。”自此，邻里的男孩都知道喵喵了，没事就摸它玩。钱保佑见过喵喵，几次窜到家门口，一场乱叫，叫得大头骚动不已。钱保佑锁了门，大头就用爪子“吱吱”抓门，钱保佑不耐烦了，又一顿好打，几次把大头的屎尿打出来。

趁着钱保佑上学，大头还是跟喵喵私奔了。那一晚，它没回来。钱保佑将准备好的牛奶和鱼肉撒在家门口，第二天一早，被爱娣扫走了。钱保佑连着几天无精打采。

一星期后，大头归家了。它被喵喵的主人赶出来。那胖女人说：“找你家钱保佑去。”一脚踹出门。

“大头，回来啦。”钱保佑关上门，拿出猫盆，倒上牛奶。大头俯身就喝。它的毛发里嵌着好多垃圾枯叶，浑身上下一股尿味。钱保佑又加了牛奶，直到大头喝饱了，收拢前肢趴在地上。

钱保佑道：“伺候过你了，该教训你了。”一脚踢向猫脑袋，大头惨叫着一滚。钱保佑追着它踢，边踢边嚷：“你们都不要我！都不要我！臭大头，死大头，不得好死的大头！”直踢到角落里，拎起它的后颈皮，死命往猫脸上一击，顿时感觉拳背湿了——大头的左眼被打爆，一股猫尿同时溅射出来。钱保佑撩起血淋淋的拳头，又是一下，大头的脑门“咔”地凹进去，天灵盖碎了。

钱保佑将它缓缓放到地上，大头脸朝下蜷着，身体静静抽搐，一摊血在地上越化越大，还有白泡泡样的唾沫，浮在血迹上。钱保佑静静望着自己的黑猫，它垂死的样子，像一个人。

13

1981年，十四岁的钱保佑跑去派出所，把名字改成钱惜人。大姐钱爱娣劝说：母亲生前起的名，不能胡乱改。他只作没听见。这个女人，没多久出嫁了，又没多久死掉了。她嫁在同一条街上，经常跑回来做菜洗衣，还不时塞钱给他。除此之外，他俩的生活互不相干。

钱惜人读重点高中时，开始受老师宠爱，同学们为了请教问题，也会套套近乎，但很快都被钱惜人的傲慢得罪。钱惜人讨厌笨蛋，他从不掩饰。两个姐姐也不聪明，钱惜人的优秀基因像是天外飞来的。

钱惜人高中阶段唯一的“良”，是体育中的八百米跑。和大姐爱娣一样，钱惜人有双粗壮的腿，但长跑不仅仅需要爆发力。

每天放学后，钱惜人沿着河边练习跑步。鞋坏得很快，索性就赤足。回家后，他喜欢用黑脚板在地上踩来踩去，如果二姐看到，一定又会哭鼻子吧。这想法让他快乐。现在的钱一男，已经中断工作，成为土木工程系的在读大学生。

又到八百米测验的日子。钱惜人问大姐要来钱，买了双结实的新跑鞋。有十多个同学一起考，钱惜人当了一圈排头兵，第二圈时，体育委员追上他。钱惜人在第三圈重新超出。最后一圈极为漫长，钱惜人看着体育委员在前头越跑越远。他腿软得直打战，身上的肉像要被一块块颤下来。不断有人从身边冲刺过去，围在终点的同学齐声大喊。钱惜人艰难地转过最后一个弯道，终于听清了，他们在嚷嚷：“大头鬼，跑得慢！大头鬼，不及格！”钱惜人一声怒吼，冲过终点，把带头起哄的同学扑倒在地。男生们骚动起来，围攻钱保佑。当体育老师救出他时，他的半张脸是青的，下巴也脱臼了。自那以后，钱保佑的嘴巴再不能完全张大。

14

钱惜人是班里唯一考取北大的。他喜欢数学系，数学系的人们善良，并且尊重智力。钱惜人不算最用功，奖学金却拿得最多。业余时间读杂七杂八的书，社会学、心理学、经济学，还有什么训诂周易。钱惜人喜欢《资本论》,从图书馆借来后,放在枕边每天读几页。还有英文版的《共产党宣言》，有些段落能背出来。钱惜人用奖学金买了个小半导体,每天清晨带着跑步,跑到树林深处,拿出来收听《美国之音》。钱惜人上英文课睡大觉，但每次都是班级第一。同学问起经验，钱惜人笑而不答。于是他们只能酸溜溜道：“聪明是天生的，瞧人家脑袋长得多大，里面全是脑容量。”

大二时，钱惜人开始炒股。积攒的奖学金，外加大姐赞助，花三十元买了认购证。他没和任何人说起这事。

钱惜人开始逃课，辅导员警告过几次，才有所收敛。课余时间，他要么躲进帐子，要么不知去向。室友趁他不在，翻查床铺，除了半床子书，什么也没发现。钱惜人的名次慢慢下来了，但还保持在中游。

刚进校的夏天，钱惜人头披湿毛巾，压上一顶军帽，被人嘲笑是电影里的日本鬼子。入秋后戴个米袋似的布帽，据说是自己用旧衣服缝的。大冬天里，钱惜人穿军大衣，将厚领子立起，挡住半个脑袋。好事者说：“还是这样好，遮遮掩掩反而古怪。”听闻这话，钱惜人又把他的米袋帽戴上，这一戴，直戴到离校那天。

大三暑假，钱惜人窝在家，看了两个月的书，钱一男催他勤工俭学，钱惜人拿出一张十元钞票，甩在她面前，把毕业分配到房管所的姐姐吓一跳。

九月很快到来，钱惜人回北京报到，当他提着行李走在校园时，突然发现了以前没发现的东西——就是那些女孩子，花花绿绿，三三两两，叽叽喳喳。她们多么美！钱惜人的眼睛湿润了，他想起自己幼年时，曾经画过的美丽画儿。

钱惜人的初恋蒋伊娜，就是她们中的一个。蒋伊娜穿浅蓝色棉布裙，梳“小鹿纯子头”，左右小辫各系一条红纱饰带。钱惜人在食堂窗口排队，蓦地被相邻队伍里的两朵小红花晃了眼。一个女孩嘴衔金属饭勺，茫茫然地朝这边望。钱惜人以为在看他，霎时脸颊发烫，但立刻发现不是。女孩跟着队伍慢慢移动，眼神就落到钱惜人前面去了。钱惜人心里着急，好在他的队伍忽地移动迅速，他和女孩的距离又缩短了。

在更近处，能看到她嘴唇上一弯淡淡的汗毛，还有裙子里透出的白色乳罩的轮廓。好几个男生在偷瞧她。女孩没注意，钱惜人却注意了。他盯了他们几眼，仿佛要用眼神将他们一一击倒。

很快到窗口了，钱惜人胡乱打了一个菜，二两饭。女孩也打好饭菜，转身往外走，什么东西从她身上飘出来。钱惜人飞快蹿过去，捡起一看，是一张一元饭票，被那只美丽的掌心捂得微潮了。

15

蒋伊娜有点像印度人，皮肤黑亮，五官粗犷。最扎眼的是一米七四的身高，疾步快行时，胸部微微荡漾，这使得她有些害羞，走路和说话会情不自禁佝着背。

和钱惜人谈恋爱后，俩人白天走在校园里会离开一段距离，晚上则互相搂着，有时钱惜人搂蒋伊娜，有时蒋伊娜搂钱惜人。

蒋伊娜知道钱惜人，著名的数学系怪才，她读过他发表在校报上的文章，满篇术语，句子拗口。她读不懂，但是颇为崇拜。第一次近距离看钱惜人的脑袋时，蒋伊娜觉得不习惯，但她把不习惯有礼貌地留在肚里，接过他递还的饭票，说声“谢谢”。钱惜人邀她共进午餐，蒋伊娜犹豫。钱惜人就面露窘色，摇晃身体，仿佛快站不住了。蒋伊娜于心不忍，就同意了。

钱惜人又去打了三个荤菜，请蒋伊娜品尝大排骨。蒋伊娜道：“我吃自己的就行。”钱惜人执意把排骨夹到她碗里，蒋伊娜脸红了。有人轻捶她的背，回头一看，是个同班同学，她朝蒋伊娜挤挤眼睛，不打招呼就走过去了。蒋伊娜顿感别扭，弄得钱惜人也不敢说话。俩人默默吃着，蒋伊娜始终没碰那块大排骨。

饭菜将尽时，钱惜人憋出一句话：“你喜欢看什么书？”

“我喜欢看文学书。”

“理论书呢？”

“看过一些美学。”

钱惜人道：“我喜欢马克思和弗洛伊德。”

蒋伊娜道：“你写过文章的，是吧，好像是谈论马克思主义和弗洛伊德学说的关系的。我读过，写得很好。”

钱惜人听了高兴，聊起《资本论》。蒋伊娜听不太懂，但钱惜人讲得很有气势。她问：“你的父母是学者吗？”

“他们是普通百姓。妈妈生我时死了，爸爸又有别的女人。”

“噢……”

“不用安慰我，我是男人，扛得住。”

蒋伊娜暗暗替钱惜人难过，背后对他的议论真不公平。钱惜人矮了点，但身板结实，走路大摇大摆，颇有气派。他五官不难看，眼睛虽小，却精光四射，蒋伊娜觉得它们很深邃，一下把中文系男生的罗曼蒂克做派比下去了。

俩人谈至饭堂阿姨打扫卫生，才结束这顿饭。下午的专业课，蒋伊娜迟到了。邻座男生看了她两眼，突然问：“听说你和数学系那个怪人好上了？”

蒋伊娜涨红了脸笑道：“哪有的事！”

“他哪点好呀，杨克飞一直喜欢你。”

“哪有的事！”蒋伊娜又笑。那男生吐吐舌头，别过脸听课去了。

蒋伊娜是男生中有名的“波霸”，对她有意思的不少，却没一个敢追求。她的浓眉大眼给人以性格凶悍的假象。

钱惜人告诉蒋伊娜，“小鹿纯子头”更适合娇小可爱型女孩，她梳“熊英翘头”可以显出甜美。蒋伊娜来自没有电视机的北方小镇，不知道《霍东阁》，只在明星照上见过“小鹿纯子”。钱惜人帮她把发型梳出来，她连连称赞，欢喜不已。这男孩样样拿手，连扎辫子的细活，都做得一丝不苟。他扎出歪向一侧的马尾辫，辫梢倒梳着打松，再将两根红饰带并拢，在辫根打一个大蝴蝶结。

钱惜人开玩笑道：“你信不信，我还会画眉毛。”这话有些肉麻，但蒋伊娜会喜欢。

蒋伊娜果然喜欢，接口道：“画眉深浅入时无。”

钱惜人为了蒋伊娜，在图书馆恶补了好一阵。他以前不喜欢文学书，现在就更不喜欢了。小说家不诚实，他们粉饰生活。诗人呢，多愁善感得跟娘们儿似的。蒋伊娜热爱沈从文和徐志摩，有时读着读着，长睫毛上就亮晶晶的。钱惜人喜欢看她哭：这个永远和他对着干的世界，突然在蒋伊娜的泪水里温存起来。

16

他们像所有热恋中的大学生，一起看电影，上自习，参加周末舞会，绕着校园一圈圈散步。钱惜人憎恨舞会，但蒋伊娜喜欢。跳快三时，她的裙裾开放成一朵花，男生们的目光就像蝴蝶似的黏过来。钱惜人坐在角落里，浑身紧绷，右手狠狠抠着左手掌心的肉，仿佛在抠着那一双双眼睛。

蒋伊娜硬拉钱惜人学跳，钱惜人踩到她的脚。蒋伊娜说："不疼，没关系。"钱惜人立刻板起脸，甩开手，回到座位上。蒋伊娜呆在原地，立刻有男生过来邀请她。钱惜人认识，蒋伊娜同班的，叫什么杨克飞，据说家里有背景，长得人高马大。蒋伊娜告诉过钱惜人，杨克飞对她有意思，马上又补充："我一点看不上他，草包一个。"

眼下这个草包，正将手放在女人的腰上呢。钱惜人听到自己的拳头咔啦啦响，他捏紧它们，站起身，缓步走向那对舞者。蒋伊娜率先看见，惊呼："钱惜人！"话音未落，钱惜人已经抓住杨克飞的胳膊。

一个高，一个壮，打得旗鼓相当。杨克飞一边出手，一边口齿零乱："你算哪根葱……信不信我爸能整死你……"钱惜人闷声出拳。由篮球场临时改成的舞池乱作一团。杨克飞被钱惜人顶到了球架上。蒋伊娜在旁跳脚连呼："谁再打，我就不理谁！"嚷了三五遍，两个男人才慢慢收力，蒋伊娜趁机将钱惜人拉开。

"别碰我！"钱惜人恶狠狠地往前走，边走边身体不住颤抖。从后面看他的大脑袋，让蒋伊娜想起卡西莫多。她像是突然才发现，钱惜人实在算得上丑陋。

"我不喜欢没教养的人，再见！"蒋伊娜大喊一声，转身回走。蓦地眼前一闪，钱惜人已蹿到她面前，拉住她道："娜娜，我爱你！"没等蒋伊娜反应，钱惜人双膝"咚"地跪在水泥地上。

"别这样，别这样！"蒋伊娜手忙脚乱，怎么都拉他不起。

"你以为我想打架吗？我好歹也算知识分子，我只是太爱你了！"

蒋伊娜心里一慌，也跪下来，嘴里胡乱咕哝着："别这样，别这样……”

钱惜人拽住她，他感觉她的胸脯先于身体倾了过来。他啄向她的嘴唇，她顺从了。这是第一次接吻。钱惜人的舌头很冷，蒋伊娜觉得在舔一块塑料。钱惜人的泪水顺着紧贴的面颊,流到蒋伊娜嘴里。蒋伊娜搂紧钱惜人，她感觉自己像个母亲。

钱惜人松开蒋伊娜，蒋伊娜难为情地将脸埋向一侧，从臂弯里偷瞧他。钱惜人看到她亮晶晶的睫毛，温存的暖流又涌起来。他吻蒋伊娜的脸颊,吻她的鼻子和眼睛。他立刻感觉,蒋伊娜在微微躲闪。

“不喜欢我亲眼睛？”

“喜欢。”

钱惜人又捧起她的脸。蒋伊娜推开他：“我不习惯。”

“怎么了？”

“眼球会发炎的。”

钱惜人浑身一凛，想起了二姐钱一男。

“嫌我脏！您继续爱干净去吧。”钱惜人站起身，朝地上吐了口唾沫，大踏步而去。

17

蒋伊娜不清楚，这是否算正式分手。钱惜人再没找她，她也按兵不动。开始有男生约她出去，钱惜人的得手，让他们信心倍增。蒋伊娜来者不拒，但很快发现，约会都挺无聊。彼此问问吃什么，看哪些电影，偏爱的颜色和花卉。不是喜欢吃辣，就是喜欢吃甜，不是喜欢白色，就是喜欢红色，但这些有什么意义！她回忆钱惜人的真知与内涵，悲哀地想：也许这辈子再不能碰上这样的文理全才。

追求者们互相竞争，自然淘汰，一个多月后，剩下实力最雄厚的杨克飞。一看他就在恋爱，头发烫得微鬈，梳成三七开，连鬓角都精心打理过。还买了四喇叭的录音机，整天对着窗外放台湾歌曲。

杨克飞送给蒋伊娜五六条裙子，全是花花绿绿的大下摆，香港款式。蒋伊娜不肯收，他就托室友放在她床上，并且带话："如果不喜欢，直接从窗口扔了。"除此之外，还有首饰和化妆品，大多是从海外带来的。蒋伊娜悄悄用过，法国面霜很细腻，擦了以后毛孔都看不见了。蒋伊娜趁室友外出，穿起花裙子，化好妆，在镜子里前后左右地照。裙子有点小，腰里的肉被挤出来，双腿也显得粗壮。她摸摸头发，想起钱惜人梳的"熊英翘头"。

蒋伊娜道："以后别给我买衣服了，我不缺。"

杨克飞道："那给你买什么？"

蒋伊娜道："什么都别买。"

杨克飞搔搔脑袋："不买衣服，我知道了！"

过了两天，蒋伊娜又收到礼物，居然是只黑色的蕾丝胸罩，装在印有英文字的粉色塑料袋里。蒋伊娜打开来看，脸刷地红了，将袋子往杨克飞身上一扔："你什么意思！"

杨克飞怔了怔。

蒋伊娜厌恶道："你不觉得你很轻浮吗？"

杨克飞道："我再怎么对你好，你都不领情。"

蒋伊娜口气软下来："我不是这意思。"

杨克飞叹息道："你不喜欢，我就把它扔了。"

蒋伊娜急道："别扔！"

杨克飞趁机往她手中一塞："那你拿着。"

蒋伊娜瞧瞧周围没人，赶忙接住，藏进书包。

杨克飞嬉皮笑脸道："晚上出校玩玩去。"

"太晚了不好，室友有意见。"

"偶尔一次。咱看《庐山恋》吧。"

"这片子好像很红。"

"是啊，可好看了。已经买好票，八点半结束，也不算晚。"

结果九点一刻才结束。蒋伊娜不停看表，片末的"完"字一出，就往外冲。

杨克飞紧跟道："电影好看吗？"

"好看。"

"别走那么快。"

"寝室快熄灯了。"

"现在赶回去，肯定已经熄灯。"

"你说怎么办。"

"不如去跳舞。"

"开什么玩笑！"

杨克飞倾着身子，微笑地注视她。蒋伊娜心里动了一下。在斑驳的路灯下，杨克飞有点像《庐山恋》的男主角郭凯敏。他的肩膀宽极了。

“我们去跳舞吧，”杨克飞觍着脸凑上来，轻轻拉起蒋伊娜的手，合在自己的双掌之间，轻声道，“好不好吗？”他的呼吸喷在蒋伊娜额角上。

“好……就怕不安全。”

“有我呢，谁敢欺负你。”

他们去了社会上的舞会，在一个大院里，院门紧闭，有专人守着，问了话才让进。杨克飞熟门熟路，绕过两个弯，下几级台阶，到达一个类似地下车库的地方。

蒋伊娜注意到对角放着的两台大录音机，有人蹲在那儿试磁带。天花板上裸着几根电线，挂下七八只灯泡。一排面颊抹得红红的女孩站在角落里，其中几个头发又卷又蓬，像洋娃娃一样。杨克飞指了指：“你烫那种大波浪肯定漂亮。”烫大波浪的女孩像是听到了，转过脸，冲杨克飞扬扬下巴。她的胸脯比蒋伊娜还大。好几个男青年围着她转，还吹口哨。另外一些则鬼鬼祟祟走动着。蒋伊娜发现不时有人盯她，往后躲了躲：“他们是流氓吧。”

“别怕，不是流氓，是附近工厂里的。”

磁带终于调好，音质闷闷的，反而添了一种暧昧，撩拨得人们蠢蠢欲舞。杨克飞拉起蒋伊娜，快三放完是慢二。杨克飞捏着蒋伊娜的手道：“这是第二次。”蒋伊娜含糊地“嗯”了一声。杨克飞渐渐往角落跳。蒋伊娜道：“我这儿没位置了。”杨克飞道：“我这儿有。”

顺势抱住她亲吻。立刻有口哨声。蒋伊娜觉得浑身血管都在一跳一跳，杨克飞湿漉漉的舌头在叩击她紧闭的牙齿。他的嘴里有好闻的牙膏味道。蒋伊娜缓缓开启牙关。这个瞬间，她仿佛看见一双盈满泪水的小眼睛。她被突如其来的悲伤击中了。

这一刻，蒋伊娜决定：回去找钱惜人。

18

足有两个月，钱惜人几乎没和人说话。他夜夜梦见蒋伊娜，有时说笑，有时走路，有时在和他一起做着不知什么的事情。一次蒋伊娜站在河对岸，指着河水问：你跳不跳？钱惜人摇头，蒋伊娜就微微一笑，自己跳了下去。钱惜人拉她，拉起一把头发。清晨醒时，为了挤走梦境，钱惜人睁大眼睛，努力瞪着随便什么物体，心中默念："帐子帐子"，或者"钩子钩子"。

他将蒋伊娜洗过的衣服统统扔掉。这反而使他每天穿衣时，都会想起这件事，进而回忆到蒋伊娜在水房里满手泡沫的样子。还害怕去食堂，他能准确辨出，哪些椅子是他们一起坐过的。他买了很多方便面。室友质问他为什么总用别人的热水。钱惜人又想起和蒋伊娜一起打水的情形。蒋伊娜能拎四只热水瓶。她的身体像古希腊人那样健美匀称。当他们拥抱时，她的胸脯温柔地压迫着他。

钱惜人不听英文了，也不去上自习。除了必修课，其余时间躲在帐子里。唯一的活动是夜间到操场跑步。钱惜人喜欢狂奔，像有十八头狮子在身后追赶。满耳都是自己的喘息，嗓子眼发了毛，涌出一股腥甜，心脏像是顶到肺上，挤迫着呼吸，膝盖和横膈膜此起彼伏地疼。这种时候，他会想起高中的八百米测试，想起喝倒彩的同学们。于是想起唯一为他鼓掌的人——蒋伊娜。

钱惜人总是跑到足下发软，伏倒在地。当他贴住大地时，心灵会稍稍宁静。他逼迫自己想虚无的东西，比如人生，上帝，命运……这些词汇在他内心形成一个黑洞，就像沙子硌着脸似的硌着他的魂魄。直到浑身僵直了，才缓缓站起。他喜欢踢操场，一脚扬起一片沙，在纷纷扬扬的降落中，沙粒发出“窸窣”的轻响。钱惜人踩着这声音往回走，一天的搏斗终于可以结束了。

一次回宿舍路上，钱惜人撞见蒋伊娜和人约会。他一眼认出她的背影，急忙往旁边一躲。男生比蒋伊娜高半头，走得很近，俩人的肩膀像是重叠着。蒋伊娜穿长袖衬衫和灯芯绒裤子，穿裤子的蒋伊娜双腿修长。

那臭男人是杨克飞吗？钱惜人不能确定。第二天，他逃了课，到中文系寝室楼下转悠，转了几圈，又感到没意思：不管那男生是谁，不久的将来，总会有别人拉起蒋伊娜的手，还会吻她。

几天后，钱惜人再次碰到蒋伊娜，在图书馆旁边。她和一个男生站着说话。钱惜人赶忙掉头溜走。那男生戴眼镜，身材矮胖。蒋伊娜不会喜欢的。不过也难说，女人善变。钱惜人后悔没有观察他们的神态。蒋伊娜听人说话时，会非常专注地望着对方，这表情让人心动。戴眼镜的家伙一定招架不住了吧。钱惜人真想随手拉住什么人，大声逼问：蒋伊娜最近到底怎样了？是不是有新男朋友了？

这时，一个从钱惜人身边经过的女生，突然恐惧地往后一跳：这个大脑袋的怪人，正一脸狰狞，念念有词呢！

钱惜人回到宿舍，刚想开门，听到室友在里面。他们在说什么，蒋伊娜吗？钱惜人竖起耳朵，什么都听不清。屋里的人笑了，是在笑他吧。钱惜人狠狠踹门，踹不开，只能拿出钥匙，推门进去，发现一个人都没有，天蓝色的布帘在晚秋的风里哗啦乱飞。他走到窗前，窗外的树变远了，窗下的人变小了。整个世界像是忽然疏离了。钱惜人将手指呆呆塞进嘴里，手指是咸的。他用牙齿扯住一块皮肤，狠狠一撕，鲜血喷出来。

那个周末，钱惜人上花鸟市场买了一只猫，取了个名字，叫“大头”。

19

蒋伊娜来找钱惜人。1988年12月21日下午4点56分，冬至，周三，钱惜人永远记得这时刻。他正把枕下的袜子扔进塑料篮，忽听同学怪叫：“钱惜人，有人找。”门口探出蒋伊娜的半只脑袋。钱惜人把塑料篮往床下一踢，蒋伊娜站在门口不动。钱惜人缓缓过去，他听见心里说：我赢了。随着这句话，他的爱似乎突然停止了。

他们围着操场走了十多圈。蒋伊娜聊了聊近况。

“学习紧张吗？”

"还好。"

"天气冷下来了。"

"你也注意添衣。"

"杨克飞找过你吗?"

蒋伊娜瞧了他一眼，口气游移道:"找过。"

钱惜人把插在袋中的手抽出来，奋力甩了几下:"我们去吃饭吧。"

他们各自回寝室拿碗筷，钱惜人到楼下等她。他们去食堂。路上碰到好几个同学，全都面露惊讶。钱惜人道:"他们一定在想，鲜花插回牛粪上了。"蒋伊娜道:"快别这么说。"她咳嗽了一下，觉得嗓子口有点火辣辣。

钱惜人点菜，青菜，大白菜，绿豆芽，还有一小块素鸡。他端着菜盆，走到第三排的第二张桌子旁。已经有两个女生坐着，钱惜人彬彬有礼地请她们让开。一个女生说:"周围都是位子。"

"我就要这张。"

女生互相嘀咕了几句,起身走了。钱惜人拿出一团揉皱的草稿纸，把桌面的油腻擦拭干净。蒋伊娜心怀疑虑，闷声坐下。

钱惜人问:"你知道我为何坚持坐这里?"

蒋伊娜摇头。

"这是我们第一次共进午餐的座位。"

米粒在蒋伊娜口中嚼化了，泛出一点甜，马上又沾染了苦涩。钱惜人慢条斯理地搛着盆里的饭菜，终于抬起头道:"我想和你约法三章。"

“什么？”

“一、不许再参加舞会；二、没有重要事情，不得与异性闲聊；三、任何时候，都要让我知道你的行踪。”

“你疯了，”蒋伊娜瞪大眼睛，“现在不是旧社会。”

钱惜人继续慢条斯理道：“如果你做不到，现在就可以离开我。反正你已这么干过。”

“我没离开你。”

“也不是我离开你。”

“我不想吵架。”

“我也不想。做到这三条，其实不难。”

饭后，钱惜人提出去蒋伊娜寝室。蒋伊娜有点犹豫，但还是答应了他。钱惜人一进门，就猎狗似的东嗅西嗅。他看到一支有外国字的牙膏，立刻指着问：“杨克飞送的？”

蒋伊娜点点头。

钱惜人把牙膏放到自己的饭碗里。

“你干什么？”

“打扫卫生。”

“这是我的东西。”

“这是杨克飞的东西！”

蒋伊娜不吱声了，看着男友一个抽屉一个抽屉地搜，头饰、衣服、化妆品……钱惜人准确认出杨克飞的痕迹。他将它们打成一包，站起身。

他的眼睛因为长时间下蹲而充满血丝。血丝眼瞪着蒋伊娜："为什么浅色裙子里戴黑色胸罩？我记得你以前没有黑胸罩。"

正巧一个室友推门进来，又迅速推门出去。钱惜人走近，从蒋伊娜的短袖里扯胸罩带子。

"干什么呀，那是我妈送的！"

"一个老太婆，送你这么花里胡哨的胸罩！"钱惜人扯到带子，拼命一拉，带子"哗"地断了。

蒋伊娜的眼眶和鼻尖同时红了。

钱惜人问："你是不是后悔复合了？"

蒋伊娜的眼泪终于下来。

钱惜人道："我是想让我们清清白白，重新开始。"

蒋伊娜将手探进裙子，扯出胸罩，扔给钱惜人："现在我们彻底清白了！"她的小半个奶子裸出来。钱惜人看到一片乳晕，深红色的。他的下身动了动，又平息了。

20

钱惜人发现，把蒋伊娜弄哭，再哄她开心，是件让人高兴的事。但玩了几次，又没什么意思。于是钱惜人说："娜娜，我的约法三章是说着玩的。你最近太闷了，该多玩玩。"他逼蒋伊娜去舞厅，蒋伊娜不愿去，他问："你心里有鬼吗？"蒋伊娜只能去。钱惜人不陪跳，只在边上笑眯眯看着。认识的人都不敢碰蒋伊娜，只有一两次，外校男生请蒋伊娜跳舞。蒋伊娜跳得战战兢兢。回去路上，钱惜人不停问："刚才那男的，是不是比我帅？"蒋伊娜不答，钱惜人就逼她，于是只能答："是。"

"你嫌我丑吗？"

"你不丑。"

"我的脑袋太大了。"

"也还好吧。"

"那意思还是有点大。你心里不舒服是吗？"

蒋伊娜眼睛又红了。

"别哭，我讨厌别人哭，这点屁大的事。我被我二姐打得死去活来时，也没流过一滴泪。"

"钱惜人，你不是人。"

"那我是什么？畜生？"

"你是魔鬼。"

"哈哈，魔鬼，到底是中文系的，会用比喻嘛。"

自那以后，钱惜人自称"魔鬼"。

蒋伊娜和杨克飞已经好久不讲话。一天上课，杨克飞递来小纸条："娜娜，你的样子让我心疼。"

蒋伊娜写："钱惜人会知道的。"

杨克飞写："离开他吧。"

蒋伊娜瞧了半天，默默将纸条叠好，放进口袋。杨克飞整节课都回头挤眉弄眼，蒋伊娜假装没看见。

过了几星期，上自习时，蒋伊娜去厕所，钱惜人突然想到翻她书包，在一个小夹袋里发现了纸条。蒋伊娜回座位后，发现纸条平整地摊在翻开的书页上，霎时变了脸色。

“娜娜，你想离开我吗？”

蒋伊娜不吱声。

“你怕我，对吗？”

蒋伊娜挪了挪身子。她的胸脯在桌沿上蹭来蹭去。它们曾经多么迷人，如今在钱惜人眼中，只是一对肉球而已。

“他比我有钱，比我帅。如果你选择他，我也没话讲。”

蒋伊娜开始整理课本簿册，钱惜人没有阻拦，看着她背起书包，走出教室。

第二天中午，他照常等在女生楼下。蒋伊娜的室友下来说：“娜娜让你别等了。”

“什么意思？”

“我不知道，她就说让你别等了。”

钱惜人还想问，女生已经跑掉。钱惜人直冲上楼。传达室大妈拦他：“女生楼，男生不许进。”钱惜人将她一推，噔噔噔跑上去，一路横冲直撞，旁人纷纷躲闪，有女生穿着短裤从水房出来，顿时惊声尖叫。热水瓶摔碎的声音。一阵骚乱。很多只脑袋探出来看究竟。

钱惜人一眼认出要找的房间。门上贴着大幅铅笔画，是钱惜人笔下的蒋伊娜。钱惜人拼命敲门，门开了，一双红肿的眼睛。

“神经病！”蒋伊娜要关门，钱惜人已经挤进来，蒋伊娜转身回帐子里。

“娜娜，你以为感情是儿戏吗？”

“我受够了，你放过我吧。”

钱惜人放低声音：“我只是太爱你了。我是多么缺乏爱的人。妈妈死得早，甚至一面都没见上。”

蒋伊娜闷声道：“这不关我事。”

“我有两个姐姐，一个根本不关心我，另一个很早嫁人了。爸爸长什么样子，我也记不清了。你是我世上唯一的亲人，你不理我了，我还活着干吗？再见了，娜娜。”

蒋伊娜一掀帐子：“你想干什么？”

“别拦我，娜娜，别了！”

蒋伊娜冲到他和窗口之间。

钱惜人道：“我早就不想活了，一个人孤零零的，有什么意思。”

蒋伊娜又掉泪，钱惜人趁机上前搂住她：“我知道你疼我。别哭，我们去食堂打饭吧。”蒋伊娜仍然哭。这阵子，她的眼睛总是肿得高高的。近距离注视时，钱惜人觉得那是一对猫眼睛。他有股强烈的冲动，想把它们抠出来。

21

蒋伊娜喜欢猫，老家养了三只。不久前爸爸来信，说最大的雌猫欢欢产崽了。信里附了一张照片。他家没有相机，一定是托邻居拍的。那是一门子小气鬼，爸爸一定为了照片，付钱给他们。欢欢是白猫，生的小猫有白也有灰，分别叫：闹闹、爱爱、甜甜、娜娜。叫“娜娜”的最可爱，脸儿圆咕隆咚，一只耳朵白，一只耳朵灰。蒋伊娜把照片放在书包里，时常拿出来看。

她对最近校报上的《校园惊现毒手》印象深刻：清洁工在男生宿舍旁的垃圾桶里发现好几只死猫，生前都有被虐待的迹象。同一期上，还有钱惜人的经济学文章，蒋伊娜扫了一眼，兴趣不大。钱惜人提过，假期想和她一起回家，她正愁怎么回绝呢。

一天，室友问：“听说钱惜人的事了吗？”

“能有什么事？我们天天在一起。”

“有人撞见他虐猫。”

“这不可能。”

“真的，据说他拿棍子敲，还用电线把猫吊起来打。”

“你亲眼见过？”

“没有，不过男生那边都在传。”

蒋伊娜有点生气：“谣传的话，怎么能信？”

室友也不高兴了：“我只是把知道的告诉你。你的脾气也越来越怪，不爱听拉倒。”

当晚，钱惜人和蒋伊娜上完自习出来。

钱惜人问：“是不是有什么事？今天你一直板着脸。”

“没什么事。”

她借着路灯光凝视钱惜人。钱惜人的脸上没有任何性格，看不出诚实，也看不出狡诈。

蒋伊娜问："你喜欢猫吗？"

"一般，以前养过。"

"我也养猫，我家的欢欢生小猫了，我给你看照片。"

"我不要看。"

"看看吧，就在我书包里。"

"不要看！"钱惜人吼起来。

蒋伊娜心里一沉："你最近做过不太好的事吧？"

"不好的事？考试作弊算不算？"

"我指别的，对不起良心的事。"

"良心，"钱惜人道，"我从没对不起什么人。"

"有这句话就好。"蒋伊娜走到路灯杆边，从书包里拿出猫咪的照片，又看了一遍。钱惜人站得远远的。

蒋伊娜道："过来瞧一下吧，多可爱，它也叫'娜娜'。"

钱惜人问："你怀疑我吗？"

蒋伊娜把照片贴到胸前。

钱惜人道："有些事情，也许外人不能理解，但你应该理解。在任何时候，我都是问心无愧的。"

蒋伊娜瞪大眼睛，嗫嚅道："这算什么意思？"她来不及扣搭纽，抓着敞口的书包就跑。钱惜人拦她。

蒋伊娜道："放心，我不会揭穿你。"

"我不让你走。"

“放开，不然我叫了。啊——”

钱惜人瞧瞧旁边的寝室楼，只得松手。蒋伊娜高挑的背影，一蹦一跳消失在黑暗里。

22

钱惜人想找蒋伊娜谈话。蒋伊娜不肯。钱惜人就在楼下喊她名字，一声又一声，直到嗓子破了，就似狼狗一般地嘶鸣。整幢楼的女生被扰得不能睡觉，不断有人来敲门。蒋伊娜只得起床下楼。钱惜人披着军大衣，站在大门口的路灯下，劈头就问：“你到底想要什么？”

“这话应该我来问你。深更半夜的，人家还要不要睡觉！”

“我有钱，我给你钱，还有我的股票认购证。”

“我不稀罕。”

“杨克飞那草包，不就家里有钱吗？”

“你凭什么说人家，人家好歹是好人。”

“我不是好人吗？我妈很早去世了，我爸……”

“你总说这些，我不要听！”

钱惜人突然拽住蒋伊娜的头发，将她往楼后拖。蒋伊娜想呼喊，但被蒙住了嘴。钱惜人把蒋伊娜抵到墙上，还按了两按，蒋伊娜觉得身体要被挤爆了。钱惜人始终捂住她的嘴，另一手摸索胸和下身。蒋伊娜奋力拍打他。钱惜人用嘴堵住她的嘴，腾出手来扯衣服。蒋伊娜鼓腮吹气，钱惜人狠咬她的嘴唇，咬出一口的血。蒋伊娜闷闷地哼了一声，没了力气，双腿仍死死夹紧。钱惜人忽然“啊”地叫出声，蒋伊娜感觉肚皮上一热。钱惜人喘着气，抬起头，被两道讥嘲的目光刺了个透。

那个瞬间，他生平第一次感觉羞愧。

23

钱惜人被学校开除，罪名是耍流氓，有伤风化。打包回家那天，想和蒋伊娜最后见次面。蒋伊娜不在寝室，也不在系里。钱惜人一个一个教室地找，还是没踪影。他等在宿舍楼下，进出的女生避瘟神似的绕道而行。忽听有人骂“流氓”，回头却辨不出是哪个骂的。等了五六个小时，流了很多清水鼻涕，脚趾也没知觉了。传达室大妈跑出来说：“再不走，要让人赶你了。”

钱惜人不理。

大妈道：“不要影响大家正常生活。”

钱惜人仍不理。

大妈道：“你这人怎么没羞耻心啊？”

钱惜人默然低头，看到鞋尖湿了，旁边的行李上铺了一层浅浅的白，眉毛和眼睫毛也覆到雪，眼睛快睁不开了。他蓦地感觉困乏，想即刻躺倒。他已经四个晚上没有睡觉。钱惜人将行李提的提，拎的拎，在地上跺跺脚，让双腿恢复知觉。

大妈道：“走吧，快走吧。”

宿舍楼开始被白雪覆盖了，像只巨大的鸟笼，被一块白布轻轻掩上。

钱惜人回望了最后一眼，走了。

24

钱惜人回到自己的城市，但没回家，在外租了房。他消沉了两个月。劣质的浦江香烟和七宝大曲，蹂躏着他的肺和胃。钱惜人瘦了，脑袋显得更大，索性懒得戴帽子，也不换洗衣服。买回大箱烟酒囤着，喝完抽毕，倒头就睡，睡醒了倚在床头垫上看书。垫子很快凹下去一块。钱惜人对着垫子出神，他觉得自己像是身体坐起来了，脑袋仍留在那个凹陷里。

一日，钱惜人到楼下买酒。忽见蒋伊娜挽着一个男人，远远走来。钱惜人疾冲上去，拉住她叫："蒋伊娜。"

那女人惊叫："干什么呀！"

男人在旁道："神经病，认错人了！"他抓住钱惜人的手，想把那只手从女人身上掰开，却没成功，于是掌心反转，朝钱惜人脸上抽去。钱惜人没有躲闪，听到"啪"的闷响，女人从他指缝中滑走了。男人搂住自己的女人，匆匆往前去。钱惜人愣在原地，瞧着他们。他的心痛达到极点，极点之后，却又急转而下。仿佛满弓的弦突然断裂了。

他觉得像做了一个冗长的梦。突然之间，他可以把蒋伊娜放下了。

钱惜人决定，从今往后，只对自己好。

“惜人”，不正是爱惜自己的意思嘛。

25

钱惜人清点了所有的钱款，五百四十六元七角三分。他揣着五百元，重返证券交易所，买了三百股股票。

一个月后，钱惜人赚到三千元，这比学生时代的任何一次都赢得多。钱惜人静静地数点钞票，他从没怀疑过，自己这辈子是干大事的。

一年后，钱惜人进了大户室。又过一年，他在外面收集身份证，雇民工帮忙排队，购买了十多万股。

大户室的十来个股友，常在股市收盘后到大饭店吃“工作午餐”。钱惜人不喜欢交往,但需要信息交流。他提着沉甸甸的包袋,跟在“舰队司令”王先生身后。王先生是大专生，其他大户要么中专，要么初中以下。这些人懂个屁经济，他们只是运道好，而他钱惜人靠的是头脑。

点完菜，大户们倾倒出各自袋中的东西，是一捆捆五十、一百的人民币，和一沓沓千元面值的定活两便存单。他们各自分配着。最年轻的“小山东”问站在旁边的服务员小姐:“你见过这么多钱吗？”

姑娘拨浪鼓似的摇头。

小山东伸出食指和大拇指:“看看这是什么？”

姑娘仔细地看，又难为情地摇头。

“这是点钞票点出来的老茧。”

男人们笑起来。小鼻子小眼的姑娘，在原地局促地拧着手。

小山东扬起手中一沓：“你猜这里有多少？”

“一百万。”

“哪有这么多，”王先生道，“五千块差不多。”

“你们不怕路上被人抢啊。”

“抢，哪个抢得走，我们最小心不过了。”

钱惜人闷声不响地收起钱，等菜上了桌，又闷声不响地吃饭。吃完打的直接回家，拒绝参加晚上所谓的“万元腐败活动”。

钱惜人抽出一些现金，买了三套四室二厅，一套二室一厅，还在郊外购置一座小别墅。又过两年，他拥有了一辆宝马车，神气地往返于证券公司。

钱惜人突然发现，这里过于拥挤了。每天清晨，外面人头攒动，无数受雇于大户的“打桩模子”，嗡嗡嘤嘤着，互相搜罗股票。从汗臭和喧哗中挤进门去，钱惜人意识到：是时候收手了。

26

股市崩盘只在瞬间，像没有预报的大地震。钱惜人早就安全撤离，所有损失加起来只有万把块。他读报纸新闻，有个倾家荡产的股票大户，在凌晨掐死妻儿，自己从十八层楼上跳下来。旁边的照片，是小山东的面孔。钱惜人第一次知道，他的本名叫赵万山。这是个有气势的名字，该有一份好的命运才是。

钱惜人终于不用关注变化莫测的数字，它们都凝固到了存折上。他决定谨慎地享受一下人生。

钱惜人开着宝马乱转。满街花红柳绿，有几个宾馆不错，听大户们说过，环境好，小姐好，服务也好。钱惜人远远观察过，进出的女人颇有姿色，钱惜人想象她们挂在他臂膀上的样子。这想象已经让钱惜人满足了，他终于没有进去。

待到霓虹渐次熄灭，最热闹的市中心显出冷清，钱惜人就回家。他不喜欢大房子，灰尘多，走路有回声。八十平方米的二室一厅已经足够。钱惜人待得最多的是卧室，仅容一床，一衣架，一电视柜。他不喜欢看电视，没事躺着发呆，或者读书。那只老旧的床头垫还陪着他，提醒着他那段低谷的日子。

看到眼睛发酸，钱惜人就把书页哗啦啦地来回翻，或者关了灯，静静坐着。他觉得有点寂寞，确切地说，是耳朵寂寞了。这里太安静，连个刹车、狗叫的声音都没有。钱惜人又心痒痒，想弄几只猫玩，好歹忍住了。他决定给自己找个伴——一个女人。

钱惜人定做了高档白衬衫和整套西装，还买了手套、皮鞋和礼帽。手套太白，礼帽太高，仿佛随时会从里面变出一只兔子。营业员不住地夸："有气派，很挺括。"

钱惜人装束整齐，开着宝马往繁华地段钻，一有咖啡馆就停下来，找个角落位置喝一两杯。他觉得自己回头率挺高。

一天，发现一个中意的，五官像巩俐，嘴唇比巩俐还厚。奶子和屁股挺大，可惜有些下垂，但被紧身衣裤一勒，又肉鼓鼓地诱人。她正低头摆弄拷机，鼓着腮帮子，满脸不高兴。钱惜人将杯中的摩卡一饮而尽，冲过去说："姑娘，你好。"

27

露露是技校生，毕业后做前台小姐。男朋友以前是露露公司的客户。露露辞去工作，和男友同居了一年半，为他打过三次胎。她提出结婚，对方只是打哈哈，闹了几次，男友索性三天两头"出差"。他们租房住。露露听男友说过，他爸妈家有个大花园，可以坐在大阳伞下，边摇吊椅，边喝葡萄酒。

钱惜人和露露打招呼时，她正接到男友信息："小乖，我忙，别催。"一抬眼，发现面前站着个衣着滑稽的男人。露露决定，要报复一下男友。

她跟钱惜人回家。钱惜人指给她看："红绿相间的那幢，就是我的。"

露露惊叹："别墅！"

钱惜人带她进门，露露要换鞋。钱惜人道："不用换，很久没人住了，况且也没拖鞋。"

露露坚持打赤脚，还不住口地说："这么好的房间，为啥不打扫？"她下意识地拂拭家具表面，还没走到里间，已经满手灰尘。钱惜人道：

“以后让阿姨打扫。”他领她洗手，露露盯着锃亮的镀金龙头，出神道：“他家也是这样的吧。”

钱惜人问：“什么？”

露露道：“没什么，”又道，“不怕你笑话，我家五人挤着十平方米，连抽水马桶都没有。”

“我以前也差不多。”

露露显出感兴趣的样子：“那怎么现在这样好？你和家人住在一起吗？”

钱惜人摇摇头，走出浴室。露露跟在后面，喋喋地问：“你是不是白手起家啊？我特别佩服这种人。不像我男朋友，其实自己没什么本事，全靠爸妈当年打出来的江山……”

她跟钱惜人到落地窗前，就住口了。她看见大片园子，光秃秃地露着泥土色，偶尔一两丛绿，也是随性乱长的野草。

“这里不种树吗？”

“可以种树。”

“还可以装太阳伞和吊椅。”

“你觉得喜欢，也可以装。”

露露觉得这句话，使她有做梦的感觉。但当钱惜人拉她时，她还是往后缩。钱惜人又拉，这回拉住了。露露的手很肉，钱惜人使劲一捏，她的皮肤就极有弹性地回应了一下。

露露道：“你弄疼我了。”

钱惜人道：“真的吗？”他用另一只手抓她肩膀，将她往自己怀里掰。他的动作太笨了。露露闭起眼睛,微微挣扎。钱惜人亲到她的嘴,狠咬她的舌头,露露不挣扎了,发出“嗯,嗯”的轻叫。

钱惜人边吻边说:“外面太冷,要不里边躺一会儿。”

露露推开他,喘着气道:“我要回家了。”

“还没上楼参观呢,顶层有个阳台,看出去景色很漂亮。”

这时,露露感觉腰间振动,拷机响了,一定是男友。露露狠狠按住拷机道:“好吧,去看看。”

上楼时,俩人都有些心不在焉。钱惜人胡乱地介绍了几句。进到卧室,俩人面对面站住,有些不知所措。钱惜人深吸一口气:“我们躺着吧?”

露露道:“我其实挺传统的。”

“我知道你挺传统。我们躺着吧。”他开始解裤带,动作有些僵硬。

“连床垫都没有,怎么躺呀。”

“那躺地上,挺凉快的。”

“你不是说,很久不打扫,很脏吗?”

钱惜人不再说话。室内没开灯,走廊有些光射进来。露露看不清他的脸。她想起那个拷机信息,低头看了:“小乖,我事没完,你先睡。亲亲。”

露露将拷机反转过来。“我不是故意让你难受,”她道,“改天吧。”

“改天是哪天?”

“要不……明天。”露露走近,主动拉钱惜人的手,她的手心潮潮的。

钱惜人送她回家，露露执意在半路停下，再走回去。钱惜人道："路上不安全。"

"很近的，就当散步。"

钱惜人回到二室一厅的小屋。这一晚，他梦遗了。第二天一早醒来，给露露打拷机，露露马上来了，大红低胸羊毛衫，蓝色窄脚牛仔裤，睫毛涂得有点脏，唇膏和羊毛衫同色。钱惜人觉得她不如昨天好看。他今天戴灰色羊毛帽，有点热，但露露夸"颜色高雅"，说"以后就戴这个，昨天那个太夸张"。

俩人开车逛街，逛到超市，买了些日用品。回到别墅，露露搓洗毛巾，挂在架子上，领钱惜人辨认："这是你洗脸的，这是你洗脚的。"

钱惜人指着另外两块："这是？"

"那是客用的，比如我在时，偶尔也能用用。"

她冲了半杯盐水，将两支新牙刷浸进去，还在百洁布上挤了牙膏，擦拭水龙头和台盆。

钱惜人问："这是干什么？"

"帮你做清洁啊。"露露把花花绿绿的橡皮手套套到肘上，变成一个小主妇。钱惜人闷声不响地搬了椅子，坐到天井里。

俄顷，露露也来了，先搬椅子，再搬桌子，最后大袋小袋的熟食和饮料。露露喊："好重！"钱惜人乜斜着眼，没有出手相帮。露露收拾停当，挺挺肚子捶捶腰："真快，一眨眼就傍晚了。"

下午飘过几点太阳雨，空气湿漉漉的。露露把拷机调成振动，留在屋里。钱惜人道："别客气，自己动手。"就自己大口吃起来。露露撒娇，要钱惜人喂她，钱惜人夹了一块肉。肉太大，露露没咬住，掉进胸口。她手忙脚乱地将肉拎出来，笑道：“啊呀，你真坏。”

露露又要喂钱惜人吃，钱惜人道：“不用。”她硬把油腻腻的酱鸭堵向他的嘴。钱惜人一甩手，鸭肉飞出老远。

“你干吗呀？”

“我习惯自己吃。”

“这样有情调嘛。”

“我不懂情调。”

“好吧，随便你，”露露用纸巾擦擦手，“郊外空气好，连星星也多了。”

钱惜人不吱声。

“有钱人都往郊外住。我家在市中心，最好的地段，房子却破得不得了，里面有六个户口呢，以后动迁可以多拿钱……”

钱惜人专心吃,耐心听。露露又高兴了。钱惜人做听众时挺可爱。露露从房子说到亲戚，表姐和表姐夫老吵架，小表哥很花心，舅舅问她们家借钱，奶奶也不喜欢舅舅，露露是奶奶带大的，小时候是个胖妞，偷过邻居的洋娃娃，十岁喜欢上邻班男孩，整天琢磨着引他注意……

钱惜人听着听着，就不知她在说什么。只有她的声音，像水一样浮在空气里。钱惜人的耳朵渴极了，要把这声音吞得一滴不剩。一个疯疯癫癫的傻丫头，嗓音居然这么好听。

他们上床时，露露一再捂着肚子：“啊呀，吃得太多，小腹鼓出来了。”钱惜人让她脱光，躺在床上，然后伏过去掰她的腿。露露又撒娇，死活交叉着双腿。钱惜人板起面孔：“分开！”露露分开了。钱惜人往中间望。露露咯咯乱笑：“轻些，疼。”

在这之前，钱惜人想象过一千一万次：女孩裙底下的东西，也该像她们的裙子那样，千姿百态，美不胜收。此时此刻，当他看到一条黑漆漆的深渊时，像被人掴了一下。他的脑袋，就是在妈妈的深渊里夹坏的。这么一想，钱惜人就不行了。

露露用手，又用嘴。钱惜人浑身冷汗，感觉全无。他发现露露在笑，踹了她一脚：“出去！”

露露娇嗔道：“啊呀，好疼，干什么呀！”

“我让你出去。”

“我不笑了。别生气，亲爱的。”

“谁是你亲爱的。”

“你怎么了？”露露靠到墙上。

“我不行了，你还赖在这里干吗？”钱惜人拼命抖被子，像要把露露灰尘似的抖出床去。

“第一次嘛，总有个适应过程。再说我也不是因为这个才在这儿。”

“那因为什么？对，因为我的钱。”

“不是的，不是的，”露露哭丧着脸，“我有点喜欢你，真的。”

钱惜人把被子往地上一扯：“你难道不是因为我的钱，才跟我上床吗？”

“不是的，我特别佩服能干的人……”

“别哭，”钱惜人从床边的裤子口袋拿出一沓钞票，往空中一扬，“这些都是你的，给我滚吧。”

露露顿时忘了哭，愣愣瞧着纸片们飘到地上。

“快拿，不然我后悔了。”

露露又哭：“你……把我……当什么啦。”

她起身穿衣服，手指打战，怎么都扣不上。钱惜人道：“真不拿？你一定后悔。”他从床沿捡起一张钞票，递过去，卡在露露的胳膊弯里。露露的手指突然不颤了，整个人一动不动。钱惜人往后退了一步。露露如试探水温那般，轻触了一下钞票，猛地将它捏住，在指间捻了一下。这一捻，整个人复活了，迅速扑下床去。钱惜人瞧着她高高翘起的大圆屁股，用脚趾在上面蹭了蹭。露露只顾捡钱，没有反应。钱惜人想起小时候，大头在盆里吃东西的样子。他怎么毒打，那只猫都会回来。

钱惜人终于又有了欲望。他向露露的身后走去。

28

钱惜人开始频繁地换女人。和她们做爱，让她们不停说话。现在，他的耳朵塞满各种各样的话，幼稚的话，愚蠢的话，无聊的话，磕磕叨叨的话，关于服装、香水、时尚杂志、电视连续剧、做头做脸做指甲……它们——钱惜人的耳朵——终于不寂寞了。作为回报，钱惜人给女人们钱，领她们买东西。

钱惜人花钱有原则。漂亮的多百分之十，床上好的再多百分之五，人均八千是上限。有女人嫌他小气离开的，钱惜人认为，事实是她们高估了自己。更多时候，是他甩女人，腻烦了就甩，甩不掉给钱，给了钱还烦的，就揍一顿。揍过以后，她们会乖乖消失。

几次三番，钱惜人感觉厌倦。是做点正事的时候了。他想起以前在大学，参加过一个经济学人小组，有个计算机系的同学，叫王建虎，当时关系不错。这两年电脑挺热的，也许这方面能赚钱。钱惜人翻出旧通讯录，问到王建虎的湖南老家，得知他也在同一城市，要到号码，打过去，接通了。

“喂，我是钱惜人。”

“喂？你是谁？喂喂？谁？噢，你是钱……数学系的。”

“是我。”

“你有什么事？”

“老同学叙叙旧嘛。”

“你最近挺好吧。我现在忙着，要不回头联系你。”

“我手里有点钱，想找项目投资，不知你有没有兴趣合作？”

“我有兴趣！”王建虎抬高声音，“什么项目？”

“做你的老本行。”

“那好，那好。要不碰个头细谈。”

“你忙着呢。”

“不忙不忙，晚上就有空了。”

钱惜人约在一个高档饭店。王建虎态度很客气。他比读书时瘦，脸色蜡黄，皮肤起斑。“这一行不是人干的。”

“哦？说来听听。”

王建虎在一家电脑公司，每天编程至凌晨，工资才拿一千五。和老板谈过几次，老板扔出话：“不想干就走人。”

钱惜人道：“这样吧，你来我这儿做，我给你两千五。以后人手多了，你做管理，会很轻松。”

“你是什么公司？”

“在筹建，也是电脑公司。”

“钱不在多，就图个稳定，最好也不要太拼命。我一个外地人，在这儿混得不容易。怕哪天付不起房租，更怕哪天生癌死掉。”

“你是老同学，我不会亏待你。这样吧，我预付两个月工资。”

“大家朋友嘛，不用这么客气。啧啧，说真的，上大学时，可没看出你来。”

钱惜人啜了一口茶。他不想提大学时。

29

钱惜人注册了公司，支付王建虎三千元跳槽费，两个月工资。王建虎带过来两个小项目，公司开始运转。钱惜人招了五六个刚毕业的小员工，有跟王建虎编程的，也有拉业务的。半年之后，钱惜人觉得竞争激烈，业务员跳槽频繁。他预感网络是热潮，决定做个交友网站。

钱惜人又招了个叫Lawrence的网络技术员，工资比王建虎高五百元。王建虎无意中得知，急忙找钱惜人谈话："我是元老，他是新人。业务上谁强谁弱还不一定，你这样分配根本不公平。"

钱惜人道："我心里自有分寸。"

王建虎道："你做网络，也不和我商量。程序能赚钱，这个能赚钱吗？"

"赔钱也是我自己的事情。"

"我们还是朋友吗？"

"我们是老板和雇员。"

王建虎噎住了。

钱惜人道："我待你算不错了。以前的苦日子你忘了吗？"

王建虎不再说什么，一个月后，提出辞职。钱惜人爽快地答应了。王建虎一走，钱惜人再招一名技术员，和Lawrence平起平坐。他暗中嘱咐俩人监视对方。

做网络方面，无论资金、技术、内容，钱惜人都没优势。但头脑就是优势。他的"甜甜交友网"，专为中年男人和年轻女孩牵线搭桥。钱惜人花了一笔钱，在少女读物和财经期刊上投放广告，还到各高校进行宣传。四个多月的惨淡经营，"甜甜交友网"有了第一批黄金会员。半年之后，黄金会员上升到十万，钻石会员七千，网站开始有广告收入。"甜甜交友网"成立一周年时，钱惜人举行了野营周年庆，女性免费，男性每人五百元。活动过后两个月，公司财政开始持平。钱惜人买了一辆宾利，替换掉他那部半新不旧的宝马。

截至此时，钱惜人的小公司，专职员工二十三名，兼职十七名，网站黄金会员二十五万六千，钻石会员九万四千。在Lawrence的提议下，钱惜人为自己取了个英文名字：Cherish。

此后出过一件事。女大学生和交友网的男网友私奔了，警方出动，也找她不着。父母闹到公司。母亲喊着："我不想活了。"要往窗外跳，父亲哭喊着拦她。俩人狂敲办公室的门，让钱惜人出来。

钱惜人出来了："没把女儿管教好，是父母的责任。如果你们要跳，我不反对。可惜这儿是五楼，不一定跳得死。"他推开窗，微笑着一指。这对中年夫妇，一个脸发红，一个脸发白。员工们纷纷拦阻劝慰。Lawrence说："Cherish，要不……"钱惜人摇摇手，转身走进办公室。

俩人闹累了，就在接待室的椅子上啜泣。员工们端水、削苹果、递饼干。他们不喝水，也不吃东西。母亲靠在父亲肩上睡着了，父亲歪着脑袋，愁苦地望着墙上的广告招贴。

晚上十点，员工只剩Lawrence。他给老夫妇拿来一只靠垫，父亲推开他，摇醒母亲："我们回去吧。"母亲一醒，眼睛立刻又湿了。Lawrence跟在他们身后，看着电梯门关上，直到显示在1楼停住，才回办公室。

Lawrence找钱惜人，道："我觉得这样不太好。"

钱惜人道："事情不是解决了吗？"

"我觉得我们在犯罪。"

"你是在和老板说话吗？我每年向国家合法纳税，提供几十个工作岗位。我是对社会有贡献的人。"

“你是一个冷血的人。”

“小伙子，这么愤青，以后要吃苦头的。我说这话，是为你好。”

30

钱惜人是老网虫。1994年上网，取名“无情无义的尼采”，混迹在国际中文新闻组里。那时网上多是理工科留学生，除了交流生活，就是惜风叹月。“无情无义的尼采”很快以它的与众不同出名。钱惜人的系列文章中，最有争议的是《论女人爱财之集体无意识》和《人之初，性本恶》。从韦伯、萨特、马斯洛到海德格尔，他旁征博引，化敌人为拥趸。

钱惜人最满意的，还是《为顾城辩》一文。他在报纸上看到诗人杀妻的消息，那家伙居然戴着一顶与他类似的高帽子，不同的是，顾城很英俊。钱惜人第一次对文学家产生好感。被斧头劈中的人，是很快死去，还是慢慢挣扎呢？一个女人的头颅，切割时像一棵青菜，还是一块冻肉？这类问题反复跳进大脑，钱惜人想到兴奋处，就忍不住将左手掌侧，放在右手心里摩擦。

1998年，钱惜人拥有第一个QQ号，取名“钻石多金男”。他在QQ上找女人，这比咖啡馆里方便。钱惜人开始秃顶了，鼻翼两侧出现很深的“八”字纹。但在女人对这副相貌反感之前，他总能用钱财或者文采俘虏她们。

上至中年主妇，下至高中女生。有的见了面没兴趣，就吃一顿饭了结。看得上眼的，钱惜人会想办法弄上床。他不是每次都成功。良家妇女爱做样子，钱惜人把钞票甩在她们面前时，有的勃然大怒，有的羞羞答答。钱惜人知道，她们是想要钱的，但是扯不开一种叫作“面皮”的东西。面皮，又值几个钱呢。

钱惜人更喜欢小姐。直奔主题：多少钱，多少时间，哪些服务。入行不久、带点青涩的最佳。“老姜”们身体松了，脑筋却紧得很。她们唯一的好处，是愿意为了钱，做常人不乐意之事，比如挨揍。

钱惜人抽打她们，让她们像陀螺一样，在床上滚来滚去。还掐她们脖子，掐到眼睛翻白。他差点弄死一个，三十多岁的湖南女人，外号“小樱桃”。钱惜人拍打她的胸脯时，她不断惊叫：“别，别。”她的两大坨东西，站时不下垂，躺时不扁平，身体扭曲时，仍然不颠不颤，保持形状。

“哈哈，硅胶的。”钱惜人拼命挤碾。女人快把他的耳膜叫破了。钱惜人忽然掌下一松，像压破塑料袋的感觉。一看小樱桃，脸色发白，不会说话了。

钱惜人赶紧穿衣。小樱桃在床上抽搐，身体缩成越来越小的一团。钱惜人将短裤、避孕套往包里一塞，出门前扔了二百块钱在床上。

钱惜人在网上查到，隆胸的物质叫英杰尔法勒，有剧毒。她应该还活着，不然公安局还不找上门。弄两袋剧毒物在身体里，死是迟早的事。小樱桃说起过，她父母双亡，家中只有奶奶。她的五官不好看，脑子不好使。活着没质量，不如死了干净呢。钱惜人觉得，自己甚至可能做了件好事。

但他还是失眠，渐渐“安定”也不管用了。他瘦了一圈，连帽檐都箍不紧额头了。钱惜人有时彻夜看书，有时索性躺着瞎想。想得最多的，还是那天的细节：小樱桃肉多，软软的任人揉捏，尤其胸脯被挤爆那刻，她整个人摊成一汪水了。

遇到芳芳之前，钱惜人又弄过三四个女人。他在电脑上拖了一套录音设备，睡不着时拿出来听。女人的惨叫，是所有声音中最富有变化的，痛苦，虚脱，哀求，悲愤，将钱惜人掷向最高的高潮，扔进最低的低谷。他一辈子的七情六欲，在一声声呼号中终结了。

芳芳是最后一个。当她停止挣扎，不再喊叫时，钱惜人听到一种幻灭。他从芳芳身上下来，将她的四肢摆放齐整，盖上被子，将自己的帽子覆在她脸上。然后捡起翻倒的酒瓶，干掉最后一口。

他呆立片刻，坐到桌前，打开电脑，连上话筒，开始录音：“我叫钱惜人，今天录下这段话，也许是我最后的话。我没什么朋友，亲戚只有几个。如果失去自由乃至生命，我愿意把财产分给他们。这不代表我爱他们，但这符合我的原则。我是个有原则的人，有人觉得我冷酷，但我从不去故意损害他人利益。相比那些伪善的人，我问心无愧，甚至可以说，我是一个难得的好人……”

钱惜人听到响动，就停止说话，回过头去。床上，芳芳一手撑起身子，一手捏住颈中的十字吊坠，正望着他。她的瞳仁有晶亮的反光，仿佛钻石被自己的光芒掩盖了。那是钱惜人从未见过的。

第八章　董小洁

1

乐鹏程告诉过乐慧，是招待所的人把她送去医院的。“你的朋友呢，那个小苹果？怎么危难关头，就扔下你跑了？”

乐慧缝了两针,吃流质,吊盐水,接屎管子。秀姨来探望过一两次，乐鹏程的次数多些。有报社记者采访，被挡在病房外。记者道：“你女儿是受害者，曝光后会有好心人捐钱的。”

乐鹏程道：“谁会给妓女捐钱？”

草草治疗了一星期，就出院了。乐鹏程让乐慧睡沙发，第三晚，她不小心滚下地，伤口又开裂。秀姨在沙发旁垫了条厚毯子。她和乐鹏程睡楼上，他们买了一张双人床，床头的皮垫很软，家中无人时，乐慧在上面躺过。她时常半夜惊醒，背下湿了一摊，于是茫然地睁着眼，抠着沙发背上缺出的一块海绵。楼上静极了，静得反常。

秀姨请了钟点工烧菜，顺便给乐慧熬粥。有时青菜粥，有时荠菜粥，更多是白粥，就着肉松榨菜。有时也洒白糖，调得甜甜的。

秀姨隔三岔五地和乐鹏程下馆子。一次带回几包剩菜，乐慧眼馋，吞了半碗冰糖小米渣，忽地有了便意。这是她受伤后第一次大解，蹲了半晌，几近痛晕，撑墙起身一看，一马桶的血。这以后，乐慧只吃流质，偶尔食些肉蛋，不碰蔬果粗粮，也忍着不喝水。她的肚子鼓得硬硬的，满嘴臭气。钟点工也不愿与她多话。

一天半夜，乐慧腹内绞痛，醒了，听见有人在淋浴。半小时后，秀姨从浴室出来，一边擦着头发，一边拎起茶几上的小提包，上楼去了。楼上一串轻微响动，钥匙碰撞，开抽屉，拖鞋走来走去。乐慧等着静了会儿，起身光脚上楼，又在卧室外等了片刻，才轻轻推进去。门没锁，窗帘也没拉。乐慧倚在门框旁，望着睡床上的两个人。他们被月光亮堂堂地照着，往同一方向拱着身子，乐鹏程的手环绕在秀姨腰上，秀姨的胳膊反到背后，搭住乐鹏程的髋骨。秀姨忽地挺挺腰，拱曲的幅度小了，乐鹏程也相应地伸直大腿，俩人又贴得严丝合缝。

第二天，乐慧从秀姨买菜的包里偷了二百多块钱，回到先前租的房子，发现门锁已被换掉，这才想起，已经欠了好几个月租金。

她溜进一家网吧，开始打游戏。打了一会儿，屁股里的伤口坐疼了，脑袋也发昏。就结了钱，出门站一会儿，走一段，吃一碗炒面，换一家网吧，挂到 QQ 上聊天。

乐慧取名“我是美女找不到住处”，很快有一堆人上来搭话。乐慧找了三个本市的，聊了半个多小时，又感觉头晕。于是对一个叫“大灰色狼”的说：“把我带回去吧。”

“大灰色狼”很快来了，是个三十多岁的瘦高个。他看到乐慧时，没有掩饰自己的失望，但还是替她付了网吧费，叫了一辆出租车，带她回了家。

大灰色狼的住处，是简陋的一室一厅。他说同租的室友出差了。

乐慧道："你睡床，我睡客厅沙发。"

大灰色狼道："哪能让客人睡沙发。"

他让乐慧先洗澡，给了她一件粉红睡衣。水温热，沐浴露芳香扑鼻，洗面奶是高级进口货。乐慧洗得手指肚皱起来。纱质睡衣太薄了，乐慧跃入被窝，裹着直抽冷气。抽了一会儿，渐渐暖和了。大灰色狼跑来关灯，说"晚安"。乐慧听见他洗澡的声音，眼皮沉重，一下睡过去。

很快，乐慧被弄醒了，发现男人已钻进她的被窝。乐慧感到冷，左躲右闪，大灰色狼偏偏捂住她的胸，边捂边道："好小呀。"

乐慧抵抗了一会儿，索性由着他弄。大灰色狼道："喂，你动一动。"

乐慧不吱声，渐渐意识迷糊，又被弄醒。几次三番，男人碰到了她的伤口。乐慧惨叫着，回头一拳。大灰色狼也顾不上生气。结束后，他道："我想好好睡一觉。沙发上那条被子厚，要不你睡那儿吧。"

乐慧在沙发上睡到翌日中午。大灰色狼在里间上网，外间桌上放着两只冷馒头。乐慧给自己倒了一杯开水，就着馒头。她下身一丝丝地疼，胃也不舒服。

吃完进里间，大灰色狼警觉道："干什么？"乐慧瞥见他在开着QQ 窗口。

"不干什么，无聊！"

"到外面休息会儿吧。"

乐慧到客厅沙发上坐着，渐渐困了，又睡过去。睡着醒了，背脊发冷，就起身走动。厅里有两个抽屉，都上锁了，她想起那支昂贵的洗面奶，进浴室拿了，在口袋里藏好。

这一晚，大灰色狼没让乐慧洗澡，又和她做爱。乐慧脑袋发涨，身体滚烫。她求大灰色狼别把她赶回沙发。大灰色狼说："好吧，不过我不太习惯和人睡。"他背过身，撅起屁股，将乐慧顶出老远。

第二天是被吵醒的。一个女人冲进来，撩了乐慧被子，哭嚷道："还弄个丑八怪回来，气死我了……天哪，还穿我的睡衣！"

她来扒乐慧的衣服，乐慧夹着胸。扒不下来，女人就把被子拽到地上。大灰色狼站在一旁，不阻拦也不说话。

乐慧跳下床，换衣服。这过程中，女人一直推推搡搡，骂骂咧咧："骚货，贱人……"大灰色狼开溜。女人喝道："站住！"看了看赤裸的乐慧，又喝道："进去！"大灰色狼就进到里屋。女人跟过去。乐慧听到大灰色狼说："求求你了，男人总有犯错误的时候，再说，你别把自己和她比呀，她怎么配……"

乐慧迅速穿上袜子，环视客厅，抓起茶几上的抽式纸巾，溜了。

2

这是2006年初，春天迟迟不来。

乐慧混在网吧。她跟各式各样的男人回家。找不到男人时，就继续聊天。她认识了几个女孩，会互相介绍男人。她们把最没钱、最抠门的男人介绍给她。乐慧记不得聊了多少，睡了多少，只是一味犯困。

网吧外的花坛里，有流浪狗用树枝堆了窝。乐慧有时饿得胃疼，会出门抽烟。倚着电线杆时，恰对准那堆树枝。两三次之后，她才注意到，那是只狗窝。狗儿缩在里面，一定温暖惬意吧。乐慧看看四周，没人也没狗，就走上去，一脚踹了那窝。

付不出网费了，吧主要赶人。乐慧道："我爸妈煤气中毒死了，舅妈老是虐待我。你把我赶走，我真死路一条了。要不，给你打一炮，抵网费吧。"

吧主是个四十多岁的胖男人。胖男人想了想道："算了，再给你点时间，快找人来结账。以后谎就不要撒了，你不是撒谎的料。还有，你可以坐那排第二个位置，靠空调的，暖和。你瞧你，嘴唇又黑又紫的。"

之后，乐慧和吧主热络了。他们有过一次关系。他的老板娘比他更胖更壮。乐慧见她教训过交不出网费的小男孩，揪住头发，扔到地上，狠命踩打。此后，乐慧从她眼前走过时，总觉得她在用两坨惨淡的眼白盯着她。后来知道，老板娘天生斗鸡眼，成年后被一个江湖郎中治过，治好一边，斗鸡眼就变成了斜视。这是娃娃告诉乐慧的。目前乐慧和她最熟。俩人都有钱时，会一起上街吃顿好的。但从不互相请客或者借钱。

有一阵子，乐慧上街吃饭，老要碰见熟人。先是小苹果，远远挽着个老爷爷。几天后遇见芳芳，有些发胖了，头发乱乱的。乐慧也想避，却被叫住攀谈。芳芳在给教堂做义工，邀请乐慧来玩。

乐慧问：“教堂有吃的吗？”

“上帝给他的子民食物。”

“教堂里有网上吗？”

“好像……没有。”

和芳芳分手后，乐慧突然有了第六感：她还会遇见什么不寻常的人。

3

一星期后，娃娃说有个拍卖会，问去不去。乐慧不去。娃娃呱呱乱叫：“你知道拍卖什么吗？拍卖人。”

乐慧跟着娃娃，居然到了“兴旺娱乐总汇”。楼前的停车区里，总共有四十七辆高级轿车，娃娃一路数着、摸着、辨识着，嚷嚷着：“好多有钱人哪！”数到门口，看见一大群人，被三米红线挡着。保安不停驱赶靠得太近的看客。

乐慧和娃娃使劲往里挤，挤得一身汗。娃娃道：“操，中国人就爱看热闹。”她俩都不高，左瞧右瞧，只见一圈密匝匝的黑脑勺。后面只顾推着她们向前。娃娃回头骂：“挤你的头呀，没见前面屁眼大的缝都没嘛！”

消息像涟漪，一波波地从里头漾出来：“好像主持人在宣布嘉宾名单”，“据说来了几个房地产大鳄”……人群也相应地一波波骚动。有人跺脚喊“冷”，大家纷纷跺起脚。乐慧也觉得冷，鼻尖没知觉了。

过了个把小时，外面的凑着无趣，渐渐散开。里面的看不出所以，也退出来。娃娃问走不走。乐慧道：“来都来了，回去也没事。”

凌晨两三点，人群稀松了，空气湿漉漉的。乐慧感觉额头湿了，一看身边的娃娃，黑发顶着一撮白。有人喊：“下雪了。”

娃娃兴奋道：“我第一次见下雪耶！”乐慧道：“我小时候见过。”娃娃跑到停车区玩雪，乐慧跟过去，见她用手指在车前盖上写字，英文字，乐慧认得“money”，认得“love”。写了一会儿，娃娃垂头丧气道：“下雪原来是这样，一碰就化，脏兮兮的。”乐慧道：“你写的字没化呀。”娃娃掌侧一捋，“money”和“love”就不见了。乐慧注意到，这是一辆红色法拉利。娃娃也注意到了，嫣然一笑，从袋内掏出名片，插在刮雨器上。“你干吗？”“不干吗。”娃娃一蹦一跳，回到门口的人堆里。乐慧看了一眼她的背影，迅速摘下名片。上面印得很简单：“娃娃，Honey Lee”，然后一串手机号和QQ号。乐慧将名片一撕为二，塞进裤子口袋，跟了过去。

三点一刻，有人出来了。先是些挂工作牌的，“让开，让开”，做赶鸭子似的手势。松散的看客重新紧密起来。于是保安又从楼里钻出来：“你退后一点，你，还有你，别站这儿。”乐慧在前方两只肩膀的空隙间，看见一个穿礼服的女孩。娃娃啧啧道：“她有一米八吧？”乐慧道：“好像不止。”

一个中年男人搀着女孩。他浑身的脂肪仿佛液状的，在他面料柔软的西装里晃荡不已。这一对走下来，钻进等候的车子。接着又出来一高个女孩，五官更精致。她的胳膊缠在一个一米六几的男人臂弯里。娃娃又惊呼，乐慧拉着她往前钻。听到有人在说："底价一万，最后成交时，都是六万八万，最高十二万呢。一个晚上，又不是处女。吃饱了撑的！"另一个接口道："人家有钱人，想法跟我们不一样。"还有问："王老板今晚又赚得狠狠的了。"

娃娃对乐慧道："她们真值钱，人和人就是不一样。"

乐慧"嗯"了一声，她感觉有人硌着她的腰，正待回头大骂，发现身后那个醉汉，居然是沈立军。

胖了，成熟了，胡子拉碴了，但那，就是沈立军。

4

四岁的一天，沈立军推开门，看到一男一女滚在一起。男的沈永伟，女的施云燕。施云燕道："叔叔给妈妈检查身体呢，妈妈病了。"沈立军将门大开，笑嘻嘻地跑了。

这天晚上，施云燕给儿子洗澡。沈立军拼命泼水，还扭来扭去。施云燕掴了他一掌，他大哭。保姆小薛道："小孩子都调皮的，做大人的得有耐心。"

施云燕道："你说我没耐心。"

小薛接过沈立军道："我不是这意思，我不是这意思。你没给小孩洗过澡，不会弄的。"

施云燕道：“我也不要弄。这是你们用人的事。”

第二天，施云燕带沈立军逛公园。给他买了糖果、话梅、皮球、小飞机、玩具水枪。沈立军被拉着手时就哭。施云燕一松手，他就玩着水枪，拼命跑远。下午四点多，施云燕带儿子走出公园，吃麦当劳。他们面对面坐着。施云燕发现，沈立军老是眼珠骨碌转。

“军军，看着妈妈。”

“你看着妈妈。”

“听我说话了吗？看着我的眼睛！”

施云燕隔着桌子，抓住沈立军的肩膀，前后摇晃。沈立军打了个喷嚏，洒了很多鼻涕，“哇哇”哭起来。施云燕塞给他一只蛋筒，道：“乖军军，要是见了爸爸，可别乱说话。爸爸知道妈妈病了，会担心的。”沈立军不哭了，一心一意地吮蛋筒。施云燕在桌下轻轻踢他：“听见没有！你要是乱说话，以后就不带你玩。玩具统统没收。没有饭吃。”

这一晚，回到家，小薛做了一桌的菜。

施云燕问沈永强：“怎么今天回来了？”

沈永强道：“这是我的家，我想回来就回来。”

施云燕道：“真稀奇，今天什么日子呀？”她扭着脖子，瞄了瞄带日期的电子台钟。

“别看了。我待会儿八点要出去。”

“我说呢，哪天会没有应酬。”

沈永强沉着脸，让小薛把鸡汤上的油沫撇掉。施云燕瞪了那只油光光的鸡，忽听沈立军道：“叔叔给妈妈看病。”

施云燕滋出一背的冷汗。

沈永强问："军军说什么？"

施云燕道："乖军军，要玩皮球吗？小薛，待会儿给皮球充充气。"

沈立军想起皮球了，闹着要离桌。小薛哄他。

沈永强道："好好吃着饭，提醒他玩具干吗？"

施云燕道："我不可以提吗？我是他妈，我给他买玩具。不像他爸爸，什么都不买，什么都不关心。"

"你给儿子买东西，花的可是我的钱。所以我才是真正关心儿子的人。"

"花钱就是关心人？"

"废话，不拿钱关心人，拿什么关心人？玩具，巧克力，花言巧语？你们女人看问题就是肤浅。"

"我宁愿不要钱。"

"得了得了，别不知足。要死要活买名牌的时候，都忘了。说句难听的，换了别的男人，谁愿意在你这种过气戏子的身上花钱。"

施云燕噎住了，饭碗一扔，进屋去了。过了会儿，听见外面在收拾桌子，才又出来。沈立军坐在沙发里看动画片。施云燕也走去坐下，把频道换到电视剧。沈立军指着遥控器，嘴里"嗯嗯"着。施云燕瞪着沈立军，沈立军瞅着施云燕。施云燕轻声道："军军，你太让妈妈失望了。妈妈陪你在外面晒了一天的太阳，还买这买那的，多辛苦呀。"沈立军不等她说完，来抢遥控器，施云燕一掌将他从沙发扶手上刮翻出去。小薛在门口惊叫。沈永强冲出来，扶起儿子。

施云燕轻声道：“他刚才骂脏话。”

“放你妈的屁，军军一向很乖。再说了，你和小孩子较什么真。”

小薛拿来棉花球和红药水，沈永强给儿子止血。施云燕站在角落里。沈立军慢慢停住哭，专心玩起沾血的棉花球。

安顿儿子睡下后，沈永强大骂施云燕。小薛在旁道：“沈太太经常打小孩。”施云燕吵着要回娘家。沈永强道：“滚回去最好，这里没人稀罕你。”施云燕拿了牙刷和面霜，出门不知往哪儿去，哭哭啼啼地转了一圈，又折回来。此时，沈永强出去应酬了。施云燕在卧室闷坐了一会儿，跑去小薛房里，冷冷道：“我最没地位了，每个人都欺负我。”

小薛正在床上叠衣服，假装没听见。

施云燕道：“我是最可怜的人，谁来可怜可怜我？”

小薛扭过身，撅起屁股，将叠好的衣服放进柜子。

施云燕道：“好，有你的。”

第二天，吵着要辞退小薛。

沈永强道：“小薛手脚利落，找个称心的保姆，不是你想的那么容易。”

“她欺负我。”

“她哪里欺负你？”

施云燕嘴巴一瘪：“反正我不喜欢她。我重要，还是一个小保姆重要？”

沈永强道：“当然保姆重要，你他妈的会洗衣做饭吗？”

施云燕道："别'他妈'来'他妈'去，就不会和我好好说话。你懂尊重人吗？"

"也不看看自己的德行，配不配别人尊重。"

施云燕待要骂回，忽听背后怪笑。扭头一瞧，儿子抱着大皮球，钻在桌底下。她撇了老公，"噔噔噔"过去，沈永强立即跟着她，还拉了她一把："你干吗，干吗呀？"

"不干吗，我看看我的儿子，行不行啊！"

从上往下看时，沈立军的面孔变扁了，眼神像个大人。他将皮球抛出来，那球蹦着跳着，撞在施云燕脚踝上。

沈永强一把抓住她："你过来，你想干吗？"

"我想打他，行不行呀？生他时老娘差点没命，现在打他一下怎么啦？"

沈永强将她的手腕往后掰，掰得施云燕生疼，但她含着泪，不吭声。沈永强闷闷道："这是我儿子。你敢动一下，我把你这只手废了。"

5

沈立军的人生记忆，始于四岁的那天。他看到妈妈的光背光屁股，她的脊梁凹槽里，有一粒白头疖子。十二岁的整个暑假，都在播放施云燕演的连续剧。返校时，好几个同学说："沈立军，在电视里看见你妈妈了。"施云燕在那戏里是女配角，沈立军看过一集，恰有床上镜头，他的妈妈和一个男演员，裹着被子动啊动的。

施云燕做演员时不红。男人们爱在夸她美貌时动手动脚。施云燕嗔几声，打两下，但最后每每被得逞。得逞的男人们交流心得，达成共识：施云燕胸不大，腰有赘肉，但腿特别好，尤其大腿，细细紧紧的，最适合短裙和有绑带的高跟鞋。

施云燕嫁人息影后，结交的多是麻将搭子，有做美容认识的富太太，也有三两个闺蜜。她有老相好叫“猫猫”，以前一块儿演戏的，介绍给表妹，勾搭了几个月，被表妹夫抓奸在床，闹到沈永强那儿。施云燕哭着辩解：“这怎能叫‘拉皮条’，我只是介绍他们认识，为了打麻将方便。”

“猫猫”爱打麻将，挤在一堆太太里。小立军曾窥见这个戴蛤蟆镜的家伙，在牌桌下摸妈妈的光腿。妈妈的腿并拢、张开、微微颤抖，桌面上却神情自若。小立军常在他们打牌时，搬个小板凳在旁坐着，隔三岔五地流一行鼻涕，洒几滴口水，小薛围着他转前转后。施云燕恶声恶气道：“乖，隔壁去。”小立军朝她翻白眼。“猫猫”笑道：“这小子不服。”

施云燕很失面子，她认为麻将搭子们不太愿意来玩，就是因为沈立军。于是她更多出去打牌，几夜不回，回来就睡。沈永强天天吵架，吵烦了就不说话。

6

叔叔沈永伟住在隔壁楼里，有一对儿女。沈立军和堂弟沈立宏较劲。沈立宏练书法，他也练书法，沈立宏学摄影，他也学摄影，沈立宏把小单车骑得飞快，沈立军就和他比赛，不小心栽下来，膝盖软组织受伤，被施云燕没收了小自行车。那是辆美国童车，爸爸的朋友送的。沈立宏骑着自己的国产小车，在弄堂里绕来绕去，“来呀来呀”，还冲堂哥招手。沈立军一气将他拽下车。叔叔来找爸爸，将沈立宏的伤指给沈永强看。只是浅表擦伤，但抹了紫药水，一块块地触目惊心。沈立军知道爸爸舍不得打自己，但他还是打了。

十二岁时，沈立军认命了——他再怎么使劲，成绩也是中下，而沈立宏从来都是校干部、三好生，还经常参加书法比赛。施云燕常说：“看看人家，一个天上，一个地上！”

沈立军、沈立宏、沈立丽，三人同在初中部。沈立丽不如幼时漂亮，但会打扮了。她大冬天穿超短裙，一弯腰露出内裤，无论男同学男老师，全都眼珠落地。

沈立军问：“你不冷吧？”

“不冷。你觉得好看吗？”沈立丽转一个圈，裙摆散开来，更显短了，见不答，又追问，“到底好看不好看？”

沈立军想说好看，出口却成“一般”。

沈立丽噘着嘴，转身就走。她走路扭屁股，沈立军听过女生议论。他觉得这样好看，但又不希望她这样。沈立丽走到一半，折回来道：“今天你送我回家。”

沈立军问：“姚明远呢？他不送你？”

沈立丽“哼”了一声：“我更喜欢你送。”

沈立军有点拘谨，沈立丽也不说话，一路拿小树枝拨弄路边的花坛栅栏。经过一家超市，沈立丽说口渴，沈立军进去买了两瓶矿泉水。

沈立丽瞥了一眼："这有什么好喝？"她让沈立军等着，进去买了可乐、冰棍、薯片、饼干，两大袋，悬在沈立军肘上，边走边一包包地掏出来，拆开自己吃，也让沈立军吃。沈立军不吃。肘上的塑料袋随着脚步，擦碰他的肚子，当他抬头喝矿泉水时，它们又撞击他的胸膛。不知为何，他越喝越渴。

快到家了，沈立丽提议去小花园。他们坐在石板凳上。沈立丽一边咀嚼，一边发愣，右手拿薯片袋，左手找不到袋口，就凭空戳来戳去。

沈立军道："在这儿呢。"帮她夹出一块，送进口中。

沈立丽笑了："我想起我们小时候。"

"小时候怎么了？"

沈立丽瞥他一眼："不告诉你。"

沈立军心中一跳，按捺着不看她。

沈立丽指指前方："瞧那些老太婆！"

一些老人在石桌上打麻将。

"我老了会很漂亮，让所有的老头都爱我。"

沈立军笑了。

沈立丽回过头道："喂，你是不是喜欢我？喜欢就来亲我呀。"

沈立丽的鼻翼上有粒痣，此刻这痣随鼻息起伏，让她的脸生动无比。她的嘴唇慢慢凑近，轻触了沈立军的嘴唇，旋即跳开。沈立军听见沈立丽在笑，一摸，摸下几粒薯片屑。

第二天放学，沈立军去沈立丽教室外，发现高年级的姚明远抱着双臂，倚在前门口。他看到沈立军，冲他挥挥拳头。沈立军假装上厕所，过了一会儿，才绕回来。

这时，他看见沈立丽，穿袖子很长的米色毛衣，领口敞向两边，露出锁骨。她和姚明远挨肩走着。她也看见沈立军了,笑盈盈地“嗨”了一下。姚明远也跟着“嗨”。沈立丽的眼睛美极了，当她笑的时候，一些亮光在里面水汪汪地游。

7

沈立军找到沈立丽，问那天吻他是什么意思。

沈立丽瞪大眼睛：“没什么意思。”

“原来随便什么男人都能亲你。”

“你怎么说话的？”

“我就这么说话的。”

“我没利用你。”

“利不利用无所谓。”

沈立丽脖子一缩，道：“是利用你，刺激一下姚明远。向你说对不起，好了吧？”

“不好。”

“你不会真喜欢我吧。我们是堂兄妹啊。”

“我怎会喜欢你这只骚货。你利用我，我更是利用你。”

“喂，你这话太过分了，我要让姚明远来揍你。”

“对，不是利用，是报复。”

“报复我干吗，难道我欠你一万块钱？”

“问问你爸做的好事。”

“什么好事？”

沈立军咬牙道：“他勾引我妈。”

沈立丽哈哈大笑，笑得敞领开衫快从肩上滑下来了。

“有什么可笑的？”

“哪里勾引啦，我没看出来，”沈立丽捶背捋胸，“倒是你在勾引我。”

沈立军上前，扇了她一耳光。笑声被硬生生截断，沈立丽捂住脸，鼻翼上的痣楚楚可怜地颤抖。沈立军突然很想抱她，贴紧她单薄的身体。他在原地站了一会儿，把冲动克制下去，转身走了。

8

沈立军搬新家。叔叔送来一只水果篮。搬家车开到新住处，家具放下来，沈永强呵斥小薛：“果篮别拿。”那只装满名贵热带水果、绑满红色缎带的篮子，被留在卡车上。

沈永强和施云燕已经冷战了三个月。时间越长，越懒得开口。

仿佛真没什么是必须得说的。

吃晚饭时，沈永强对小薛道："你和她说一下，军军要转学。"

施云燕对小薛道："转到哪里？"

沈永强对小薛道："转到爱民中学。"

施云燕对小薛道："是重点中学吗？"

沈永强对小薛道："是。"

施云燕对小薛道："是本区最好的吗？"

沈永强对小薛道："差不多。"

施云燕一摔筷子："什么叫差不多，要上就上最好的。"

沈永强道："爱民在区里虽是老二，但排名不是绝对的，每年都变，去年爱民升学率就比建强高。关键是我和他们校长认识，以前一起吃过饭的。而且离家近，这也重要。"

施云燕道："我儿子要读最好的中学，以后才能读最好的大学！"

沈永强道："你懂个屁！"

施云燕道："以前的中学不是挺好，以前的房子也挺好。就你，莫名其妙要搬家。"

沈永强道："莫名其妙？为啥搬家你心里清楚。哼哼！"

施云燕被沈永强鼻孔里哼出的冷意冻住了。她顿了顿，转向沈立军："凡事得征求儿子意见，他是大人了。"

沈立军道："那就上爱民。"

施云燕道："坚决不同意！你看人家沈立宏，上的是全市最好的中学的最好的班，以后都是直接送出国的。"

“是啊，我样样不如他，”沈立军凝视母亲，“你怎不把我生得聪明点？”

施云燕终于不再说话。

9

转到新学校十来天。

同学没混熟，凡事打不起精神。一日体育课，据说是篮球比赛，沈立军不擅篮球，就躲在教室里，看一会儿书，想一会儿沈立丽。她送了他一张告别卡，可惜搬家时，被沈永强混在旧文件纸里，掉了。那是张嫩黄的卡，洒了亮粉和香水。只有两个手写字：称呼栏的“军”和署名栏的“丽”。在称呼与署名之间，是现成的贺语，“愿友谊天久地长”，字体花花绿绿，背景印了娃娃和天使。对十五岁女生来说稍嫌幼稚，但它出自沈立丽之手，又显得自然了。

正想着，忽有动静。沈立军回头，吓了一跳。沈立丽正趴在后窗台上呢。她往里探了探。沈立军看清了，是个陌生女孩，也有一对大眼睛。沈立丽的大眼睛，是她妈遗传的。她妈姓吴，中年依然是个美人。

此刻，窗台上的“大眼睛”脸红了。沈立军犹豫道：“要帮忙吗？”过去拽住她的手腕。女生的重心终于倾进来。沈立军松开手，回到座位上。他瞪了会儿天花板，忍不住又瞧那女生。她正埋在座位里，“丁零咣啷”地翻着东西。

10

沈立军收到几封情书。有诉衷肠的，有提约会的。其中一个写："你会用宝马带女朋友兜风吗？"沈立军看了，笑笑，扔进垃圾箱。

他发现乐慧经常跟踪他。她以为他没察觉。他也假装没察觉。听闻乐慧名列班级"四大丑女"之三，人称"老三"。他觉得乐慧不丑，至少眼睛挺好看。

一次，在食堂开完年级大会，远远见那瘦小的身影，拥在人堆里，东张西望着。沈立军挤过去，在她耳边飞速道："嘿，干吗老跟着我呀？"说完躲开。就见乐慧慌慌张张地环顾，很快被人流冲没了。

另一次，英文课小测验。沈立军提前交卷，出了教室，想到对街买一块蛋糕，却在校门口被几个小流氓拦住。为首的胖子道："阔少，你口袋里有什么？"

沈立军掏出皮夹："整的给你，零的我要吃饭。"

胖子道："你还用自己买饭？不可能也吃食堂吧？"

他伸出肥厚的巴掌，沈立军犹豫着要交出皮夹，忽见胖子发愣，然后是一个女孩的声音："你好！"是乐慧。胖子对沈立军道："就这样吧。"一伙人稀稀拉拉走了。

沈立军问："你认识？"

乐慧道："初中同桌过。"

沈立军笑笑。

乐慧问:“你也认识他?”

“是他来认识我的。”

“他没怎么你吧，旁边几人流里流气的。”

“他们很出名，常在这一带敲诈学生。”

“你要小心。”

“谢谢，我知道。”

一串“丁零零”，校园骚动起来。他俩默默往回走。眼看到教学楼了，乐慧“喂”了一声。沈立军停住，望着她。乐慧眼珠乱转，沈立军又想起沈立丽的眼睛，他笑了。俩人进了楼，自然而然走开一段距离。

11

一天，沈立军接到信。薄薄一张，写在文稿纸上。没有署名，但沈立军认得字迹,谨小端正的,像在给老师写假条。只有一句话:“我很孤独。我想，你可能也孤独。”

几天后放学，司机载爸爸办事去了。沈立军自己走回去。快到家时，忽听乐慧喊他。

乐慧道:“我往这里走。”

沈立军说“哦”，继续低头向前。

乐慧也低头向前。沈立军以为她会跟上来，谁知她脚步渐慢。

于是沈立军也慢。乐慧又紧走几步，与他并肩。

“对了，你有没有……”她问。

“信收到了。”

沈立军站住。乐慧也站住。她脸红了，眼睛显得更大。沈立军又看到那种熟悉的亮光，在大而黑的眼珠上水汪汪地滑动。亮光忽然靠拢来，沈立军下意识地一躲，感觉嘴角被啄了一下。乐慧愣住，似被自己吓坏了。沈立军笑起来，捧住她的脸，吻了吻她的嘴。

12

事后，沈立军后悔过，并且越来越后悔。乐慧和沈立丽，完全是两种人。她们的大眼睛也不像起来。乐慧的眼神有时像只哈巴狗，仿佛等着别人踹她一脚。有时又凶巴巴的，比如一次和傅波吵架，沈立军听到她骂：“我操，看老娘怎么收拾你。”

那天放学时，沈立军懒得说话。全是乐慧在说，说沈立军救蚯蚓的事。“你记得吗？你记得吗？”乐慧追问。

“不记得了。”

于是乐慧改说别的，说着说着，又绕回来问：“你真不记得啦？”

沈立军皱了皱眉头，乐慧不敢再说。

她开始陆续送他东西。先是小零食、小文具。沈立军不喜欢甜食，也看不上破破烂烂的笔啊尺的，但他和乐慧不一样，他有礼貌。最后，乐慧竟送他一盘自录的磁带。最廉价的杂牌磁带，“赠品”的粘纸都没撕掉，会把沈立军进口录音机的磁头听毛的。他告诉乐慧，他不需要。请她以后不要送东西了。乐慧听着像要哭了。沈立军希望她哭。然而，终究没有。

也许唯一喜欢的，是和乐慧接吻。以前和沈立丽，只是蜻蜓点水地碰碰。乐慧让他发现，接吻是要学习的，里面大有甜头。尝了甜头的沈立军，把乐慧顶在影院安全门的过道壁上，捏紧她的肩膀，亲了又亲。

严朝晖已和孙雯雯上过床。据说孙雯雯挺骚，不过光着时，身段不如穿着时好。“屁股太难看了，扁塌塌一大片。”这是严朝晖的原话，沈立军恰在旁边。其他男生窃笑，他在回想乐慧的屁股。那只小屁股微微上翘，富有弹性。如果闭了眼睛抚摸，会让男人产生欲望。

13

一个多月后，学校组织郊游，正值春暖花开，风儿软绵绵的，将沈立军的心窝挠出一阵酥痒。他想起一个跟班带他看的小电影，还想起乐慧的舌头，像团湿甜的棉花从齿缝抵进来，绕着口腔缓缓溜上一圈。沈立军起反应了，离开队伍，停下脚步，闭眼深呼吸。

挨到分散活动，他绕进一条偏僻的路，乐慧在三五十米外跟着。人越走越少，沈立军拐到一个死路口，站住。乐慧瞅着四下无人，欢天喜地奔过去。沈立军把她拽进旁边的小树丛，急巴巴道：“我们那个吧。”

乐慧心儿怦怦跳："我们哪个？"

沈立军笨手笨脚地解她裤子，还学着毛片，拼命揉捏她的乳头。乐慧疼得哇哇叫。

"咦？"沈立军突然停住，"你不是处女？"

"我……是的。"

沈立军支起她的下巴，捕捉她的视线。

乐慧涨红了脸："你不懂。"

"谁不懂，女人第一次会流血的！"沈立军蹲下，扒开乐慧的大腿。

"疼，你弄疼我了！"

"疼怎么没血？"

沈立军有种湿漉漉的虚脱感，搞不清是因为后背的冷汗，还是爬上眼眶的热泪。乐慧大呼小叫，清水鼻涕也出来了。沈立军站起身，掐着乐慧的脖子，顶到一棵树上："说，怎么回事？"

"没……没……什么事。"树皮疙瘩扎得背脊生疼。

"到底怎么回事？"

"没……不知道……"

"还想骗我，你这个妓女！"

沈立军一拳打在她脸上，手立即火辣辣的疼。他撇下她，往外走，脑中不住闪现四岁那天，妈妈光背上几粒丑陋的疖子。

妓女可以是一种职业，婊子则骂到女人根里去。施云燕是婊子，乐慧也是婊子。沈立军发誓，从今往后，他要搞很多女人，她们都得是处女。

14

沈立军以教学质量为由，和家里提转学。沈永强答应托托熟人，联系建强中学。沈立军不再上课。早上背着书包,由司机送到校门口，等车开走了，就打的到市中心，逛街，吃饭，买东西，打游戏。下午三四点，再到校门口，等司机来接。回家摊开作业本，底下放一本武侠书，看到六点半，吃晚饭。饭后下楼遛狗。

沈立军的狗叫沈噜噜，马尔济斯犬，七岁了。沈立军送它的七岁生日礼物，是一只绑了粉红蝴蝶结的小天平。每天，小薛买来新鲜猪肉，用天平称出两百克，加水煮熟，切成小块，混着无糖饼干，用水搅拌均匀，再分为等重的两份。沈立军在起床后和晚饭前，各给噜噜喂一次食。

沈永强说："要是哪一天，军军对我老头也这么孝顺就好了。"

施云燕说："狗比人还金贵，每天都要掏耳朵，洗澡还戴耳塞。"

噜噜只和沈立军亲。只要沈立军离开视线,它就呜咽起来。白天，它雪团团地缩在木窝里，睡觉，或者眼神哀怨地趴伏着。沈立军一回家，它才欢天喜地迎出去，在沈立军的脚踝上蹭来蹭去。

沈立军每日饭后遛狗，遛完亲自清洁它的毛发。浴后的沈噜噜，通体散发着柠檬护发素的芬芳，像一只新洗晾干的毛垫子。这只白色毛垫伏在沈立军的膝盖上，陪伴他做作业到深夜。

沈立军十八岁那年，噜噜死了，沈立军痛哭了好几场，仿佛死去的，是他相依为命的亲人。他和爸妈吵了三四天，他们终于同意把噜噜葬到绍兴祖坟那里。

15

在同一年，沈立军被毛头暗算，鼻梁旁留下“人”字伤疤。伤愈后，凭着沈永强的上下走动，沈立军进入第一志愿财经大学。读了两年，腻了，去英国读工商管理。在国外玩几年，吸过大麻，泡过洋妞，又腻了，2000年回国读MBA。读完仍不想工作，晃在社会上。2003年回校读在职博士。

沈立军读经济学专业，双休日有课。他没事开着车，在校园里乱转。清爽可人的学生妹，很合他的口味。

截至此时，沈立军破过六个半“处”。最小的十四岁。一个外国人，五个中国人。所谓半个，是一青岛妹。做爱时没落红，青岛妹哭了，坚称是处女，还列举专家观点，说激烈运动会导致处女膜破裂，而自己恰是短跑健将。青岛妹长得倒像处女，屁股窄窄的，乳头粉粉的。和笨手笨脚的处女做爱，唯一的快感是见到那点红。不见红的处女，等于不是处女。

沈立军最长的交往是三个月。那个上海女人，说话像唱歌。在哪儿就座，都先用纸巾擦一遍椅子。他们有过三个晚上，她仍是处女。她愿意用手，也愿意用嘴。沈立军几次强迫她，但上海女人的指甲厉害，硬生生抓得他没了感觉。

沈立军问她有几个男人，上海女人算了算，说八个。

“都八个了，那层膜还没破呀？”

“那是留给老公的。”

“幸亏我不是你老公。”

“幸亏你不是我老公。我要找个老实人，除了有钱，还要宠我。”女人说得一脸向往。

这天约会，沈立军灌了她大半瓶十年陈红葡萄酒，上海女人将胃里呕空后，很快沉睡过去。半夜，沈立军分开她的腿，正待有所动作，女人突然警醒：“你想干什么！”

“你说我想干什么！”

“我报警了，我报警了！”

沈立军抽了她一耳光：“妈的，你去报呀，婊子！”

女人不喊了，哭起来。沈立军又抽一巴掌，觉得手掌疼痛，从她身上下来：“哭你妈的哭，膜还没破呢！”

两人僵持大半夜，女人哭累了，终于先睡着。沈立军找来平头螺丝钻，往她身后一捅。上海女人啊地醒了。搏斗了十多分钟，在一声惊天动地的惨叫中，鲜血涌上床单。

这是沈立军遭遇的第六个半处女，他赔了一万块“开苞费”，让一把螺丝钻享到了福。第一晚时，有的女人丝丝点点，有的则势如潮水。上海女人的鲜血一滴滴，一行行，在地上汇了个小血塘。沈立军差点送她去急诊室。

此后几个月，沈立军没有碰女人。后来他碰女人了，但没遇到处女。2004 年 1 月 23 日，沈立军认识了他的第七个半。

16

董小洁是扬州人，常人想象中的典型扬州人，小巧，乖顺，皮肤白皙。她读文学专业，但不擅长文学，当初报的新闻系，差了几分，被调剂到中文系。进校第二天，董小洁跟着室友到师姐那儿串门，听说今年本系就业形势不好，晚上回宿舍哭了一场。

第二天清早四点，董小洁抱着英文书去背单词，发现宿舍楼锁着。

值班阿姨道："回去睡觉吧，要五点半才开。"

"放我出去吧，你可以再锁上的。"

"你是新生？这样不守规矩。"

董小洁回蚊帐里闷坐，又抽泣起来。上铺模糊地问："什么声音？"董小洁拼命忍住。

自此以后，董小洁每天五点起，用隔夜水泡一袋奶粉，边吃饼干，边看《四六级词汇》，到了五点半，拎着热水瓶，抱着单词书，出门去了。董小洁打完水，在树丛里背单词，热水瓶放在脚边，有时站着站着，摇摇晃晃了，就猛掐自己的手背。她的指甲很长，背一个单词，就在书页上掐一个记号。不久掐满了，回过去复习，一大半忘记。董小洁又哭，哭完，从字母 A 开始重背。

董小洁还旁听新闻系的课，《新闻学概论》似乎比《文学概论》

浅显。她每次等课快开始了，才从后门溜到最后一排。她害怕大家注意她，但被忽略时，又感觉自卑。新闻系的人，看起来个个神采飞扬。下课铃一打，董小洁飞快收拾东西，逃离教室。

一转眼大半学期，董小洁感觉什么都没学到。新闻系的采写，不能找老师批作业；本专业的之乎者也，又不感兴趣；背了很多单词，英文仍不好，尤其做听力，脑袋里嗡嗡一片。

董小洁花五十元办了听音卡。听音室的《Step by Step》教程年代久远，播放时吱吱作响，董小洁的听觉也快霉烂了。她从第一盘听起，A 面听了三遍，仍然迷迷糊糊，还磁带时，看到有人在借第十盘，董小洁又快哭出来。

练听力的时间多了，旁听新闻系的就少了。董小洁权衡再三，觉得前者更重要。这时，班里有人作为交换学生，被送去新加坡。是副班长，和老师们熟络。董小洁掐指一算，系里的老师，除了三四个给自己上课的，其他一概叫不上名。

爸妈经常说：学习是其次的，人际关系第一位，以后踏上社会就知道。去新加坡的副班长，英文还不如董小洁呢。董小洁想认识老师，还想和同学打成一片，但这些需要时间。

董小洁在纸上画表格，每天分成二十四格，两格背单词，两格上专业课，半格吃饭，一格……剩下六格睡觉，董小洁想了想，又从“睡觉”中画去一格，归入“熟悉系里老师”。她把时间表夹入笔记本，锁进抽屉。

董小洁的每一天从痛苦开始。和睡意搏斗，和单词搏斗，天气转凉，还和寒冷搏斗。上专业课时看英文书，做听力时惦念作业，自由安排的时间里又犹豫：英语？看书？旁听？系里转转？一天就过掉了。到了夜深，董小洁亮起应急灯，躲进帐子看书。她双眼模糊，大脑茫然，熬到楼里其他灯都熄了，才能安心。有时不小心瞌睡过去，翌日就懊悔一番。

董小洁内向，成绩一般，不是干部，没参加社团。听说今年就业形势更差，新闻系都未必找到工作。她决定春节留校，看书加外出实习。

妈妈来电话："小宝贝，学习怎么样？"

"不错。"

"爸想你了，我也想你。"

董小洁马上泪如泉涌。

"乖乖别哭，留在学校也好，多学本领，身体更要当心。我们照顾不到你。"

董小洁说不出话，她听见妈妈也哭了。爸爸接过电话："想家随时可以回来。"

董小洁想家想得发疯。寒假的校园，冷清得像被扫荡过，连麻雀也一窝窝地躲起来。大年三十晚上，另一留校生来招呼，说学校组织年夜饭。董小洁拒绝了。她想背单词。

爆竹声太闹，淹没了董小洁的背诵声。改做阅读，思路又时时打断。那就看书吧，顺便做做古文翻译。"《诗经》是我国第一部诗歌总集……"这有什么用！用人单位不会在乎是否背得出《诗经》。

董小洁思念父母。这对老实人，在中学家长会上，总是备受瞩目。爸爸一个劲傻笑，妈妈像外交部发言人，摆出谦虚的架势，抵挡各路赞美："哪里，你们家小玲也不错。""小洁没什么出挑，只是笨鸟先飞。"

回家后，妈妈将那些夸奖，一句句表演给董小洁听，直至被不耐烦地打断。此时此刻，坐在冬季大学的宿舍里，董小洁多么希望重温赞美。她曾经引以为荣的勤奋，已经成为笑柄。室友还翻出她的时间表格，问："为什么'熟悉老师'是一格，'熟悉同学'只有半格？原来同学不如老师值钱。"

17

沈立军和董小洁，相识于清晨。

前一晚，沈立军在酒吧喝到醉醺醺，招呼了四五个哥们儿去KTV，在小姐腿上睡着，醒时凌晨四点，头晕，脚冷，眼神恍惚。买了单，众人散去，沈立军将车歪歪扭扭开到永和豆浆，吃了油条和小馄饨，精神好起来，一路狂飙，飙到学校，从后墙爬进来。

空气透出一点亮，在薄雾背后晕散，树影子染得湿漉漉的。路面罩在雾气中，显一段，隐一段。一棵雷电劈过的梧桐，在拐角处拦了拦路，它齿印似的缺口上，爆着几茎新枝。沈立军深吸一口气。他的眼睛似浸了明矾，渣滓沉结一清，世界就把清清爽爽的面目裸出来。

一个女孩突然出现在这世界里。她立在两棵水杉之间，毕恭毕敬地捧着书，眼睛却是闭着的。

沈立军“喂”了一声。董小洁惊醒，发现一个男人贴脸过来。

“真有本事，站着也能睡。”

董小洁收拢书本，拎起热水瓶，疾走。

沈立军紧跟道：“喂，小姑娘，拎两个瓶子重不重？”

董小洁的细胳膊抖了抖。沈立军抢过一只瓶，想抢另一只，董小洁紧紧护住。她的小指上有一点冻疮，像戴了红戒指，把整只手衬得肉白肉白。手脊上还有四个“酒窝”，随着手势变化时深时浅。

沈立军耸耸肩：“别紧张，我不是坏人。博士生，正规MBA，英国留学回来的。”

董小洁低着头，她的刘海儿被雾打湿，贴在脑门旁。

沈立军道：“今天天气好，兜兜风去，我有车。”

“我不去。”

“什么，不去？哈哈，你的声音真好听。”

“求求你了。”董小洁的手似一只白鸽子飞过来，在空中停顿几秒。

沈立军将热水瓶慢吞吞地递还给她：“你怎么放假不回家？”

“实习。”

“爸妈不想你？”

“想。”

沈立军吹了一口气：“我也不回家，老头子老太婆不想我，他们只想自己。”

“怎么会？”

沈立军笑嘻嘻道："说了你也不懂。不过我不在乎，有女孩子想我就行。"

董小洁又低头往前走。

沈立军道："好了好了，不开玩笑。喂，你在哪儿实习？"

"还没找。"

"听你口音是外地的，在这儿没个朋友熟人，确实不好办。要不我帮你找吧。"

"骗人。"

"我说真的。"

董小洁注视沈立军。沈立军忽地耳中静悄悄一片，他听见自己无比诚恳地说："我可以帮你找，真的。"

董小洁似乎要信了，终于还是摇摇头。

沈立军道："我很像坏人吗？给你看身份证！"在身上乱掏一番，只找到桑拿浴所的贵宾卡，"身份证呢，奇怪，身份证呢？"

董小洁扑哧笑了，想说什么，又忍住。

沈立军翻到皱巴巴的学生证，往董小洁手里一放："看，我是博士生，没骗人吧。"

证件照上的沈立军脸颊消瘦，眼神忧郁，鼻侧的疤痕也不那么刺眼。董小洁仔细瞧了，将学生证还他："照片上像个好人。"

沈立军道："我的妈呀，你终于肯多说几个字了。"

董小洁又笑。

沈立军道："就这么着，给我电话号码，我帮你联系实习。"

18

沈立军和一叫“索男”的哥们儿打招呼，让董小洁到他的网吧做临时财务。索男道：“我这破地方，点来点去几张钞票，哪用得着财务？”

沈立军道：“随便让她做点什么，工资我给。”

董小洁道：“网吧做财务？好像和我的专业无关。”

沈立军道：“财务是专业知识，多一种本事，总能派上用场。况且在网吧能接触社会，增加阅历。”

董小洁觉得有道理，去网吧待了一个多星期，就后悔了，不好意思推辞不干，于是带着小卡片去背单词。

索男道：“背英文多无聊，来玩玩游戏。”董小洁不肯，但看了一两回，手有些痒，试着“扫雷”，很快扫到最高级，又玩“水果大战”，扮成苹果，和很多香蕉、西瓜互扔炸弹。接着打“泡泡龙”，打到满眼看出去，都是深蓝色的骷髅头。她对自己说：该背单词了，该背单词了。可见了电脑，就对自己说：再玩五分钟，五分钟而已。

沈立军也天天去网吧。以往，他是讨厌冬天的，搞女人没兴致，啤酒灌到肠子里扎扎的，狐朋狗友们也招呼不动了。沈立军睡眠不深，乱梦不断，扰得女朋友阿妹不停抱怨。阿妹是广东人，眼窝深，颧骨削，全身唯有两只假奶子丰满着。沈立军不喜欢瘦子，搂抱时硌得慌。但阿妹有种骨子里的骚。她把沈立军拍醒："怎么回事，最近都不要我了。"

"没不要你，累。"

"整天在外面，是鸡巴累了吧。"

"操，那么多话！爱玩不玩，不玩分手！"

阿妹在黑暗中翻了翻眼白，嘭地躺倒，卷起被子滚去床边。

清早七点多，沈立军自然醒。赖一会儿床，起来漱洗剃须，喝一杯咖啡，等阿妹去上班后，就出门了。同居的房子离索男的网吧不远，沈立军步行前往，路过便利店时，买几份薯片和巧克力。

九点多到网吧，索男预留了两个位子，它们卡在屋子拐角上，电脑将之和其他位子隔开。沈立军坐定，把马甲袋里的小零食一一摆在桌上。

十点多，董小洁来了。她走路动静很大，挟裹进一股清冷的风。沈立军招招手，董小洁就放轻步子，将书包挂在椅背上，坐定打开电脑，趁电脑启动时，她会从拉链口袋里拿出一管护手霜，手背上抹一点，双手正正反反地摩擦。一股草莓味弥散开来。

董小洁不和沈立军说话，偶尔目光接触，就马上跳开。他们在MSN上聊。边聊天，边打游戏，边吃零食。

董小洁的MSN头像，是桂林旅游时的照片，拈了一朵浅黄的花，站在水边鲜艳艳地笑。她的脸颊有婴儿肥，笑时往两边扩出，再被镜头放大，就显得臃肿。沈立军更喜欢扭头看真实的董小洁。真实的小洁哪个角度都看不到棱角，脸儿团团的，腕儿团团的，脖颈儿倒是细长，但被一圈头发围住，发梢扎扎刺刺地戳在领子里。她穿一件印有校徽的白色套头薄绒衫，整个人被宽大的衣服鼓起来，只露两根细细的裹牛仔裤的腿。

沈立军尤爱她的手，从薄绒衫袖口露出一截毛衣袖，白的，略略蒙了灰，沾着草莓护手霜的香，底下再露一小截手，手掌缩在袖内，手指蜷在袖外，打几下键盘，就往旁边摸索零食，像只小白鼠在桌上爬行。有那么几次，沈立军假装拿零食，碰到那只手，董小洁就腕子颤一颤，迅速将手抽回。她的眼睛自始至终不离屏幕。

沈立军在聊天窗口里说："你的侧面真好看。"董小洁笑了，回应道："你最会哄女孩。"她打字很慢，经常满键盘乱找，嘴里念念有词。沈立军就在旁边笃悠悠等着。他喜欢网聊，所有的话，只他们俩看见。沈立军想到"卿卿我我"一词，觉得贴切，就换上 MSN 名字。偷眼一瞧，董小洁似有些害羞，但什么也没说。索男正在另一台电脑上，见沈立军改换名字，就在聊天窗口里说："靠，老色狼装嫩，恶心。"沈立军从电脑后瞪了他一眼，索男伸了伸舌头，比了比中指。

打到十二点多，沈立军请董小洁吃午饭。饭后再打，到夜间六七点，接着请吃晚饭。网吧开在校园边，周围饭馆不少。每次入座，董小洁都东张西望，生怕被人看到似的。他们吃吉祥馄饨、小杨川菜、风尚米线、辣辣香麻辣烫、Memory 西餐厅。川菜最好吃，但环境差，西餐厅环境好，可只卖速溶咖啡。其他几家档次更低，沈立军平时根本不会吃。但董小洁喜欢，当她从热腾腾的米线上抬起头时，面颊蒸得通红锃亮，眼眶里熏出两汪清泪。

回到现实中的董小洁，说不了三五句话，一半还是礼貌用语，连打个嗝都要说“对不起”。沈立军深吸一口气，董小洁身上隐隐有股奶香。他试图想象她的身体，但想来想去，都是她穿套头薄绒衫的样子。董小洁不是女人，也不是女孩，她是一个女婴。

沈立军一边神思，一边说着漫不经心的话。一顿饭下来，吃得比董小洁还少。董小洁吃完，微弓着背，两手插在大腿间互相搓揉。沈立军不能讲荤段子，也不能讲自己干过的有趣的坏事，于是觉得没什么好讲的了。于是讲讲小时候。小时候住在大房子里，小时候和堂兄妹玩……最后，终于忍不住说：“你是不是觉得，我讲的东西挺无聊？”

董小洁道：“没呀，挺有意思的。你把堂弟推下自行车，后来怎么样啦？”

“没怎么样。你能不能别那么讲礼貌？”

“为什么？”

“我有些不自在。”

董小洁瞪大眼睛：“真的吗？对不起！”

沈立军道：“和我在一起，放松些就好。你和我说点什么吧，随便什么。”

董小洁憋着想了半天，道：“你小时候的生活真有意思。”

沈立军咧咧嘴，他鼻梁边的疤痕像是突然立起来。他轻声道：“你看，我们三餐吃在一起，就差没一块儿回家了。”

董小洁霎时板住脸。沈立军碰落一只筷子，趁机弯腰去捡。

饭后，沈立军默默陪董小洁走到网吧门口，道："我家里有事，先走一步。"

董小洁有些意外，但立刻说"好"。

沈立军朝反方向走。风儿被冻得硬邦邦的，直往裤管和领口内扎。又是那种冗长枯燥的感觉。沈立军决定去找阿妹。

阿妹在广告公司做前台，公司老板是沈立军的朋友 Sony。

阿妹见了沈立军，白眼一甩："干吗，人家上班呢。"

沈立军道："上什么班呀，我晚饭都吃过了。快去请假，陪我逛逛。"

"要是我被炒鱿鱼了，你养我呀？"

"Sony 敢炒你鱿鱼？我看他反了。"沈立军找 Sony，被秘书告知不在。

沈立军一定要拉阿妹走。阿妹磨不过，就收拾东西，跟沈立军出了门，虎着脸问："到哪儿逛？"

沈立军道："回家。"

阿妹更不高兴了："你有病啊。"

沈立军硬将她拽进出租车。阿妹一路沉默，拧头看窗外。回了家，沈立军心急火燎地脱她衣服。阿妹道："空调都没开呢。"

进到卧室，开了空调，稍稍温暖了。沈立军伏在阿妹身上。阿妹不说话，也不动。沈立军无趣了，从她身上下来，将她的脸拨正，发现阿妹在哭。

"怎么啦？"

阿妹索性哭出声。

沈立军用指肚剔掉她眼角冲出来的眼垢，抚着她脸上的泪水道："你老是抱怨我不理你，今天不是喂饱你了吗？"

阿妹冷冷道："你外面有人了。"

沈立军怔住。

阿妹甩开他的手："别把老娘当傻子。"

沈立军躺下。阿妹的哭声低缓成哽咽。

沈立军抱住她道："我会对你好的。"

阿妹道："我图什么呀。别的女人要你钱，我要你钱了吗？又没让你白养着，住个破公寓，只求你哄哄我罢了。"

沈立军用了用力。阿妹被他的手臂箍得喘不过气，慢慢停止哭泣，被困乏迷糊住了。沈立军望着她的脸，决定对这个女人好一点。

第二天，阿妹上班，沈立军在家看电视，看着看着，又若有所失。热空调渥出一屋的酸气，压得人闷闷的。打了一通电话，没人愿意出来玩，不是有事，就是身体不适。又给索男打电话："那姑娘来了没？"

"来了。"

"在干吗？"

"打游戏呗。"

"她问起我吗？"

"你他妈的怎么跟娘儿们似的，想她就自己来看她。"

沈立军决定去网吧。即将见到董小洁的念头，让他步伐轻盈。董小洁的草莓护手霜，有一股春天的味道。

19

中午时分，董小洁独自去吃风尚米线，想念了一下沈立军。饭后散了会儿步，舒展舒展酸痛的眼睛和筋骨。这时，董小洁看见一群小学生，戴着红领巾，背着大书包，叽叽喳喳过去。路过一棵树，其中一个指着说："Tree。"

董小洁心里一惊，试图回想英文单词，却一个都想不起。问路人："老爷爷，今天几号了？"

"今天呀……哦，2 月 5 号。"

董小洁像被刮了一记耳光，重重落回现实中。她慌慌张张往宿舍走，冷不丁被拉住："去哪里？"一看是沈立军，没好气道："回学校，马上要开学了。"

沈立军笑嘻嘻道："那我陪你回去。"

"不必。"

"怎么了？"

"没怎么。"董小洁忽地泪下。沈立军愣在原地，看着她跑远。一路上，她的身体和大书包互相撞击着。

刚奔进寝室，就听见电话铃响。董小洁愣瞧了一会儿，才去抓话筒。

妈妈在那头嚷："我们都快把电话打爆了，怎么整天都找不到你？"

“实习呢。”

“怎么气喘吁吁的？”

“不是赶着接你电话嘛。”

“实习顺利吗？累不累？有收获吧？”

“不累，挺有收获，”董小洁眼眶又湿了，手指纠缠电话线，勒得指肚一道白、一道红，她镇定了一下，轻声道，“妈，改天再聊。”

“好——你没事吧？”

“没事。”董小洁挂断电话，发现已有室友回校，桌面堆满了牙膏、睡衣、土特产。上铺露着两只穿花袜子的脚底。这会儿脚底们缩回去，一张笑脸探出来：“嘿，寒假过得不错吧？”

“不错。”

“背了不少单词吧？”问完这句，上铺的还“呵呵”了一声，董小洁含糊应着，摇晃进帐子，蒙头流起泪来。

20

沈立军发现，董小洁明显冷淡了。每次约，都说：“没空，要学习。”

沈立军几次在校园里碰到她。董小洁走路目不斜视，嘴唇紧抿，手臂甩动幅度很大。她爱穿白衣服，略显出一些脏旧，像只童年走出来的洋娃娃。有时扎马尾辫，有时头发披下来，只挑起后脑勺一束，别个塑料发夹。沈立军远远瞧她时，会想起和沈立丽在一起的感觉。那是很久以前的事了。

情人节到了，沈立军让花店伙计送去十一枝白玫瑰，并且带话：“送花的男人在树林里等。”董小洁不肯收，和伙计在门口推推搡搡。室友打饭回来，纷纷惊呼：“怎么是白玫瑰？”“真好看。”“从没见过。”自作主张替董小洁收下。董小洁红着脸，收拾书包，上自习去了。

董小洁发现，用来占位的笔记簿不见了。她一间间地找空位，每一间都挤满了人。只能挑一个上课教室坐进去。讲台前的老教授戴着袖套，写着板书，底下的学生稀稀拉拉。董小洁的前方有对情侣，女生坐在男生腿上，男生的手在女生衣摆下摩挲。董小洁坐了半节课，抄写了十几行，都是同一单词。狂热，Fanaticism。Fanaticism，狂热。始终背不出。知道怎样用英文说“狂热”，对她的生活有什么意义呢？

此时，沈立军等在和董小洁初见的树林。冷风被树干分成一缕缕的，互相碰撞、纠缠。情侣们在黑暗中此起彼伏地制造着小声响。沈立军站到双腿没有知觉，将手里的花扔到地上，踩碎，吹着口哨走出去。

沈立军来到校园舞厅。今天女士免费，男士五十元，附赠一枝红玫瑰。沈立军把红玫瑰扔进票台边的垃圾桶，双手插进裤兜，慢慢踱入舞厅。

跳舞的人比平常周末略少。一些男女生在舞池里贴着脸摇晃。旁边散坐着另一些，有成双的，有落单的。沈立军注意到一个超短裙女孩，肘部支在膝盖上，双手托着圆滚滚的脸。她的两腿之间，露出一块深色的阴影。

沈立军过去邀请，女孩欣然起身。她腰间多肉，一把一把的，沈立军捏了几下，就有欲望了，问："你没男朋友吧？"

女孩瘪瘪嘴道："分手了。"

"什么时候？"

"昨天。"

"别难过，"沈立军又捏了她一下，"跟我回去吧，我来安慰你。"

"不嘛，我们才刚认识。"

沈立军捕捉她的双唇，一下捉住了，湿漉漉地含进嘴。他突然想：和董小洁接吻会是什么感觉？

俩人在舞池里厮磨片刻，沈立军提出去开房间，女孩还想扭捏，被沈立军半推半拉着塞进出租车。今天的钟点房价钱，居然是平时的两倍。他们待了一个多小时，出来时沈立军一身冷汗，女孩道："站也站不稳了。"沈立军觉得她咯咯乱笑的模样很蠢，打开皮包抽出三百元，问："够不够？"

女孩叫道："你什么意思呀！"双手却缓缓伸出来。

他们沉默地走了一段，沈立军回过神时，女孩已经不见了。他回到校外停车场，开车胡乱逛上几圈，才回住处。大门虚掩，沈立军叫了两声"阿妹"，没人应。沈立军把皮夹和钥匙放在茶几上，给自己倒了杯水，打开电视。俄顷有了尿意，推开厕所门，发现阿妹蜷在浴缸里。

"干吗呀！"沈立军将口气软下来，"乖，起来，有话好好说。"

阿妹继续埋头哭泣。沈立军将她拎出来，拖到客厅里，按在沙发上，自己撒完尿，到厨房倒了两杯红酒，自己一杯，阿妹一杯。

阿妹不肯喝，沈立军就搂着她摇晃。阿妹说：“今天什么日子，你的鸡巴到别处快活了吧。”

“我不是陪你吗？晚上咱们快活。”

“我看你是快活过了，什么青岛妹啊上海妹，别以为我不知道。”

“男人偷腥是正常的。不偷腥的能算爷们儿吗。再说她们从来不能和你比。”

“你少来。”

“她们是外人，你是内人。天底下你最最爱我，我也最最爱你。”

阿妹扑哧笑了，擦擦眼泪道：“有病。”

沈立军道：“妈妈不爱我，爸爸不爱我，只有我的乖乖阿妹爱我。”

“得了，别装可怜。你也好不到哪里去。伸手要钱时，你就最最爱你爸妈了。”

沈立军放下红酒杯，用两只胳膊环绕阿妹，道：“我离不开你。”

“这句话算你的情人节礼物？太便宜你了。”

她的鬈发沾在沈立军鼻孔下，他闻到潘婷润发露的味道。他也用潘婷。他们是一个味道。这种时刻，沈立军感到，他真的离不开阿妹。

21

小实习很快来了，听说很多人靠这机会和单位挂上钩。董小洁想去报社，报社名额给占了，想去杂志，杂志名额也满了。团团转了几天，想起沈立军，犹豫再三，打电话过去，听见铃响，一阵心慌，立刻挂断。

少顷，沈立军打回来："刚才谁拨我手机？"

董小洁不出声。

沈立军"喂"了两声，问："董小洁？"

董小洁道："你好。"

沈立军呵呵一笑："怎么刚才不说话？"

董小洁又不出声。

沈立军道："好久不联系，最近忙吗？"

董小洁道："还可以。"

"有空出来喝咖啡。"

"我现在就有空。"

沈立军开车接董小洁，董小洁低着头，车门一开，就钻进去，始终没正眼瞧沈立军。俩人一路无话。到咖啡厅后，选了个靠窗桌子，要了两杯咖啡。玻璃窗映出另一个董小洁，两个董小洁对望了一下，又飞快地各自低头，搅动手里的咖啡勺。

沈立军想起一首歌名：《宛若处女》。他再次闻到董小洁身上的牛奶味，让人联想清晨，树林，新鲜的面包。这，大概就是处女的味道。

沈立军问："有什么需要帮忙的？"

董小洁脸红了："也没什么……一点点小事……其实……也没什么……"

"是学业上的，还是经济方面？"

董小洁咬了咬嘴唇，轻声道："我快小实习了，系里不给我报社杂志社的名额。”

沈立军笑道：“我以为什么。这容易，让我爸打招呼，直接进电视台，气死你们同学。”

董小洁千恩万谢了一番，神情轻松，话也多了。坐到太阳偏西，又去吃饭。

沈立军问：“待会儿还回宿舍？”

“回啊。”

“别回了，不如去我那儿看碟。有部《感官王国》，你看过没，很有名的日本艺术片。”

董小洁轻声道：“下次吧。”

“好，那就下次，你答应了。”

饭后沈立军又提出散步，董小洁不好意思回绝。俩人围着校园一圈圈转。董小洁提了几次，说宿舍快关门了。到十一点多，沈立军才放她走。董小洁飞奔回去，把看守阿姨叫起来开门，挨了好一通骂。

又等了四五天。专业课已经停掉，同学们纷纷落实单位，白天的寝室楼道冷清下来。董小洁熬不住，又给沈立军打电话。沈立军道：“你放心，正在联系，下周等我回音。”

沈立军和爸爸提过好几次，甚至还吵了一架。

沈永强道：“我不会给你那些不三不四的女人介绍工作。”

“你派人侦察我，还没找你算账呢。”

“我是你爸，凭什么不能侦察你，那都是些女流氓。”

“她不一样，她是我女朋友。”

“什么女朋友，小心得不干净的病。”

沈立军又和妈妈施云燕闹，施云燕再和沈永强吵。沈永强烦不过，辗转委托熟人，在一个小频道安排了实习机会。

沈立军陪董小洁去见负责人。负责人以前的上级，是沈立军爸爸的老下属的朋友。沈立军让董小洁叫他“赵老师”。赵老师说：“你叫董小曼？”

“董小洁。”

“好的，小洁……”

这时，有个女孩从门口探出头道：“赵老师，严老师找您。”

“不好意思，你们稍等。”

董小洁迭声道：“您忙，您忙。”

赵老师一走，董小洁道：“我好紧张。”

“别怕，你是最棒的。”沈立军握董小洁的手。董小洁由他握着，心里踏实些了。

过了一个多小时，赵老师终于回来：“啊呀，不好意思，他们剪片子时出了错。小曼，你会不会用编辑机？”

“不会。”

“以前做过采访吗？”

“没有……嗯，我上过采访课。”

沈立军在旁插话：“她是中文系的，文笔好，感觉也敏锐。”

赵老师道：“小曼，你留一下个人信息，给你办‘出入证’。下星期一来实习，先跟一位钱老师，熟悉熟悉节目流程。”

董小洁唯唯诺诺，接过纸笔，填完资料，特地指指名字：“董小洁。”

出了广电大楼，董小洁问：“我是不是显得很傻？”

“哪里呀。你很乖巧，老师们会很喜欢你的！”

“电视台只招新闻系的人吧？”

“只要能力强，什么人他们都会招。”

董小洁仍然闷闷不乐。

沈立军道：“别怕，有我呢。”

董小洁点点头，仿佛真的不怕了。

沈立军搭住她的肩，道：“现在还早，陪你买点衣服吧。”

“不用，我有。”

“你穿得太朴素，在电视台得正规一点。”

“那我回宿舍拿钱。”

“傻瓜，哪用得着你花钱？”

沈立军把车开到市中心。对于董小洁，这是另一个世界。上大学后，她连校园旁的步行街都没认真逛过呢。

董小洁东张西望，突然说：“我知道为啥风大，全是给这些高楼挤出来的。”

在高楼的影子间行走，董小洁觉得自己很渺小。沈立军带她去吃饭。董小洁第一次知道，餐厅可以如此讲究，筷子头都是镶金的，菜掉在桌面马上有侍者用夹子夹走。

饭后，沈立军带董小洁买东西。上电梯时，董小洁道：“这儿的人真少呀。”

沈立军道：“有能力在这里消费的不多。”

董小洁吐吐舌头。两名女郎迎面下来，长靴、短裙、薄衣，苗条得仙风道骨。她们是有能力消费的人。董小洁又在不锈钢天顶上照见自己，刘海儿毛刺刺的，绒线大衣松垮垮的，胸前的小熊图案显得很幼稚。

走进那些叫不上名的高档时装店，董小洁感到胆怯。沈立军对衣服的质地和款式很了解，殷勤的销售小姐们拥围着他，真正的试衣人董小洁倒被冷落了。她悄悄观察沈立军，觉得他其实挺顺眼，白毛衣、灰外套、蓝牛仔裤，头发用摩丝一簇簇地擦亮，额前翘起一角。

沈立军看中一套蓝色套装，董小洁试了试，很合身。沈立军让销售小姐装袋，自己往柜台刷卡。董小洁道：“这怎么好意思？”发现旁边的人都在笑，于是红着脸闭嘴。走出服装店，董小洁又咕哝：“怎么好意思？”沈立军道：“这点钱不算什么。”

又买了衣服、鞋子、皮包、丝巾。沈立军结账时，董小洁会悄悄走到店外，隔着玻璃瞅他。她觉得，沈立军和她是两个世界的。

购物差不多了，沈立军拎着七八只袋子，催董小洁换上全套行头。

董小洁道：“回去再换吧。”

“不嘛，现在就想看。算是为了我，哪怕就穿五分钟，行吗？”

董小洁在一家宾馆的女厕所换上衣服。她左照右照，觉得很神气，又走几步，名牌高跟鞋柔软合脚。她袅袅婷婷地出来。沈立军笑道：“成熟了，像个白领了。”

董小洁道：“腰里有点紧。”

沈立军突然伸手摸她肚子，董小洁往后一退，还是被碰到。

沈立军道：“躲我呀，呵呵。把小肚皮锻炼掉，你就完美了。”

他们坐回车里。

沈立军道：“明天给你买电熨斗和烫衣板，我看到有种折叠式的，收起来能放在门背后。对了，烫的时候要注意裤缝对齐。”

董小洁神情有些茫然。

沈立军笑了：“还在回味啊。”

“哪里，”董小洁低下头，“谢谢，你真好。”

“我是很好，考虑考虑吧，做我女朋友。”

董小洁不语。

“以后结婚了，你就在家享清福，想干吗干吗。我会很疼你的，”沈立军顿了顿，“你这样的女孩，就该拿来疼。”

董小洁鼻子一酸，仿佛真受了很多委屈。

沈立军捏起她的手，放在唇边摩擦：“怎么样？”

“不知道……”

“好的，你慢慢想。”沈立军轻轻吻了吻那只手。

22

沈立军天天来电话。董小洁白天习惯去教室。为了逮着人，沈立军要么清晨打，要么半夜打，把室友折磨得怨声载道："又是那个公子哥，怎么不给你买个专用手机啊？"

没几天，沈立军真的送来一只手机，最新款的，能拍照，还能用作 MP3。

董小洁道："用手机聊天太奢侈。"

沈立军道："只要听到你的声音，什么都值。"

"你蛮会说花言巧语的。"

"我的花言巧语好听吗？"

董小洁哧哧一笑。这是不是在恋爱？她向一名老乡倾诉。

老乡惊讶道："高高的那个呀？我以为你们早勾搭上了呢。"

"人家让你出主意，你怎么说得这样难听？"

"那人条件不错。"

"可我对他没感觉。"

"你对别人有感觉不？"

"好像也没。"

"这就对了，你肯定是慢热型。以后慢慢相处，感觉就来了。"

"可是……他好像对我有不良企图。"

老乡嘎嘎怪笑："拜托，小姐，什么年头了。关键是你觉得值不值。"

董小洁思来想去，悄悄列出一张表，左栏写"值"，右栏写"不值"。"值"的一栏填：有钱，细心，成熟，有地位，长得不错，对我好。"不值"的一栏填：花心，脸上有疤，没感觉。

"没感觉"不是沈立军的错，画去。"脸上有疤"和"长得不错"相抵，

“花心”和“成熟”相抵。剩下的全是优点。董小洁看着纸上大大的“值”字。这个人，是值的。她给老乡打电话，逼她发誓：“一定不告诉别人，否则天打雷劈。”

23

董小洁有些失望：原来接吻像在吃海蜇头，又湿又冷，还有点腥气。沈立军吻了又吻，没完没了，还将手伸进董小洁衣服：“你的胸真小。”

董小洁推开他，气得浑身颤抖。

沈立军急忙解释：“我没别的意思，我喜欢小胸。”

董小洁甩手往回走。沈立军拦她，她挣扎，还是被揽入怀中。沈立军身上有股好闻的味道，是古龙水、须后水、啫喱水，以及衣服柔软剂的综合。董小洁又心软了。

沈立军抚着她的头发，喃喃道：“别回去了吧。”

“不行，室友会议论的。”

“她们平时都准时回？”

董小洁想了想，道：“有时也彻夜不归。”

“那就是了。你总是在乎别人的想法，活得太累了。”

“我觉得不累。”

“你也在乎一下我的想法吧，难道我对你的好，还不如她们？”

“那……我去你家坐一会儿，只坐一会儿。”

“好……嗯……今天家里来了很多客人，不如去宾馆。”

“那可不行。”

“宾馆比家里舒服。”

“宾馆很‘那个’。”

“哪个呀？”

“就是那个。”

沈立军笑了，搂着她的肩，用鼻子蹭她的鼻子。近距离时，沈立军鼻侧的疤痕像要刺到董小洁脸上了。她推开他，轻声道：“宾馆里有很多妓女，还有很多搞婚外恋的人。”

沈立军哈哈一笑：“你社会新闻看多了吧。宾馆只是一栋房子，就像你的家，你的宿舍一样。”

董小洁被他笑得心虚了，感到自己真的挺幼稚。

沈立军带她去五星级宾馆。董小洁一路忐忑，到了大堂就更忐忑。前台小姐冲沈立军微笑，像是认识他似的。董小洁双腿发软，感觉随时会躺倒在地。

沈立军道：“你是好女孩，我会好好待你的。”他捋开董小洁的头发，轻吻她的额头。董小洁觉得被一只无形的手推着走。

沈立军让董小洁先洗澡，董小洁将浴室反锁。沈立军听到哗哗水声，赶紧给阿妹打电话：“今天有事，不回来了。”

“有什么事？”

“现在很急，明天再汇报。”没等阿妹反应，就关闭手机。

董小洁出来了，仍旧穿戴齐整，头发上的水珠把衣领弄湿了。脸颊和耳根都红扑扑的，不知因为害羞还是热气熏蒸。她问:“你洗吗?”

“我马上洗。”

当沈立军裹着浴巾出来时，坐在床边的董小洁“啊呀”一声，扭过脸蛋，蒙住眼睛。

沈立军躺下，拉起被子，要把董小洁拖进来。董小洁半推半就。沈立军费了很大力气，才除去她的外衣。他先是感觉兴奋，很快有些恼火。

“如果你不愿意，深更半夜陪我来宾馆干吗?”

董小洁噎住了，半天才嗫嚅道:“我……想聊聊天……”

沈立军继续动手，董小洁的抵抗缓和了。但脱到棉毛衫裤后，她几乎以死相拼。沈立军道:“好了好了,我不脱了。”掉转头,朝着墙。

董小洁有些内疚，往他身边挨了挨。沈立军反身抱住她。他们聊了一会儿天，董小洁又开始担心室友说闲话。沈立军道:“别介意，她们连自己都管不过来呢。”他抚摸董小洁，渐渐又有了欲望，开始扯董小洁的裤子，董小洁双腿紧并，拼命挣扎。沈立军再次失败，只能打个哈欠道:“太晚了，睡吧。”

熄灯之后,董小洁倚在沈立军怀中。被男人搂着,原来如此踏实。清晨,沈立军被身体的欲望催醒。他摸索到董小洁的下身,一阵猛攻。董小洁迷糊地挣扎着，突然被一记刺痛惊起。她看到床单上的血印，开始惊恐地呼叫。

“别怕，没事的。”

“妈妈会骂我的。”

“不会的，我要娶你做老婆的。”

沈立军哄了一个多小时，董小洁渐渐平静。两人又搂在一起。

“还疼吗？”

“好像还有一点点。”

“现在我不碰你。养两天，等创口长好，以后就不疼了。”

董小洁把脸蒙进枕头。沈立军又将她的脸捧出来，发现董小洁哭了。第一次，在内心深处，他对这个女孩的泪水感觉厌倦。

24

在宾馆用过自助早餐，沈立军送董小洁回学校。一开手机，短消息倾泻而出。“你在哪里？”“我知道，你和别的女人在一起。”“我恨你。”“要分手就直说。”“你这个骗子，流氓。”……

沈立军嘘了一口气，往家里打电话，响了十几声没人接，回去后一推门，却发现阿妹没上班。

沈立军恶声恶气道：“怎么不接我电话？”

阿妹冷笑道：“怎么样，昨晚玩得爽吗？”

“一哥们儿失恋，陪了他一晚，怕出事。”

“你就不怕我出事。”

“你好好在家，会出什么事！”

“沈立军，你不爱我了。”

“大清早的，说什么爱不爱，肉麻。怎么还不去上班，不怕被炒鱿鱼啊？”

“我把工作辞了。”

“辞了？好，下次找工作，我可不帮忙。”

“我不找了，你养我呗。”

沈立军不再理睬，进到里屋，房门反锁，往床上一扑，很快意识模糊。不久，听见阿妹击门，沈立军脑袋发涨，怒气冲天，刚推门出去，就被甩了一耳光。沈立军勾手一拳，俩人扭作一团。最后，沈立军把阿妹按倒在地，阿妹嚷嚷：“胳膊断了，胳膊断了。”沈立军扔下她，进厨房取了冰啤，喝掉半瓶，抹抹嘴巴，出门去了。

沈立军到朋友大张新开的咖啡厅小坐，大张不在，他的女朋友小张在。店里放着刀郎，没什么顾客，小张把几个打工丫头差得团团转。沈立军觉得，刀郎是大排档音乐，不适合装修别致的西式咖啡厅。他想把这话告诉小张，但忍住了。

小张是东北人，嗓门比刀郎还粗，当她眉飞色舞时，沈立军觉得有重锤在敲打他的耳膜。小张唯一的可爱之处，是她的肉肉脸。沈立军又开始思念董小洁，起身告辞，往电视台去。

到了电视台，想起董小洁下周才开始上班。沈立军失望加无聊，在附近胡乱瞎逛。路过一家房产中介，停顿了一下，里面立刻蹿出一个人，西装革履，外地口音：“先生，我们还有更多房型，请进来看。”

沈立军跟进去，问：“有没有两室一厅出租，朝向要好，装修要全，价钱多少无所谓。”

立刻有人捧上材料。沈立军粗粗挑拣，选中一套。中介联系房东，正好有空，沈立军看了房，当场决定租下。“今天能住进来吗？”

房东想了想，道：“可以。”

办妥手续，拿到钥匙，沈立军添置了日用品和替换衣物。在超市时，给董小洁打电话：“我在你单位附近租了房，一起过来住吧。”

董小洁愣住。

沈立军道：“你的单位，电视台呀。”

“这太快了吧。”

“你都是我的人了，一晚上和一百个晚上有区别吗？”

“那不一样。”

“我帮你把护肤品都买好了。”

“那你自己用吧。”

25

沈立军在新居住下。以前每次争吵，都是阿妹先说和，这次居然没动静。沈立军有些失落。他现在偶尔去学校听课，每天最惦记的是接送董小洁。董小洁实习得不愉快，除了被委派做场记，就是被扔在编辑室剪辑花絮。早听说电视台人际关系复杂，董小洁告诫自己察言观色，可观察了半天，却觉得人人一团和气，瞧不出所以然。

远在外地的爸妈帮着干着急：“以后有希望留电视台吗？”

“不知道。”

“要不给指导老师送送礼？”

“太唐突了吧，让我怎么开口呀？”

“你乖巧一点，对谁都要客气。”

“我知道。”

“少说多做。”

“知道，知道！你们总是这一套。”

一个和董小洁同时进台的新闻系男生，很快当上了实习助理。他嘴甜，业务也熟，董小洁曾听老师们夸奖他。董小洁最佩服的，是他和人迅速打成一片的本领。董小洁一说话就紧张，一紧张就结巴。而那男生谈笑风生，措辞得体。董小洁觉得他对自己有些矜持，除了见面点头微笑，唯一的一次对话是那男生问：“我们同校的吧，我上课时好像见过你。”

实习生们跟老师跟得很紧，但董小洁经常见不着她的钱老师。初来时，钱老师给过董小洁几张午餐券，还问董小洁会不会编片子。董小洁硬着头皮说“会”。那以后，钱老师隔三岔五地通过电话布置任务。董小洁在编辑室一泡三四天，午餐券用完了，就自带面包和水，躲在小隔间里吃。比较幸运的是，董小洁碰到一个叫金晶的女孩，教会她编辑机的简单操作。金晶是戏剧学院戏文系的，快毕业了。一天，她描述了台里的几派势力，并且给董小洁忠告：如果真有工作意向，跟随不得势的钱老师是不明智的。

董小洁像被打了一拳。金晶走开后，董小洁独自溜到楼顶。从电视台大楼望下去，外面的世界花花绿绿，美丽异常，但它似乎不属于她。董小洁将身体微微俯出栏杆，感觉到熟悉的眩晕感。

26

董小洁越来越依恋沈立军。每天从他的车里出来，走向电视台，就开始盼望下班的一刻。有时董小洁进楼后回首张望，就见沈立军在车里冲她招手。此种场景，董小洁经常在爱情连续剧里看到。

和沈立军共进晚餐时，董小洁终于舒展开来，变成一只往外喷涌怨气的话篓子。沈立军耐心倾听，有时提一两点建议，但更多时候是说：“电视台这种鬼地方，根本不适合你。还是做我老婆好，不愁吃穿，全世界宠着你。”

时间长了，董小洁就会想象成为沈立军的老婆。她可以在别人挤公交车时，穿着软底拖鞋遛狗；可以在别人吃工作午餐时，在家里享受用人烧的可口饭菜。——电视里的贵妇人，都是如此这般。

沈立军有钱，而且疼她。除此之外，还出奇的能干。沈立军解释说，他很早脱离父母，搬出去住。平时无所事事，就做家务打发时间。董小洁喜欢他煎的鸡蛋饼。沈立军开玩笑说：“以后咱们没钱了，我就去女生楼前摆个蛋饼摊。”

沈立军的住处宽敞、安静，能洗热水澡，还有漂亮的睡衣。时间一长，董小洁不愿回宿舍了，她骗爸妈说为了工作方便，和同学在电视台附近合租。妈妈说：“那得花很多钱吧？”爸爸说：“好好工作，不要腐化变质。”董小洁有些心虚，她总是问沈立军：“你会一直对我好吗？”“那当然。”沈立军每次都趁机描绘一番他们的未来。董小洁觉得未来离自己很远，她不安地想：如果这世界和世界里的人是不会改变的，该多好。

27

阿妹突然来电。沈立军一看来电显示，急忙把电视音量调大。但阿妹的咆哮，还是盖过了电视声音：“喂，还不来付房租！”

沈立军略略迟疑。阿妹也沉默。沈立军似乎听到董小洁拖鞋的声音，匆忙道：“要不，你把房子退了吧。”他挂断电话，关闭手机，到浴室张望。董小洁还在洗澡，见到沈立军，就在蒸汽腾腾的玻璃壁上画了个笑脸符号。沈立军像往常一样，假装要挤进冲淋房，董小洁也像往常一样尖叫。沈立军突然感觉很没意思，关上冲淋房的门，虚垮垮地回到客厅。

这一晚，他把手机锁在抽屉里，早早上床睡了。董小洁问他是否不舒服，沈立军只说“累了”。董小洁就自顾自地看电视，看到头发干得差不多了，才熄灯躺下。沈立军假装熟睡，想着阿妹。如果此刻是阿妹，一定不会把他晾在一边。沈立军又觉得这种比较毫无意义。小洁还是个孩子呢。胡思乱想着，终于入睡，居然梦见阿妹，在厨房煲汤。沈立军装出馋相，假意要偷吃，和阿妹闹了一番。阿妹咯咯直笑，她笑的时候，有两只很深的酒窝，不是圆形的，而是长长两条，嵌在瘦削的双颊里。阿妹拿出一只镶金汤勺，从紫砂煲里舀了一口。沈立军伸头一尝，说："真鲜。"忽觉腹痛。阿妹扔了勺子，嘿嘿冷笑道："如果我也是处女，你会不会和我结婚？"

沈立军醒了，肚子果真有点疼。他起床打开抽屉，取出手机，进了厕所。开机之后，只有一个短信，是朋友发的黄段子。想到他和阿妹可能真的结束了，沈立军就脑袋空空。在马桶上坐了片刻，回到床上，觉得似乎真的病了。

沈立军侧过身，看着董小洁，忍不住伸手抚摸她。董小洁的大腿和背脊，光爽得连毛孔都看不见。当她沉睡时，大拇指咬在嘴里，脸蛋孵在枕头里。沈立军的内心终于有些平静了。

28

沈立军通过一个朋友，给阿妹送了十万块钱。结果被退回来，还附了张字条："难道你只欠我这些？"沈立军加了五万，再次被退回，也附着字条："我不要钱，我要你问问自己的心。"

十几天后的一晚，董小洁去看望刚做完人流的老乡。沈立军叫了几个朋友去酒吧。朋友笑话他："居家男人怎么又想到出来混？"沈立军打着哈哈。酒至正酣，有人说："索男怎么把阿妹勾上了？"

沈立军急忙追问。朋友们七嘴八舌，拼凑出几个版本。有说索男对阿妹垂涎已久，正好乘虚而入。有说阿妹为了报复沈立军，故意勾引他的朋友。沈立军觉得每个版本都像，又都不像。越听越沮丧，臭骂这对狗男女。朋友们帮着骂。沈立军把手机递给身边的大张，让他给阿妹打电话。大张不肯，沈立军骂道：“这点忙不肯帮，你他妈的还是哥们儿吗！”

大张道：“和她说什么呢？事情都成这样了。”

沈立军道：“你就问，和索男搞爽不爽。”

大张拨通电话。沈立军耳朵里一片混沌，听不清大张说什么，就凑到他手机边嚷：“喂，你爽不爽啊，贱人！”嚷了一通，人逐渐伏下去。朋友们立刻架起他，出门叫车。到家时，董小洁已在床上看电视了，她被沈立军醉醺醺的样子吓坏了，一个劲地哭。大张他们又端水，又抠喉，终于呕出来，再把他弄到床上，脱掉鞋子，搭了一角被子。出门后，几个人一议论，都觉得董小洁不如阿妹漂亮。

第二天醒来，沈立军脑袋发涨，回想昨天的事，却又想不清。他叫：“小洁，小洁。”董小洁不在。客厅地板上有秽物的痕迹，沈立军清洁了一下，觉得头重脚轻，胃中空洞。打开冰箱，什么都没有。就往沙发上一躺，给董小洁打电话：“干什么呢？”

“钱老师带我出去采访。”

“好啊，终于可以采访了。”

“嗯，待会儿打给你。”

董小洁匆匆挂断，再没打来。沈立军闷闷不乐地喝可乐，看碟片。看了一会儿，想起车子还留在昨晚的酒吧。取完车，下午两点半，又打电话给董小洁，问她在什么地方采访。董小洁道：“很远，横穿市区呢。别来接了。”沈立军执意要接，立即动身。

工作日下午的高架，居然塞满了车子。好不容易通畅了一段，又和一辆出租车擦了一下。沈立军和出租车司机狠狠吵架，差点打起来。

到达目的地，却又找不着人。董小洁在电话里慢声细气地解释："刚才等你不着，就坐台里的车子回来了。"

沈立军吼道："我每天侍候皇太后似的侍候你，你就不能多等我半小时？"

董小洁沉默了几秒，以一串"嘟嘟"的忙音回答了沈立军。沈立军把手机狠狠往座椅上一摔，在街边取款机上取了钱，在海鲜自助餐厅饱食一顿，然后开车到一家KTV。

刚开始营业，姑娘们水灵灵地站成一排。沈立军挑了两个最漂亮的，左拥右抱，对略瘦的一个说："从现在开始，我叫你'阿妹'，叫她'小洁'。"她们哄沈立军买昂贵的酒，还拼命唱歌。"阿妹"喜欢唱王菲，唱到高潮部分，声音细细吊起，头颈像鹅一样来回伸缩。玩到半夜，沈立军留下"小洁"，"小洁"水母一般地缠上来，还把自己的腿插到沈立军的双腿间，不停摩擦。擦了一会儿，笑道："怎么，酒喝多了？"沈立军捏起她的脸，认真地看。"小洁"嗔道："把人家弄疼了。"沈立军沉下脸，推开她。"小洁"想拉住沈立军，沈立军扔给她几张钞票，到柜台结账。

酒意和郁闷在胸膛内此起彼伏。沈立军一路飞驰，不留神岔了道，路面越来越窄，凹凸不平，最后一盏路灯也消失了。沈立军停下车，熄灭车灯。天地骤然暗了，各种声响扩大起来。他听见一只狗在叫，然后几只野猫跟起来。有人咳嗽，有电视机在说话。

空气黏湿，阴沟散出淡淡的闷酸。沈立军走了几步，渐渐有了灯光，看到一扇门，就敲门。门开了，一个烫大波浪的中年胖妇，警觉地问：“找谁？”

“阿妹住这里吗？”

“你找错了。”

“她是不是搬走了？我想找阿妹，我好些天没见她了。”

胖妇人不再回答，门嘭地关上，夹起一股风，不轻不重地刮了沈立军一下。他呆站片刻，昏昏沉沉回到车里。

到家后，发现没有人，转到客厅，仍然没人，入到卧室，哈，董小洁坐在床边呢。沈立军冲上前，抱紧她，这才发现董小洁在哭：“你……你到哪里去了……”

沈立军亲着她的脸颊，“乖乖、肉肉”地咕哝。董小洁被酒气熏着了，扭来扭去地躲闪。沈立军说：“我们结婚吧。”

董小洁顿住。沈立军说：“我很孤独，一直一直很孤独。我想有个家，这个周末，你跟我回家吧。”

29

沈立军给董小洁买了一条白色羊毛裙，再拉她去美容院，化妆、做头发。董小洁自己也看呆了，左照右照不舍得离开镜子。穿白裙子的董小洁像只鸽子，“白”这种颜色，好像是独独为了她而存在的。

董小洁说，初次见长辈要送红包。沈立军说：“你还是学生，送点小礼物吧。”他们选了一瓶法国干红，两盒太太静心口服液。

按了半天门铃才有反应。董小洁见一个头发花白的老妇，急忙叫：“阿姨好”，还把静心口服液递上去。老妇一愣，沈立军笑了：“这是薛阿姨。”董小洁脸红了，急忙弯腰换鞋。

薛阿姨迎他们进去，接下礼物，随手放在鞋柜上。客厅里没有人。薛阿姨道：“沈先生不在家，沈太太在睡觉。”

沈立军道：“不是告诉过老头子，我要回家的吗？”

薛阿姨道：“具体我也不清楚。”

董小洁有点郁闷。沈立军道：“别理他们。”他拉小洁坐在客厅看电视。薛阿姨递上两杯奶茶，两条冒着热气和花露水味的小餐巾，小餐巾放在与茶具配套的托盘里。董小洁说：“有身份的人家到底不一样。”

他们看电视。一个爱情连续剧，一对男女突然抱在一起，又突然开始互扇耳光，女人没完没了地尖叫。沈立军先前看过，就给董小洁介绍剧情。董小洁听着。俩人都有些心不在焉。

直到薛阿姨喊：“沈太太，开饭了。”楼上才有声响。沈立军自顾自地在餐桌边坐下，也按着董小洁坐下。董小洁道：“阿姨还没下来。”沈立军道：“别管她。”搛了一筷子清蒸鱼。

十多分钟后，施云燕懒洋洋地下来。董小洁慌忙起身。施云燕点点头，转身冲薛阿姨说：“给我拿只小碗，盛点汤。”董小洁局促不安，沈立军拉拉她，董小洁坐下。沈立军说：“吃呀。”董小洁小心翼翼地拿起筷子。

饭桌上很静，听得见各人咀嚼的声音。薛阿姨的吃相，让人联想过冬老鼠。沈立军阴着脸，只有施云燕的絮叨才打破沉默。她有很多不满意，汤太油了，米太硬了，酱油放得太多了。喝掉三碗汤后，她打了个扎实的嗝，捋捋肚皮，站起身，重新上楼去了。

等拖鞋声消失，董小洁才意识到，自己紧张得忽略了未来婆婆的长相。她碗里还剩一口饭，薛阿姨就开始收拾桌子，董小洁放下筷子道："我来，我来。"沈立军拦住她："你干吗呀，让用人收拾。"董小洁又脸红了。

他们重新回电视机前坐着。董小洁问："你怎么不介绍我？"

沈立军道："有什么可介绍的，一看这架势，就知道你是我女朋友。"

董小洁轻轻叹了口气："我们今天是来干什么的呢？"

沈立军道："你来过我家，就算是给老头老娘交代过了。以后的事情，他们再也管不着。"

董小洁坐了片刻，又东张西望。

沈立军问："找什么？"

董小洁咦了一声："你家不放照片吗？我想好好看看你爸妈的样子。"

"我家怎么可能放照片，光是看看活人的脸，就已经互相讨厌了，"沈立军神情严肃地说，"以后我们结婚了，要在每间房间挂满大照片。"

董小洁重重点头。

一集播完，开始放广告。沈立军提出要走，董小洁道："你爸还没回来呢。"

沈立军道:“无所谓。”

“和你妈说一声吧。”

“不用。”

董小洁只得起身。在门口换鞋时,她希望薛阿姨从厨房探出脑袋,就能打个招呼,不算不告而别了。但直到穿过空落落的花园,都没人注意到他俩的离开。

30

董小洁邀请沈立军随她一起回家。沈立军说:“真希望寒假快点来。”小实习很快结束,系里恢复上课。钱老师希望董小洁继续兼职。董小洁答应了,却有些懒散,没有布置任务,就不主动去台里。她甚至学会了逃课。与沈立军逛街,吃喝,睡觉,晒太阳,看碟片。回想二十个月之前的苦读,董小洁恍若隔世。

沈立军道:“英文,狗屎,教科书,狗屎,电视台,狗屎。”

董小洁咯咯乱笑:“那什么不是狗屎?”

“和我鬼混不是。”

董小洁喜欢和沈立军鬼混。沈立军宠着她,全世界就宠着她了。她是沈立军的“老婆”“宝贝”“肉肉”。

沈立军道:“毕了业就和我混,别找工作了。”

董小洁道:“那怎么行,你没工作,我也没工作。”

“老东西一翘辫子,财产全是我的,这是独生子女的好处。到时候我们住别墅，把其他房产统统租出去，就能一辈子逍遥快活。”

董小洁向往着逍遥快活。这是2005年10月，她二十一岁，大学三年级。

31

一个月后，沈立军的朋友大张的女朋友小张过生日，请了一桌密友。沈立军带董小洁去了。小张的弟弟自始至终偷瞧董小洁，差点把沈立军惹得跳起来。过后，小张给沈立军解释，说她弟弟见过董小洁，可又吃不准，所以不停看她。沈立军问董小洁，认不认识小张的弟弟，董小洁说不认识。沈立军打电话去骂小张，小张说：“大哥，我弟从不骗人，我也从不骗人。这么跟您说吧，我弟的一个同学，跟小洁同校，他有一个朋友和小洁谈过恋爱，以前经常一块儿玩，所以见过三四次。他说小洁变了，比以前漂亮，所以有些吃不准。”

沈立军又逼问董小洁，董小洁眼泪也急出来：“不认识，真的不认识。”

沈立军说：“好吧，就算你们不认识。”

沈立军让小张把她弟弟小小张约出来。小小张长着一对眯眯眼，和姐姐一点都不像。他喝了啤酒，话就多了，说饭局上觉得董小洁面熟，一听介绍学校，就想起来了。小小张有个朋友叫沈强，“也姓沈”，他抿了一口酒，“沈强有个朋友叫欧阳前进，有段时间混得挺熟。欧阳前进一直换女朋友，很有艳福……”

沈立军问：“你只要告诉我，他们发展到哪一步了？”

“这个……不好说。”

沈立军将杯子重重击向桌面，啤酒激射到小张姐弟身上。

小小张捋了一把脸道：“他们同居了一段时间。”

沈立军道：“这不可能，董小洁跟我时是处女。”

小小张道：“不好说。医院有专门做那种手术，药店也有卖人造处女膜的。”

沈立军起身往外走。小张拉他，没拉住。沈立军飞快钻进车里，在驾驶盘上伏了一会儿，才把瘫软的感觉熬过去。他漫无目的地开了一会儿，在一家性保健商店前停下。一个大妈在柜台里打瞌睡，见有顾客，来了精神：“要买什么？这儿啥都有。”

“人造处女膜有没有？”

“有，有，”大妈拿出一盒，塞到沈立军面前，“三个一百六十八，再送你一小盒两个，五个才二百不到。”

沈立军梦游般地往外走。天空似乎是忽然阴下来的，夜晚提前到来了。沈立军到家时，董小洁还没回来。立刻打电话，却是关机。沈立军往床上一躺，浑身发冷，只有背脊滚烫。

过了半个多小时，董小洁哼着歌进门。

沈立军问：“去哪里了？”

“去超市，卫生纸没了。”

“为什么关机？”

“一直开着呢，可能信号不好。你今天怎么了，有点怪怪的。”

董小洁放下塑料袋，跑来瞧沈立军。沈立军凝视董小洁的脸孔。她比初识时瘦削，下巴尖出来了，下眼睑被化开的脂粉弄脏，显出点没睡醒的感觉。沈立军仿佛突然不认识她。

“究竟怎么了？”董小洁抓起沈立军的手，玩弄他的指头。

沈立军问：“到超市去为什么要化妆？”

“不为什么，弄得漂亮点不好吗？路上照了照镜子，觉得这眼影让眼皮显肿，”董小洁指着眼睛叽咕，“你觉得紫色眼影好，还是橙色眼影好？”

“都不好，看起来很廉价，像个妓女。”沈立军背上的灼热，烧到胸膛里了。

“讨厌，怎么这样说话。”董小洁甩掉他的手，站起身。

沈立军拉她的衣服下摆：“你认识欧阳前进吗？”

董小洁没有表现出他预期的吃惊，而是一派迷茫：“欧阳前进？不知道，电影演员吗？”

董小洁的粉擦得太多，使她的表情显得有些假。沈立军仔细搜索她的面孔，看不出个所以然。

过了几日，小小张打来电话：“大哥，抱歉，小洁不一定是欧阳前进的前女友。”

沈立军问：“你什么意思？”

“她们有点像，大概是我搞错了。”

“她们肯定不是一个人？”

“她们有点像，隔了几年，具体我也记不清。唉，你看，不好说。”

沈立军翻来覆去，琢磨许久。是不是董小洁找过小小张，也可能小小张真的搞错了。处女膜，人造处女膜！沈立军忍不住，买了一盒回来。深紫色的纸盒子，比扑克牌盒略小，一侧印着“解决世纪难题，五分钟还您处女身，让你可以再度获得男人的欢心”。另一侧印“人造处女膜；日本进口；重量：6g；尺寸：5cm×3.5cm×0.02cm；颜色：深红色半透明膜；有效期：三年”。拆开来，一只小塑料袋封着三片正方形的红色薄膜。

沈立军研读《使用要点》，每读一句，眼皮就跳一下：“房事开始时，女方应适当改变体位，使男方开始时不易进入，并配合处女膜破裂时出现的撕裂痛症状，若配痛苦呻吟及害羞状，效果更佳。”沈立军回想他们的初夜，董小洁正是“痛苦呻吟及害羞状”。

沈立军相信自己脸色非常难看。董小洁却没注意，只顾自己吃晚饭。沈立军放下碗筷，说要出去转一圈。董小洁觉得奇怪，但没问什么。半小时后，沈立军回来了，跑到卧室一看，床上乱糟糟的。于是冲董小洁嚷嚷：“被子都不叠，女孩子家这么懒惰。”

董小洁被他的无名火一烧，乖乖进屋把被子叠了。沈立军又去检查，发现他搁在被子上的人造处女膜，被放到了床头柜上。他拿起处女膜，问董小洁：“这是什么？”

“不知道呀，是你放在那儿的吧。”

沈立军伸出的手臂停顿几秒，又继续往前伸了伸：“你再看看。”

董小洁仔细研究，突然脸红了：“是你买的？干吗呀？”

“不干吗，我只想问问你。”

董小洁把东西往地上一扔："问我什么？"

"问问你的心。"

"你这阵子太奇怪了，老是冲我发火。对我有看法就直说。杂志上也写的，男女相处，最宝贵的是交流。"

"好。"沈立军咽了口水，舔舔嘴唇。董小洁静静望着他。

沈立军道："没什么，可能是天冷，我心情不好。"

32

和董小洁同时进台实习的新闻系男生，名叫钟阳。钟阳是上海人，做事如女孩一般细腻缜密。年底，钱老师出了长差，钟阳帮助他们栏目写策划稿。董小洁和他慢慢熟络了。钟阳请董小洁吃过几次饭。

金晶悄问董小洁："钟阳是不是在追你？"

董小洁道："哪里。他做人比较客气。"

董小洁把钟阳请客的事情告诉沈立军，沈立军问了相同的话，还说："他和你一样是实习的，凭什么请你吃饭？"

"他是异性朋友。"

"什么异性朋友。在男人眼中，只有感兴趣的女人，和不感兴趣的女人。"

"你以为别人都像你这么肮脏！"

"董小洁，是你自己幼稚。"

董小洁气得腮帮子鼓起来："以后我和任何男人交往，是不是你都得审查呀！”

沈立军道：“是！”

董小洁一跺脚，朝门口走去。沈立军拦住她：“哪里去？”

“你管我哪里去。”

“你要是踏出去一步，就别回来。永远别回来了。”

董小洁既吃惊，又觉得失面子，犹豫片刻，语气不坚定地说：“不回来就不回来。”

沈立军仍然拦着路：“你长得不错，又心思单纯，很容易被人骗。”

“我看我是被你骗了。”

“你后悔了？”沈立军逼视她，“谁骗谁还不知道呢。”

“我骗你什么了？”

“你不是处女！”

董小洁霎时将嘴巴张成圆圈。“你、你说什么呀？”她捂住眼睛。

沈立军一字一句道：“你真的很贱。我怎么会相信你是处女。我用一套衣服就把你搞定了。那些钟阳、钟阴的，大概花费更少吧。”说完，他转过身，忍住脑袋里的晕眩，走了出去。

33

沈立军关了手机，喝到烂醉，开机给阿妹打电话。

阿妹道：“我活得爽死了，你别来烦我。”

沈立军道：“我刚吃了很多安眠药，快来见我最后一面。”

“你去死好了，关我屁事。”

“我真的要死了。”

“你不是真的吧，别吓我。”

“真的，是真的。”沈立军口齿不清。

阿妹想了想，道：“我不信。”

“你可以不信很多次，但后悔就只有一次。”

“什么意思，我听不懂。沈立军，你留着甜言蜜语，和你的小心肝们说去吧。”

阿妹挂断电话。再打去，就不接了。沈立军继续喝酒，喝到拿不起酒瓶了，就靠在椅子扶手上睡着。醒后头痛欲裂，付了钱，往外走。

屋外不知何时下雪了，沈立军收紧鼻孔，将一个喷嚏硬生生缩回去。他一点都不觉得冷。伸出手，手心通红，白的雪片掉进来，就变成透明的。很多很多透明的雪片，汇成一粒粒水珠。沈立军握起手，手指头湿了。他看见一群人，就走过去。挤了一会儿，看一些美女挽着丑男进进出出，旁边有人说，这是在拍卖活人。他退出来，继续往前走。头痛好些了，但晕得厉害。路灯蒙着一层白，远处的房屋蒙着一层白，更远处的天际也蒙着一层白。它们白得像董小洁，像她的手，像她的白色羊毛裙，像她的白色套头薄绒衫。

沈立军低下头，地面也是白的，白得很单薄，脚踩上去，就化出一只只逐渐扩大的脚印。天空发灰，两侧楼房支顶着低沉沉的天。沈立军咕哝：“天塌了才好。”

他看见一处亮光，就凑过去。是家发廊，一个乡下女人坐在里面，袒着胸喂奶。她望了眼玻璃门外的沈立军，又低下头。她脸上仍刷着隔夜的脂粉，脖颈黄黄的一截，到了奶子那里，又转成嫩色。那是一只年轻的奶子。婴孩咂得很欢。妈妈边喂奶，边换尿布。沈立军看清了，那是个女婴，皮肤白得像雪。

沈立军冲女婴笑笑,忽然眼睛红了。他把发红的眼睛藏到黑暗里，继续往前走。走了几步，停住，转过身，问:“你为什么跟着我？”

乐慧在他身后一米外,也停住。沈立军又问:“你为什么跟着我？”乐慧缓缓走近。她的脸陷在衣领和头发之间，眼睛似乎很大，眉毛上积着雪。沈立军觉得，这张脸很亲切。

乐慧定定地看着沈立军，道:“对不起，我认错人了。”

沈立军道:“没关系，大姐。”

乐慧怔了怔，道:“你很像我的一个朋友。”

“是吗？”

“下雪了，你冷吗？”

“我还可以。”

“我很冷，”乐慧迟疑道，“能抱你一下吗？”

沈立军静了几秒，道:“好。”

乐慧贴着他站定，伸出一只手，搭在他肩上。沈立军的脑袋不疼也不晕了。他搂住乐慧的腰，微微弯下身，将下巴放到乐慧肩膀上。俩人紧搂在一起。

初稿于 2006 年 3 月 12 日

九稿于 2007 年 11 月 15 日

《她们》再版后记

《她们》于 2002 年动笔，2007 年完成，九易其稿。那时我二十多岁，野心满满，渴望写大作品。于是有了这么一部众生相式小说，以上海为背景，讲述了 20 世纪 50 年代至 21 世纪初的市井男女故事。其间有世态流变，有对不测命运的叹息，有泥沙俱下的欲望，以及被欲望拖入深渊的人性。

《她们》是激愤之作，也是冒犯之作。今日的我，对其中的尖锐略觉陌生。一晃十多年，我已步入严谨缓慢的中年。开始关注死亡，学会审视自己，也试图把人性放到更整全的秩序中考量。人性是“爱与黑暗的故事”（奥兹），是“既有爱也有污秽凄苦”（塞林格）。倘若今日来写作《她们》，我可能不会任由人性跌入绝望。这是反省，但并非否定。我仍喜爱《她们》，对它没有遗憾。愿读者们也喜爱它。

图书在版编目（CIP）数据

她们 / 任晓雯著. — 北京：北京十月文艺出版社，2021. 7

ISBN 978-7-5302-2094-8

Ⅰ. ①她… Ⅱ. ①任… Ⅲ. ①长篇小说—中国—当代 Ⅳ. ① I247.5

中国版本图书馆 CIP 数据核字（2020）第 224889 号

她们
TA MEN
任晓雯 著

出　　版　北京出版集团
　　　　　北京十月文艺出版社
地　　址　北京北三环中路 6 号
邮　　编　100120
网　　址　www.bph.com.cn
发　　行　新经典发行有限公司
　　　　　电话（010）68423599
经　　销　新华书店
印　　刷　北京盛通印刷股份有限公司
版　　次　2021 年 7 月第 1 版
　　　　　2021 年 7 月第 1 次印刷
开　　本　850 毫米 ×1168 毫米　1/32
印　　张　19.5
字　　数　400 千字
书　　号　ISBN 978-7-5302-2094-8
定　　价　62.00 元
质量监督电话　010-58572393
如有印装质量问题，由本社负责调换。